Elena Ferrante ve "Napoli Romanları"nın ilk kitabı *Benim Olağanüstü Akıllı Arkadaşım* hakkında dünya basınında yazılanlar:

Amerika Birleşik Devletleri

"Elena Ferrante'nin romanları hakkında okuduğunuz hiçbir şey, sizi onlardaki vahşete hazırlayamaz... Bu öylesine aslına sadakatle anlatılmış bir kadın hikâyesi ki gözlemle değil, ancak hissedilerek yazılabilir."

—Amy Rowland, *The New York Times*

"Napoli roman dizisi mutlak bir başyapıt... Kitapların her birine gömüldüm, her birinde kendimden geçtim. Lila ve Lenù'nun hikâyesini takip etmekten başka bir şey yapmak istemedim."

—Jhumpa Lahiri, *The Lowland*'in Pulitzer ödüllü yazarı.

"Ferrante'nin genç kızlık ve arkadaşlığı meselesini ele alışı olağanüstü etkileyici."

—Gwyneth Paltrow, oyuncu

"'Napoli Romanları'nı okurken, ara vermek istemediğimi fark ettim. İşti, metroda karşıma çıkan tanıdıklardı hep canımı sıktı

– beni adeta kitapla arama girmekle tehdit ediyorlardı. Dizinin diğer kitaplarını beklemekle gelen ayrılıklar yas tutmama neden oldu. Gözü kara bir iştahla yalayıp yuttum hepsini."

—Molly Fischer, *The New Yorker*

"Elena Ferrante: öfkeli kadın yazarların en iyisi!"

—John Waters, yönetmen

"Elena Ferrante birçok sıradışı, berrak ve amansızca dürüst romanın yazarı... *Benim Olağanüstü Akıllı Arkadaşım* sürükleyici, kalabalık, geniş bir *bildungsroman* (olgunlaşma romanı)."

—James Wood, *The New Yorker*

"Ferrante'nin 'Napoli Romanları', ayakkabıcıları, öğretmenleri, komünistleri, acımasız işadamları, kadın avcısı şairleri ve mazlum ev kadınlarıyla sadece Napoli'deki işçi sınıfından kalabalık bir tablo sunmakla kalmıyor, aynı zamanda da modern edebiyatın en güzel arkadaşlık hikâyelerinden birini anlatıyor."

—John Powers, Fresh Air, *NPR*

"Büyük romanlar, büyük arkadaşlıklar gibi, kendi içlerinde herhangi bir karakter, yazar ya da okurdan çok daha bilgedir. İşte bu romanlar, samimiyeti ve gücüyle o gizemin tam kalbinde konumlanıyor."

—Jenny Turner, *Harper's*

"Elena Ferrante günümüzün büyük yazarlarından biri. Tutku dolu bir sesi, geniş bir bakış açısı, keskin mi keskin bir gözü var... Ferrante bu cüretkâr, muhteşem, amansız romanlarda siyaset ve aile hanesi arasındaki güçlü bağlantıları irdeliyor. Yaşadığımız hayatların yeni bir bakış açısıyla anlatımı var burada

– tam da ihtiyaç duyduğumuz şekilde bir kadının gözüyle, onun harikulade bir anlatımıyla."

—Roxana Robinson, *The New York Times Book Review*

"Napoli'nin işçi sınıfı mahallesinden olağanüstü akıllı ve tutkulu genç kızlar Lina ve Elena'nın iç içe geçmiş dostluğunun mest eden, amansız bir portresi. Ferrante kadın arkadaşlığının karmaşıklığı hakkında öylesine acımasızca, öylesine derinlere işleyen bir psikolojik içgörüyle yazıyor ki insan bu romanları okurken dünyadan tamamıyla kopuyor."

—*Entertainment Weekly*

"Ferrante'nin nesrini tahrik edici içgörülerle olgunlaştırması Proust'tan pek farklı değil."

—*Shelf Awareness*

"Ferrante'nin kadın arkadaşlığını konu alan 'Napoli Romanları'ndaki derinliği başka bir romanda bulmak zor. '50'lerde başlayıp 21. yüzyıla uzanan bu hikâye bir kurucu mitin insanı ele geçiren gücüne sahip."

—Megan O'Grady, *Vogue*

"Ferrante'nin eşsizce rahat, doğal, ancak bir o kadar da sevgi dolu, arsız ve coşkulu bir kalemi var. Detaylardaki süreklilik ve bir atak yapan bir gerçek hayattaki gibi yavaşlayan temposu okurda adeta fiziksel bir etki yaratarak onun karakterlerin hislerinde meydana gelen rahatsızlık ve baskıları eşgüdümlü yaşamasına neden oluyor. Ferrante'nin benzeri yok – bunun nedenini onun yaratıcılığında olduğu kadar içgüdüsel, şiddetli ve ısrarlı dürüstlüğünde aramalı."

—Minna Proctor, *Bookforum*

"Ferrante'nin şoke edecek derecede dürüst, sinirlere işleyecek kadar pervasız bir vahşilikle resmettiği bir kadının içsel diyaloğunun eşi benzeri yok."

—*Booklist*

"Mrs. Ferrante'nin karakterlerin çatışmalarını ve psikolojik hallerini kavrayışında muazzam bir derinlik var... Romanlarındaki gerçeğe yakınlık ve duygudaşlık öyle boyutlarda ki bir itirafname oldukları hissini uyandırıyor."

—Moira Hodgson, *The Wall Street Journal*

"Kadınlar arasındaki hayat boyu süren karmaşık arkadaşlık hakkında okuduğum en sahici roman."

—Emily Gould, *Friendship*'in yazarı.

"Etkileyici, içgüdüsel ve dolaysız... Tahakküm üzerine sürükleyici bir soruşturma. 'Napoli Romanları' tam anlamıyla bir başyapıt...

—Jennifer Gilmore, *The Los Angeles Times*

"Ferrante ihtiyaç duyduğumuz bir yazar. O İtalya'nın Alice Munro'su."

—Mona Simpson, *Casebook* ve *Anywhere But Here*'ın yazarı.

"Elena Ferrante sizi uçuracak!"

—Alice Sebold, *The Lovely Bones*'un yazarı.

"Ferrante'nin romanlarını okumak beni çocukluğuma, kitapların böylesi bir gücü olduğuna inanamadığım o günlere götürdü."

—Elizabeth Strout, *The Burgess Boys*'un Pulitzer ödüllü yazarı.

"Elena Ferrante'nin gerçek kimliği hakkındaki tartışmalar anlaşılır bir hayalgücü yoksunluğuna işaret ediyor: Bir insanın bir odada oturup bu romanları yazdığını insanın aklı almıyor. Bu görkemli ve yürek parçalayıcı 'Napoli Romanları' sanki yazılmış değil de tecelli etmiş gibi. İnsan tek kelimeyle kapılıp gidiyor. Bir bütün olarak seri, zamanımızın en büyük sanat eserlerinden biri olmaya aday."

—Gideon Lewis-Kraus, *A Sense of Direction*'ın yazarı

"Elena Ferrante'nin 'Napoli Romanları'nın ikincisi için. Tek kelime: Okuyun!"

—Ann Hood, yazar (Twitter'dan)

"Ferrante'nin duygusal ve şehevi açıklığı son derece etkili."

—Janet Maslin, *The New York Times*

"Elena Ferrante'nin gözüpek, elden bırakılamayan yeni romanı, dörtlemenin ilk kitabı, yaşamak için her şeyi göze alan kadınların gölge benliklerini anlatan bu münzevi yazara harikulade bir başlangıç teşkil ediyor. Bu romanlardaki, bizimki gibi pek terbiyeli toplumlarla –ve günümüzdeki tüm edebi romanlarla– kıyaslandığında fazlasıyla karmaşık ve ayrıksı bir görüntü çizen ikircikli anneler ve öfke dolu boşanmış kadınlar, Balzac'ı andıran insani detaylarla ve ustalıklı bir psikolojik gerilimle parıldıyor. 'Napoli Romanları'nda, genç kızların kavgalar ve barışmalarla dolu çekişmeleriyle, birbirlerinden etkilenerek kimlik oluşturmalarıyla yakın geçmişin en nüanslı kadın arkadaşlığı portrelerinden birini sunan Ferrante, bilgece yazılmış hatıratı andıran duygusal otantikliğini, dramatik bir değişimin eşiğindeki bir toplumun sosyolojik tahlilini yaparak dengeliyor."

—Megan O'Grady, *Vogue*

"İtalya'nın en iyi yazarlarından biri."

—*The Seattle Times*

"*Benim Olağanüstü Akıllı Arkadaşım*, merkezine aile kurumunu alan, sadakat, sevgi, aşk ve Avrupa'nın dönüşümünü anlatan hayli kapsamlı bir epik. Bu olağanüstü roman İtalya'nın en saygın yazarlarından birinin peşine ciddi bir hayran kitlesi takacak."

—*The Barnes and Noble Review*

"Ferrante şehrin kenar mahalleleri, fakirlik, şiddet ve tekdüze yaşamların sakınmasız bir portresini çiziyor... O müthiş bir yazar."

—*Shelf Awareness*

"Ferrante iki fakir genç kızın yaşadıkları aşkları, ayrılık ve yeniden birleşmeleri, yaşadıkları şehrin genel trajedisi içinde dönüştürüyor."

—*The New York Times*

"Ferrante'nin romanları öfke duygusunu, sık sık sesi kesilen kadınların o kendine özgü gazabını olağanüstü bir biçimde veriyor. Kadınlar bir eş, kız evlat, anne, arkadaş olarak çoğu zaman öfke içinde ve bu hışmı onun kadar rahat ve etkileyici anlatan, biriken hiddeti onun kadar cesurca ve rahatça verebilen bir kadın yazar düşünemiyorum."

—Susanna Sonnenberg, *The San Francisco Chronicle*

"Ferrante isminin yazdığı her şeyi herkes okumalı."

—*The Boston Globe*

"Bence Ferrante'nin ele aldığı konu, kadınların tarihinin akla ve kalbe hitap eden feryadından başka bir şey değil... Ferrante'nin yarattığı sarsıcı etki, eleştirmenlerin fikir birliği ettiği gibi, kuşku götürmez. James Wood'un makalesinde, 'Yoğun ve şiddetli bir şekilde kişisel, amansızca doğrudan,' şeklinde kategorize ettiği betimlemeler romanla karşılaştığınızda hafif kalıyor."

—Joan Frank, *The San Francisco Chronicle*

"Canlı, sakınmasız ve birinci romanın sonunda da geniş çaplı bir mahalle kavgası başlatacak kadar cüretkâr Lila, tek kelimeyle unutulmaz bir karakter."

—*Publishers Weekly*

"Tarihsel ve sosyal güçlerin güdümündeki insan –ve özellikle de dişil yaratıcılık– üzerine sürükleyici, çılgıncasına özgün bir epik."

—*The Los Angeles Review of Books*

"Ferrante'nin yazarlığının sınırı yok, her bir düşünceyi ileriye doğru en radikal sonucuna, geriye doğru da en radikal doğumuna götürüyor."

—*The New Yorker*

İngiltere

"*Benim Olağanüstü Akıllı Arkadaşım* büyüleyici: Lila ile hikâyenin anlatıcısı Elena arasındaki arkadaşlığın yoğun, detaylı bir incelemesi. Ferrante'nin, Elena ve Lila'nın sekiz yaşında iki küçük kız olarak karşılaşıp tanıştıkları Napoli'deki bir işçi sınıfı mahallesini canlandırışında, sinema sanatına has bir detay yoğunluğu var."

—*The Times Literary Supplement*

"Aşk, kıskançlık, acıma, garez, bağımlılık ve kindarlık akıntılarının birbiri içine geçtiği, birbirlerini bulandırdığı bir arkadaşlık hikâyesi bu."

—*Intelligent Life*

"Elena Ferrante bugüne dek ismini duymadığınız en iyi çağdaş yazar olabilir. İtalyan yazarın fazlasıyla övgü almış altı romanı var. Takma isimle yazıyor ve bir tüketim malzemesi olmaya izin vermiyor. Karakterleri geleneklere karşı geliyor... Dili kristalize, anlatıcılığı ise içgüdüsel ve etkileyici."

—*The Economist*

"Her şeyden önce Ferrante olay örgüsü ve ritim konusunda bir uzman: kimi düşmanlıklar ve çatışmalar yıllar boyu uykuya yatırılıyor, belli özel bir yüzleşmenin –belli bir epizodun– gelişi yüzlerce sayfayı bulabiliyor, ama geldi mi kişiyi serseme çeviriyor ve onda kaçınılmazlık hissi yaratıyor."

—*The Independent*

İtalya

"Onun romanları kalp atışındaki hayati akışkanlığı, damarlarınızda akan kandaki dirimi hissettiriyor."

—*La Repubblica*

"Yazarın gerçek kimliğini bilmiyoruz ama bunun bir önemi yok. Ferrante'nin kitapları büyüleyici bir kendine-yeterliliğe sahip yekpare taş anıtlar ve arkadaş istekleri yok, sadece tutkulu okurlarından sessiz ve ateşli bir hayranlık talep ediyorlar... Bu romanlarda en gerçek olan, Elena ve Lila'nın, Napoli'nin kenar mahallesinde karşılaşan bu iki kızın yoğun, iç içe geçen ilişkisi."

—*Famiglia Cristiana*

"Bugünlerde kokuları, tatları, duygular ve çelişkili tutkuları sayfalarına getirip canlandırabilen bir yazar bulmak imkânsız. Bunu bir tek Elena Ferrante yapabiliyor. Kendi kuşağının, ülkesinin ve yaşadığı zamanın romanını yazmak için en uygun kişi belki de o."

—*Il Manifesto*

"Elena Ferrante çok büyük bir yazar… Neyse ki sıklıkla minimalizme boyun eğen bu dünyada onun fazlasıyla güçlü, dünyevi ve gözüpek bir kalemi var."

—Francesca Marciano, *The Other Language*'in yazarı

"'Napoli Romanları'nın yazarının takma ismi Elena Ferrante'nin ardında kim olduğu meselesini bir kenara bırakırsak şunları söyleyebiliriz: O bir kadın ve Napoli'yi nasıl anlatması gerektiğini herkesten iyi biliyor. Öyle bir stili var ki, ifade gücü ve bütün bir dünyayı yaratmadaki mahareti bir büyücü örümceği andırıyor."

—*Huffington Post*

"Her tür sınırlamayı, edebi türü aşan bir mucize bu kitaplar."

—*Il Salvagente*

"Elena Ferrante edebiyatın günümüz hastalıklarına iyi geldiğini kanıtlıyor."

—*Il Mattino*

"*Benim Olağanüstü Akıllı Arkadaşım* bir ruhtan, Vezüv Yanardağı'ndan fışkıran lavlar gibi taşıyor."

—*La Repubblica*

Avustralya

"Ferrante gibi bir sesi olan yok. Onun metin, sakınmasızca dürüst romanları sayfalardan adeta yırtıcı bir hiddetle, aynı zamanda savunma olan bir saldırı atağıyla üzerimize geliyor... Ferrante'nin romancılığı kadınların her gün karşılaştığı tehditleri, onların evlilikle bütünleşen kimliğini, anneliğin yükü altında soluşunu ve tutkusuyla mitselleşmesini yansıtmasıyla şiddetli ve sahici. Öfkeli bir Jane Austen hayal etmeye çalışırsanız, onun romanlarındaki patlayıcı potansiyel hakkında bir fikir edinebilirsiniz."

—John Freeman, *The Australian*

"İtalya'nın en etkileyici –ve gizemli– yazarlarından biri olan Elena Ferrante, yitip giden aşkı, ihmalkâr anneleri ve tatmin edilmemiş tutkuları konu alan bu tüyler ürpertici, cüretkâr romanlarında kadınların çalkantılı iç dünyalarını gözler önüne seriyor."

—*The Age*

"Ferrante detaylı bir şekilde kurguladığı o küçük dünyayla büyülüyor... *Benim Olağanüstü Akıllı Arkadaşım*, bireysel kimlikle ilgili soruların sıkı sıkıya koşullara ve diğerlerinin kimliklerine bağlı olduğu bulanık bir psikolojik arazide korkusuzca yol alan bir serüven."

—*The Melbourne Review*

"'Napoli Romanları' nasıl yaşadığımız, nasıl sevdiğimiz, âşık olduğumuz; kadınlarından sadece uysallık bekleyen köküne kadar batmış bir dünyada nasıl var olmaya çalıştığımız gibi rahatsız edici sorular sormakla, saygınlık, mantık yahut bildik ustalığı fersah fersah aşıyor."

—*The Sydney Morning Herald*

“Bu yıl okuduğum en güzel şey, açık arayla Elena Ferrante… Onun diğer tüm yazarları gölgede bıraktığını düşünüyorum. Tek kelimeyle harika bir yazar. Romanlarını o kadar çok seviyorum ki, gerçekten sevdiğim yazarlarda yaptığımı ona da yapıyorum: Kendime günde en fazla iki sayfa okuma izni veriyorum.”

—Richard Flanagan, Booker ödüllü, *The Narrow Road to the Deep North* adlı romanın yazarı.

İspanya

“Elena Ferrante’nin kadın karakterleri tam anlamıyla otantik sanat eserleri… Romanlarının İtalyan neo-realizminin ürünü olduğu ve sinema perdesinden baki bir büyülenmeyle yazıldıkları ortada.”

—*El Pais*

EVEREST

1426

ELENA FERRANTE

L'amore Molesto (Belalı Aşk) ve *I Giorni Dell'abbandono* (Sen Gittin Gideli) kitaplarından sonra yazarlık deneyimini anlattığı *La Frantumaglia* kitabını yayınladı.
Elena Ferrante, gerçek kimliği bilinmeyen bir yazarın müstear ismidir. Birinci cildi *Benim Olağanüstü Akıllı Arkadaşım* olan "Napoli Romanları" dizisiyle milyonlarca okurun ilgisini çekmiş, kitapları bugüne kadar yirmi iki dile çevrilmiştir.

EREN YÜCESAN CENDEY

İtalyan Lisesi ve İ.Ü. Edebiyat Fakültesi Felsefe Bölümü mezunudur.
Susanna Tamaro'nun bütün yapıtlarının yanı sıra Calvino, Pavese, Eco, Bignardi, Manfredi, Giordano, Mazzantini, Calasso, Buzzati, Rodari ve Terzani gibi yazarların kitaplarını Türkçeye çevirmiştir.

ELENA FERRANTE

BENİM OLAĞANÜSTÜ AKILLI ARKADAŞIM

Birinci Kitap: Çocukluk, Ergenlik

Türkçesi: Eren Yücesan Cendey

§

Yayın No **1426**
Çağdaş Dünya Edebiyatı **194**

Benim Olağanüstü Akıllı Arkadaşım
Elena Ferrante

Kitabın Özgün Adı:
L'amica Geniale

Yayına hazırlayan: Cem Alpan
İtalyancadan çeviren: Eren Yücesan Cendey
Kapak tasarımı: Beste Doğan
Son Okuma: Eylül Duru
Sayfa tasarımı: Zülal Bakacak

1-2. Basım: Haziran 2015
3. Basım: Haziran 2015

ISBN: 978 - 605 - 141 - 896 - 4
Sertifika No: 10905

Baskı ve Cilt: Melisa Matbaacılık
Matbaa Sertifika No: 12088
Çiftehavuzlar Yolu Acar Sanayi Sitesi No: 8
Bayrampaşa/İstanbul
Tel: (0212) 674 97 23 Faks: (0212) 674 97 29

EVEREST YAYINLARI
Ticarethane Sokak No: 15 Cağaloğlu/İSTANBUL
Tel: (212) 513 34 20-21 Faks: (212) 512 33 76
e-posta: info@everestyayinlari.com
www. everestyayinlari.com
www. twitter. com/everestkitap
facebook.com/everestyayinlari

Everest, Alfa Yayınları'nın tescilli markasıdır.

Benim Olağanüstü Akıllı Arkadaşım

ELENA FERRANTE

Türkçesi: Eren Yücesan Cendey

ÇOCUKLUK - ERGENLİK

TANRI: O zaman orada da çekinmeden görünebilirsin
Senin gibilerden nefret etmedim hiç.
Bütün o inkâr eden ruhlar arasında,
Soytarı en az umurumda olanıdır.
Çok kolayca gevşer insanın eylemliliği,
Seveceği tutar koşulsuz sükûneti:
Bu yüzden seve seve bir yoldaş veririm yanına,
Onu cezbeden, etkileyen ve yapacaktır her şeyi şeytanlık namına.

J.W. GOETHE, Faust
Çev. Genç Osman Yavaş
(Karakteristik Yayınları, 2014)

KİŞİLERİN LİSTESİ

Cerullo ailesi (Kunduracının ailesi)

Fernando Cerullo, kundura tamircisi.

Nunzia Cerullo, Lila'nın annesi.

Raffaella Cerullo, herkes için *Lina,* sadece Elena için *Lila.*

Rino Cerullo, o da kundura tamircisi, Lila'nın ağabeyi.

Rino, Lila sonradan oğullarından birine bu adı verecektir.

Öteki çocuklar.

Greco ailesi (Odacının ailesi)

Elena Greco, Lenuccia, Lenù diye bilinir. Ailenin ilk çocuğudur. Ondan sonra *Peppe, Gianni* ve *Elisa* gelir.

Peppe, Gianni, Elisa

Baba, belediyede odacılık yapar.

Anne, ev kadınıdır.

Carracci ailesi (Don Achille'nin ailesi)

Don Achille Carracci, masallardaki canavar.

Maria Carracci, Don Achille'nin karısı.

Stefano Carracci, Don Achille'nin oğlu, aile şarküterisinde çalışır.

Pinuccia ve Alfonso Carracci, Don Achille'nin öteki çocukları.

Peluso ailesi (Marangozun ailesi)

Alfredo Peluso, marangoz.

Giuseppina Peluso, Alfredo'nun karısı.

Pasquale Peluso, Alfredo ve Giuseppina'nın büyük oğulları, duvarcı.

Carmela Peluso, Carmen diye bilinir, Pasquale'nin kız kardeşi, tuhafiyeci dükkânında çalışır.

Öteki çocuklar.

Cappuccio ailesi (Deli dul kadının ailesi)

Melina, Lila'nın annesinin akrabası, deli dul kadın.

Melina'nın kocası, pazarda meyve sebze kasası boşaltır.

Ada Cappuccio, Melina'nın kızı.

Antonio Cappucio, Onun kardeşi, tamirci.

Öteki çocuklar.

Sarratore ailesi (Demiryolcu-şairin ailesi)

Donato Sarratore, kontrolör.

Lidia Sarratore, Donato'nun karısı.

Nino Sarratore, Donato ve Lidia'nın beş çocuğunun en büyüğü.

Marisa Sarratore, Donato ve Lidia'nın kızı.

Pino, Clelia, Ciro Sarratore, Donato ve Lidia'nın en küçük çocukları.

Scanno ailesi (Manavın ailesi)
Nicola Scanno, sebze-meyve satıcısı.
Assunta Scanno, Nicola'nın karısı.
Enzo Scanno, Nicola ve Assunta'nın arabayla sebze satan oğlu.
Öteki çocuklar.

Solara ailesi (Aynı adı taşıyan pastane-barın sahibinin ailesi)
Silvio Solara, pastane-barın sahibi.
Manuela Solara, Silvio'nun karısı.
Marcello ve Michele Solara, Silvio ve Manuela'nın çocukları.

Spagnuolo ailesi (Pastacının ailesi)
Bay Spagnuolo, Solara pastane-barının pastacısı.
Rosa Spagnuolo, pastacının karısı.
Gigliola Spagnuolo, pastacının kızı.
Öteki çocuklar.

Gino, eczacının oğlu.

Öğretmenler:
Ferraro, ilkokul öğretmeni ve kütüphaneci.
Oliviero, ilkokul öğretmeni hanım.
Gerace, Gimnazyum öğretmeni.
Galiani, lisede öğretmen hanım.
Nella Incardo, öğretmen Oliviero'nun Ischia'lı kuzeni.

* * * *

GİRİŞ
İzleri Silmek

1.

Bu sabah Rino telefon etti. Gene para isteyecek sandım ve reddetmeye hazırlandım. Oysa beni aramasının nedeni bambaşkaydı: annesi ortadan kaybolmuştu.

"Ne zamandan beri?"

"İki haftadır."

"Şimdi mi arıyorsun beni?"

Ses tonumu düşmanca bulmuş olabilir, oysa ben ne öfkelenmiş ne gücenmiştim, sadece inceden alay etmiştim. Karşılık vermeye çalıştıysa da bunu pek beceremedi, biraz yerel lehçe, biraz İtalyanca konuşarak utanç içinde bir şeyler geveledi. Annesinin her zamanki gibi Napoli'de dolaşmaya çıktığını sandığını söyledi.

"Geceleri de mi dolaşıyor?"

"Nasıl biri olduğunu sen iyi bilirsin."

"Bilirim ama iki haftalık bir yokluk sana normal mi göründü?"

"Evet. Sen epeydir görmüyorsun, eskisine göre daha da kötüleşti: hiç uyumuyor, geliyor, gidiyor, canı ne isterse onu yapıyor."

Sözün özü, sonunda kaygılanmıştı. Sağa sola sormuş, hastaneleri dolaşmış, hatta polise bile başvurmuştu. Hiçbir haber alamamıştı, annesi hiçbir yerde yoktu. Ne evlattı ama; kırk yaşını aşkın, şişman, hayatında hiç çalışmamış, sadece ufak çapta sahtekârlık yapıp kazandığını har vurup harman savurmuştu. Annesini ne kadar özenle aramış olduğunu tahmin edebiliyordum! Beyinsizin tekiydi, kalbi de sadece kendi için çarpardı.

Ansızın, "Yoksa sende kalıyor olmasın?" deyiverdi.

Annesi mi? Burada, Torino'da mı? Durumu gayet iyi biliyor ama gene de sadece konuşmuş olmak için konuşuyordu. Kendisi seyyahın tekiydi, bana bile, davet edilmeden en az on kez gelmişliği vardı. Annesi gelecek olsa onu memnuniyetle ağırlardım ama hayatı boyunca Napoli'nin dışına çıkmamıştı. Onu şöyle yanıtladım:

"Hayır, bende değil."

"Emin misin?"

"Rino, rica ediyorum; söyledim sana burada değil."

"Nereye gitti peki o halde?"

Ağlamaya başladı; ben de çaresizliğini ortaya döksün diye sabrettim; sahte hıçkırıkları giderek gerçeğe döndü. Ağlamayı bitirince ona şöyle dedim:

"Lütfen bir kerecik olsun annenin isteyeceği şekilde davran: onu aramayı bırak."

"Ne diyorsun sen?"

"Ne dediysem onu diyorum işte. Hiç gerek yok. Tek başına yaşamayı öğren ve beni bile bir daha arama."

Kapattı telefonu.

2.

Rino'nun annesinin adı Raffaella Cerullo ama ona herkes, her zaman Lina demiştir. Bense ne birinci, ne ikinci adı kullanmışımdır. Altmış yıldan beri o benim için Lila'dır. Ona şöyle ansızın, Raffaella ya da Lina diye seslensem, arkadaşlığımızın sona erdiğini düşünür.

En azından otuz yıldan beri bana iz bırakmadan ortadan kaybolmayı arzu ettiğini söyler ve ben onun ne demek istediğini çok iyi bilirim. Hiçbir zaman herhangi bir kaçış, kimlik değişimi, başka bir yerde yeni bir yaşam kurma hayali peşinde olmadı. İntiharı asla düşünmedi, çünkü Rino'nun onun bedeniyle ilgilenmek zorunda kalması düşüncesi onu çok rahatsız ederdi. Onun amacı başkaydı: uçup gitmek, her bir hücresini ortadan kaldırmak, geride onunla ilgili hiçbir şey bırakmamak istiyordu. Onu çok da iyi tanıdığımdan ya da en azından tanıdığımı sandığımdan, bu sefer geride tek bir saç teli bile bırakmadan yok olmanın yolunu bulmuş olduğunu tahmin ediyorum.

3.

Günler geçti. Hem elektronik hem kâğıt postamı sürekli kontrol ettim ama aslında umudum yoktu. Ben ona sık sık yazardım; o beni neredeyse hiç yanıtlamamıştı: tarzı buydu işte. Telefonda konuşmayı ya da Napoli'ye gidişlerimde uzun gece sohbetlerini yeğlerdi.

Çekmecelerimi, her türlü ıvır zıvırımı sakladığım teneke kutuları açtım. Pek çok şeyi, özellikle de onunla ilgili olanları çöpe atmıştım; bunu biliyordu. Artık ona ait hiçbir şeyim olmadığını fark ettim; ne bir resim, ne bir not, ne bir hediye. Buna ben de şaşırdım. Bunca yıl sonra kendinden geriye tek bir şey bile bırakmamış olması mümkün müydü, ya da daha kötüsü, ben ona ilişkin hiçbir şeyi saklamak istememiş olabilir miydim? Mümkündü.

Bu sefer gönülsüzce de olsa ben aradım Rino'yu. Ne ev ne cep telefonu yanıt verdi. Keyfi olunca bir akşam aradı. Merhamet duygusu uyandırmaya çalışır gibi konuşuyordu.

"Aradığını gördüm. Bir haber mi var?"

"Hayır. Ya sende?"

"Yok."

Bana alakasız şeyler söyledi. Televizyonda kayıp kişilerle ilgili programlara çıkmayı düşünüyordu; çağrıda bulunmak, annesinden af dilemek, dönmesi için yalvarmak istiyordu.

Sabırla dediklerini dinledim, sonra sordum:

"Dolabına baktın mı?"

"Ne için?"

Tabii ki bu kadar sıradan bir şey bile gelmemişti aklına.

"Git bi bak bakalım."

Gitti ve dolapta hiçbir şey olmadığını, annesine ait ne yazlık ne kışlık giysi bulunduğunu, sadece pılı pırtının kaldığını fark etti. Ona gidip köşe bucak aramasını söyledim. Ayakkabıları da yok olmuştu. Az sayıdaki kitabı da. Fotoğrafları da. Filmleri de. Bilgisayarı ve hatta bir zamanlar kullanmış olduğu eski disketler bile yoktu ortada. Bir elektronik cadısı olarak daha altmışlı yılların sonunda, delikli kartlar zamanında bile hesap makineleri kullanmıştı. Rino şaşırıp kalmıştı. O zaman ona şöyle dedim:

"İstediğin kadar süre veriyorum sana, eğer annene ait tek bir toplu iğne bulursan ara beni."

Ertesi gün aradı beni, acayip heyecanlıydı.

"Hiçbir şey yok."

"Hiç mi?"

"Yok. Birlikte olduğumuz fotoğrafların tümünden, hatta benim bebeklik fotoğraflarımdan bile kendini kesmiş."

"İyice araştırdın mı?"

"Her tarafa baktım."

"Bodruma?"

"Her yere baktım dedim ya. Belgelerini sakladığı kutu bile toz olmuş: ne bileyim, eski doğum belgeleri, telefon sözleşmeleri, faturalar. Bu ne demek oluyor şimdi? Birileri her şeyi çaldı mı yoksa? Ne arıyorlar? Ne istiyorlar annemle benden?"

Onu rahatlattım, telaş etmemesini söyledim. Birilerinin, hele hele ondan bir şey istemeleri mümkün değildi.

"Gelip biraz senin evinde kalabilir miyim?"

"Hayır."

"Lütfen, hiç uyuyamıyorum."

"Alışmaya çalış Rino, elimden ne gelir bilmiyorum."

Telefonu kapattım ve o yeniden aradığında açmadım. Yazı masamın başına oturdum.

Lila her zamanki gibi abartmak istiyor, diye düşündüm. İz kavramını ölçüsüzce genişletiyordu. Sadece kendi, tam altmış altı yaşında ortadan kaybolmak istemiyordu, ardında kalan bütün ömrü de silmek istiyordu.

Gerçekten öfkeliydim.

Bakalım bu sefer kim kazanacak, dedim kendi kendime. Bilgisayarımı açtım ve aklımda kaldığı kadarıyla bütün öykümüzü, her bir ayrıntısıyla yazmaya başladım.

ÇOCUKLUK

Don Achille'nin öyküsü

1.

Lila ve ben, Don Achille'nin apartman dairesine ulaşan karanlık merdivenleri sıra sıra basamakla, dizi dizi merdiven dönemeciyle tırmanmaya karar verdiğimizde arkadaş olduk.

Avlunun menekşe rengi ışığını, ılık ilkyaz akşamına özgü kokuları anımsıyorum. Anneler akşam yemeği hazırlıyorlardı; eve dönme zamanıydı ama biz meydan okuma merakıyla özellikle gecikiyorduk ve cesaret nişanesi olarak birbirimize de tek söz etmiyorduk. Bir süredir okulda ve okul dışında hep bunu yapıyorduk. Lila elini ve kolunu lağım çukurunun kara ağzına sokuyordu; sonra da aynını ben yapıyordum; karafatmalar derimde yürümesin, fareler elimi ısırmasın diye umarken yüreğim küt küt atıyordu. Lila, Bayan Spagnuolo'nun zemin katındaki penceresine tırmanıyor, çamaşır ipinin gerili olduğu demir çubuğa asılıyor, öne arkaya sallanıp kendini kaldırıma bırakıyordu ve ben, düşüp canımı yakmaktan korksam da onun ardından aynını yapıyordum. Lila, bilmem ne zaman sokakta bulduğu ve bir perinin armağanı olarak cebinde taşıdığı Fransız toplu iğnesini çilli derisinin altında yürütüyor; ben de avcunun içinde beyazımsı bir tünel kazan metal ucu inceliyordum. Sonra iğneyi çıkarıp bana uzatıyordu ve aynını yineliyordum.

Derken, anne ve babasını anımsatan bir bakışla, kıstığı gözleriyle ve kararlı bir ifadeyle bana baktı ve sonra Don Achille'nin oturduğu apartmana yöneldi. Korkudan buz kestim. Don Achille masallardaki canavardı, ona yaklaşmamak, bakmamak, onunla konuşmamak ve onu gözetlememek konusunda ailemin kesin emri vardı; ne o ne de ailesi varmış gibi davranmam gerekiyordu. Ona karşı duyulan ve yalnızca benim ailemle sınırlı kalmayan nefret ve korkunun kaynağının ne olduğunu bilmiyordum. Babamın onu anlatış biçiminden iriyarı, suratı mor sivilcelerle dolu, bana sakin bir otorite sıfatı gibi görünen "Don" ön adına rağmen kızgın biri olduğunu hayal ederdim. Ne bileyim, demir, cam, ısırgan gibi bir maddeden yapılmış olmalıydı ama canlıydı ve o kadar canlıydı ki burnundan ve ağzından çıkan nefes adeta tütüyordu. Uzaktan beni görse bile gözlerime yakıcı ve sivri bir şey atacak sanıyordum. Hele hele evinin kapısına yaklaşma çılgınlığında bulunursam, beni kesinlikle öldürürdü.

Lila bir kez daha düşünür ve geri döner diye oyalandım. Ne yapmak istediğini biliyordum, çaresizce bu düşünceyi aklından çıkarır diye ummuştum ama nafile. Daha sokak lambaları da, merdiven ışıkları da yanmamıştı. Evlerden öfkeli sesler yayılıyordu. Onu izlemek için avlunun mavimsi ortamını terk edip apartman kapısından karanlığa girmem gerekiyordu. Nihayet karar verdiğimde önce hiçbir şey göremedim, sadece eski eşya ve DDT kokusu duydum. Sonra karanlığa alıştım ve Lila'nın ilk basamakta oturduğunu gördüm. Kalktı ve tırmanmaya başladık.

Duvarlara tutunarak, o benim iki basamak önümde, ben onun iki basamak gerisinde, aradaki mesafeyi kısaltmak ya da çoğaltmak arasında tereddüt ederek çıkıyorduk. Sırtını badanası dökülmüş duvara sürterek çıktığını, merdiven aralıklarının bizim evinkilere oranla çok daha yüksek olduğunu anımsıyorum. Titriyordum. Her adım tıkırtısı, her insan sesi arkamızdan gelen ya da elinde tavuk göğsü yarmaya yarayan koca bir bıçakla karşımıza çıkıverecek olan Don Achille anlamına geliyordu. Kızarmış sarmısak kokusu duyuluyordu. Don Achille'nin karısı Maria beni tavadaki kızgın yağa atacak, çocukları beni yiyecek, kendi de babamın barbun balıklarının kafasına yaptığı gibi başımı içine çekecekti.

Sık sık durduk, her seferinde Lila'nın geri dönmeye karar verdiğini umuyordum. Ben çok terlemiştim, onu bilmiyorum. Arada sırada yukarıya, bilmem nereye bakıyordu; sadece her dönemeçte büyük pencerelerin griliği görünüyordu. Işıklar ansızın ama ölgünce yandı, tozlu lambalar yüzünden hâlâ pek çok bölge tehlike dolu görünüyordu. Düğmeyi çeviren Don Achille miydi acaba diye bekledik ama bir şey işitmedik, ne adım, ne açılan ya da kapanan kapı sesi. Sonra Lila devam etti, ben de peşinden.

O doğru ve gerekli bir şey yaptığını düşünüyordu, bense her türlü mantıklı gerekçeyi unutmuştum ve sadece o çıktığı için çıkıyordum bu merdiveni. O dönemin en büyük tehlikesine doğru ağır ağır tırmanıyor, korkuyla yüzleşiyor ve onu sorguluyorduk.

Dördüncü merdiven dönemecinde Lila hiç beklenmedik biçimde davrandı. Durdu, beni bekledi ve yanına varınca elimi tuttu. Onun bu davranışı aramızdaki her şeyi sonsuza dek değiştirdi.

2

Onun kabahatiydi. Çok uzun olmayan bir süre önce –on gün, bir ay, kim bilir, o zamanlar zaman kavramımız yoktu– ansızın bebeğimi elimden kapmış ve bodrumun dibine fırlatmıştı. Şimdi korkuya doğru tırmanıyorduk, o gün de koşarak bilinmeze inmek zorunda kalmıştık. Yukarı, aşağı, sanki hep dehşet verici bir şeye doğru gidiyorduk; bu dehşet aslında bizden önce de orada yer alıyordu ama bizi, hep bizi bekleyip durmuştu. İnsan bu dünyada henüz yeni olduğunda, felaket duygusunun kaynağında hangi felaketlerin var olduğunu anlaması zor oluyor; belki bunu anlama gerekliliğini bile duymuyor. Yarın beklentisi içinde olan yetişkinler arkasında dün, bir önceki gün, en fazla bir önceki hafta olan bir şimdi içinde hareket ediyorlar: gerisini düşünmek istemiyorlar. Küçükler ise dünün, önceki günün, hatta yarının anlamını bilemiyorlar; onlar için her şey bu, şimdi oluyor; sokak bu, kapı bu, merdivenler bunlar, bu anne, bu baba, bu gün, bu gece. Ben küçüktüm ve hesaba göre bebeğim benden daha çok şey biliyordu. Ben onunla konuşuyordum, o benimle konuşuyordu. Selüloitten yapılmış yüzü, selüloitten yapılmış saçları, selüloitten yapılmış gözleri vardı. Annemin, nadir mutlu anlarından birinde dikmiş olduğu çok güzel mavi bir fistanı vardı. Oysa Lila'nın bebeği içi talaş dolu, sarımsı bez bedene sahipti; bana çirkin ve pasaklı görünürdü. İki bebek bakışırlar, birbirlerini tartarlar, fırtına koptuğunda, gökler gürlediğinde, daha büyük ve daha güçlü biri sivri dişleriyle onları kapmaya kalktığında kollarımızın arasına kaçmaya hazır beklerlerdi.

Avluda oynardık ama sanki birlikte oynamaz gibiydik. Bodrum katının zemin penceresinin bir yanında yere Lila otururdu, öteki yanında ben. Burayı severdik, çünkü parmaklığın arasındaki betona ve tel örgüye karşı hem benim bebeğim Tina'nın, hem Lila'nın bebeği Nu'nun eşyalarını yerleştirirdik. Oraya taşlar, gazoz kapakları, minik çiçekler, çiviler, cam kırıkları dizerdik. Lila'nın Nu'ya söylediği şeyleri havada kapar, alçak sesle ve birazcık değiştirerek Tina'ya söylerdim. Eğer o eline bir kapak alır, şapka gibi bebeğin başına koyarsa, ben de yerel lehçeyle kendi bebeğime şöyle derdim: Tina, kraliçe tacını tak, yoksa üşütürsün.

Eğer Nu, Lila'nın kucağında seksek oynarsa, az sonra ben de aynı şeyi Tina'ya yaptırırdım. Ama o zamanlar hiçbir oyunu birlikte oynamaz, işbirliği yapmazdık. Hatta o yeri bile konuşup anlaşmadan seçerdik. Lila oraya gider otururdu, ben sanki başka bir tarafa gidecekmiş gibi dolaşırdım. Sonra sanki bir şey olmamış gibi gidip havalandırma boşluğunun öteki yanına yerleşirdim.

Bize en çekici gelen bodrumdan çıkan serin havaydı, ilkbahar ve yaz günlerinde serinleten bir esinti gibiydi. Ayrıca örümcek ağlarıyla parmaklıktan, karanlıktan; kırmızımsı pasıyla, hem benden hem Lila'dan yana iki karşılıklı delik oluşturarak kıvrılmış telden ve o boşluktan karanlığa attığımız taşların yere değdiğinde çıkardığı sesten hoşlanırdık. O zamanlar her şey güzel, her şey korkutucuydu. Bu delikler, kimi zaman kucağımızda güvende olan ama çoğunlukla kıvrık telin yanına bırakılan, bodrumun soğuk esintisine, tehditkâr seslerine, hışırtılarına, çıtırtılarına, gıcırtılarına maruz kalan bebeklerimizi elimizden kapabilirdi.

Nu ve Tina mutlu değillerdi. Bizim her gün deneyimlediğimiz o dehşet duygusu aynı zamanda onlarındı da. Taşların, evlerin, çayırın, evlerin içindeki ve dışındaki insanların üzerine düşen ışığa güvenmiyorduk. Onda karanlık köşeler, bastırılmış ama patlamaya hazır duygular sezinliyorduk. Gün ışığında bizi ürküten her şeyi o karanlık ağızlara, mahallenin apartmanlarının altında açılan mağaralara bağlıyorduk. Don Achille örneğin, sadece en üst kattaki evinde oturmuyordu; aynı zamanda aşağıda örümcekler arasında bir örümcek, fareler arasında bir fare, bütün formlara bürünen bir formdu. Onu uzun hayvan pençeleriyle, camlaşmış, taş kesilmiş ve zehirli otlarla kaplı bedeniyle, yerdeki ızgara deliklerinden düşürdüğümüz her şeyi alıp koca kara çantasına atan bir canavar olarak hayal ediyordum. O çanta Don Achille'nin temel gereçlerinden biriydi, hep yanındaydı, evde bile çıkarmıyordu ve canlı, ölü ne bulursa içine atıyordu.

Lila benim böyle bir korkuya sahip olduğumu biliyordu, bebeğim bu konuda yüksek sesle konuşuyordu. Bu nedenle daha hiç konuşmadan, bakışlar ve hareketlerle bebeklerimizi değiş tokuş ettiğimiz o ilk gün, o Tina'yı elimden aldığı gibi ızgara arasından aşağı attı ve böylece bebek karanlığın içinde yuvarlandı.

3.

Lila, ben ilkokul bire giderken hayatımda belirdi ve çok kötü yürekli bir kız olduğundan beni hemen etkiledi. O sınıfta hepimiz biraz kötüydük ama bunu sadece Oliviero öğretmen görmediğinde yapardık. Lila ise daima kötüydü. Bir seferinde kâğıt havluyu minik minik parçaladı, bunları önce mürekkep şişesinin deliğine soktu, sonra kalem ucuyla yakalayıp üzerimize fırlattı. İki kez saçıma, bir kez beyaz yakama geldi bu mürekkepli kâğıtlar. Öğretmen hepimizi korkutan iğneli, uzun ve sivri sesiyle kendine özgü o haykırışıyla bağırdı ve hemen tahtanın arkasına cezaya gitmesini emretti. Lila söz dinlemedi ve hatta korkmuş gibi bile görünmediği gibi mürekkebe batmış kâğıtları çevresine fırlatmayı sürdürdü. O zamanlar tahminen kırkını yeni geçmiş bile olsa bize çok yaşlı görünen iri cüsseli Oliviero öğretmen onu tehdit ederek kürsüden inerken kim bilir neye takıldı, dengesini yitirdi ve gidip yüzünü bir sıranın sivri köşesine çarptı. Ölü gibi serildi kaldı zemine.

Sonra ne oldu hatırlamıyorum, tek hatırladığım öğretmenin koyu renk bir bohça gibi yerde yatan devinimsiz bedeni ve Lila'nın onu ciddi bir ifadeyle seyredişiydi.

Aklımda bunun gibi pek çok kaza kalmış. Çocukların ve büyüklerin sıklıkla yaralandığı bir dünyada yaşıyorduk; yaralardan kan akar, iltihap toplardı; kimi zaman da ölürdü insanlar. Bayan Assunta'nın kızlarından biri çiviyle yaralanıp, tetanostan ölmüştü. Bayan Spagnuolo'nun en küçük oğlu boğmaca yüzünden can vermişti. Kuzenlerimden biri yirmi yaşındayken bir sabah, küreğiyle enkazda çalışmaya gitmiş, akşam ağzından ve kulaklarından kan gelesiye ezilerek ölmüştü. Annemin babası inşaatta çalışırken aşağı düşmüş, hayatını kaybetmişti. Bay Peluso'nun babasının bir kolu yoktu, çünkü beklenmedik biçimde tornaya kaptırmıştı. Giuseppina'nın ablası, Bay Peluso'nun karısı yirmi iki yaşındayken veremden ölmüştü. Don Achille'nin –hiç görmesem de sanki hatırlarmışım gibi hissettiğim– büyük oğlu savaşa gitmiş, iki kez ölmüştü; önce Pasifik Okyanusu'nda boğulmuş, sonra da köpekbalıklarına yem olmuştu. Melchiorre ailesinin tamamı, birbirlerine sarılmış olarak, dehşet çığlıklarıyla bombardıman altında can vermişti. Yaşlı Bayan Clorinda hava yerine gaz soluyarak gitmişti öteki dünyaya. Biz ilkokul birdeyken dördüncü sınıfa giden Giannino günün birinde bir el bombası bulup ona dokunduğu için can vermişti. Avluda birlikte oynamış olabileceğimiz ya da öyle olmayıp sadece bir isim olarak kalmış olan Luigina'yı öldüren ise lekeli hummaydı. Dünyamız böyle bir yerdi, öldürmekle ilgili kelimelerle doluydu: boğmaca, tetanos, lekeli humma, gaz, savaş, torna, enkaz, iş, bombardıman, bomba, verem, iltihap. Ömrüm boyunca bana eşlik etmiş pek çok korkuyu bu kelimelere ve o yıllara bağlıyorum.

Sıradan görünen şeyler yüzünden de ölünebilirdi. Mesela terlersen ve önceden bileklerini ıslatmadan musluktan soğuk su içersen ölebilirdin: bedenin minik, kırmızı beneklerle dolar, öksürük tutardı ve bir daha soluk alamazdın. Vişne yer de çekirdeğini tükürmezsen ölebilirdin. Sakız çiğner de dalgınlıkla yutarsan ölebilirdin. Ama olur da şakağına bir darbe yersen, ölüm kaçınılmazdı. Şakak çok kırılgan bir noktaydı ve buna hepimiz çok dikkat ederdik. Bir taş gelmesi yeterliydi ve taş atmak hayatın bir parçasıydı. Okul çıkışında köylü oğlanların oluşturduğu bir çete beklerdi bizi; başlarında manav Assunta'nın oğullarından biri olan Enzo (ya da Enzuccio) olurdu ve bizi görünce taş atmaya başlarlardı. Biz kızlar onlardan daha akıllı olduğumuz için onurlarının kırıldığını düşünürlerdi. Taşlar yağmaya başlayınca hepimiz kaçışırdık ama Lila bunu yapmaz, normal adımlarıyla yürümeyi sürdürür ve hatta bazen de dururdu. Taşların izlediği yolu sezmekte çok başarılıydı ve bugün zarif diyeceğim sakin bir hareketle hepsini savuştururdu. Bir ağabeyi vardı ve ne bileyim, belki ondan öğrenmişti; benim erkek kardeşlerim küçük olduğundan onlardan öğrendiğim bir şey yoktu. Lila'nın geride kaldığını fark ettiğimde çok korksam da durur onu beklerdim.

Daha o zamandan onu terk etmemi engelleyen bir şeyler vardı. Lila'yı iyi tanımıyordum, sınıfın içinde ve dışında sürekli yarış halinde olsak da onunla tek bir kez konuşmuşluğumuz yoktu. Ama bulanık bir düşünceyle, öteki kızlarla kaçarsam onda bana ait olan ve bir daha asla iade etmeyeceği bir şeyi terk edecekmişim gibi hissederdim.

Önceleri bir köşenin ardına gizlenir, Lila geliyor mu diye başımı çıkarır bakardım. Sonra yerinden kımıldamadığını görür, yanına gitmek için kendimi zorlardım, taşları geçiştirir hatta ben bile taş atardım. Ne var ki bunu inançsızca yapardım, zaten hayatta pek çok şey yaptım ama hiçbirine inanmadım, kendimi eylemlerimden kopuk hissettim hep. Lila ise küçüklükten beri –altı ya da yedi yaşında mıydı, pek çıkaramıyorum; Don Achille'nin evine çıkan merdivenleri tırmandığımızda sanırım sekiz ya da dokuz yaşımızdaydık– mutlak bir kararlılığa sahip olma özelliği sergilerdi. Bayrağımızın üç rengini taşıyan kalemi, bir taşı ya da karanlık merdivenlerin korkuluğunu tutuşunda –kalem ucunu sıranın tahtasına saplamak, mürekkebe batırılmış kâğıtları fırlatmak, köylü çocuklara taş atmak, Don Achille'nin kapısına kadar tırmanmak gibi–, bundan sonra gelecek edimi tereddütsüz yapacağı mesajını da iletirdi.

Çete, demiryolunun toprak sekisinden gelirdi, taşları da rayların arasından toplarlardı; bizden en az üç yaş büyük olan reisleri Enzo son derece tehlikeli bir çocuktu; defalarca sınıfta kalmıştı; çok kısa kesilmiş sarı saçları, açık renk gözleri vardı. Sivri kenarlı minik taşları tam hedefi vururdu ve Lila onları nasıl savuşturduğunu göstermek için bu minik taşları bekler, onu daha çok öfkelendirir ve daha da tehlikeli atışlarla karşılığını verirdi. Enzo'yu bir kez sağ ayak bileğinden vurduk, vurduk diyorum çünkü yassı ve kenarları keskin taşı Lila'ya veren bendim. Taş bir jilet gibi sıyırdı Enzo'nun cildini ve hemen kanayan kırmızı bir leke bıraktı orada. Oğlanın yaralanan bacağına bakışı hâlâ gözlerimin önünde: başparmağıyla işaretparmağı arasında atmaya hazırlandığı taşı tutuyordu, fırlatmak için kolunu havaya kaldırmıştı bile, ama şaşkınlık içinde donakaldı. Emrindeki oğlanlar da kanayan yaraya hayretler içinde bakıyorlardı. Lila ise atışının başarılı sonucu karşısında bir tatmin sergilemeyip, eğilip yeni bir taş aldı. Ben onu kolundan yakaladım ve bu bizim ilk temasımız oldu; ani ve korkutucu bir temas. Çetenin daha vahşileşeceğini hissetmiştim ve geri çekilelim istiyordum. Buna zaman kalmadı. Enzo kanayan bileğine karşın şaşkınlıktan sıyrıldı ve elindeki taşı fırlattı. Taş Lila'nın alnına vurduğunda ve darbenin etkisiyle onu devirdiğinde elim hâlâ onun kolundaydı. Bir an sonra kafası kırılmış durumda kaldırımda yatıyordu.

4.

Kan. Genellikle feci lanetlemeler ve iğrenç küfürler havada uçuştuktan sonra akardı yaralardan. Sıralama buydu. Bana iyi bir adam gibi görünen babam bile, ona göre bu yeryüzünde bulunmayı hak etmeyen insanlar için sürekli hakaret ve tehdit yağdırırdı. Özellikle de Don Achille'ye takmış durumdaydı. Hep söyleneceği bir şeyler vardı ve arada sırada onun bu kötü sözlerinden etkilenmemek için ellerimle kulaklarımı tıkardım. Annemle konuşurken "senin kuzenin" derdi ama annem hemen bu kanbağını reddederdi (çok uzak bir akrabalık vardı) ve hakaretlerin dozunu yükseltirdi. Onların öfkesi beni ürkütürdü. Beni daha çok ürküten Don Achille'nin, hakkındaki hakaretleri çok uzaktan da olsa duyabilecek kadar büyük kulakları olmasıydı. Her an gelip bizi öldürecek diye korkardım.

Her neyse, Don Achille'nin yeminli düşmanı babam değil, Bay Peluso idi, çok mahir bir marangozdu ama daima beş parasızdı, çünkü kazandığı her kuruşu Bar Solara'nın arkasında bulunan odada kumara yatırırdı. Peluso sınıf arkadaşımız Carmela'nın, bizden büyük olan Pasquale'nin ve bizden daha sefil durumdaki iki küçük çocuğun babasıydı; bazen Lila ve ben onlarla oynardık ama hem okulda hem okul dışında bize ait şeyleri, kalemimizi, silgimizi, ayva şekerlememizi çalmaya çalışırlardı ve onlara attığımız dayak yüzünden evlerine yara bere içinde dönerlerdi.

Onu gördüğümüz dönemde, Bay Peluso bize çaresizliğin görüntüsü olarak görünürdü. Bir yandan her şeyini kumarda yitirirdi, öte yandan ailesinin karnını nasıl doyuracağını bilemediğinden insanların içinde kendini tokatlardı. Karanlık gerekçelerle mahvoluşunu Don Achille'den bilirdi, çünkü sanki o belalı bedeni mıknatıstan yapılmış gibi marangozluk aletlerinin hepsini ansızın kapmıştı ve böylece atölye de işe yaramaz olmuştu. Küfür kıyamet adamın atölyesini de elinden aldığını ve orayı salam-sosis imalathanesine çevirdiğini söyler dururdu. Ben yıllarca pense, testere, kerpeten, çekiç, mengene ve binlerce çivinin Don Achille'nin bedenini oluşturan madde tarafından bir arı gibi emildiğini zannettim. Yıllarca salam, kaşkaval peyniri, mortadella, domuz yağı ve jambon gibi farklı ürünlerin gene arı oğulu gibi onun kaba ve ağır bedeninden yayıldığını görür gibi oldum.

Bunlar hep geçmişin karanlığında olup bitmiş işlerdi. Don Achille doğasındaki canavarlığını biz doğmadan önce sergilemiş olmalıydı. *Önce.* Lila bu formülü çok sık kullanırdı, hem okulda, hem okul dışında. Öte yandan bizden önce olup bitmiş şeyleri pek önemsemediği gibi –büyüklerin ya sustuğu ya çekinerek dillendirdiği şer yüklü olaylar– gerçekten bir "*önce*" olup olmadığını da önemsemezdi. O dönemde onu kararsızlığa iten hatta kimi zaman sinirlendiren de buydu. Biz arkadaş olduğumuzda şu saçma şeyden –*bizden önce*– o kadar çok söz etti ki sonunda sinirini bana da iletmeyi başardı. Bu, bizim içinde olmadığımız, uzun, çok uzun bir dönemdi; Don Achille'nin herkese ne mal olduğunu gösterdiği zamanlardı: belirsiz bir mineral-hayvan fizyonomisi içinde kötü bir yaratıktı ve o –sanki– herkesin kanını dökmüştü ama onun hiç kanı akmamış, onu tırmalamak bile mümkün olmamıştı.

Galiba ilkokul ikideydik ve henüz birbirimizle hiç konuşmamıştık ki bir söylenti yayıldı: Sacra Famiglia Kilisesi'nin önünde, ayinden çıktıkları sırada Bay Peluso öfkeyle Don Achille'ye bağırmaya başlamıştı ve Don Achille büyük oğlu Stefano'yu, Pinuccia'yı, yaşıtımız Alfonso'yu, karısını bir kenara bırakmış, bir an için tüyler ürpertici bir görünüme bürünmüş ve Peluso'nun üzerine atılmıştı; onu havaya kaldırmış, parktaki bir ağaca doğru fırlatmış ve başındaki yüzlerce yaradan ve tüm bedeninden kanlar akan yarı cansız adamı öylece terk etmişti; zavallıcık "yardım edin," diyecek takati bile bulamamıştı.

5.

Çocukluğumuzu özlemiyorum, şiddet doluydu. Hem evde, hem dışarıda her türlü musibet gelirdi başımıza ama gene de payımıza düşen hayatın özellikle kötü olduğunu düşündüğümü hiç hatırlamıyorum. Hayat böyleydi, işte o kadar; başkaları bize hayatı zindan etmeden, biz onlara zindan etmeliyiz zorunluluğuyla büyüyorduk. Sınıf öğretmenimizin ve mahalle papazımızın telkin ettiği nazik davranışları yeğlerdim elbette ama kız olsam bile bu davranışların bizim mahalleye uygun olmadıklarını düşünürdüm. Kadınlar aralarında erkeklerden daha çok dövüşürlerdi; saç saça tutuşup birbirlerinin canını yakarlardı. Can yakmak bir marazdı. Küçüklüğümde gözle görünmeyecek kadar minik hayvancıkların geceleri mahalleye geldiklerini, durgun su birikintilerinden, toprak sekinin ötesindeki kullanılmayan vagonlardan, pis kokulu otlardan, kurbağalardan, semenderlerden, sineklerden, taşlardan, tozdan yayılarak suya, yiyeceklere ve havaya sızdıklarını, annelerimizi, ninelerimizi susamış dişi köpekler gibi öfkeli hale getirdiklerini zannederdim. Erkeklerden çok onlar zehirlenirdi sanki, çünkü adamlar sürekli öfkelenirlerdi ama sonunda sakinleşirlerdi, ancak görünürde sessiz olan, herkesle iyi geçinen kadınlar öfkelendiklerinde dur durak bilmeden kızgınlığı son raddesine vardırırlardı.

Annesinin akrabası Melina Cappuccio'nun başına gelenler Lila'yı çok etkilemişti. Beni de. Melina annemlerin apartmanında otururdu, biz ikinci kattaydık, o üçüncü katta. Otuz yaşını biraz geçmişti, altı çocuğu vardı ve bize yaşlı görünürdü. Kocası da hemen hemen aynı yaştaydı, meyve sebze halinde tahta kasa boşaltırdı. Kısa boylu, şişman ama mağrur bir çehreye sahip, güzel bir adam olarak hatırlıyorum onu. Her zamanki gibi bir gece evden çıktı ve öldü, belki yorgunluktan can verdi, belki öldürüldü. Bütün mahallenin, benim ve Lila'nın ailelerinin de katıldığı çok hüzünlü bir cenaze töreni oldu. Sonra biraz zaman geçti ve Melina'ya olanlar oldu. Dışarıdan bakışta aynıydı, büyük burunlu, sıska, kır saçlı, akşam oldu mu çocuklarına tek tek ve öfkeli bir çaresizlikle uzattığı adlarıyla seslenen kadındı: Aaa-daaa, Miii-chè'. Önceleri onun bir üstünde, apartmanın dördüncü ve en üst katında oturan Donato Sarratore ona çok yardımcı oldu. Donato, Sacra Famiglia Kilisesi cemaatinin sadık bir üyesiydi ve iyi bir Hıristiyan olarak ona para, kullanılmış giysi ve ayakkabı topladı; büyük oğlu Antonio'yu tanıdığı birinin yanına, Gorresio tamirhanesine işe soktu. Melina ona o kadar müteşekkir oldu ki, minneti, bu yapayalnız kadının göğsünde aşka, tutkuya dönüştü. Sarratore bunu fark etti mi bilinmezdi. Gayet kibar ama çok ciddi bir adamdı, evi, işi ve kilise arasında gidip gelirdi; devlet demiryollarının gezgin personeliydi; sabit maaşıyla karısı Lidia ve en büyüğünün adı Nino olan beş çocuğunu gayet güzel geçindirirdi. Napoli-Paola gidiş geliş hattında işte olmadığı zaman evde şunu bunu onarır, alışverişe gider, en son doğanı pusetle gezdirirdi. Bunlar mahalle için çok sıradışı şeylerdi. Kimselerin aklına, Donato'nun bunları karısının yorgunluğunu azaltmak için yaptığı gelmezdi. Hayır: başta babam olmak üzere bütün apartmanlardaki erkekler onu kadınlık rolünü üstlenmekten hoşlanan bir erkek olarak nitelendirirlerdi; zaten şiir de yazardı ve herkese memnuniyetle okurdu. Onu Melina bile anlayamadı. Dul kadın, adamın o nazik ruhuyla karısını şımarttığını düşünmeyi yeğledi ve Lidia Sarratore ile vahşice savaşmaya, erkeği onun elinden kurtarmaya ve daimi olarak kendi yanına yerleşmeye ikna etmeye karar verdi. Bunu izleyen savaş, önceleri bana komik göründü; hem evimde hem dışarıda herkes fesat gülüşmelerle söz ediyordu bu konudan. Lidia tertemiz yıkadığı çarşaflarını balkondan aşağı doğru asıyor, Melina korkuluğun önündeki yükseltiye çıkıp özellikle ucunu ateşte yaktığı bir kamışla çarşafları kirletiyordu; Lidia penceresinin altından geçerken başına tükürüyordu ya da kovayla pis su döküyordu; Lidia ve yaramaz çocukları gündüz vakti onun tepesinde yürüyerek ses çıkarıyorlardı, Melina da bütün gece yer süpürgesinin ucuyla tavana vurup duruyordu. Sarratore onları barıştırmak için elinden gelen her şeyi yaptı ama o çok duyarlı, çok nazik bir adamdı. Böylece sürekli takışmayı sürdüren kadınlar sokakta ya da merdivenlerde karşılaştıklarında birbirlerine kötü sözler söylemeye, kaba ve vahşi sesler çıkarmaya başladılar. İşte ondan sonra olay beni korkutmaya başladı. Çocukluğumun en dehşet verici sahnelerinden biri Melina ve Lidia'nın pencereden ve merdiven boşluğundan birbirlerine haykırdıkları hakaret sözleriyle başladı; annem ev kapısına koşar, açar ve peşinde biz çocuklarla sahanlığa çıkardı; bugün bile tahammül edemediğim son sahnede iki komşu kadın birbirlerine dolanmış halde merdivenden yuvarlandı ve Melina'nın kafası, elinden düşürdüğün kavun misali, ayakkabılarımın birkaç santim ötesine, sahanlığın zeminine vurdu.

O zamanlar biz kız çocuklarının neden Lidia Sarratore'nin tarafını tuttuğunu şimdi bilemiyorum. Belki yüz çizgilerinin düzgünlüğünden, sarı saçlarındandı. Belki de Melina'nın çocukları perişan ve pisken Lidia'nınkilerin tertemiz yıkanmış, saçları taranmış gezmelerinden ve bizden bir-iki yaş büyük olan Nino'dan hoşlanmamızdandı, bilemem. Bir tek Lila Melina'dan yanaydı ama bunun nedenini asla açıklamadı. Sadece bir keresinde Lidia Sarratore öldürülürse memnun olacağını söyledi; ben de bunu biraz kötü kalpliliğine, biraz da Melina'nın uzaktan akrabası olmasına bağlamıştım.

Günlerden bir gün okuldan dönüyorduk, dört ya da beş kızdık. Çoğunlukla bize eşlik eden Marisa Sarratore de yanımızdaydı; onu sevdiğimizden değil, onun aracılığıyla ağabeyi Nino ile tanışmayı umduğumuzdan aramıza alıyorduk. Melina'yı ilk fark eden o oldu. Kadın caddenin öteki tarafında ağır ağır yürüyordu; bir elinde tuttuğu kesekâğıdının içindekileri öteki eliyle alıp ağzına atıyordu. Marisa, şırfıntı diyerek işaret etti onu; aşağılamak için değil, annesi onu bu sıfatla tanımladığı için böyle yapıyordu. Ondan daha ufak tefek ve daha zayıf olan Lila kıza öyle ağır bir tokat attı ki Marisa yere devrildi; Lila bütün şiddet eylemlerindeki gibi ne önce ne sonra bağırmadan, tek bir uyarıcı söz söylemeden, soğuk ve kararlı gözlerini kocaman açmadan buz gibi bir edayla yapmıştı bunu.

Ben önce ağlayan Marisa'ya yardıma koştum, onun yerden kalkmasına yardım ettim ve sonra dönüp Lila'nın ne yaptığına baktım. Kaldırımdan inmiş, geçen kamyonlara aldırmadan koca caddenin öteki tarafına doğru geçmeye başlamıştı. Onun yüzünde değil ama tavrında beni rahatsız eden bir şey gördüm; şimdi onu tanımlamam çok zor, ancak şöyle söylemekle yetineceğim: küçük, kara, sinirli haliyle anayolu keserek yürüyordu, bunu her zamanki kararlılığıyla yapıyordu, kaskatıydı. Annesinin akrabasının yapmakta olduğu şeyde kaskatı, acıda kaskatı, kaskatı bir heykel gibi sessizlikte kaskatıydı. Bir mürit gibi katıydı. Melina ile bir olmuştu; Melina ise bir elinin avuç içinde Don Carlo'nun atölyesinden aldığı yumuşak kara sabun, diğer eliyle ondan bir parça koparıp ağzına atıp yiyordu.

6.

Oliviero öğretmenin kürsüden düşüp, şakağını sıraya vurduğu gün, daha önce söylediğim gibi onun dedem gibi, Melina'nın kocası gibi işbaşında öldüğünü sanmıştım; Lila'nın da sonrasında alacağı korkunç ceza yüzünden öleceğini düşünmüştüm. Oysa tanımlayamayacağım bir süre içinde –kısa, uzun– hiçbir şey olmadı. Her ikisi de, hem öğretmen hem öğrenci, günlerimizden ve belleğimizden silinip gittiler.

Ne var ki o zamanlar her şey çok şaşırtıcıydı. Oliviero öğretmen okula döndü ve bize doğal görünecek şekliyle cezalandırmak değil, onu övmek için Lila'nın üzerine düşmeye başladı.

Bu yeni dönem, Lila'nın annesi Bayan Cerullo'nun okula çağrılmasıyla başladı. Bir sabah hademe kapıyı çaldı ve haber verdi. Ardından Nunzia Cerullo adeta bambaşka biri olarak sınıfa girdi. Mahallenin neredeyse bütün kadınları gibi sürekli yıpranmış giysiler ve terliklerle dolaşan kadın o sabah düğün, komünyon, cenaze gibi törenlerde giyilen baştan ayağa siyah giysileriyle, parlak kara çantasıyla, şiş ayaklarını acıtan yüksek topuklu ayakkabılarıyla içeriye girdi ve öğretmene birinde toz şeker, birinde kahve olan iki torba uzattı.

Öğretmen bu armağanları memnuniyetle kabul etti ve hem ona hem bütün sınıfa seslenerek ve gözlerini sırasına dikmiş olan Lila'ya bakarak beni iyice afallatan birtakım cümleler söyledi. Daha ilkokul birdeydik. Alfabeyi ve birden ona kadar sayıları ancak öğrenmeye başlamıştık. Sınıfın en başarılısı bendim, bütün harfleri tanıyabiliyordum, bir-iki-üç-dört diye sayabiliyordum ve elyazım için sürekli övgü alıyor, öğretmenin diktiği bayrağımıza ait üç renkli kurdeleyi göğsüme takıyordum. Ne var ki Oliviero öğretmen, düşüp hastaneye yatmasına neden olmasına karşın aramızda en çalışkanın Lila olduğunu söyledi. En yaramaz olanın o olduğu doğruydu. Mürekkepli kâğıtları üzerimize fırlatmak gibi kötü şeyler yaptığı doğruydu. O böyle bir disiplinsizlik yapmasa öğretmenimizin kürsüden düşüp şakağını yarmayacağı doğruydu. Elindeki sopayla onu sürekli cezalandırmak zorunda kaldığı, ona tahta arkasında dizüstü oturma cezası verip durduğu doğruydu. Ama öğretmen ve insan olarak onu neşeye boğan, birkaç gün önce rastlantıyla keşfettiği harika bir olay olduğunu söyledi.

Sanki bu sözcükler ona yetmezmiş gibi ya da Lila'nın annesine ve bizlere edimlerin sözcüklerden daha önemli olduğunu kanıtlamak istercesine durdu. Bir tebeşir parçası aldı ve tahtaya (şimdi tam olarak hatırlayamıyorum, daha okuma bilmiyordum; bu nedenle kelimeyi uyduruyorum) *güneş* yazdı. Sonra Lila'ya sordu:

"Cerullo, ne yazıyor burada?"

Sınıfta meraklı bir sessizlik oluştu. Lila şöyle bir gülümsedi, neredeyse yüzünü buruşturur gibi yaptı ve yana, sıra arkadaşına dayandı ve o da rahatsızlığını belli etti. Sonra somurtuk bir ifadeyle okudu:

"Güneş."

Nunzia Cerullo öğretmene baktı, bakışı kararsız, neredeyse korkmuş gibiydi. Oliviero o anda annenin bakışlarında, kendi bakışlarındaki sevincin bulunmadığını anlamamış gibiydi. Ama sonra Nunzia'nın da okuma bilmediğini ya da tahtada tam olarak *güneş* yazıp yazmadığından emin olamadığını sezinlemek zorunda kaldı ve kaşlarını çattı. Daha sonra, biraz durumu Cerullo'ya açıklamak, biraz da arkadaşımızı övmek için Lila'ya şöyle dedi:

"Aferin, gerçekten de güneş yazıyor."

Sonra da buyurdu:

"Gel Cerullo, tahtaya gel."

Lila gönülsüzce tahtaya gitti, öğretmen tebeşiri eline verdi.

"Tebeşir yaz," dedi.

Lila bütün dikkatini topladı, titrek elyazısıyla harfleri üst üste bindirerek, biri yukarıda biri aşağıda kalarak yazdı: *tebşir*.

Oliviero öğretmen araya "e" harfi ekledi ve düzeltmeyi gören Bayan Cerullo, kızına üzgün bir ifadeyle şöyle dedi:

"Yanlış yapmışsın."

Ama öğretmen onu hemen rahatlattı.

"Hayır, hayır, hayır: Lila alıştırma yapmalı, bu doğru ama daha şimdiden okumayı söktü ve yazabiliyor. Kim öğretti ona bunları?"

Bayan Cerullo bakışlarını yere indirdi.

"Ben değil."

"Ama sizin evde ya da apartmanda bunu yapmış olabilecek biri var mı?"

Nunzia başıyla enerjik bir hayır işareti yaptı.

Öğretmen bunun üzerine Lila'ya döndü ve saf bir hayranlıkla hepimizin önünde sordu ona:

"Kim öğretti sana okuyup yazmayı Cerullo?"

Ufak tefek, saçları, gözleri, önlüğü kara, boynunda kırmızı kurdelesi, sadece altı yıllık ömrü olan kız yanıtladı:

"Ben."

7.

Lila'nın ağabeyi Rino'ya göre kız kardeşi üç yaşlarındayken onun defterindeki harflerine ve alfabesindeki resimlere bakarak okumayı öğrenmişti. Ağabeyi ödev yaparken mutfakta onun yanı başına oturur, Rino'nun öğrenemediğinden daha fazlasını öğrenirdi.

Rino neredeyse altı yaş büyüktü Lila'dan; avlunun ve sokağın bütün oyunlarında parlayan yürekli bir çocuktu ve topaç atmakta üstüne yoktu. Ama okumak, yazmak, hesap yapmak, şiir ezberlemek hiç ona göre değildi. On yaşına basmadan babası hiç olmazsa pençe yapmayı öğrensin diye onu alıp anayolun ötesinde dar bir sokakta bulunan kundura tamircisine götürmeye başladı. Biz kızlar ona rastladığımızda, üzerindeki kirli ayak, eski ayakkabı sayası, macun kokusunu duyar, alay eder, kunduracı diye seslenirdik. Belki de bu nedenle kız kardeşinin başarısının başlangıcında kendinin bulunmasıyla övünürdü. Ama aslında hiçbir zaman alfabesi olmamıştı, bir dakika bile masa başına oturup ödev yapmamıştı. Bu nedenle Lila'nın onun okul ödevlerinden yararlanması olasılığı yoktu. Okumayı, müşterilerin eski ayakkabıları sardıkları ve ilginç olaylar olduğunda babasının eve getirdiği gazetelerden sökmüş olması olasılığı daha yüksekti.

İşler öyle ya da böyle gelişmiş olsun, gerçek şuydu: Lila okumayı ve yazmayı biliyordu ve öğretmenin bize bunu açıkladığı kurşuni sabahtan bana geriye kalan, bu haberin bende yarattığı zayıflık duygusu oldu. İlk günden itibaren okul bana evimden çok daha güzel bir yer olarak görünmüştü. Mahallede kendimi en çok güvende hissettiğim yer olan okuluma çok heyecan duyarak gidiyordum. Derslerime dikkat ediyor, yapmam gerektiği söylenen her şeyi çok büyük bir özenle yerine getiriyor ve öğreniyordum. Ama özellikle öğretmenim tarafından sevilmeyi seviyordum, herkesçe sevilmeyi seviyordum. Evimde babamın gözdesiydim, erkek kardeşlerim de seviyordu beni. Sorun annemdi, onunla bir türlü aynı dili konuşamıyorduk. Bana öyle geliyordu ki, altı yaşımı henüz geçtiğim o günlerde hayatında gereksiz olduğumu anlamam için elinden geleni yapıyordu. Ona sevimli gelmiyordum, annem de benim için sevimli biri değildi. Bedeninden tiksiniyordum, olasılıkla bunu da sezinliyordu. Sarışınımsıydı, mavi gözlüydü, etli butluydu. Sağ gözünün ne yana baktığı asla anlaşılmazdı. Sağ bacağı da pek işlemiyordu, onu küskün bacak diye niteliyordu. Topallıyordu ve özellikle geceleri uyku tutmayınca, koridorda, mutfağa gidip geldiği zamanki yürüyüşü beni çok huzursuz ediyordu. Bazen giriş kapısından sızan karafatmaları öldürmek için terliğinin topuğunu öfkeyle yere bastırdığını işittiğimde, gözlerinin, beni dövdüğü zamanki gibi kocaman açıldığını görür gibi oluyordum.

Mutlu olmadığı belliydi, ev işleri onu yıpratıyordu, para yetmiyordu. Sık sık belediyede odacı olarak çalışan babama kızıyordu, ona bir şeyler bulmasını, bunun böyle yürümeyeceğini söyleyerek bağırıyordu. Kavga ediyorlardı. Ama babam sabrı taştığı zaman bile sesini yükseltmediğinden, ben hep anneme karşı babamın tarafını tutuyordum; oysa babam bazen beni dövüyor, beni korkutmayı biliyordu. Okulun ilk günü bana "Lenuccia, öğretmenine karşı uslu ol, seni okutalım. Başarılı olamazsan, sınıfın en çalışkanı olamazsan, babanın yardıma ihtiyacı olduğundan işe başlayıp çalışmak zorunda kalırsın," diyen annem değil, babamdı. Bu sözler beni çok korkutmuştu, babamın ağzından çıksa bile bu sözleri ona annem öğretmiş, annemin düşüncesiymiş gibi dinlemiştim. Her ikisine de çalışacağım konusunda söz vermiştim. Ve işler hemen öyle iyi gitmeye başlamıştı ki öğretmenim bana sık sık şöyle derdi: "Greco, gel yanıma otur."

Bu büyük bir ayrıcalıktı. Oliviero öğretmenin yanında boş bir iskemle vardı ve ödüllendirmek istediği çalışkanları çağırıp otururdu oraya. Önceleri sürekli onun yanına oturan bendim. Beni teşvik eden sözlerle yüreklendirir, sarı buklelerimi över, başarma arzumu güçlendirirdi: annem ise tam tersine, evde olduğum süre içinde beni öyle çok azarlar, kimi zaman öyle hakaret ederdi ki, içimde karanlık bir köşeye sığınmak ve bir daha bulunmamak arzusu doğururdu. Sonra olan oldu ve Bayan Cerullo sınıfa geldi, Oliviero öğretmen bize Lila'nın hepimizden ileri olduğunu açıkladı. Bu da yetmedi: artık yanına benden çok onu çağırır oldu. Bu da içimde bir aşağılanma duygusu uyandırdı; o zaman hissettiğim duyguyu açıkça ve sadakatle söylemeyi başaramayacağım ama sanki bir alt düzeye indirilmiş gibiydim. Belki sıcağı sıcağına olmamıştı bu, en çok bütün öteki kızlar gibi kıskançlık duymuştum. Ama kesinlikle o dönemde içimde bir kaygı gelişti. Bacaklarım gayet sağlıklı olsa bile daimi olarak topal olma riski taşıdığımı düşünmeye başladım. Zihnimde bu düşünceyle uyanıyordum ve hemen kalkıp bacaklarımın hâlâ işleyip işlemediğine bakıyordum. Bu nedenle sıska ve hep hareketli bacakları olan Lila'ya taktım kafamı; bacaklarını sürekli oynatırdı, öğretmenin yanında otururken bile o kadar çok sallardı ki, sonunda öğretmen kızar ve onu yerine yollardı. İşte o zaman bir şey beni, hep onun peşinden gidersem, onun yürüyüşünü izlersem, beni bir tehdit haline gelen annem gibi topallama takıntısından kurtulacağıma ikna etti. Benden sıkılsa, kovalasa bile kendimi o kıza göre ayarlamaya, onu gözden kaybetmemeye karar verdim.

8.

Olasılıkla kıskançlığa ve nefrete tepki verme, onları boğma yöntemim olmuştu bu. Ya da mazlum olma duygumu ve ona hissettiğim çekimi bu yolla şekillendiriyordum. Elbette Lila'nın her konudaki üstünlüğünü ve hatta eziyetlerini de gönüllü olarak kabullenmek konusunda kendimi terbiye ettim.

Öte yandan öğretmen de gayet kurnazca davrandı. Lila'yı yanında oturmaya çağırdığı doğruydu ama bunu ödüllendirmekten çok onu denetim altında tutmak için yaptığını düşünüyordum. Nitekim Marisa Sarratore'yi, Carmela Peluso'yu ve özellikle de beni övmeye devam etti. Benim ışıl ışıl parıldamamı sağladı, beni giderek daha disiplinli, daha özenli, daha dikkatli olmam için yüreklendirdi. Lila yaramazlıkları bir kenara bırakıp beni kolayca geçtiğinde, Oliviero öğretmen önce beni şöyle bir övüyor, sonra onun başarısını yüceltiyordu. Sarratore ya da Peluso beni geçtiğinde yenilginin zehrini daha güçlü hissediyordum. Ama olur da Lila'dan sonra gelirsem uysal bir rıza ifadesiyle yetiniyordum. O yıllarda sanırım tek bir şeyden korkuyordum: Oliviero'nun belirlediği hiyerarşide Lila ile eşleştirilmemek, öğretmenin gururla, "Cerullo ve Greco bu sınıfın en çalışkan kızlarıdır," deyişini duyamamaktan. Olur da günün birinde "bu sınıfın en çalışkanları Cerullo ve Peluso" ya da "Cerullo ve Sarratore" dediğini duyarsam ölüverirdim. Bu nedenle çocuk enerjimin tümünü sınıf birincisi olmak için değil –bunu başarabileceğimi sanmıyordum– üçüncülüğe, dördüncülüğe, sonunculuğa düşmemek için harcıyordum. Kendimi derslerime ve bana hiç uymayan, çok zor gelen başka şeylere verdim ve bütün bunları yalnızca o korkunç ve parlak kıza ayak uydurabilmek için yaptım.

O, benim için parlaktı. Bütün öteki öğrenciler için Lila sadece korkunçtu. İlkokul birinci sınıftan beşinci sınıfa kadar müdürün ve biraz da Oliviero öğretmenin yüzünden hem okulun hem mahallenin en nefret edilen kızıydı.

Müdür bey yılda en az iki kez sınıfları aralarında yarıştırır, başarılı öğrencileri ve buna bağlı olarak da iddialı öğretmenleri öne çıkarmak isterdi. Oliviero bu yarıştan hoşlanırdı. Meslektaşlarıyla sürekli çatışma halinde olan, bazen adeta kavgaya tutuşmuş gibi görünen öğretmenimiz, Lila ve beni, kendi üstünlüğünün gözalıcı kanıtı olarak kullanırdı. Müdürün belirlediği günlerin dışında da Lila ve beni başka sınıflara götürür, öteki kız ve erkek çocuklarla yarıştırırdı. Düşmanın yetkinlik düzeyini ölçmek için genellikle önce beni ileri sürerdi. Genellikle kazanırdım ama bunu abartmadan, ne öğrencileri, ne öğretmenleri küçük düşürmeden yapardım. Sarı bukleli, güzelce, kendimi ortaya koymaktan memnun olan ama küstahlık etmeyen bir kızdım ve ortamı yumuşatan bir zarafet sergilerdim. Örneğin şiir okumayı, çarpım tablosunu saymayı, çarpma ve bölme yapmayı, Alp Dağları'nın kollarını saymayı bildiğimde öteki öğretmenler beni okşarlardı, öğrenciler bunca bilgiyi ezberlemek için ne kadar çok uğraşmış olduğumu hissederlerdi ve benden nefret etmezlerdi.

Lila içinse durum farklıydı. Daha ilkokul birde her türlü olası rekabetin ötesindeydi. Oysa öğretmen biraz gayretle ikinci sınıf sınavını verebileceğini ve yedi yaşını doldurmadan üçüncü sınıfı okuyabileceğini söylerdi. Aradaki fark sonradan açıldı. Lila acayip karışık hesapları akıldan yapabiliyordu, diktelerde tek bir hata yapmıyordu, hepimiz gibi yerel lehçeyle konuşuyordu ama gerektiğinde kitabi bir İtalyanca döktürüyordu, *alışkın, görkemli, can-ı gönülden* gibi sözcükler kullanıyordu. Öğretmen onu ortaya sürüp fiillerin kiplerini ve çekimlerini sorduğunda, problem çözmesini istediğinde her türlü uyum sağlama durumu ortadan kalkıyor ve bütün canlar hırçınlaşıyordu. Lila herkes için çok fazlaydı.

Üstelik iyi niyete açık kapı da bırakmıyordu. Onun başarısını kabul etmek biz çocuklar için bunu asla başaramayacağımız, onunla yarışmamızın nafile olacağı anlamına gelirken, kadın ve erkek öğretmenlerin bile vasat çocuklar olmuş olduklarını düşünmeleri anlamına geliyordu. Zihinsel hızı, keskin bir ıslığı, bir fırlatışı, ölümcül bir ısırığı andırıyordu. Üstelik dış görünümünde bunu yansıtan bir hal yoktu. Saçı başı dağınık, pis bir kızdı, dizlerindeki ve dirseklerindeki yaraların kabukları iyileşmeye zaman bulamazdı. İri ve canlı gözleri, her parlak yanıttan önce öyle çukur haline gelirdi ki onlarda değil çocuksu, insani olmayan bir bakış belirirdi. Her bir davranışı ona kötülük yapmanın işe yaramayacağını, çünkü verdiğin her tepkiye daha beter bir karşılık vereceğini ayan beyan yansıtırdı.

Demek ki nefret elle tutulur, gözle görülürdü, ben bunu fark ediyordum. Hem biz kızlar hem erkek çocuklar ona hırslanıyorduk ama erkek çocuklar bunu açıktan açığa yapıyorlardı. Sadece kendisinin bildiği bir gerekçe yüzünden Oliviero öğretmen bizi kız öğretmen ve öğrencilerden çok erkek öğretmen ve öğrencileri küçük düşüreceğimiz sınıflara götürmeyi yeğliyordu. Müdür bey de aynen kendi gizemli nedenleri yüzünden bu tür yarışlardan hoşlanıyordu. Daha sonradan okulda bizim bu rekabetimiz üzerine parayla bahse tutuştuklarını bile düşündüm. Ama abartıyordum: bu belki sadece eski hınçları boşaltmak için bir yöntemdi ya da müdür bey böylece daha az başarılı ve itaatkâr öğretmenleri denetim altında tutmuş oluyordu. Öyle ki, ilkokul ikinci sınıfta olduğumuz bir gün dördüncü sınıfa götürüldük; Ferraro öğretmenin sınıfında hem manavın meymenetsiz oğlu Enzo Scanno hem de Marisa'nın ağabeyi, benim beğendiğim Nino Sarratore vardı.

Enzo'yu herkes tanıyordu. Sınıfta kalmıştı ve fırça kesimli kır saçlı, uzun boylu ve sıska, küçük ve kırışık yüzlü, bakışları telaşlı Ferraro öğretmen tarafından boynuna, üzerine *eşek* yazılı karton asılı olarak birkaç kez sınıfları dolaştırılmıştı. Nino ise öyle iyi, öyle uysal, öyle sessiz bir çocuktu ki, bu özellikleriyle herkes ama özellikle benim tarafımdan çok sevilirdi. Enzo elbette okul bilgisi bakımından sıfırın altında sıfırdı, ondan çekinmemizin nedeni her an kavgaya hazır oluşundandı. Zekâyla ilgili konularda rakiplerimiz Nino ve –onu da orada keşfetmiştik– Don Achille'nin üçüncü oğlu Alfonso Carracci idi; bu temiz pak çocuk bizim gibi ikinci sınıftandı ve hatta yedi yaşından bile küçük gösteriyordu. Belli ki öğretmen, Nino'dan iki yaş küçük olmasına karşın ona daha çok güveniyordu.

Carracci'nin beklenmedik katılımı yüzünden Oliviero ve Ferraro öğretmenler arasında bir tartışma olduysa da yarışma tek bir salonda toplanmış bütün öğrenciler önünde başladı. Bize önce tahta başında, sonra da akıldan fiilleri, çarpım tablosunu, dört işlemi sordular. O özel ortamdan aklımda üç şey kaldı. İlki, küçük Alfonso Carracci'nin sakin ve dikkatli tavrıyla beni hemen yenmesi oldu ama öyle iyi bir çocuktu ki ezmeye çalışır gibi bir hali yoktu. İkincisi, Nino Sarratore şaşırtıcı bir şekilde soruların hiçbirini yanıtlayamadı ve iki öğretmenin ne sorduklarını anlayamamış gibi şaşkınlıkla bakakaldı. Üçüncüsü de, Lila sanki onu yenmek umuru değilmiş gibi Don Achille'nin oğluna gayet gönülsüzce kafa tuttu. Tablo ancak akıldan yapılan toplama, çıkarma, çarpma ve bölmeye gelince canlandı. Kiminde soruyu duymamış gibi suskunluğunu koruyan Lila'nın umursamazlığına rağmen Alfonso puan kaybetmeye başladı, özellikle de çarpma ve bölmelerde çok hata yaptı. Öte yandan Don Achille'nin oğlu başarısız olurken Lila da kendini gösteremiyordu ve sanki eşit durumdaydılar. Ama bir noktada beklenmedik bir şey oldu. Tam iki kez Lila soruyu yanıtlayamadığında ya da Alfonso bilemediğinde, Enzo Scanno en arkadaki sırasından gayet küçümseme dolu bir ses tonuyla doğru yanıtı verdi.

Bu, sınıfı, öğretmenleri, müdürü, beni ve Lila'yı şaşırttı. Enzo gibi isteksiz, başarısız, serseri bir çocuğun akıldan yapılan karışık hesaplarda benim, Alfonso Carracci'nin ve Nino Sarratore'nin bilemediklerini söyleyivermesi nasıl mümkün oluyordu? O anda sanki Lila derin bir uykudan uyandı. Alfonso hızla oyun dışına itildi, hemen şampiyon değişikliğine giden öğretmenin gururlu onayıyla rekabet Lila ve Enzo arasında devam etti.

İkisi uzun süre birbirlerine kafa tuttular. Müdür bir noktada, öğretmeni de atlayarak manavın oğlunu kürsüye, Lila'nın yanına çağırdı. Enzo kendinin ve çömezlerinin sinirli gülüşleri arasında son sıradan kalktı, tahtanın önünde, kendini rahatsız hisseden donuk Lila'nın karşısına dikildi. Düello akıldan yapılan daha zor hesaplamalarla devam etti. Oğlan sanki sınıfta değil de sokaktaymış gibi yanıtı yerel lehçeyle söylüyor, öğretmen onun diksiyonunu düzeltiyordu ama elbette sonuç hep aynı oluyordu. İşte o zafer anında Enzo son derece mağrur görünüyordu, kendi bile ne kadar başarılı olduğuna şaşırmış gibiydi. Sonra biraz yanılmaya başladı çünkü Lila tam olarak uyanmış, gözleri kararlı çukurlara dönüşmüş ve her soruya kesin yanıtlar verir olmuştu. Sonuçta Enzo kaybetti. Kaybetti ama boyun eğmedi. Küfür etmeye, son derece edepsiz sözler haykırmaya başladı. Öğretmen onu tahtanın arkasında dizlerinin üstünde oturmaya yolladı ama o gitmek istemedi. Ellerinin tersine sopayla vuruldu ve kulağından çekilerek ceza köşesine sürüklendi. Okul günü böylelikle sona erdi.

Ama o günden sonra oğlanların çetesi bizi taşa tutmaya başladı.

9.

Lila ve Enzo arasında geçen düello sabahının, bizim uzun öykümüz içinde önemli bir yeri vardır. Çözümlenmesi çetin pek çok davranış kendini orada gösterdi. Lila'nın canı isteyince yeteneklerinin kullanımını ayarlayabileceği orada açıkça görüldü. Don Achille'nin oğlunun karşısında sergilediği buydu. Onu sadece yenmek istememiş, yenilmemek adına sessizlikleri ve yanıtları da ölçülü vermişti. O zaman henüz arkadaş değildik ve ben ona neden bu tavrı sergilediğini soramamıştım. Aslında sormaya da gerek yoktu, nedenini sezinleyebiliyordum. Benim gibi ona da sadece Don Achille'ye değil, bütün ailesine zıt gitmemesi tembihlenmişti.

Öyleydi. Carracci ailesine karşı ailelerimizin duyduğu ve bize yansıttığı korku-hınç-nefret-boyun eğme duygusunun kaynağını bilmiyorduk ama bu duygu vardı, bu bir gerçekti ve mahallemiz, onun beyazımsı evleri, giriş katlarının sefil kokusu, sokakların tozu gibi bir gerçeklikti. Büyük olasılıkla Nino Sarratore de, Alfonso'nun kendini en iyi şekilde göstermesi için sessiz kalmıştı. Bir-iki şey gevelemişti o güzel yüzü, taralı saçları, uzun kirpikleri, ince ve sinirli bedeniyle ve sonra susmuştu. Onu sevmeyi sürdürmek için böyle olduğunu düşünmek istedim. Ama alttan alta kuşkular besliyordum. Onunki de Lila'nınki gibi bir seçim miydi? Emin değildim. Ben kenara çekilmiştim, çünkü Alfonso gerçekten benden daha başarılıydı. Lila onu hemen alt edebilirdi ama eşitliği hedeflemeyi yeğledi. Ya Nino? Kafamı karıştıran hatta üzen bir şeyler vardı: yetersizliği ya da vazgeçişi değildi, bugünkü görüşümle bir boyun eğmeydi. O gevelemesi, yüzünün solması, gözlerini saran morarma: böyle süzgünleşince ne kadar güzelleşmişti, öte yandan gevşekliği hiç de hoşuma gitmemişti.

Lila da bir noktada bana çok güzelleşmiş göründü. Genellikle güzel olan bendim, o tuzlanmış hamsiyi andırırdı, yabanıl bir koku yayardı, uzun yüzü şakaklarda daralırdı, kapkara ve düz saçları iki yandan öylesine dökülürdü. Ama hem Alfonso'yu, hem Enzo'yu silip atmaya karar verince savaşçı bir azize gibi ışıldamıştı. Bedeninin her köşesinde gizlenmişken fışkıran ateş, şimdi yanaklarına bir pembelik vermişti ve ben ilk kez o anda düşünmüştüm: Lila benden daha güzel. Demek ki ben her konuda ikinci sıradaydım. Bunu asla ve hiç kimse fark etmesin istedim.

Ama o sabahın en önemli şeyi, genellikle cezadan kurtulmak için kullandığımız formülün gerçek bir şeyler barındırdığını, her zaman için kontrol edilemez, yani tehlikeli olduğunu keşfetmem oldu. Formül şuydu: *bilerek yapmadım.* Enzo sürmekte olan yarışa bilerek dahil olmamıştı ve Alfonso'yu bilerek yenmemişti.

Lila bilerek Enzo'yu yenmişti ama Alfonso'yu yenişi ve onu küçük düşürüşü bilerek olmamıştı, bu sadece gerekli bir adım oluşturmuştu. Buna bağlı olarak ortaya çıkan olaylar bizi her şeyi önceden tasarlayarak, önceden bilerek yapma gerekliliğine ikna etti, insan kendini bekleyen sonucu bilmeliydi.

Nitekim bundan sonra olanlar bizi beklenmedik biçimde ezip geçti. Neredeyse hiçbir şey önceden tasarlanmadığından, üzerimize birbiri ardına yağan beklenmedik lavın altında kaldık. Alfonso, yenilgisi yüzünden eve ağlayarak döndü. Babasının sahibi olduğu ama asla adım atmadığı şarküteri imalathanesinde (marangoz Peluso'nun eski atölyesi) çırak olarak çalışan on dört yaşındaki ağabeyi Stefano ertesi sabah okulun kapısına geldi ve Lila'ya gayet kötü sözler söyledi ve işi onu tehdit etmeye vardırdı. Bir noktada kız ona acayip edepsiz sözlerle küfür etti, erkek onu duvara doğru itti ve dilini yakalamaya çalışırken avaz avaz diline iğne batırmak istediğini haykırdı. Lila eve döndü, her şeyi ağabeyine anlattı; kız konuştukça kızarıp bozaran Rino'nun gözleri parıl parıl parlamaya başlamıştı. Akşam saatlerinde yanında çetesi olmadan evine dönen Enzo, Stefano tarafından durduruldu ve tokatlandı, yumruk ve tekme yedi. Rino sabah olunca gidip Stefano'yu buldu ve ona girişti; iki oğlan birbirlerini eşit derecede hakladılar. Birkaç gün sonra Cerullo'ların kapısını çalan Don Achille'nin karısı Maria Teyze, Nunzia'ya hakaretler yağdırdı. Biraz zaman geçti, bir pazar günü, ayinden sonra Lila ve Rino'nun babası, kundura tamircisi, ufak tefek ve sıska bir adam olan Fernando Cerullo, Don Achille'ye yanaştı, hangi konuda özür dilediğini belirtmeden ondan özür diledi. Ben görmedim ya da en azından hatırlamıyorum ama söylenenlere göre bu özürler herkesin duyacağı şekilde yüksek sesle dile getirilmişti; oysa Don Achille, kundura tamircisi onunla konuşmuyormuş gibi yürüyüp gitmişti. Kısa bir süre sonra ben ve Lila, Enzo'yu ayak bileğinden yaralamıştık ve Enzo da attığı taşla Lila'nın başını yarmıştı. Ben korkudan çığlık çığlığa bağırırken Lila, saçlarının altından akan kanla ayağa kalkmıştı, Enzo da kan içinde toprak sekiden aşağı inmiş, Lila'yı bu hiç beklenmedik halde karşısında görünce bizim gözlerimize inanılmaz gelen bir şey olmuş ve ağlamaya başlamıştı. Aradan gene kısa bir süre geçti, Lila'nın sevgili ağabeyi Rino okulun önüne geldi ve kendini zar zor savunan Enzo'ya girişti. Rino daha büyük, daha iri ve daha kararlıydı. Sadece bu kadar değil: Enzo yediği dayaktan ne çetesine, ne annesine, ne babasına, ne kardeşlerine ne de köyde çalışan, arabayla meyve-sebze satan kuzenlerine söz etti. İşte o noktada, onun sayesinde intikamlar son buldu.

10.

Lila bir süre başındaki sargıyı gururla taşıdı. Sonra sargıyı çıkardığında, merak eden herkese, alnında, tam saç dibinde beliren kenarları kırmızı, kara yarayı gösterdi. Sonra başına geleni unuttu ve olur da biri teninde kalan beyazımsı ize bakacak olursa, ne bakıyorsun, işine gitsene sen dercesine dik dik süzdü. Yerden toplayıp verdiğim taşlar için de, akan kanı önlüğümün kenarıyla kuruladığım için de bana asla tek söz etmedi, tek bir minnet ifadesi kullanmadı. Ama o andan başlayarak beni okulla ilgisi olmayan cesaret sınamalarına tabi tuttu.

Avluda daha sık görüşür olduk. Birbirimize bebeklerimizi gösteriyorduk ama sanki yalnızmışız gibi davranıyor, bebeklerimizi birbirimize vermiyorduk. Bir gün onları acaba anlaşacaklar mı diye karşılaştırmaya karar verdik. Ve nihayetinde üzerini örten telin iki ucu yırtık bodrum penceresinin kenarına oturduk;

bebeklerimizi değiş tokuş ettik, biraz o benimkini elinde tuttu, biraz ben onunkini ve Lila beklenmedik biçimde Tina'yı ağın deliğinden aşağı bırakıverdi.

Katlanması mümkün olmayan bir acı hissettim. Selüloit bebeğimi sahip olduğum en değerli şeyim olarak benimsemiştim. Lila'nın çok kötü bir kız olduğunu biliyordum ama bu kadar feci bir şey yapacağını da tahmin edemezdim. Bebeğim benim için canlıydı, onun bodrumun dibinde, orada yaşayan binlerce böceğin arasında olması beni müthiş bir çaresizliğe itti. Ama işte o fırsat sayesinde sonrasında çok geliştireceğim bir sanat öğrendim. Çaresizliğimi gizledim, yaşarmaya başlayan gözlerimin içine hapsettim; öyle ki Lila yerel lehçeyle bana şöyle dedi:

"Umursamadın mı?"

Onu yanıtlamadım. Şiddetli bir acı vardı yüreğimde ama onunla kavga etmenin acısının daha şiddetli olacağını hissediyordum. Sanki iki ıstırap arasında sıkışmış gibiydim; biri olmuştu, bebeğimi yitirmiştim ve öteki olasıydı, Lila'yı kaybedebilirdim. Tek söz etmedim, sanki bu doğal bir şeymiş gibi sadece küskünlük içermeyen bir hareket yaptım, aslında doğal değildi ve büyük bir risk aldığımı biliyordum. Sadece bana az önce vermiş olduğu bebeğini, onun Nu'sunu bodruma atmakla yetindim.

Lila afallamış gözlerle bakıyordu bana.

Gayet korkarak ama hemen yüksek sesle, "Senin yaptığını ben de yaparım," dedim.

"Şimdi git onu al bana!"

"Sen gidip benimkini alırsan!"

Birlikte gittik. Apartmanın girişinde, solda bodruma inen bir kapı vardı, çok iyi bilirdik. Tek kanadın menteşesi çıkmış olduğundan kapının iki kanadı bir zincirle bağlanmıştı. Her çocuk öteki yana geçme olasılığı sunan kapıyı zorlamaya meyletmiş ama aynı zamanda da ölesiye korkmuştu. Biz ise bunu yaptık. Zayıf ve esnek bedenlerimizin arasından geçebileceği kadar bir boşluk yaratıp içeri sızdık.

Önce Lila, ardından ben içeri girince beş taş basamak indik ve sokak seviyesindeki minik açıklıklardan giren ışığın loşluğunda nemli bir yere vardık. Korkuyordum, Lila'nın arkasında durmaya gayret ediyordum ama o bana öfkelenmiş gibiydi ve sanki tek hedefi kendi bebeğini bulmaktı. Ellerimle duvarı yoklayarak ilerledim. Sandaletimin altında çıtırdayan şeyleri, camları, taşları, böcekleri duyuyordum. Çevremde iri, sivri, kare, yuvarlak şekillerde belirlenemeyen kütleler vardı. Karanlığın içinden geçen hafif ışık bazen tanınabilir bir şeyi görünür kılıyordu: bir iskemle iskeleti, lambader ayağı, meyve sandığı, dolabın yan dikmeleri ve altı, demir askılık çubukları. Cansız bir yüz, iri cam gözler, kutu biçiminde uzayan çene gibi gördüğüm o şey beni iyice korkuttu. Sanki bir askıya asılmıştı ve üzgün bir ifadesi vardı; bağırdım ve Lila'ya işaret ettim. O hemen baktı, bana arkasını dönerek yavaşça ilerledi, elini sakınarak uzattı ve o suratı çekip aldı. Sonra bana döndü. Cam gözlü suratı kendi yüzünün önüne koymuştu; şimdi koca bir suratı, gözbebeği olmayan yuvarlak göz çukurları olmuştu, ağzı yoktu, sadece göğsünün üzerine doğru sarkan o kara çene vardı.

Bunlar benim belleğime kazınıp kalmış görüntüler. Emin değilim ama sanırım göğsümden gerçek bir dehşet haykırışı yükselmiş olmalı ki o yankılanan sesiyle bunun sadece bir maske, bir gaz maskesi olduğunu söyledi: babası böyle adlandırıyordu ve evlerinin sandık odasında aynından vardı. Korkudan titremeyi ve inlemeyi sürdürdüm; sonunda yüzünden maskeyi çıkarıp bir kenara attı; bir gürültü oldu ve yükselen toz bulutu pencereden giren ışık huzmelerinin arasında görünür oldu.

Sakinleştim. Lila çevresine bakındı, Tina ve Nu'yu attığımız boşluğu tespit etti. Pürtüklü, kaba duvara yaklaştık ve karanlığın içine baktık. Bebekler yoktu. Lila yerel lehçeyle tekrarlıyordu: yoklar, yoklar, yoklar ve elleriyle yeri yokluyordu; bense bunu yapmaya cesaret edemiyordum.

Çok uzun dakikalar gelip geçti. Bir an için Tina'yı görür gibi oldum ve yüreğim hoplayarak almak için eğildim, ama o sadece dertop edilmiş bir gazete yumağıydı. Yoklar diye yineledi Lila ve çıkışa doğru uzaklaştı. İşte o zaman kendimi kayıp, aramayı sürdürmek için kalamayacak kadar ödlek, bebeğimi bulamazsam onun peşinden gidemeyecek kadar beceriksiz hissettim.

Merdivenlerin tepesine vardığında şöyle dedi: "Don Achille aldı onları, kara çantasına attı."

Ve ben işte tam o anda onu, Don Achille'yi duyar gibi oldum: nesnelerin belirsiz formları arasında sürünüyor, geziniyordu. Bunun üzerine Tina'yı kaderine terk ettim ve kapı aralığından süzülmek için eğilip bükülen Lila'nın peşine düştüm.

11.

Bana söylediği her şeye inanıyordum. Don Achille'nin yeraltı koridorlarında, kollarını iki yana açmış, geniş parmaklarıyla bir yanda Tina'yı, bir yanda Nu'yu taşıyarak koşan şekilsiz kütlesine ilişkin görüntü zihnime kazınmıştı. Derin bir kedere kapıldım. Yükseldikçe yükselen bir ateşle hastalandım, iyileştim, yeniden hastalandım. Dokunma duyumu yitirdim, kimi zaman, çevremdeki her canlı hayat ritmini hızlandırırken, katı yüzeylerin parmaklarımın altında yumuşadıklarını, içsel kütleleriyle dış yüzeyleri arasında boşluklar bırakarak şiştiklerini zannediyordum. Kendi bedenime dokunuyordum ve şişmiş gibi hissediyordum, bu beni üzüyordu. Yanaklarımın balon gibi olduğunu, ellerimin talaş dolduğunu, kulak kepçelerimin olgun üvezleri andırdığını, ayaklarımın somun gibi şiştiğini sanıyordum. Sokaklara ve okula döndüğümde mekânın da değişmiş olduğunu hissettim. Mekân iki karanlık kutup arasına zincirlenmişti, bir uçtan yeraltı havası evlerin köklerine ve bebeklerin düştüğü mağaramsı çukura baskı yapıyordu, öteki uçtan üstteki küreye, yani bebeklerimizi çalan Don Achille'nin oturduğu dördüncü kata doğru sıkıştırıyordu. Bu iki kutup demir bir değneğin iki ucuna vidalanmış gibiydi, hayal dünyamda bu değnek evlerin, sokakların, kırların, tünelin, demiryollarının içinden geçiyor ve onları birbirine bağlıyordu. Nesnelerin kütleleriyle ve her günkü insanlarla birlikte kendimi bu mengenenin arasına sıkışmış hissediyordum; ağzımda kötü bir tat vardı, daimi olarak bulanan midem yüzünden bitkin düşmüştüm, böylesine ezilen, giderek sıkışan her şey beni öğütüyor ve iğrenç bir bulamaca dönüştürüyordu.

Bu dirençli rahatsızlık yıllarca sürdü, ilk ergenlik yıllarımın sonunda bitti. Öte yandan daha yeni başladığı dönemde hiç beklenmedik bir anda, ilk aşk ilanını aldım.

Ben ve Lila üst kata, Don Achille'nin dairesine doğru tırmanmayı henüz denememiştik; Tina için tuttuğum yas dayanılmaz boyutlardaydı. Gönülsüzce ekmek almaya gitmiştim. Annem beni yollamıştı ve paranın üstünü düşürmemek için sımsıkı tutarak eve dönüyordum; sıcak somunu göğsüme bastırmıştım; o sırada kardeşini elinden tutmuş Nino Sarratore'nin peşimden geldiğini fark ettim. Anneleri Lidia yaz günleri dışarı çıkarken o zamanlar beş yaşlarında olan Pino'yu da yanına katar ve asla elini bırakmamasını tembihlerdi. Carracci şarküterisini geçtikten sonraki bir köşeye yaklaşırken Nino beni geçecekmiş gibi yaptı ama geçmektense durdurdu, duvara doğru itti ve serbest kolunu kaçmamı engelleyecek bir değnek gibi duvara dayadı; öteki eliyle girişiminin sessiz tanığı kardeşini de yanına çekti. Nefes nefese bir şeyler söyledi ama ben anlamadım. Yüzü bembeyazdı, önce gülümsüyordu, sonra ciddileşti, sonra yeniden güldü. En sonunda okul İtalyancasıyla tek tek söyledi:

"Büyüdüğümüz zaman seninle evlenmek istiyorum."

Sonra da, bu arada onunla nişanlanmak ister miyim diye sordu. Benden biraz uzun, çok zayıf, yelken kulaktı. İsyankâr saçları, uzun kirpikli yoğun bakışlı gözleri vardı. Çekingenliğini gizlemek için gösterdiği çaba dokunaklıydı. Onunla evlenmeyi çok istesem de içimden şu yanıtı vermek geldi:

"Hayır, evlenemem."

Ağzı bir karış açık kaldı, Pino onu şöyle bir dürttü. Ben kaçıverdim.

O günden sonra ona her rastlayışımda sıvışmaya baktım. Oysa bana o kadar yakışıklı görünüyordu ki. Ona yaklaşabilmek, eve yürürken yanlarında olabilmek için kaç kere kardeşi Marisa'ya yanaşmıştım. Ama belli ki o açıklamayı bana yanlış bir anda yapmıştı. O anda kendimi ne kadar perişan hissettiğimi, Tina'nın yokluğunun beni ne kadar üzdüğünü, Lila'nın peşinde durabilme çabasının beni nasıl yıprattığını, avlunun, apartmanların, mahallenin oluşturduğu mekânın beni nasıl ezdiğini bilemezdi elbette. Uzaklardan beni süzdüğü çok uzun, korkulu bakışlardan sonra o da beni görmezden gelmeye başladı. Bir süre öteki kızlara ve kardeşi Marisa'ya bana yaptığı teklifi söyleyeceğimden korkmuş olmalıydı. Pastacının kızı Gigliola Spagnuolo'nun, Enzo ona nişanlanma teklifinde bulunduğu zaman böyle yaptığı malumdu. Enzo da bunu öğrenmiş, öfkelenmiş, okulun önünde kıza yalancı olduğunu haykırmış, hatta onu bıçakla öldürmekle tehdit etmişti. Ben de her şeyi anlatma hevesine kapıldıysam da sonra boşverdim, kimseye tek söz etmedim, hatta arkadaş olduğumuzda Lila'ya bile söylemedim. Yavaş yavaş kendim bile unuttum.

Bu olay bir süre sonra bütün Sarratore ailesi mahalleden taşınınca aklıma geldi. Bir sabah avluda, Assunta'nın kocası Nicola'ya ait olan at arabası beliriverdi; o bu araba ve yaşlı atla mahalle sokaklarında meyve ve sebze satardı. Nicola'nın güzel, geniş yüzü, mavi gözleri, oğlu Enzo gibi sarı saçları vardı. Meyve ve sebze satmanın dışında taşımacılık da yapıyordu. Nitekim biraz sonra Donato Sarratore, Nino ve hatta Lidia eşyalarını, her türlü ıvır zıvırı, şilteleri, mobilyaları aşağı indirmeye ve arabaya yüklemeye başladılar.

Avluda araba tekerleklerinin gıcırtısını duyan kadınların hepsi pencerelere üşüştüler; annem ve ben de hemen baktık. Büyük bir merak oluşmuştu. Anlaşıldığına göre Donato'ya devlet demiryolları tarafından, Nazionale Alanı'nın yakınlarında yeni bir ev verilmişti. Ya da –dedi annem– karısı, kocasını elinden almak isteyen Melina'nın zulmünden kurtulmak için taşınmak istemişti. Mümkündü. Beni bu konuda her zaman hayrete düşüren annem eninde sonunda ortaya çıkacak olan şerri en baştan algılardı; o şaşı gözleri sanki özellikle mahallenin gizli hareketlerini belirlemek için yapılmış gibiydi. Melina nasıl bir tepki verecekti şimdi? Fısıltılara göre Sarratore'den hamile kaldığı ve sonra bebeğini öldürmüş olduğu doğru muydu? Şimdi çıkıp berbat sözler haykırır, bu sırrı da ifşa eder miydi acaba? Küçüklü büyüklü tüm kadınlar pencereye yapışmıştı; kimi giden aileye el sallayarak veda ediyordu, kimi de o çirkin, sıska ve dul kadının öfke gösterisini seyretmeyi bekliyordu. Lila ve annesi Nunzia'nın da bakmak için pencereden sarktıklarını fark ettim.

Nino'nun bakışlarını aradım ama o bambaşka şeylerle meşgul gibiydi. İşte o anda, her zamanki gibi kesin bir nedeni olmasa da çevremdeki her şeyi zorlaştıran bir bitkinlik hissettim. Taşınacaklarını bildiği için bana o açıklamayı yaptığını ve gitmeden önce benim hakkımdaki duygularını iletmek istemiş olabileceğini düşündüm. Nefes nefese, içi dolu çekmeceleri taşıyışını seyrettim ve ona hayır demiş olmamın acısını ve pişmanlığını hissettim. Şimdi bir kuş gibi uçup gidiyordu.

Sonunda mobilya ve eşya geçidi sona erdi. Nicola ve Donato her şeyi arabaya sımsıkı raptetmek için iplerle çevirip bağladılar. Lidia Sarratore sanki davete gidiyormuş gibi şık giyinmiş, başına yazlık mavi hasır şapkasını takmış olarak çıktı ortaya. Minik oğlunun pusetini itiyordu, yanında da iki küçük kızı, benim yaşıtım sekiz-dokuz yaşındaki Marisa ve altı yaşındaki Clelia vardı. Ansızın ikinci kattan bir şeylerin kırılma sesi geldi. Aynı anda Melina bağırmaya başladı. Öyle azap dolu bir bağırıştı ki bu, Lila'nın elleriyle kulaklarını tıkadığını gördüm. Sonra Melina'nın ikinci kızı Ada'nın son derece acılı bir sesle, "Anne, hayır anne!" diye bağırdığı duyuldu. Bir belirsizlik anından sonra ben de tıkadım kulaklarımı. Ama bu arada pencereden eşyalar uçmaya başladı ve ben anlamak için net seslere ihtiyaç duyuyormuşum gibi açtım kulaklarımı. Melina sadece sözlerle değil, sanki yaralanmış gibi aaaah aaaah gibi seslerle haykırıyordu. Görünmüyordu, sadece pencereden bir şey atan eli ya da kolu görünüyordu. Bakır tencereler, bardaklar, tabaklar sanki kendi iradeleriyle uçuyorlardı pencereden ve sokakta Lidia Sarratore, başını öne, sırtını pusete doğru eğmiş, arkasında kızlarla yürüyordu ve Donato at arabasına, eşyalarının arasına biniyor, Don Nicola atını geminden tutuyor, asfalta düşen şeyler zıplıyor, kırılıyor, hayvanın sinirli ayakları arasında paramparça oluyordu.

Gözlerim Lila'yı aradı. Şimdi bambaşka bir çehre, korku dolu bir ifade gördüm. Ona baktığımı fark etmiş olmalı ki hemen pencerenin önünden çekildi. Bu arada at arabası hareket etti. Duvarı adeta yalayarak, kimselere veda etmeden, demir kapıya doğru ilerledi; Lidia ve dört küçük çocuğu yürürken Nino asfalta yayılan kırıklar yüzünden hipnotize olmuş gibi duruyor, sanki ayrılmak istemiyordu.

En son gördüğüm, pencereden sanki kara bir lekenin uçuşuyduydu. Bu dökme demir bir ütüydü: sapı da demirdi, kendi de. Tina varken ve onunla oynarken annemin birörnek ütüsünü fırtınada ilerleyen geminin pruvası olarak hayal ederdim. Ütü hızla ve kuru bir gürültüyle yere indi ve Nino'nun birkaç santim ötesinde toprakta çukur açtı. Onu öldürmesine ramak kalmıştı.

12.

Hiçbir erkek çocuk Lila'ya aşk ilan etmedi ve o da bu yüzden üzülüp üzülmediğini hiç söylemedi. Gigliola Spagnuolo sürekli çıkma teklifi alıyordu ve ben de bayağı gözdeydim. Lila ise kimsenin hoşuna gitmiyordu; sıska, pasaklı ve sürekli yara bere içindeydi ama asıl neden, keskin diliydi; küçükdüşürücü takma adlar uydurur, öğretmene hiçbirimizin bilmediği İtalyanca kelimeler söylese bile bizimle sadece sert lehçesiyle, edepsiz sözlerle konuşurdu ve bu da her türlü aşk duygusunun doğmasını engellerdi. Sadece Enzo bir adım atmıştı ve bu tam bir çıkma önerisi olmasa da, en azından bir hayranlık ve saygı ifadesiydi. Taşla kafasını yarmasından epey sonra ve sanırım Gigliola Spagnuolo tarafından reddedilmesinden önce, bir gün anayolda koşarak yanımıza geldi ve benim şaşkın bakışlarımın önünde Lila'ya bir tutam üvez uzattı.

"Ne yapayım bunu?"

"Yersin."

"Ham ham mı?"

"Olgunlaştırırsın."

"İstemiyorum."

"At o zaman."

Hepsi bu. Enzo arkasını döndü ve işinin başına koştu. Ben ve Lila gülmeye başladık. Az konuşurduk ama başımıza gelen her şeye atacak kahkahamız vardı. Ona sadece neşeli bir ses tonuyla şöyle dedim:

"Ben severim üvez."

Aslında yalan söylüyordum, sevdiğim bir meyve değildi. Ham olduklarındaki kırmızımsı-sarımsı rengini, güneşli günlerde topluca parlayışlarını severdim. Ama balkonlarda olgunlaştıklarında, minik solgun armutlar gibi kahverengi ve yumuşak olduklarında, kabukları kolayca soyulup olgun ve leziz meyvelerini ortaya koyduklarında, şekilsiz halleriyle bana anacaddedeki fare leşlerini anımsatırlardı ve o nedenle dokunamazdım bile. Bu cümleyi denemek için söylemiştim, Lila'nın bana uzatıp, al senin olsun demesini beklemiştim. Kendine ait bir şeydense, Enzo'nun ona verdiği armağanı bana verirse daha mutlu olacağımı hissettim. Ama bunu yapmadı ve alıp evine götürdüğü zamanki ihanet duygusunu hâlâ hatırlıyorum. Pencerenin dışına bir çivi çaktı. Sonra da üvezi oraya asışını gördüm.

13.

Enzo ona bir daha armağan vermedi. Kendisine yaptığı açıklamayı herkese anlattığı için Gigliola ile kavga etmesinden sonra onu giderek daha az görür olduk. Akıldan yaptığı hesaplar konusunda çok başarılı olduğunu göstermişti ama o kadar gönülsüzdü ki öğretmen ona ortaokula giriş sınavını önermedi bile; Enzo buna alınmadığı gibi memnun bile oldu. Meslek okuluna kaydoldu ama zaten ailesiyle çalışıyordu. Erkenden uyanıp babasıyla sebze-meyve pazarına gidiyordu ya da el arabasıyla mahallede dolaşıp köyden gelen ürünleri satıyordu; böyle olunca okul hayatını yarıda bıraktı.

Beşinci sınıfı bitirirken bizlere eğitim için yaratılmış olduğumuz bildirildi. Öğretmen sırayla benim, Gigliola'nın ve Lila'nın anne-babasını okula çağırdı ve onlara hem ilkokulu bitirme hem de ortaokula kabul sınavlarına girmemiz gerektiğini bildirdi. Hem topal hem şaşı ve özellikle hep sinirli annemin okula gelmemesi için bütün yolları denedim; öğretmenle, odacı olarak çalıştığı için yol yordam bilen babamın konuşmasını istedim. Ama başaramadım. Öğretmenle görüşmeye annem gitti ve eve bir karış suratla döndü.

"Öğretmen para istiyor. Sınav zor olduğundan fazladan ders çalıştırmak istiyormuş."

"İyi de neye yarıyormuş bu sınav?" diye sordu babam.

"Latince öğrenmesine."

"Neden peki?"

"Çünkü başarılı olduğunu söylediler."

"Madem başarılı, öğretmen neden özel ders verecekmiş?"

"O daha iyi duruma gelsin, biz daha kötü duruma düşelim diye."

Uzun uzun tartıştılar. Başlangıçta annem karşı, babam kararsızdı; sonra babam yavaştan yumuşadı ve annem biraz daha az karşı oldu. Sonunda sınava girmeme bir koşulla razı oldular: sınavı geçemezsem beni okuldan alacaklardı.

Lila'ya ailesi hayır demedi. Nunzia Cerullo pek ikna olmamış gibi göründüyse de baba tartışmak bile istemediği gibi ona yanıldığını söyleyen Rino'ya da bir tokat attı. Velileri öğretmenle görüşmeye gitmekten çekiniyorlardı ama arada müdürün çağrısı olunca Nunzia mecburen gitmek zorunda kaldı. O korkak kadının çekingen ama net reddi karşısında çatık kaşlı ama sakin Oliviero öğretmen Lila'nın harika kompozisyonlarını, çetrefil problem çözümlerini ve pek renkli resimlerini ortaya serdi; Lila sağdan soldan yürüttüğü Giotto marka pastel boyalarla saçları, takıları, giysileri, ayakkabıları hiçbir kitapta ve hatta kilise sinemasında görülmemiş öyle canlı prensesler çiziyordu ki, sınıfta resim dersi olduğunda herkes büyüleniyordu. Annesi bir kez daha öneriyi reddedince Oliviero sabrını yitirdi ve disiplinsiz bir öğrenciymiş gibi Lila'nın annesini müdüre götürdü. Nunzia sözünden dönemezdi çünkü kocasının izni yoktu. Bunun neticesinde kendi, öğretmen ve müdür bitkin düşene dek hayır demeyi sürdürdü.

Ertesi gün okula giderken Lila her zamanki ses tonuyla bana, "Ben gene de gireceğim sınava," dedi. Buna inandım çünkü ona bir şeyi yasaklamanın yararsız olduğunu hepimiz biliyorduk. Biz kızların en güçlüsü olduğu gibi, Enzo'dan, Alfonso'dan, Stefano'dan, ağabeyi Rino'dan, bütün büyüklerden yani velilerimizden, öğretmen ve insanı hapse atabilen jandarmadan bile daha güçlüydü. Görüntüsü kırılgan olsa bile ona konan yasakların anlamı yoktu. Gerçek anlamda sonuçlarına maruz kalmadan sınırı aşmayı çok iyi biliyordu. Sonunda karşısındaki pes eder ve hatta istemeye istemeye de olsa onu övmek zorunda kalırdı.

14.

Don Achille'nin evine gitmek de yasaktı ama o gene de bunu kafaya taktı, ben de peşine takıldım. Zaten onu hiçbir şeyin durduramayacağını, her türlü itaatsizliğinin insanın ağzını hayretten bir karış açık bırakacak kadar harika sonuçlar doğurduğunu o gün anladım.

Don Achille bebeklerimizi bize geri versin istiyorduk. Bu nedenle tırmandık merdivenleri, ama ben her basamakta arkamı dönüp avluya koşmaya hazırdım. Lila'nın benimkini yakalayan elini hâlâ hissederim; sadece benim son kata kadar ulaşma cesaretine sahip olmadığımı sezdiği için değil, aynı zamanda bu davranışıyla kendisinin de devam etmek için cesaret topladığını düşünmekten hoşlanırım. İşte böylece ben duvar, o korkuluk tarafında yan yana, terli ellerimizi birbirine kenetlemiş olarak en son basamakları tırmandık. Don Achille'nin kapısına vardığımızda kalbimin hızla atışını kulaklarımda duyuyordum ama Lila'nın kalbinin sesini de duyuyor olduğum konusunda kendimi avuttum. Evin içinden sesler geliyordu; Alfredo'nun, Stefano'nun ya da Pinuccia'nın sesleri olabilirdi bunlar. Lila kapıda uzun ve suskun bir beklemeden sonra zil düğmesini çevirdi. Önce sessizlik sonra terlik sesi duyuldu. Kapıyı Donna Maria açtı, üzerinde soluk yeşil bir sabahlık vardı. Konuştuğu zaman ağzının içinde pırıl pırıl parlayan bir altın diş gördüm. Alfonso'yu aradığımızı sanmıştı, biraz şaşırmış gibiydi. Lila ona yerel lehçeyle şöyle dedi:

"Hayır, Don Achille'yi istiyoruz."

"Bana söyle."

"Onunla konuşmalıyız."

Kadın seslendi:

"Achi!"

Gene terlik sesi duyuldu. Odanın loşluğundan iri bir figür belirdi. Belden yukarısı uzundu, bacakları kısaydı, kolları dizlerine kadar iniyordu, ağzında yanan sigaranın kızıl ışığı görünüyordu. Boğuk bir sesle:

"Kim o?" diye sordu.

"Kunduracının kızıyla Greco'nun büyük kızı."

Don Achille aydınlığa çıktı, ilk kez onu tam anlamıyla gördük. Ne mineral, ne cam şıkırtısı. Yüzü ettendi, uzundu, saçları kulaklarının üzerinde kıvrılıyordu, başının tepesi açıktı. Parlak gözlerinin aklarında kırmızı damarlar vardı, ağzı geniş ve inceydi, çenesinin tam ortasında çukur vardı. Bana çirkin göründü ama tahmin ettiğim kadar değil.

"Evet?"

"Bebekler," dedi Lila.

"Ne bebekleri?"

"Bizimkiler."

"Sizin bebeklerinizle işimiz yok bizim."

"Onları bodrumdan siz aldınız."

Don Achille apartman dairesinin içine doğru döndü ve seslendi:

"Pinu, kunduracının kızının bebeğini sen mi aldın?"

"Hayır, almadım."

"Alfo, sen mi aldın?"

Gülüşmeler.

Lila nereden bulduğuna şaştığım gayet kararlı bir ifadeyle yineledi:

"Siz aldınız, sizi gördük."

Bir anlık sessizlik oldu.

"Siz, beni mi?" diye sordu Don Achille.

"Evet ve büyük, kara çantanıza koydunuz."

Adam bu son sözleri duyunca sıkıntıyla alnını kırıştırdı.

Orada, Don Achille'nin karşısında dikildiğimize, Lila'nın ona o tonda konuştuğuna, adamın onu şaşkınlıkla süzdüğüne inanamıyordum; fonda Alfonso, Stefano ve Pinuccia görünüyordu, Donna Maria da akşam yemeği için sofra kuruyordu. Onun biraz kısa boylu, biraz kel, biraz orantısız ama nihayetinde sıradan bir adam oluşuna inanamıyordum. Bu nedenle her an dönüşüme uğrayacağını sanıyordum.

Don Achille sözlerin anlamını daha iyi anlayabilmeye çalışırcasına yineledi:

"Ben sizin bebeklerinizi alıp kara çantaya mı attım?"

Öfkeli olmadığını hissediyordum ama ansızın çoktan bildiği bir şeyin onayını almış gibi sıkıldı.

Yerel lehçeyle bir şeyler söyledi, anlamadım. Maria seslendi:

"Achi, yemek hazır."

"Geliyorum."

Don Achille geniş ve büyük elini pantolonunun arka cebine götürdü. Biz el ele tutuşmuş, cebinden bir bıçak çekmesini bekliyorduk. Oysa oradan cüzdanını çıkardı, açtı, içine baktı ve Lila'ya ne kadar olduğunu hatırlamadığım bir para uzattı.

"Gidin kendinize bebek alın," dedi.

Lila paraları kıvırdı, beni merdivenlerden aşağı sürükledi. O ise korkuluktan aşağı eğilip seslendi:

"Onları size benim hediye ettiğimi de unutmayın."

Ben merdivenlerden düşmemeye çalışarak ve İtalyanca olarak, "İyi akşamlar ve afiyet olsun," diye seslendim.

15.

Gigliola Spagnuolo ve ben, Paskalya'nın hemen ardından öğretmenin evine gitmeye ve kabul sınavına hazırlanmaya başladık. Öğretmen Sacra Famiglia Kilisesi'nin papaz evinin öte yanında oturuyordu, pencereleri parka bakıyordu ve oradan çayırların ardındaki demiryolunun kafesleri görülüyordu. Gigliola penceremin altına gelip sesleniyordu. Ben hazırlanıyor, koşarak çıkıyordum. Sanırım haftada iki kez yaptığımız bu özel dersleri çok sevmiştim. Öğretmen ders bitiminde bize kalp biçiminde kuru pastalar ve gazoz ikram ediyordu.

Lila hiç gelmedi, ailesi öğretmene para ödemeyi kabul etmemişti. Ama artık yakın arkadaş olduğumuzdan o bana sınava gireceğini ve benimle ortaokula geleceğini söyleyip duruyordu.

"Ya kitaplar?"

"Sen bana verirsin."

Bu arada Don Achille'nin verdiği parayla bir roman satın aldı: *Küçük Kadınlar*. Bunu yapmaya karar vermişti çünkü kitabı biliyordu ve çok sevmişti. Oliviero dördüncü sınıfta biz çalışkanlara okumamız için kitap dağıtmıştı. Onun payına düşen *Küçük Kadınlar* kitabının girişine şöyle bir not düşmüştü öğretmen: "Bu büyükler içindir ama sana da uyar." Bana düşen kitabın adı *Çocuk Kalbi* idi ve içinde konusuna ilişkin bir not yoktu. Lila kısa süre içinde Hem *Küçük Kadınlar*'ı, hem *Çocuk Kalbi*'ni okumuştu; karşılaştırma yapmak bile mümkün değildi, *Küçük Kadınlar* o kadar güzeldi. Ben ise onu okumayı başaramamıştım, çünkü öğretmenin tanıdığı süre içinde *Çocuk Kalbi*'ni ancak bitirebilmiştim. Yavaş okurdum, hâlâ da öyleyimdir. Lila kitabı Oliviero'ya iade ederken *Küçük Kadınlar*'ı defalarca yeni baştan okuyamayacağı ve benimle onun hakkında konuşamayacağı için üzgündü. Bu nedenle bir sabah karar verdi. Beni sokaktan çağırdı, bataklığın oraya, Don Achille'nin verdiği parayı teneke kutuyla gömdüğümüz yere gittik, parayı alıp kırtasiyeci Iolanda'ya koştuk ve kim bilir ne zamandır vitrinde durduğu için sararmış kitaba paramızın yetip yetmeyeceğini sorduk. Yetiyordu. Kitabın sahibi olur olmaz avluda buluşmaya, yan yana oturup ya içimizden, ya birbirimize yüksek sesle okumaya başladık. Aylarca ve defalarca okuduk; sonunda kitap kirlendi, yıprandı, cildi dağıldı, fasikülleri koptu. Ama o bizim kitabımızdı ve çok sevmiştik. Kitabın bekçisi bendim, evde okul kitaplarımın arasında saklıyordum, çünkü Lila evde tutmaya güvenemiyordu. Babası son zamanlarda onu okurken görünce sinirleniyordu.

Rino ise onu koruyordu. Kabul sınavı sorunu ortaya çıktığında o ve babası arasında bitmek bilmeyen bir kavga çıkmıştı. O dönemde Rino on altı yaşındaydı; çok sinirli bir çocuktu ve yaptığı iş karşılığında ücret almak için bir mücadele başlatmıştı. Gerekçesi şuydu: altıda uyanıyorum, dükkâna geliyorum ve akşamın sekizine kadar çalışıyorum; bunun karşılığında da ücret istiyorum. Ne var ki bu sözleri annesini de babasını da sarsıyordu. Rino'nun yatacak yatağı, yiyecek ekmeği vardı, neden para istiyordu? Onun görevi aileyi yoksullaştırmak değil, yardımcı olmaktı. Ama çocuk ısrar ediyordu ve babası kadar didinip karşılığında tek kuruş kazanmamayı yanlış buluyordu. İşte o noktada Fernando Cerullo ona sabırla şu yanıtı veriyordu: "Sana zaten ödeme yapıyorum Rino, sana mis gibi bir iş öğretiyorum. Pek yakında sadece pençe yapmayı, kenar dikmeyi, taban takmayı öğrenmekle kalmayacaksın; baban sana bildiği her şeyi aktarıyor ve sen çok yakında bütün kurallarıyla baştan sona bir ayakkabı yapabileceksin." Ama bu ücret yerine eğitim alma düşüncesi Rino'ya yetmiyordu ve bu nedenle özellikle de akşam yemeklerinde sürekli didişiyorlardı. Tartışma parayla başlıyor, Lila ile sonlanıyordu.

"Sen bana para ödersen, onu ben okuturum," diyordu Rino.

"Okumak mı? Nedenmiş? Ben okudum mu sanki?"

"Hayır."

"Sen okudun mu?"

"Hayır."

"Peki o halde, kız haliyle kardeşin niye okuyacakmış ki?"

Tartışma daima Rino'nun suratına patlayan bir şamarla sona ererdi; şu ya da bu şekilde ve istemeden babasına karşı saygısızlık yaptığı kabul edilirdi. Oğlan ağlamadan ama kırgın bir sesle özür dilerdi.

Lila bu tartışmalar süresince konuşmazdı. Hiç söylemedi ama bıraktığı izlenime göre ben annemden nefret ederken, ondan gerçek anlamda ve derinlemesine nefret ederken o, her şeye rağmen babasını takmazdı. Babasının çok nazik olduğunu, hesap yapması gerektiği zaman bunları kızına yaptırdığını, kızı mahallenin en akıllısı diye arkadaşlarına övündüğünü, isim yortusunda yatağına sıcak çikolata ve dört bisküvi getirdiğini söylerdi. Ama elden gelen bir şey yoktu, adamın bakış açısında kızının eğitime devam etmesine ilişkin bir kavram yoktu. Zaten ekonomik olarak da onu okutması mümkün görünmüyordu: aile kalabalıktı, herkes onun kundura atölyesinden kazandığını yiyordu; hatta Fernando'nun evlenmemiş iki kız kardeşine ve Nunzia'nın anne ve babasına da o bakıyordu. Bu nedenle bu eğitim işi duvara konuşmak anlamına geliyordu ve sonuçta annesi de aynı düşüncedeydi. Sadece ağabeyi başka türlü düşünüyordu ve cesurca babasına kafa tutuyordu. Lila da benim anlamadığım nedenlerle, Rino'nun kazanacağına inanıyor görünüyordu. Maaşını alacak ve kardeşini o parayla okula yollayacaktı.

"Taksit ödemek gerekirse, o öder," diyordu.

Ağabeyinin okul kitapları hatta kalem, kalem kutusu, pastel boya, harita, önlük ve kurdele için de para bulacağından emindi. Ona hayrandı. Okulu bitirdikten sonra çok para kazanmak istemesinin tek nedeni ağabeyini mahallenin en zengin insanı yapmaktı.

İlkokul son sınıfa geldiğimizde zenginlik bizim takıntımız haline geldi. Romanlardaki hazine avı misali zenginlikten konuşuyorduk. Şöyle diyorduk: Zengin olunca şunu yapacağız, bunu yapacağız. Bizi duyan da zenginliğin mahallenin bir yerinde gizli olduğunu, içinde olduğunu sandığı açınca etrafa ışıltılar saçılacağını, sadece bizim onu bulmamızı beklediğini zannederdi. Sonra neden bilmem işler değişti ve biz eğitimi parayla bağdaştırdık. Çok iyi eğitim görmekle kitap yazacağımızı, kitapların bizi zengin edeceğini düşünmeye başladık. Zenginlik sayısız sandığa gizli altın para şıkırtısıydı ama oraya varmak için eğitim görmek ve kitap yazmak gerekiyordu.

Lila'nın bir keresinde "Seninle birlikte yazalım bir kitap," demesi beni neşeyle doldurmuştu.

Belki de bu düşünceye varmasının altında *Küçük Kadınlar* kitabının yazarının çok para kazanmış ve bir kısmını ailesine vermiş olduğunu öğrenmesi yatıyordu. Buna yemin edemem. Akıl yürütmüştük, kabul sınavından hemen sonra buna başlayabileceğimizi söylemiştim. Kabul ettiyse de daha fazla bekleyemedi. Spagnuolo ile birlikte aldığım özel dersler yüzünden çok ödevim oluyordu, oysa o daha serbest olduğundan hemen işbaşı yaptı ve bensiz bir roman yazdı.

Okumam için getirdiğinde çok bozuldum ama hiçbir şey demedim, hatta hayalkırıklığımı belli etmeyip onu coşkuyla kutladım. On sayfa kadar kareli kâğıda yazmış, bir toplu iğneyle tutturmuştu. Pastel boyayla kapak yaptığı kitabın adını hâlâ hatırlıyorum. *Mavi Peri* adlı roman gerçekten pek tutkuluydu ve içinde pek çok zor sözcük vardı. Ona bunu öğretmene okutmasını söyledim. İstemedi. Yalvardım, benim verebileceğimi söyledim. Pek ikna olmasa da peki dedi.

Ders için evine gittiğim bir gün, Gigliola'nın tuvalete gitmesini fırsat bilerek *Mavi Peri*'yi ortaya çıkardım. Bunun Lila tarafından yazılmış harika bir roman olduğunu ve Lila'nın onun okumasını istediğini söyledim. Son beş yıldır Lila'nın yaramazlıkları dışında yaptığı her şeye hayran olan öğretmen soğuk bir edayla şu yanıtı verdi:

"Söyle Cerullo'ya, zaman yitireceğine oturup bitirme sınavlarına çalışsın." Lila'nın romanını elinde tutmasına rağmen, tek bir bakış atmadan masanın üstüne bıraktı.

Bu davranışı beni çok şaşırttı. Ne olmuştu? Lila'nın annesine mi kızmıştı? Bu öfkeyi Lila'ya kadar genişletmiş miydi? Arkadaşımın ailesinin vermek istemediği paralar yüzünden mi öfkeliydi? Anlamadım. Birkaç gün sonra çekinerek *Mavi Peri*'yi okuyup okumadığını sordum. Bana alışık olmadığım, gizemli bir ses tonuyla ve sanki bunu sadece ben anlayabilirmişim gibi sordu:

"Pleb nedir biliyor musun Greco?"

"Evet. Plebler, Plebler tribünü, Gracchi kardeşler."

"Pleb son derece kötü bir şeydir."

"Evet."

"Ve eğer biri pleb olarak kalmak isterse, o, çocukları, torunları hiçbir şeyi hak etmezler. Sen Cerullo'yu bırak, kendini düşün."

Oliviero öğretmen *Mavi Peri* hakkında ne düşündüğünü hiç söylemedi. Lila birkaç kez ağzımı aradı, sonra peşini bıraktı. Asık suratıyla şöyle dedi:

"Zamanım olunca bir tane daha yazacağım, o güzel değildi."

"Harikaydı."

"İğrençti."

Olasılıkla öğretmen sınıfta onu övmediğinden, hatta bazı üstün başarılarından rahatsız olmuş gibi davrandığından neşesi kaçtı. Yıl sonu yarışmasında gene en iyi oydu ama eski rahatlığı yoktu. Günün sonunda müdür yarışmada kalanları –Lila, Gigliola ve beni– bizzat kendinin yarattığı çok zor bir problemle başbaşa bıraktı. Gigliola ve ben çok çabalamamıza karşın, çözemedik. Lila her zamanki gibi gözlerini iki çukura dönüştürdü ve uğraştı. Teslim bayrağını en son o çekti. Çekingen ve onda alışkın olmadığımız bir sesle problemin çözülemeyeceğini, çünkü metinde bir hata olduğunu ama bu hatayı da bulamadığını söyledi. Oliviero öğretmen çenesini açıp kafasını ütüledi. Lila'nın o sıska haliyle elinde tebeşir, kara tahta başında duruşunu, yüzünün solgunluğunu ve hakaretler altında kalışını izledim. Üzüntüsünü hissediyordum, alt dudağının titremesine dayanamıyordum ve neredeyse benim gözlerimden yaşlar boşanacaktı.

Oliviero öğretmen buz gibi bir ses tonuyla sözlerini, "Bir problemi çözemediğinde problem yanlış denmez, ben çözmeyi başaramadım denir," diyerek bitirdi.

Müdür bey sessizce duruyordu. Hatırladığım kadarıyla o gün öylece bitti.

16.

İlkokul bitirme sınavından az önce Lila beni gene yalnız yapmaya asla cesaret edemeyeceğim bir şeye zorladı. Okula gitmemeye karar verdik ve mahallenin sınırlarının dışına çıktık.

Bu hiç olmamıştı. Kendimi bildim bileli dört katlı beyaz apartmanlardan, avludan, kiliseden, parktan ayrılmamıştım ve hatta bunu yapma arzusu da duymamıştım. Çayırın ötesinden tren, anayoldan kamyonlar ve otomobiller geçiyordu, ama gene de ne kendime, ne babama, ne öğretmenime şunu sormayı akıl etmiştim: arabalar, kamyonlar, trenler nereye, hangi şehre, hangi dünyaya gidiyorlar?

Lila da bu konuyu merak etmemişti ama o gün her şeyi organize etti. Anneme okuldan sonra sene sonu partisi için hep beraber öğretmenin evine gideceğimizi söylememi tembihledi; ona öğretmenlerin çocukları asla parti için evlerine davet etmemiş olduklarını anımsatsam da o özellikle bunun için söylememiz gerektiğinde ısrar etti. Olay o kadar olağanüstü görünecekti ki, velilerimizin okula gidip bunun doğru olup olmadığını sormaya yüzleri olmayacaktı. Her zamanki gibi ona güvendim ve her şey onun dediği gibi oldu. Evde herkes inandı bana, sadece babam ve kız kardeşim ve erkek kardeşlerim değil, annem bile inandı.

Bir önceki gece gözümü uyku tutmadı. Mahallenin dışında, tanımadığımız çevresinde ne vardı? Arkamızda sık ağaçlı bir tepe yükselirdi ve parlayan rayların arkasında tek tük evler görünürdü. Önümüzde, ana caddenin ötesinde gölete uzanan delik deşik bir yol vardı. Sağda, parmaklıktan çıkınca uçsuz bucaksız göğün altında ağaçsız çayır vardı. Solda üç ağızlı tünel bulunuyordu ama raylara kadar tırmanınca, güzel günlerde, bazı alçak tüf duvarlı evlerin arkasında, sık bitki örtüsü, zirvesi nispeten alçak mavi bir dağ ve Vezüv adındaki koca yanardağ yükselirdi.

Her gün gözlerimizin önünde uzanan şeylerin ya da tepeye tırmanarak görebildiklerimizin hiçbiri bizi etkilemezdi. Okul kitapları yüzünden hiç görmediğimiz konular hakkında çok yetkili bilgi sahibiymişiz gibi konuşmaya o kadar alışmıştık ki, bizi heyecanlandıran görünmeyendi. Lila, Vezüv yönünde deniz olduğunu söylüyordu. Rino deniz kenarına gitmişti ve ona mavi suyun ışıl ışıl ışıldadığını, harika bir gösteri sunduğunu anlatmıştı. Pazar günleri, kışın da ama özellikle yazları o arkadaşlarıyla koşa koşa yüzmeye gidiyordu ve bir gün kardeşini de götürmeye söz vermişti. Denizi gören bir tek o değildi elbette, tanıdığımız başkaları da görmüştü. Bir keresinde Nino Sarratore ve kardeşi Marisa, bunu gayet sıradan bir durum olarak nitelendiren ses tonuyla sık sık deniz kenarına gittiklerini ve hatta deniz ürünleri ve simit yediklerini anlatmışlardı. Gigliola Spagnuolo da inmişti oraya. O, Nino, Marisa şanslıydılar ve çocuklarını uzaklara gezmeye götüren, kilisenin önündeki parkta gezinmekle yetinmeyen bir anne ve babaya sahiptiler. Bizimkiler öyle değildi, zamanları yoktu, paraları yoktu, istekleri yoktu. Annem, ben küçükken, küskün bacağına kum tedavisi yapması gerektiğinde deniz kenarına gitmiş olduğumuzu iddia ederdi ve belleğimde denize ilişkin belli belirsiz bir anı vardı. Ama anneme pek inanmıyordum ve hiçbir şey bilmeyen Lila ile birlikte, ben de bir şey bilmediğimi kabul ediyordum. Böyle olunca o da Rino gibi yapmaya, çıkıp yürümeye ve yalnız başımıza denize inmeye karar verdi. Beni de ona eşlik etmeye kandırdı. Ertesi gün.

Sabah erkenden kalktım, okula gidecekmiş gibi hazırlandım, sıcak süte ekmek batırıp yedim, çantamı, önlüğümü kuşandım. Her zamanki gibi pencerenin önünde Lila'yı bekledim, o gelince sağa sapacağımıza anayolu geçip sola, tünele doğru yürüdük.

Sabahın erken saatleriydi ve şimdiden sıcaktı. Buram buram güneşte kuruyan toprak ve ot kokuyordu. Yüksek çalıların arasına tırmandık, raylar boyunca uzanan patikalardan yürüdük. Büyük elektrik trafosunun oraya gelince önlüğümüzü çıkardık ve çantamıza koyup, çalıların arasına sakladık. Sonra çok iyi tanıdığımız çayıra girdik, bizi tünelin ucuna ulaştıracak eğimden aşağı koştuk. Sağdaki ağız kapkaranlıktı, bu karanlığa hiç girmemiştik. El ele tutuştuk ve yürüdük. Uzun bir geçitti, çıkışın ışıklı çemberi çok uzaktaydı. Gözümüz loşluğa, kulağımız otomobillerin uğultusuna alışınca duvarlardan sızan gümüş rengi suyu ve büyük su birikintilerini fark ettik. Son derece gergin adımlarla ilerliyorduk. Sonra Lila bir çığlık attı ve şiddetle patlayan yankıya kahkahalarla güldü. Hemen sonra ben de bir çığlık attım ve ben de güldüm. O andan sonra birlikte ve ayrı ayrı bağırmaktan başka bir şey yapmadık: kahkahalar, çığlıklar, kahkahalar ve onların yankılı hallerini dinleme keyfini yaşadık. Gerginliğimiz azaldı, yolculuk başladı.

Ailemizden kimsenin bizi merak etmeyeceği uzun saatler vardı önümüzde. Özgür olmayı düşündüğüm zaman hep o günün başlangıcını, tünelden çıkışımızı ve kendimizi göz alabildiğine dümdüz uzanan ve Rino'nun Lila'ya söylediğine göre sonuna kadar gidince denize ulaştıran yolun başında bulduğumuz anı düşünürüm. Kendimi bilinmezliğe neşeyle sundum. Bu, bodruma inmekle ya da Don Achille'nin evine tırmanmakla karşılaştırılmayacak kadar müthiş bir şeydi. Güneşin önünde pus, havada yanık kokusu vardı. Otların sardığı yıkık duvarların, yerel lehçeyle konuşan insanların doldurduğu evlerin önünden geçiyorduk, arada sırada da klakson sesi duyuyorduk. Toprak sekiden dikkatle inen ve kişneyerek yolu geçen bir at gördük. Minik balkonuna çıkmış, elindeki sık dişli bit tarağıyla saçlarını tarayan genç bir kadın gördük. Pek çok sümüklü çocuk bizi görünce oyun oynamayı kesip tehditkâr bakışlarla süzdüler. Perişan bir evden çıkan atletli adam pantolonunun önünü açıp bize penisini gösterdi. Ama hiçbirinden korkmadık: Enzo'nun babası Don Nicola arada sırada bize atını okşatırdı, bizim avludaki oğlanlar da tehditkârdılar, bir de ihtiyar Don Mimi vardı, her okuldan dönüşümüzde açıp bize iğrenç şeyini gösteren. En az üç saat boyunca anayoldan yürürken her gün gördüğümüzden farklı bir görüntüye rastlamadık. Ve doğru yolda olduğumuz duygusunu hiç yitirmedim. El ele tutuşmuştuk, yan yana yürüyorduk ama ben her zaman olduğu gibi Lila'nın benim on adım önümde olduğunu, ne yapması, nereye gitmesi gerektiğini kesin olarak bildiğini hissediyordum. Kendimi her konuda ikinci hissetme duygusuna alışıktım; her daim birinci olan onun için her şeyin açık ve net olduğundan emindim: yürüyüşümüz, gidip dönmemiz için gereken zaman aralığı ve denize ulaşan yol konusunda ona güveniyordum. Sanki o zihninde her şeyi kusursuz biçimde düzenlemişti ve çevredeki dünya bu düzeni asla bozamazdı. Neşeyle bıraktım kendimi. Gökyüzünden değil, toprağın derinliklerinden geldiğini hissettiğim puslu ışık sanki yüzeye çıkınca yoksullaşıyor, kararıyordu.

Sonra yorulmaya, acıkmaya ve susamaya başladık. Bunu hiç düşünmemiştik. Lila yavaşladı, ben de yavaşladım. Bana dönüp iki-üç kez, böyle bir kötülük yaptığı için pişmanlık duyarmış gibi bakmasına şaşırdım. Neler oluyordu? Sık sık arkaya dönüp baktığını fark edince, ben de dönüp bakmaya başladım. Eli terliyordu. Mahalleyle bağımızı oluşturan tünel arkamızdan kaybolalı çok olmuştu. Az önce yürüdüğümüz yol, önümüzde uzanan yol gibi bize aşina görünmüyordu. Sanki çevredeki insanlar da kaderimizi umursamaz gibiydiler. Bu arada çevremizde bir terk edilmişlik belirmeye başladı: yığılmış bidonlar, yanmış tahtalar, otomobil enkazları, jantı çıkmış lastikler, döküntü ev eşyaları, paslanmış demirler. Lila neden çevresine bakınıp duruyordu? Neden konuşmaz olmuştu? Neydi yolunda gitmeyen?

Daha dikkatli baktım. Başlangıçta çok yüksekte olan gökyüzü alçalmış gibiydi. Arkamızda her şey kararmaya başlamıştı, ağır, büyük bulutlar ağaçlara, elektrik direklerine yağmur dökmeye başlamışlardı. Önümüzde ise ışık hâlâ göz kamaştırıcıydı ama sanki iki yandan onu boğmaya çalışan morumsu karanlık bastırıyordu. Uzakta gök gürültüleri işitildi. Korktum ama beni daha çok korkutan, Lila'nın benim için çok yeni olan yüz ifadesiydi. Ağzı açılmıştı, gözleri fal taşı olmuştu, sinirli bir halde ileri, geri, yana bakıyor ve elimi çok sıkıyordu. Korkması mümkün mü, diye düşünüyordum. Ne oluyordu ona?

İlk büyük damlalar düştü, toprağın tozunda minik ve kahverengi lekeler oluşturdu.

"Dönelim," dedi Lila.

"Ya deniz?"

"Çok uzakta."

"Ev?"

"O da uzakta."

"O zaman denize gidelim."

"Hayır."

"Neden?"

Onu hiç bu kadar telaşlı görmemiştim. Beni aceleyle eve sürüklemesine neden olan bir şey vardı; dilinin ucundaydı ama bana söyleyemiyordu. Neden yola devam etmiyorduk, anlamıyordum. Zaman vardı, deniz çok uzakta olmamalıydı, yağmur yağacaksa, eve de dönsek, ileri de gitsek ıslanacaktık. Bu ondan öğrendiğim bir akıl yürütme yöntemiydi ve bunu uyguluyor olmamasına şaşırıyordum.

Morumsu ışık gökyüzünü yardı, gök gürültüsü daha şiddetle gümbürdedi. Lila beni sertçe dürttü ve gönülsüzce mahalle yönünde koşmaya başladım. Rüzgâr çıktı, yağmur sıklaştı, birkaç saniye içinde bardaktan boşanırcasına yağmaya başladı. İkimizin de aklına bir sığınak aramak gelmedi. Yağmurun kör ettiği bakışlarımızla, sırılsıklam giysilerimizle, artık çamurlaşan toprakta kaymaya başlayan, yıpranmış sandaletlerimizin içindeki çıplak ayaklarımızla bir koşu tutturduk. Soluğumuz yettiği sürece koştuk.

Sonra halimiz kalmadı, yavaşladık. Gök gürültüleri, şimşekler, şiddetle yağan yağmur, yanımızdan hızla geçen ve üzerimize çamurlu su dalgaları fışkırtan kamyonlar. Hızlı adımlarla ve yüreğimiz ağzımızda, yolu önce sağanak, sonra ince yağmur ve nihayetinde kurşuni bir gök altında yürüdük. Sırılsıklamdık, saçlarımız başımıza yapışmış, dudaklarımız morarmış, gözlerimiz korkmuştu. Tüneli bir kez daha geçtik, kırlara çıktık. Yağmur yüklenmiş çalılara değdikçe ürperiyorduk. Çantalarımızı bulduk, ıslak giysilerin üzerine kuru önlüklerimizi giydik ve eve yollandık. Gergindik, bakışlarımızı yerden kaldıramıyorduk. Lila bir daha elimi tutmadı.

Çok kısa süre içinde hiçbir şeyin tahmin ettiğimiz gibi gitmediğini fark ettik. Okulun dağılma saatinde gökyüzü mahallede de kararmıştı. Annem elinde büyük şemsiyeyle beni öğretmenin partisinden almaya gitmişti. Benim olmadığımı, öğretmenin parti vermediğini öğrenmişti. Saatlerden beri beni arıyordu. Yürek burkarak topallayan iri cüssesini uzaktan görmemle ona söylenmesin diye Lila'nın elini bırakmam ve anneme doğru koşmam bir oldu. Beni konuşturmadı bile. Sille tokat girişti, şemsiyeyle vurdu ve bir yandan da bir daha böyle bir şey yaparsam beni öldüreceğini haykırmaya başladı.

Lila atlattı, onun evindekiler hiçbir şey fark etmemişlerdi.

Akşam annem her şeyi babama anlattı ve onu beni dövmekle görevlendirdi. Babam sinirlendi, beni dövmek istemedi ve tartışmaya başladılar. Önce anneme bir tokat attı ve sonra kendine kızarak bana girişti. Bütün gece gerçekten ne olduğunu anlamaya çalıştım. Biz denize gitmeye niyet etmiştik, gidememiştik, boşuna dayak yemiştim. Üstelik gizemli bir tavır değişimi olmuştu: ben yağmura karşın yürümeyi sürdürürdüm, kendimi her şeyden ve herkesten uzak hissediyordum ve uzaklık –bunu ilk kez keşfetmiştim– içimdeki her bağı ve her kaygıyı söndürmüştü. Lila kendi planından, denizden hemen vazgeçmişti, mahalle sınırları içine dönmek istemişti. Bir türlü olanları idrak edemiyordum.

Ertesi gün onu parmaklığın önünde beklemeden, okula tek başıma gittim. Parkta rastlaştık, kollarımdaki morlukları fark etti ve ne olduğunu sordu. Omuz silktim, artık böyleydi.

"Seni dövmekle yetindiler mi?"

"Daha ne yapacaklardı?"

"Hâlâ Latince dersine gönderiyorlar mı?"

Ona şaşkınlıkla baktım.

Bu mümkün müydü? Yoksa beni peşinden sürüklemesinin nedeni ailemin beni ceza olarak ortaokula göndermesini engellemek miydi? Yoksa beni telaşla ve öfkeyle geri döndürmesinin altında bu cezayı engellemek mi yatıyordu? Ya da –bunu bugün düşünüyorum– farklı anlarda her ikisini de dilemiş miydi?

17.

İlkokulu bitirme sınavına birlikte girdik. Benim ortaokula kabul sınavını da vereceğimi idrak edince tüm hevesini yitirdi. İşte o zaman herkesi şaşırtan bir şey oldu: ben sınavların ikisinden de on aldım; Lila bütün derslerden dokuz, aritmetikten sekiz alarak ilkokulu bitirdi.

Bana tek bir kızgınlık ya da hoşnutsuzluk sözü etmedi. Ben artık ona yetmezmişim gibi Carmela Peluso'yla, marangoz-kumarbazın kızıyla takılmaya başladı. Çok kısa bir süre içinde üçlü olduk; okulda hep birinci olan ben bu grup içinde üçüncü olmaya meylediyordum. Aralarında sürekli konuşup şakalaşıyorlardı, doğrusunu söylemek gerekirse Lila konuşup şakalaşıyor, Carmela dinleyip eğleniyordu. Kilise mahallesi ve anayol arasında gezinmeye çıktığımızda Lila ortadan yürüyor, biz onun iki yanında oluyorduk. Carmela'ya daha fazla yanaştığını fark ettiğimde üzülüyor ve eve dönme arzusu duyuyordum.

O son aşamada sersemlemiştim, sanki güneş geçmişti başıma. Hava zaten çok sıcaktı ve sürekli çeşmede başımızı ıslatıyorduk. Saçlarından ve yüzünden akan sularla sürekli gelecek yıl okula gittiğimizde neler olacağını konuşmak istediğini anımsıyorum. Bu onun gözde konusu haline gelmişti ve sanki zengin olmak için yazacağı öykülerden biriymiş gibi ele alıyordu okul konusunu. Bu konuyu açtığı zaman bütün derslerden yedi almış ve ortaokul kabul sınavına girmemiş olan Carmela'ya dönüp anlatıyordu.

Lila'nın müthiş bir anlatı yeteneği vardı, her şey, gideceğimiz okul, hocalar gerçekmiş gibi görünüyordu; beni hem güldürüyor, hem kaygılandırıyordu. Ama bir sabah dayanamayıp sözünü kestim.

"Lila," dedim, "sen ortaokula gidemezsin, kabul sınavına girmedin. Ne sen, ne Peluso ortaokul okuyabilirsiniz."

Kızdı. Sınava girsin girmesin, mutlaka gideceğini söyledi.

"Carmela da mı?"

"O da."

"Mümkün değil."

"Göreceksin."

Ama benim bu sözlerim ona sert bir darbe vurmuş olmalı. O günden sonra okulla ilgili hayaller kurmaktan vazgeçti ve yeniden sessizleşti. Sonra beklenmedik bir kararlılıkla ailesindeki herkesin başının etini yemeye başladı; ben ve Gigliola Spagnuolo gibi Latince dersi almayı istediğini bağırdı durdu. Herkesle, özellikle de onu okutmaya söz veren ama bunu başaramayan Rino ile takıştı durdu. Ona artık elden gelen bir şey olmadığını açıklamanın yolu yoktu, giderek daha mantıksız, daha kötü oluyordu.

Yaz başında, sözlerle ifade etmekte zorlandığım bir duygu yaşamaya başladım. Onun hep olduğu üzere sinirli ve saldırgan halini görüyor ve buna seviniyordum; eski günlerini görür gibi oluyordum. Öte yandan eski davranışlarında beni rahatsız eden bir sevimsizlik de hissediyordum. O acı çekiyordu ve acısı hoşuma gitmiyordu. Benden, benim endişelerimden uzak olduğu halini yeğliyordum. Ondaki kırılganlığı keşfetmenin bende yarattığı huzursuzluk, gizemli biçimde benim üstünlük duyma gereksinmeme dönüşüyordu. Her mümkün olduğunda, özellikle de Carmela Peluso yanımızdayken, gayet sakınımlı bir biçimde benim karnemin onunkinden iyi olduğunu vurgulamanın bir yolunu buluyordum. Gene her fırsatta ve sakınımlı bir biçimde benim ortaokula gidebileceğimi, onun gidemeyeceğini anımsatıyordum. İkinci olmaktan sıyrılmak, onu aşmak, hayatımda ilk kez bana başarı olarak görünüyordu. Bunu fark etmiş olmalı ki, giderek daha hırçın oldu ama bu hırçınlığı bana değil, aile üyelerine yansıttı.

Onun avluya inmesini beklediğim çoğu zaman pencereden yayılan bağırışlarını duyuyordum. En berbat sokak diliyle küfürler savuruyordu; bunlar öyle ağır sözlerdi ki içimde düzen ve saygı düşünceleri beliriyor, büyüklerine ve ağabeyine böyle davranmasının hiç doğru olmadığını düşünüyordum. Babası kunduracı Fernando beş dakikasını çaldıklarında sertleşiyordu. Ama böyle durumlarda bütün babalar kızardı. Üstelik onun babası, kızı kışkırtmadığında nazik, sevimli, çalışkan bir adamdı. Yüzü Randolph Scott adındaki bir aktörü andırırdı, tabii onunki kadar ince hatları yoktu. Daha kaba sabaydı, daha esmerdi, gözlerinin tam altından çıkmaya başlayan kara bir sakalı, her kırışığının ve tırnak içlerinin kirli olduğu kocaman elleri vardı. Şakalaşmaktan hoşlanırdı. Lila'nın evine gittiğimde işaret ve ortaparmağının ortasına aldığı burnumu koparırmış gibi yapardı. Burnumu çaldığını, şimdi parmakları arasına hapsettiğini, burnumun kaçıp yüzüne dönmek istediğini söyleyerek eğlenirdi. Ben de komik bulurdum bunu. Ama Rino ya da Lila ya da başka çocuklar onu kızdırdığında sokaktan duyduğum sesi bile ürkütürdü beni.

Bilmem ne oldu o ikindi vakti. Sıcak mevsimde akşam yemeği saatine kadar bahçede oynardık. O sefer Lila görünmemişti, giriş katında oturduklarından gidip penceresinden seslenmiştim. "Li, Li, Li" diye bağırıyordum ve sesim Fernando'nun, karısının yüksek sesine, arkadaşımın ısrarlı konuşuşuna ulanıyordu. Beni tedirgin eden bir şeylerin vuku bulmakta olduğunu hissettim. Pencerelerden adi bir Napoliten dili ve kırılan eşya çatırtısı geliyordu. Görünürde annemin para yetmiyor, babamın da anneme verdiği parayı harcayıp bitiriyor diye kızdığı zamanlarda bizim evde olup bitenden farklı bir durum yoktu. Gerçekte ise ciddi bir ayrım vardı. Babam öfkelendiğinde bile kendini tutardı, kızgınlığını alçak sesle dile getirirdi; boyun damarları patlayacak gibi şişer, gözleri çakmak çakmak olur ama gene de sesinin yükselmesine izin vermezdi. Fernando ise haykırıyor, bir şeyleri kırıp döküyor, öfkesi kendi öfkesinden beslenerek dinmek bilmiyordu, hatta karısının onu durdurmak için çabalamasına daha çok kızıyor ve sonunda suçlu olmasa bile onu dövüyordu. Bu nedenle onu bu kavga, edepsizlik, kırıp dökme fırtınasından kurtarmak için çağırmayı sürdürüyordum. "Li, Li, Li" diye bağırıp duruyordum ama o –duyuyordum– babasına hakaret etmekten vazgeçmiyordu.

On yaşındaydık, on bir olmamıza az kalmıştı. Ben giderek büyüyordum, Lila gene ufak tefek, sıskaydı; hafif ve hassas bir kızdı. Ansızın bağırışlar sustu, birkaç saniye sonra arkadaşım pencereden dışarı uçtu, başımızın üzerinden geçti ve arkamda asfaltın üstüne düştü.

Ağzım bir karış açık kalakaldım. Fernando kızına dehşet verici tehditler savurmayı sürdürerek pencerede göründü. Onu bir eşya parçası gibi fırlatmıştı.

Yerden kalkmaya gayret eden Lila'ya bakıyordum. Neredeyse eğlenmiş bir yüz ifadesiyle bana şöyle dedi:

"Hiçbir yerim acımadı."

Ama kan akıyordu, kolu kırılmıştı.

18.

Babalar canlarını sıkan kızlarına istediklerini yapabilirlerdi. O günden sonra Fernando daha çok içine kapandı, eskisinden daha çok çalışmaya başladı. Bütün yaz boyunca Carmela, Lila ve ben sık sık atölyesinin önünden geçtik; Rino bize her zaman neşeli bir selam verse bile kızının kolu alçıda olduğu sürece kunduracı ona bakmadı bile. Belli ki pişman olmuştu. Aslında onun sergilediği babalık şiddeti mahallede olup bitenle karşılaştırılınca önemsiz kalırdı. Bar Solara'da sıcakların da artmasıyla kumarda kaybedip kafayı bulanlar çaresizliğe düşerler (yerel lehçede bu sözcük hem umutları yitirmek hem beş parasız kalmak anlamına gelirdi) ve birbirlerine girişirlerdi. Barın patronu iriyarı, koca göbekli, mavi gözlü, geniş alınlı Silvio Solara'nın tezgâhın arkasında koca bir sopası vardı ve yiyip içtiğinin parasını ödemeyene, borç isteyip zamanı gelince ödemeyene, çeşitli sözler verip tutmayanlara bu sopanın tadını tattırırdı; oğulları Marcello ve Michele de –Lila'nın ağabeyiyle yaşıttılar– babalarına yardımcı olurlardı ve üstelik onlar babalarından daha ağır darbeler indirirlerdi. Barda dayak yenir, dayak atılırdı. Sonra kumarda kaybetmenin, sarhoşluğun, borçların, gelen vadelerin, dayakların hıncıyla eve dönen adamlar ilk ters lafında ev halkını döverlerdi ve bu işkence zinciri yüzünden haksızlıklar yaşanırdı.

O uzun ve güzel mevsimin tam ortasında herkesi altüst eden ama Lila üzerinde özel bir etkisi olan olay yaşandı. Don Achille, korkunç Don Achille, şaşırtıcı bir sağanağın yağdığı bir ağustos öğleden sonrasında öldürüldü.

Mutfaktaydı, temiz yağmur havası girsin diye pencereyi açmıştı. Öğle uykusunu özellikle yarıda kesip kalkmıştı. Üzerinde yıpranmış açık mavi pijaması, ayağında soluk sarı, topukları eprimiş çorapları vardı. Pencereyi açmasıyla yüzüne yağmur çarpması ve boynunun sağ yanına, tam çene kemiğiyle köprücük kemiğinin arasına bir bıçak darbesi alması bir oldu.

Boynundan fışkıran kan duvarda asılı duran bakır tencereye vurdu. Bakır öyle parlaktı ki kan –bize Lila'nın anlatışına göre– yolunu bulamayan bir mürekkep lekesi gibi kara bir çizgi olarak akıyordu. Katil –Lila katilin kadın olmasından yanaydı– çocukların ve gençlerin sokakta oldukları, büyüklerin işte değilse dinlendikleri bu saatte hiç ses etmeden girmişti eve. Belli ki sahte anahtarla açmıştı kapıyı. Olasılıkla adamı uyurken kalbinden bıçaklamayı hedefliyordu ama onun uyanık olduğunu görünce bıçağı boynuna saplamıştı. Don Achille boynunda bıçak, gözler faltaşı, nehir gibi akıp pijamasına inen kana rağmen dönüp bakmıştı. Sonra dizlerinin ve nihayetinde yüzünün üstüne düşerek yere yığılmıştı.

Cinayet Lila'yı o kadar etkilemişti ki neredeyse her gün, büyük bir ciddiyetle ve sürekli yeni ayrıntılar ekleyerek, sanki o anda oradaymış gibi bize olayı yeni baştan anlatıyordu. Ben de Carmela da onu dinlerken korkuyorduk, hatta Carmela geceleri uyuyamaz olmuştu. En dehşetli anda, kanın oluşturduğu kara çizgi bakır tencerenin üzerinden akarken Lila'nın gözleri iki vahşi deliğe dönüşüyordu. Suçlunun kadın olmasına takmıştı kafayı, çünkü ancak öyle olursa kendiyle özdeşleştirebiliyordu.

O dönemde sık sık Peluso ailesinin evine gider ve dama ya da o-x-o oynardık, ki Lila bunu bir tutku haline getirmişti. Carmela'nın annesinin bizi aldığı yemek odasının bütün mobilyaları, Don Achille onun marangozluk araçlarına ve marangozhanesine el koymadan önce kocası tarafından yapılmıştı. Aynalı iki büfenin arasında duran masanın başına oturur oynardık. Carmela bana sevimsiz gelirdi ama ona Lila gibi yakın arkadaşımmış gibi davranırdım, hatta bazı durumlarda ona daha düşkünmüşüm gibi numara yapardım. Öte yandan annesi Bayan Peluso'yu çok severdim. Tütüncünün manifaturacısında çalışırdı ama birkaç aydan beri işten çıkarıldığından hep evdeydi. Her durumda neşeli, şişman, koca memeli, alev alev al yanaklı bir kadındı ve daima parasız olmalarına karşın bize ikram edecek güzel bir şey bulurdu. Kocası da artık daha sakinlemiş gibiydi. Şimdilerde bir pizzacıda garson olarak çalışıyor, kazandığı üç kuruşu kaybetmemek için Bar Solara'ya gitmemeye gayret ediyordu.

Bir sabah gene yemek odasında oturmuş, ben ve Carmela, Lila'ya karşı dama oynuyorduk. Masanın bir ucuna biz, bir ucuna o oturmuştu. Hem Lila'nın hem benimle Carmela'nın arkasında birörnek, aynalı mobilyalar vardı. Koyu renk ahşaptan yapılmış büfelerin kenarlarında kıvrımlı hatları vardı. Üçümüzün karşılıklı aynalarda sonsuza dek uzayan yansımasına bakıyor, hem hoşlanmadığım o görüntümüz hem de o anda sinirlenmiş ve karısına çıkışmakta olan Alfredo Peluso'nun bağırmaları yüzünden dikkatimi oyuna yoğunlaştıramıyordum.

Derken birisi kapıya vurdu ve Bayan Peluso gidip açtı. Haykırışlar, çığlıklar duyuldu. Üçümüz koridora fırladık ve benim en korktuğum tipler olan jandarmaları gördük. Jandarmalar Alfredo'yu yakaladıkları gibi alıp götürdüler. Adam çırpınıyor, bağırıyor, Pasquale, Carmela, Ciro, Immacolata diye çocuklarının adını sayıyor, elleriyle yaptığı mobilyalara, iskemlelere, Giuseppina'ya tutunmaya çalışıyor, Don Achille'yi öldürmediğine yeminler ediyor, masum olduğunu söylüyordu. Carmela çaresizce ağlıyordu, herkes ağlıyordu, sonunda ben de başladım ağlamaya. Lila ağlamadı, o yıllar önce Melina olayından hatırladığım o bakışla bakıyordu ama şimdi ufak bir fark vardı: şimdi kaskatı durduğu halde, sanki boğuk çığlıklar atarak, insanı korkutan aaaah sesleri çıkaran Alfredo Peluso ile birlikte hareket eder gibiydi.

Çocukluğumuzda tanık olduğumuz en korkunç olay buydu, beni çok etkiledi. Lila, Carmela için kaygılandı, onu avutmaya çalıştı. Katil gerçekten babasıysa Don Achille'yi öldürmekle çok iyi yaptığını söylüyordu ama kendi görüşüne göre o değildi: babası kesin olarak masumdu ve çok yakında kaçardı cezaevinden. Aralarında fısır fısır konuşuyorlardı ve ben yanaşınca, onları duymayayım diye daha öteye gidiyorlardı.

ERGENLİK
Ayakkabıların Öyküsü

1.

31 Aralık 1958 günü Lila *sınırsızlanma* olayını yaşadı. Bu terim bana ait değil; kendisi sıradan anlamını vurgulayarak hep bu sözü kullandı. Söylediğine göre o anlarda insanların ve nesnelerin sınırları ansızın eriyiveriyordu. O gece terasta 1959 yılının gelişini kutlarken, hiç beklenmedik şekilde o tür bir duygu yaşamıştı, korkmuş, henüz adlandıramadığı bu durumu kendine saklamıştı. Ancak yıllar sonra, 1980 Kasım'ında bir akşam –ikimiz de otuz altı yaşımızdaydık, evlenmiş ve anne olmuştuk–, o an ne yaşadığını bana ayrıntılarıyla anlatmıştı; ara ara hâlâ yaşadığı bu durum için o terimi ilk kez o akşam kullanmıştı.

Mahallenin apartmanlarından birinin tepesinde, açık havadaydık. Hava buz gibi olmasına karşın üzerimizde ince giysiler vardı, güzel görünmek için açık saçık giyinmiştik. Neşeli, azgın erkeklere bakıyorduk, kendilerini partinin, yiyeceklerin, köpüklü şarabın etkisine kaptırmış kara figürlerdi. Yeni yılı kutlamak için havai fişek fitillerini tutuşturuyorlardı; daha sonra anlatacağım üzere Lila partinin hazırlığı için çok çaba sarf etmişti ve şimdi kendini mutlu hissediyor, gökyüzündeki renkli ateş şeritlerini seyrediyordu. Ama –bana söylediğine göre– soğuğa karşın hiç beklenmedik şekilde bir ter basmıştı. Herkesin fazla bağırdığını, fazla hızlı hareket ettiklerini hissetmişti. Bu duyguya bir de mide bulantısı eşlik etmişti; kendisi bunu kesinlikle maddi bir durum olarak nitelemişti, kendisinin, herkesin ve her şeyin çevresinde daima olan ama algılanamayan bu halde sanki bütün insanların ve nesnelerin sınırları kırılıyor ve halleri açıkça görülüyordu.

Kalbi denetlenemez biçimde çarpmaya başlamıştı. Terasta dumanlar, patlamalar arasında hareket eden bütün insanların boğazından yükselen haykırışlar, sanki onların sesleri yeni ve bilinmeyen yasalara boyun eğiyormuş gibi onu korkutmaya başlamıştı. Bulantısı artmış, yerel lehçeye aşinalığını yitirmiş, ıslak boğazlarımızın sözleri tükürük sıvısında ıslatıyor olması hali ona katlanılmaz gelmeye başlamıştı. Hareket halindeki bütün bedenlere, onların kemiksi yapılarına, sarsıcı çılgınlığa karşı müthiş bir tepki duymaya başlamıştı. Ne kadar şekilsiziz diye düşünmüştü, ne kadar yetersiziz. Geniş omuzlar, kollar, bacaklar, kulaklar, burunlar, gözler, ona canavarımsı varlıkların parçaları gibi görünmüştü ve bunlar kara göğün gizli bir köşesinden inmiş gibiydiler. Ve bu tiksinti nedense özellikle ailesinde ona en yakın, hayatta en sevdiği kişi olan ağabeyinin üzerinde yoğunlaşmıştı.

Onu sanki ilk kez görüyormuş gibi hissetmişti: tıknaz, iri, hayvansı bir şekildi; en çok o bağırıyordu, en vahşi, en açgözlü, en soysuz oydu. Yüreğindeki sarsıntı onu çökertmişti, kendini boğulacakmış gibi hissetmeye başlamıştı. Fazla duman, fazla pis koku, bu soğukta fazla ateş ışığı vardı. Lila sakinleşmeye çalışarak kendi kendine şöyle demişti: üzerimden geçen bu ağırlığı engellemeli, alıp atmalıyım. Ama tam o anda, coşkulu naralar arasında adeta bir tür infilak işitmiş ve yanından sanki bir kanat vuruşu esintisi geçmişti. Birileri havai fişek ve çatapat atmıyordu artık, tabanca sesiydi bu. Ağabeyi Rino sarımsı ışıklara doğru berbat küfürler saydırıyordu.

Bana bunu anlatırken, Lila sınırsızlanma adını verdiği bu durumun, üzerine en net halde sadece o gece geldiğini, ama aslında hiç de yeni bir hal olmadığını söyledi. Sözgelişi, daha önce de saniyenin binde biri bir an için bir başka kişinin, bir şeyin, bir sayının, bir hecenin içine transfer olduğunu, onun sınırlarına tecavüz ettiğini hissetmişti. Babasının onu pencereden fırlattığı gün asfalta doğru uçarken gayet emin olarak minik kırmızımsı hayvancıkların çok dostane şekilde yolun kompozisyonunu bozarak onu yumuşak ve düz bir yüzeye dönüştürdüklerini hissetmişti. Ama dünyanın profilini kıran ve ona korkunç doğasını gösteren yabancı varlıkların varlığını fark edişi o yılbaşı gecesi olmuştu. Ve bu onu altüst etmişti.

2.

Lila'nın alçısı alınıp, kolu biraz beyazımsı ama gayet güzel işler halde ortaya çıktığında babası Fernando bir pişmanlık ifadesi olarak, doğrudan telaffuz etmeden ama Rino ve karısı Nunzia'nın ağzından duyurarak kızının tam bilemediğim, stenodaktilo, muhasebe, ev ekonomisi ya da hepsi birden gibi bir kursa gitmesine izin verdi.

O bu kursa pek gönülsüzce gitti. Kızı mazeret bildirmeden derslere katılım göstermediği, dersi bozduğu, sözlüye kaldırıldığında yanıt vermeyi reddettiği, alıştırma yapması gerektiğinde bunu beş dakikada yapıp sonra arkadaşlarını rahatsız ettiği için öğretmenler Nunzia'yı okula çağırdılar. Derken asla hastalanmayan Lila feci bir gribe yakalandı, bunu adeta bir teslimiyet haliyle kabullenmesiyle virüs onun bütün gücünü kuvvetini yok etti. Günler geçiyor, bir türlü toparlanamıyordu. Eskisinden daha beyaz bir çehreyle ortaya çıktığında yeniden yükseliyordu ateşi. Bir gün onu sokakta gördüğümde bana ruh gibi göründü; sanki Oliviero öğretmenin kitabında resmini gördüğüm türden, zehirli böğürtlen yemiş bir kızın ruhunu andırıyordu. Sonra Lila'nın yakında öleceği söylentisi dolaşmaya başladı; bu bende dayanılmaz bir kaygı yarattı. Oysa sanki kendine rağmen toparlandı. Ama kendini güçsüz hissettiği bahanesiyle okula daha az gider oldu ve sene sonunda sınıfta kaldı.

Orta birde ben de kendimi pek rahat hissetmedim. Başlangıçta büyük beklentilerim vardı ve bunu açıkça söylemesem bile ortaokula Lila ile değil de, Gigliola Spagnuolo ile birlikte geldiğim için mutluydum. İçte içe onun asla giremeyeceği bir okula devam edebilmeyi dört gözle beklemiştim; o olmayınca ne kadar iyi olduğumu gösterebilecektim ve yeri geldiğinde övünerek anlatabilecektim. Ama en baştan tökezlemeye başladım, çünkü çoğunluğun benden daha iyi olduğu ortaya çıktı. Gigliola ile birlikte bir tür bataklığa düştük, kendi vasatlığından ürkmüş minik hayvancıklar gibiydik ve bütün bir yıl boyunca sonunculardan olmamak için çaba gösterdik. Buna çok bozuldum. Lila olmadan en iyilerin oluşturduğu dar gruba ait olma hazzını bir daha asla deneyimleyemeyeceğim duygusu sessizce sardı içimi.

Arada sırada okula girerken Don Achille'nin küçük oğlu Alfonso'ya rastlıyordum ama birbirimizi tanımıyormuş gibi davranıyorduk. Ona ne diyeceğimi bilmiyordum, Alfredo Peluso'nun babasını öldürmekle iyi yaptığını düşünüyordum ve onu rahatlatabilecek sözler söylemek içimden gelmiyordu. Hatta onun yetimlik hali için üzülemiyordum bile, sanki Don Achille'nin yıllar boyunca üzerimde yarattığı dehşet duygusunda bu çocuğun da payı varmış gibi hissediyordum. Ceketinin üzerine kara bir şerit dikiliydi, yüzü hiç gülmüyordu, hep kendi başınaydı. Benimkinden farklı bir sınıftaydı ve duyduğuma göre çok başarılıydı. Yıl sonunda sekiz ortalamayla geçtiği duyuldu ve bu beni çok üzdü. Gigliola Latince ve matematikten bütünlemeye kaldı; ben hepsinden altı alarak paçayı kurtardım.

Notlar belli olduğunda öğretmen annemi çağırdı, benim yanımda, Latinceden onun cömertliği sayesinde geçebildiğimi ama bir sonraki yıl özel ders almazsam başaramayacağımı söyledi. Katmerli bir aşağılanma yaşadım: hem ilkokuldaki kadar başarılı olamadığım için hem de öğretmenimin uyumlu görünümü, düzeyli giyimi, biraz İlyada destanını andıran İtalyancası karşısında annemin perişanlığı, eski ayakkabıları, mat saçları, berbat lehçesi ve gramersiz İtalyancası yüzünden utandım.

Annem de bu ezikliğin ağırlığını hissetmiş olmalı. Suratsız bir ifadeyle eve döndü, babama öğretmenlerin benden hoşnut olmadıklarını, kendisinin evde yardıma gerek duyduğunu ve benim eğitime ara vermem gerektiğini söyledi. Uzun uzun tartıştılar, kavga ettiler ve sonunda babam, Gigliola iki dersten bütünlemeye kalmışken, benim doğrudan sınıfımı geçmiş olmamı göz önüne alarak okula devam etmeyi hak ettiğime karar verdi.

Avluda, gölette miskin bir yaz geçirdim, genellikle Gigliola ile birlikte oldum; o da eve özel ders vermeye gelen ve kendi ifadesine göre ona âşık olan üniversite öğrencisi genci anlatıp durdu. Ona kulak veriyordum ama beni sıkıyordu. Arada sırada Lila'yı Carmela Peluso ile dolaşırken görüyordum, o da okulun birine yazılmış ve sınıfta kalmıştı. Lila'nın artık benimle arkadaş olmak istemediğini hissediyordum ve bu düşünce bana uykum varmış gibi bir bitkinlik veriyordu. Kimi zaman annemin beni görmemesini umut ederek yatağa uzanıp uyukluyordum.

Bir öğleden sonrasında gerçekten uyuyakaldım ve uyandığımda kendimi ıslanmış hissettim. Ne olduğunu anlamak için tuvalete gittim ve külodumun kanlandığını gördüm. Ne olduğunu anlamayarak korkuya kapıldım, annem bacaklarımın arasını yaraladığımı söyleyerek kızarsa diye iyice yıkandım, kurulandım ve ıslak külodu giydim. Sonra da avlunun sıcağına çıktım. Korkudan kalbim küt küt atıyordu.

Lila ve Carmela'ya rastladım, onlarla kiliseye kadar gezintiye gittim. Yeniden ıslandığımı hissediyordum ama bunun külotumdaki ıslaklık olduğu düşüncesiyle kendimi rahatlatmaya çalışıyordum. Korkum dayanılmaz bir hal alınca Lila'ya fısıldadım:

"Sana bir şey söylemeliyim."

"Ne?"

"Sadece sana söylemek istiyorum."

Onu kolundan tutarak Carmela'dan uzağa çekmeye çalıştım ama Carmela peşimizden geldi. Bu öyle derin bir endişeydi ki sonunda ikisine de itirafta bulundum ama sadece Lila'ya bakarak konuştum.

"Ne olabilir?" diye sordum.

Carmela her şeyi biliyordu. O bir seneden beri her ay kanıyordu.

"Normal bu," dedi. "Kızların doğasında vardır bu: birkaç gün boyunca kan gelir, karnın ve sırtın ağrır ama sonra geçer."

"Emin misin?"

"Eminim."

Lila'nın sessizliği beni Carmela'ya yöneltti. Bildiği az şeyi söyleyişindeki doğallık bana güven verdi ve onu gözümde sevimli kıldı. Bütün bir öğleden sonrayı, akşam yemeğine kadar onunla konuşarak geçirdim. Bu yara yüzünden ölünmüyordu, öğrenmiştim. Hatta, "Bu senin büyüdüğünü ve bir erkek karnına şeyini koyarsa çocuk yapabileceğini de gösterir," dedi.

Lila neredeyse hiçbir şey söylemeden dinledi bizi. Ona bizim gibi kanayıp kanamadığını sorduk; tereddüt ettiğini gördük, sonra gönülsüzce hayır dedi. Ansızın gözüme küçük göründü, onu hep gördüğüm üzere benden küçüktü. Altı-yedi santim daha kısa boyluydu, bir deri bir kemikti, bütün gün bahçede oynamasına karşın solgundu. Ayrıca sınıfta kalmıştı. Ve kanamanın ne olduğunu bile bilmiyordu. Ve hiçbir erkek ona aşk ilan etmemişti.

Biz iki kız sahte bir avutma tonuyla, "Sana da olacaktır," dedik.

"Umurum değil," dedi, "bende yok çünkü ben istemiyorum, iğreniyorum. Ayrıca kanayanlardan da iğreniyorum," dedi.

Gidecekmiş gibi yaptı, sonra durdu ve bana sordu:

"Latince nasıl?"

"Güzel."

"Başarılı mısın?"

"Çok."

Biraz düşündü ve homurdandı.

"Ben özellikle sınıfta kaldım. Artık hiçbir okula gitmek istemiyorum."

"Ne yapacaksın peki?"

"Canımın istediğini."

Bizi avlunun ortasında ekti ve gitti.

Yazın geri kalan günlerinde bir daha ortalıkta görünmedi. Ben Carmela Peluso ile yakın arkadaş oldum; her ne kadar fazla gülmek ve fazla yakınmak arasında rahatsızlık verecek derecede gidip gelse de, öyle belirgin biçimde Lila'nın etkisi altında kalmıştı ki sanki bir tür onun dublörü gibi olmuştu. Carmela onun ses tonunu taklit ederek konuşuyor, onun sıklıkla kullandığı ifadeleri yineliyor, el kol hareketlerini onunkilere benzetiyor ve yürürken fiziksel olarak –şirin ve tombuldu, sağlıklı bir gürbüzdü– bana daha çok benzese bile onu taklit etmeye çalışıyordu. Bu haksız sahiplenme hali beni biraz rahatsız ediyor, biraz çekici geliyordu. Karikatür gibi görünen taklide sinir olmakla büyülenme arasında kalıyordum, çünkü sulandırılmış olsa da Lila'nın tavırları bana hep hoş görünürdü. İşte o tavırlarıyla Carmela sonunda beni kendine bağladı. Yeni okulun ne kadar kötü olduğunu anlattı:

herkes onunla alay ediyordu ve öğretmenler bunu fark etmiyordu. Annesi ve kardeşleriyle babasını ziyaret etmek için Poggioreale'ye gidişlerini ve orada nasıl ağlaştıklarını anlatıyordu. Babasının masum olduğunu, Don Achille'yi kara bir varlığın öldürdüğünü söylüyordu; biraz erkek ama daha çok kadındı bu varlık, farelerle birlikte yaşıyor, gündüzleri de lağım mazgallarından çıkıyor, sonra yeraltına kaçmadan önce feci şeyler yapıyordu. Ansızın, yavan bir gülümsemeyle kendinin Alfonso Carracci'ye âşık olduğunu anlatıverdi. Gülümsemeden hemen sonra gözyaşları akmaya başladı: bu onu çok üzen ve bitkin düşüren bir aşktı, katilin kızı kurbanın oğluna âşık olmuştu. Bayılacakmış gibi hissetmesi için oğlanı avluyu geçerken ya da anacaddede yürürken görmesi yetiyordu.

Bu sonuncusu beni gerçekten etkileyen bir itiraf oldu ve arkadaşlığımızı sağlamlaştırdı. Carmela bu konuda hiç kimseyle, Lila ile bile konuşmadığı konusunda yemin etti; bana açılmaya karar vermesinin nedeni bunu daha fazla içinde tutamamasıydı. Dramatik halleri hoşuma gitti. Okullar açılana dek bu tutkunun sonuçlarına ilişkin bütün olasılıkları gözden geçirdik; sonra artık onu dinlemeye zamanım kalmadı.

Ne hikâyeydi ama! Belki Lila bile böyle bir masal uyduramazdı.

3.

Bir rahatsızlık dönemi başladı. Şişmanladım, göğsümde derimin altından iki sert tomurcuk belirdi, koltuk altlarımda ve pubisimde tüyler çıktı, hem hüzünlü hem sinirli bir hale büründüm. Okulda, önceki yıllara oranla daha çok zorlandım, matematik alıştırmalarımın sonuçları neredeyse asla kitaptaki sonucu tutmuyordu, Latince cümlelerin sanki ne başı ne sonu vardı. Mümkün olan her an tuvalete kapanıyor ve soyunup aynada kendime bakıyordum. Kim olduğumu bilemez bir haldeydim. İçimden, topal, şaşı haliyle annem çıkana kadar değişmeye devam edeceğim ve beni artık kimse sevmeyecek kuşkusuna kapılmaya başladım. Sık sık ve beklenmedik anlarda ağlıyordum. Bu arada başlangıçta sert olan memelerim şimdi daha büyük ve daha yumuşak olmuştu. Bedenimi içeriden saran karanlık güçlerin tuzağına düştüğümü hissederek derin kaygılara bürünüyordum.

Bir öğlen okuldan çıkarken eczacının oğlu Gino beni yolda takip etti ve arkadaşlarının memelerimin gerçek olmadığını, içine pamuk doldurduğumu düşündüklerini söyledi. Konuşuyor ve gülüyordu. Oysa kendisi memelerimin gerçek olduğuna inanıyordu ve arkadaşlarıyla bu konuda yirmi liretine bahse tutuşmuştu. Sonunda da kazanması durumunda on lirayı kendine ayırıp on lirasını bana vereceğini ama bunun karşılığında pamuk olmadığını ona göstermem gerektiğini söyledi.

Bu istek beni müthiş korkuttu. Nasıl davranacağımı bilemediğimden bilinçsizce Lila'nın küstah tavrını taklit ettim:

"Ver bakalım on lireti."

"Neden, ben mi haklıyım?"

"Evet."

O kaçtı, ben de hayal kırıklığımla yürüyüp gittim. Ama az sonra yanında kendi sınıfından, adını anımsamadığım sıska ve dudağının üzerinde esmer bir tüylenme olan bir oğlanla yeniden belirdi. Gino bana şöyle dedi:

"O da yanımda olmalı, yoksa ötekiler kazandığıma inanmazlar."

Ben gene Lila tonuna döndüm:

"Önce parayı alayım."

"Ya pamuk varsa?"

"Yok diyorum ya."

Bana on lireti verdi, üçümüz, sessizce parkın az ötesindeki bir apartmanın en üst katına çıktık. Orada terasa açılan kapının önünde, içeriye giren ışık huzmelerinin net aydınlığında kazağımı kaldırdım ve memelerimi gösterdim. İkisi de gözlerinin önündeki şeye inanamaz bir şaşkınlıkla bakakaldılar. Sonra arkalarını döndüler ve merdivenlerden aşağı koşa koşa kaçtılar.

Derin bir soluk aldım ve Bar Solara'ya gidip kendime dondurma aldım.

Bu olay belleğimde yer etti: bedenimin erkekler üzerindeki mıknatıs gücünü ilk kez deneyimlemiş oldum ama daha önemlisi, Lila'nın sadece Carmela değil, benim üzerimde de bir hayalet gibi etkili olduğunu hissettim. Eğer öyle bir durumda heyecanımın saf şaşkınlığıyla karar alsaydım, ne yapardım? Kaçardım. Ya yanımda Lila olsaydı? Onu kolundan çeker ve kulağına gidelim diye fısıldardım ve sonra her zamanki gibi yalnız kalırdım, çünkü o her zamanki gibi orada kalmaya karar vermiş olurdu. Oysa onun yokluğunda, kısa bir ikircikten sonra kendimi onun yerine koymuştum. Ya da daha doğrusu içimde ona bir yer açmıştım. Gino'nun talebini dile getirdiği anı yeniden düşündüğümde, kendimi nasıl geri çektiğimi, yüzsüzce çatışma durumunda Lila'nın ses tonunu ve tutumunu taklit ettiğimi ve bundan çok hoşnut kaldığımı fark ettim. Ama arada sırada biraz da dert ederek kendime şunu soruyordum: yoksa ben de Carmela gibi mi yapıyorum? Öyle olmadığımı sanıyordum, değişik olduğumu düşünüyordum ama bunun ne anlamda olduğunu kendime açıklayamadığım için hoşnutluğumun tadını çıkaramıyordum. Elimde dondurmayla Fernando'nun atölyesinin önünden geçerken Lila'nın tezgâhın üstündeki ayakkabıları dizdiğini gördüm ve içimden ona seslenmek, her şeyi anlatmak geldi; onun ne düşündüğünü merak etmiştim. Ama o beni görmedi; ben de geçip gittim.

4.

Hep yapacak bir işi vardı. Rino o yıl onu yeniden okula yazılmaya zorladı ama o yeniden gitmedi ve yeniden sınıfta kaldı. Annesi ev işlerine yardım etmesini, babası dükkânda durmasını istiyordu ve o da, şaşırtıcı bir şekilde her ikisi için de çalışmaktan mutlu görünüyordu. Bizi görebildiği ender zamanlarda –pazarları ayinden sonra ya da park ve cadde arasında gezinirken– okulumla ilgili hiçbir şeyi merak etmediği gibi hemen hevesle ve hayranlıkla babasının ve ağabeyinin yaptıkları işe duyduğu düşkünlüğü anlatıyordu. Babasının gençken ilerleme göstermek isteyerek kunduracı olan kendi babasının dükkânından kaçıp Casoria'daki bir ayakkabıcıda çalıştığını ve herkes için, hatta savaşa gidenler için ayakkabılar yaptığını öğrenmişti. Fernando'nun elle baştan sona bir ayakkabı imal etmeyi bildiğini ama konuyla ilgili her türlü makineyi de –kesme, kenar dikişi, zımpara– kullanabildiğini keşfetmişti. Bana deriden, sayadan, süetten, tam ve yarım topuktan, ipliğin hazırlanmasından, tabanın deriye bağlanmasından, boya ve ciladan söz etti. Mesleki terimleri sihirliymişler gibi kullandı, babası onu büyülü bir dünyaya sokmuştu –Casoria, fabrika– ve o dünyadan doygun bir kâşif gibi çıkmıştı; şimdi o kadar doygundu ki aile atölyesini, tezgâhı, çekici, demir ayağı, kullanılmış ayakkabı kokusuna karışan zamk kokusunu her şeye yeğler olmuştu. Beni de o terimler sözlüğünün içine öyle coşkulu bir enerjiyle çekti ki, babası ve Rino insanların ayaklarını sağlam ve rahat ayakkabıların içine soktukları için bana mahallenin en mükemmel insanları olarak göründüler. Üstelik eve dönerken günümü bir kundura atölyesinde geçirmediğim ve hatta odacılık gibi sıradan bir iş yapan bir babaya sahip olduğum için kendimi ender bulunan bir ayrıcalıktan muaf tutulmuş hissetmeye başladım.

Sınıftaki varlığımın son derece gereksiz olduğunu hissetmeye başladım. Aylar ve aylar boyunca ders kitaplarının içindeki bütün vaatlerin, bütün enerjinin kaçıp gittiğini düşündüm. Mutsuzluk duygularına bulanmış olarak okuldan çıktığımda sadece işyerinde, dipteki minik bir masanın başında, o zayıf çehresi, memesiz bedeni, ince boynu, solgun teniyle oturan Lila'yı görmek için atölyenin önünden geçiyordum. Orada ne yaptığını tam olarak anlamıyordum ama camlı kapının ardında, babasının ve ağabeyinin öne eğilmiş başları arasında kitaplardan, derslerden, ev ödevlerinden azade, öylece oturuşuna bakıyordum. Kimi zaman duruyor, vitrindeki boya kutularına, yeni pençe yapılmış eski ayakkabılara, yeni olup derinin genişlemesi ve rahatlaması için kalıba konmuş olanlara müşteriymişim ve ürüne ilgi duyuyormuşum gibi bakıyordum. Lila beni görüp el salladığında, onun selamına karşılık veriyordum, o dönüp işine yoğunlaşıyor, ben de gönülsüzce tek başıma uzaklaşıyordum. Ama genellikle beni önceden fark eden Rino oluyordu ve güldürmek için komik surat ifadeleri yapıyordu. Utanıyor, Lila'nın bakmasını beklemeden gülerek uzaklaşıyordum.

Bir pazar günü kendimi Carmela Peluso'ya tutkulu bir şekilde ayakkabılardan söz ederken yakaladım. O *Sogno* dergisi satın alır, fotoromanları yutarcasına okurdu. Başlangıçta bana boşuna yitirilmiş zaman gibi görünse de, zamanla ben de şöyle bir göz atmaya başlamıştım ve şimdi parkta oturup birlikte okur olmuştuk; öyküler ve tek tek kahramanların siyah fon üzerine beyaz yazılı replikleri hakkında yorumlar yapıyorduk. Carmela aşk öykülerinin devamıyla ilgili çözümlerden, yalancı aşk öykülerinden, ustalıkla, Alfonso'ya duyduğu kendi gerçek aşkının yorumuna geçiveriyordu. Ben de geri kalmamak için ona bir kez eczacının oğlu Gino'nun beni sevdiğini söylemiştim. Buna inanmadı. Onun gözlerinde eczacının oğlu ulaşılması mümkün olmayan bir tür prensti; gelecekte eczanenin sahibi olacaktı ve asla bir odacı kızıyla evlenmezdi; öyle deyince az daha memelerimi göstermemi isteyişinden, bunu yapıp on liret kazanışımdan söz edecektim. Bu arada *Sogno* fotoroman dergisini dizlerimizin üzerine açmış oturuyorduk ve benim bakışlarım ansızın oyuncu kadınlardan birinin güzel topuklu ayakkabılarına takıldı. O anda bu bana memelerden çok daha etkileyici bir konu olarak göründü, ayakkabıları, bu kadar güzel ayakkabılar yapan kişiyi övmeye başladım; ayağımızda bu kadar şahane ayakkabılar olsa ne Gino ne Alfonso bizi görmezden gelebilirler dedim. Ne var ki konuştukça utanç içinde Lila'nın yeni tutkusunu övdüğümü fark ediyordum. Carmela beni pek umursamadan dinledi, sonra da gitmesi gerektiğini söyledi. Ayakkabılar ve ayakkabıcılar ilgi alanına girmiyordu. Carmela, Lila'nın tavırlarını taklit etse de, benden farklı olarak sadece kendi merak duyduğu şeylere, yani fotoromanlara ve aşklara tutunuyordu sıkı sıkı.

5.

O dönem böyle yaşandı. Kısa süre içinde, kendi kendime yaptığım şeyin beni heyecanlandırmadığını, ancak Lila'nın eli değdiğinde önem kazandığını kabullenmek zorunda kaldım. O uzaklaştığında, sesi nesnelerden uzaklaştığında, nesneler lekeleniyor, tozlanıyordu. Ortaokul, Latince, öğretmenler, kitaplar, kitapların dili bana kesinlikle ayakkabı dikişinden daha önemsiz görünüyordu ve bu durum beni strese sokuyordu.

Ne var ki bir pazar günü her şey yeniden değişti. Carmela, Lila ve ben ilk komünyonumuzu almaya hazırlanmak için kilisede din dersine gitmiştik. Çıkışta Lila yapacak işi olduğunu söyleyip çekip gitti. Ama onun eve doğru yönelmediğini fark ettim: beni şaşırtan bir davranışla ilkokul binasına girdi.

Carmela ile yoluma devam ettim ama bir noktadan sonra canımı sıktığından ona veda ettim, binanın çevresinden dolaşıp geri döndüm. Pazar günleri okullar kapalıydı, Lila nasıl girebilmişti içeri? Sayısız duraklamadan sonra büyük kapıdan avluya girdim. Eski okuluma hiç geri gelmemiştim ve derin bir heyecan hissettim, içerideki kokunun tanıdık gelmesiyle kendimi rahat hissettiğim o günlerin duygusu içimde belirdi; artık bu duygudan yoksundum. Zemin katta açık duran tek kapıdan içeri girdim. Burası geniş bir salondu, neon ışıklarıyla aydınlatılmıştı ve duvarlardaki raflar eski kitaplarla yüklüydü. Onlarca yetişkin, pek çok sayıda kız ve erkek çocuk gördüm. Hepsi kitap alıyorlar, karıştırıyorlar, yerlerine koyup bir başkasını alıyorlardı. Sonra bir yazı masasının önünde kuyruğa giriyorlardı; masada Oliviero öğretmenin eski düşmanı, zayıf, dik ve kır saçlı Ferraro öğretmen oturuyordu. Ferraro seçilen metni inceliyor, kayıt defterine bir şeyler yazıyor ve insanlar ellerinde bir ya da birkaç kitapla çıkıyorlardı.

Çevreme bakındım: Lila yoktu, belki de gitmişti. Neler yapıyordu, artık okula gitmiyor, eski ve yeni ayakkabılara sevdalanıyor ama gene de bana tek söz etmeden buraya gelip kitap mı alıyordu? Bu mekânı mı seviyordu? Neden ona eşlik etmeye davet etmiyordu beni? Neden beni Carmela ile yalnız bırakmıştı? Neden bana ayakkabıların nasıl zımparalandığını anlatıyor da okuduğu kitaplardan söz etmiyordu?

Öfkelendim ve kaçıp gittim.

Bir süre okul dönemi bana olduğundan daha da anlamsız göründü. Ama sonra ödevlerin ve yılsonu sınavlarının girdabına kapıldım; kötü not almaktan korktuğum için özensizce ama çok çalışıyordum. Bunun yanı sıra başka kaygılar da peşimi bırakmıyordu. Annem büyüyen memelerimin gayet yakışıksız olduğunu söyleyip beni sutyen almaya götürdü. Her zamankinden daha anlayışsızdı. Sanki göğüslerimin büyümüş olmasından, Marki'nin ziyaretime gelmesinden –aybaşı kanamasına öyle denirdi– utanıyordu. Baştan savma öğütlerini gayet hızlı ve yetersizce ifade ediyor, adeta homurdanıyordu. Ona bir-iki soru sorayım desem hemen arkasını dönüyor ve aksak yürüyüşüyle uzaklaşıyordu.

Sutyen takınca göğüslerim daha da dikkat çekici oldu. Okulun son aylarında erkek öğrenciler beni canımdan bezdirdiler ve bunun nedenini kısa sürede anladım. Gino ve arkadaşı göğüslerimin görüntüsünün gerçek olduğunu çok kolay gösterdiğim söylentisini yaymışlardı ve arada sırada bazıları yanıma gelip gösteriyi onlar için de yinelememi istiyorlardı. Onları atlatıyor, kollarımı göğsümde kavuşturuyor, kendimi gizemli bir biçimde suçlu ve suçumla baş başa kalmış hissediyordum. Oğlanlar sokakta, hatta avluda ısrar edip duruyorlardı. Gülüyorlar, benimle alay ediyorlardı. Onları bir-iki kere Lila tarzı söylemlerle sepetlemek istedim ama beceremedim ve bunun üzerine katıla katıla ağlamaya başladım. Usandıracak kadar ısrarcı olmalarından korkup kendimi eve kapadım. Sürekli ders çalışıyordum, sadece gönülsüzce okula gitmek için çıkıyordum.

Bir mayıs sabahı Gino arkamdan koşarak geldi ve gayet gözü pek ve hatta biraz da allak bullak halde onunla çıkmak ister miyim diye sordu. Eczacının oğlunun beni istiyor olmasından gurur duymama karşın hınçla, kinle, utançla hayır dedim. Ertesi gün bunu yeniden sordu ve haziran ayına kadar sormaktan vazgeçmedi; haziranda anne ve babalarımızın karmaşık hayatları yüzünden biraz geç de olsa gelinler gibi beyaz elbiselere bürünüp ilk komünyonumuzu aldık.

Üzerimizdeki giysilerle kilise avlusunda oyalanırken aşktan söz ederek ilk günahımızı işledik. Carmela benim eczacının oğlunu reddedişime inanamıyordu ve bunu Lila'ya anlattı. O da beni hayrete düşürerek, "hiç umurumda değil" havasıyla uzaklaşacağına konuyla ilgilendi. Üçümüz durup bundan söz ettik.

Lila bana yerel lehçeyle, "Neden hayır diyorsun?" diye sordu.

Hemen İtalyanca olarak, onu etkilemek, ona, sevgililik konusunda akıl yürütsem de bana Carmela gibi davranabileceği bir kız olmadığımı göstermek için şöyle dedim:

"Çünkü duygularımdan emin değilim."

Bu, *Sogno* dergisinden öğrendiğim bir cümle kalıbıydı ve Lila çok şaşırmış göründü. Sanki ilkokuldaki yarışmalardaymışız gibi çizgi romanların ve kitapların diliyle bir tartışma başlattık; bu konuşmamız Carmela'yı saf ve basit bir dinleyici konumuna düşürdü. O anlar benim yüreğimde ve aklımda bir kıvılcımın tutuşmasına yol açtı: ben ve o gene iyi kurulmuş cümlelerle konuşuyorduk. Ortaokulda ne arkadaşlarımla ne öğretmenlerimle böyle bir şey yaşıyordum; bu çok iyi geldi. Konudan konuya atlayarak Lila beni aşkta biraz güvenin sadece karşındakini katı sınavlara sokarak elde edilebileceğine ikna etti. Sonunda ansızın lehçeye dönerek bana Gino'nun önerisini, oğlanın bütün yaz ona ve Carmela'ya dondurma almaya söz vermesi koşuluyla kabul etmemi söyledi.

"Kabul etmezse bunun gerçek aşk olmadığını anlarsın."

Bana dediğini yaptım ve Gino ortadan toz oldu. Demek ki gerçek aşk değildi; hiç de üzülmedim. Lila ile konuşmak bana öyle derin bir haz vermişti ki özellikle yazın, biraz daha boş zamanım olduğunda kendimi Lila'ya hasretmeye karar verdim. Bu arada bu sohbetimizin gelecekteki buluşmalarımıza model oluşturmasını istiyordum. Kendimi yeniden başarılı hissetmiştim, sanki bir şey kafama vurmuş ve böylece görüntülerle sözleri ortaya çıkarmıştı.

Ne var ki bu olayın devamı beklediğim gibi gelmedi. Benimle Lila arasındaki ilişkiyi yeniden güçlendirmek ve özel kılmak yerine onun çevresinde pek çok kızın toplanmasına neden oldu. Konuşmamız, bana verdiği öğüt, bunun etkisi Carmela Peluso'yu o kadar etkilemişti ki, önüne gelene bunu anlatmıştı. Sonuç olarak kunduracının, memesi olmayan, âdet görmeyen, tek bir hayranı bile bulunmayan kızı birkaç gün içinde gönül işlerinde öğüt verecek en yetkin kişi olarak belirlendi. Ve o beni bir kez daha şaşırtarak bu rolü benimsedi. Evde ya da dükkânda meşgul olmadığında onu ya şu kızla, ya bu kızla çene çalarken görüyordum. Yanından geçiyordum, merhaba diyordum, ama öylesine yoğunlaşmış oluyordu ki beni duymuyordu bile. Kulağıma çalınan sözlerin hepsi bana çok güzel görünüyordu ve acı çekiyordum.

6.

Bu kederli ve yalnız günlerimin doruk noktası, tahmin etmem gereken ama nedense hesaba katmadığım bir gurur kırıklığıyla çıktı karşıma: Alfonso Carracci sekiz, Gigliola Spagnuolo yedi ortalamayla geçtiler sınıfı; bense bütün derslerden altı, Latinceden dört aldım. Bu tek dersten bütünlemeye kaldım.

Artık okula devam etmemin gereksiz olduğunu söyleyen bu sefer babam oldu. Okul kitapları çok pahalıya mal olmuştu zaten. İkinci el bile alsam Latince sözlüğü, Campanini ve Carboni kitapları büyük masraf oluşturuyordu. Bütün yaz özel ders almama verecek para yoktu. En önemlisi benim başarılı olmadığım ayan beyan ortaya çıkmıştı: Don Achille'nin küçük oğlu başarmış, ben başaramamıştım; pastacı Spagnuolo'nun kızı başarmış, ben başaramamıştım; durumuma razı olmalıydım.

Gece gündüz ağladım, kendimi cezalandırmak için bilerek çirkinleştirdim. İlk çocuktum, ardımda iki oğlan ve bir başka kız, minik Elisa vardı: erkek kardeşlerim Peppe ve Gianni beni avutmak için sırayla yanıma geliyor, ya meyve getiriyorlar, ya onlarla oynamamı istiyorlardı. Ama ben kendimi gene de yalnız ve bahtsız hissettiğim için huzur bulamıyordum. Sonra bir ikindi vakti arkamdan annemin geldiğini duydum. Her zamanki kaba tarzıyla ve yerel lehçeyle şöyle dedi:

"Özel ders parası ödeyemeyiz ama kendi başına çalışmayı ve sınavı aşmayı deneyebilirsin." Hayret dolu bakışlarla baktım ona. Hep aynıydı: saçları bakımsız, gözü şaşı, burnu büyük, bedeni ağır. Bir de şunu ekledi: "Hiçbir yerde başaramayacağına ilişkin bir yazı yok."

Bu kadar söyledi ya da en azından ben bu kadarını anımsıyorum. Ertesi gün kendime bahçeye ve parka gitmeyi yasaklayarak ders çalışmaya koyuldum.

Ama bir sabah sokaktan seslenildiğini işittim. İlkokuldan beri bu alışkanlığını yitirmiş olan Lila idi.

"Lenù," diye bağırıyordu.

Pencereye çıktım.

"Sana bir şey söyleyeceğim."

"Ne?"

"Gel aşağıya."

Pek isteksizce indim, ona bütünlemeye kaldığımı itiraf edesim yoktu. Bahçede güneş altında biraz dolaştık. Sevgililer konusunda yeni ne haberler var diye sordum laf olsun diye. Bunu aslında Carmela ve Alfonso arasında bir gelişme olup olmadığını öğrenmek için sorduğumu hatırlıyorum.

"Ne gelişmesi?"

"Carmela ona âşık ya."

Gözlerini kıstı. Gülümsemeden, ciddi bir ifadeyle böyle yaptığında, dünyayı daha yoğun görebilmek için gözbebeklerinden sadece ince bir ışık huzmesi girmesine izin verircesine baktığında, bana kilise sinemasında gördüğüm yabani kuşları anımsatırdı. Ama o gün sanki onu hem kızdıran hem korkutan bir şeyi keşfetmiş gibi hissettim.

"Sana babasıyla ilgili bir şey söyledi mi?" diye sordu.

"Masum olduğunu söyledi."

"Kimmiş peki katil?"

"Yarı kadın, yarı erkek, lağımların içinde yaşayan ve sıçanlar gibi mazgallardan çıkan biriymiş."

Neredeyse kaygılı bir ifadeyle ansızın "O halde doğru," dedi ve Carmela'nın onun söylediği her şeyi ciddiye aldığını, avludaki kızların hepsinin böyle yaptığını söyledi. "Bir daha konuşmak istemiyorum, kimseyle konuşmak istemiyorum," diye homurdandı somurtarak ve ben, bunu hor görerek söylemediğini, üzerimizdeki etkisiyle gurur duymadığını hissettim ve bir gerçeği idrak ettim: onun yerinde ben olsam acayip şımarırdım, oysa onda kibirli bir hal yoktu, bunun yerine sorumluluk korkusuna bulanmış bir tür mutsuzluk vardı.

"Başkalarıyla konuşmak," diye mırıldandım, "çok güzel."

"Evet ama sadece sen konuştuğunda karşında yanıt veren biri varsa."

Göğsümde bir neşe patlaması hissettim. Bu güzel cümlede nasıl bir istek vardı? Ağzından çıkan her şeyi kabullenmeyip ona yanıt verdiğim için sadece benimle mi konuşmak istiyordu? Onun zihninden çıkan şeylerin arkasında durmayı bir tek benim bildiğimi mi söylüyordu?

Evet. Ve bunu gene kabaca da olsa tanımadığım cılız bir ses tonuyla bana söylüyordu. Carmela'ya, bir roman ya da filmde katilin kızının kurbanın oğluna âşık olabileceğini anlattığını söyledi bana. Bu bir olasılıktı: gerçek olabilmesi için gerçek bir aşkın doğması gerekirdi. Ama Carmela bunu anlamamıştı ve daha olayın ertesi günü gezip dolaşıp herkese Alfonso'ya âşık olduğunu anlatmaya başlamıştı; ötekilerin gözünde güzel görünmek için bir yalandı ama kim bilir ne gibi sonuçlar doğuracaktı. Üzerinde kafa yorduk. Daha on iki yaşındaydık ama mahallenin kızgın sokaklarında, tozların ve geçen eski kamyonların ardında bıraktığı sineklerin arasında, hayal kırıklığını hayatlarının ana ekseni yapmış ve birbirlerine sıkı sıkı tutunmuş iki ihtiyar kadın gibi uzun uzun yürüyüp konuştuk. Bizi kimse anlayamıyordu –diye düşünüyordum–, sadece biz birbirimizi anlayabiliyorduk. Biz birlikte, sadece biz ikimiz ezelden beri, yani biz bildik bileli mahallenin üzerinde asılı duran uğursuzluğun, Don Achille'nin boğazına bıçağı saplayanın eski marangoz Peluso değil de lağımlardan çıkan biri olmasıyla ve katilin kızının kurbanın oğluyla evlenmesiyle dağılabileceğini biliyorduk. Nesnelerin, insanların, apartmanların, sokakların içinde çekilmez bir şeyler vardı ve ancak her şeyi bir oyun gibi yeniden yarattığımızda kabullenilebilir bir oyun haline geliyordu. Önemli olan bunu oynamayı bilmekti ve bunu sadece ben ve o, biz ikimiz biliyorduk.

Biraz sonra belirgin bir bağlantı olmadan ama bütün bu konuşmalarımızın sonu o soruya bağlanmadan edemezmiş gibi sordu:

"Hâlâ arkadaş mıyız?"

"Evet."

"O zaman bana bir iyilik yapar mısın?"

O yeniden yaklaşma sabahında onun için her şeyi yapmaya hazırdım: evden kaçmak, mahalleyi terk etmek, çiftliklerde uyumak, köklerle beslenmek, mazgallardan lağıma inmek, hava soğusa da, yağmur yağsa da bir daha geri gelmemek... Ama benden istediği gayet masumdu ve o anda beni hayal kırıklığına bile uğrattı. Tek istediği günde bir kez, bir saatliğine, akşam yemeğinden önce bahçede, parkta buluşmaktı ve benim Latince kitaplarımı yanımda getirmemi istiyordu.

"Sana rahatsızlık vermeyeceğim," dedi.

Demek ki bütünlemeye kaldığımı biliyordu ve benimle birlikte ders çalışmak istiyordu.

7.

Ortaokul yıllarında gözlerimizin önünde pek çok şey değişti ama bu günden güne geliştiğinden bize gerçek değişimler gibi görünmedi.

Bar Solara genişledi, zengin bir pastaneye dönüştü –pasta ustası, Gigliola Spagnuolo'nun babasıydı– ve pazar günleri aileleri için pasta alan genç ve yaşlı adamlarla dolup taşmaya başladı. Silvio Solara'nın yirmi yaşlarındaki oğlu Marcello ve bir-iki yaş küçüğü Michele mavi-beyaz bir Fiat Millecento alıp pazar günleri mahallenin sokaklarında ileri geri gidip hava atmaya başladılar.

Bir zamanlar Don Achille'nin şarküteriye dönüştürdüğü Peluso'nun eski marangozhanesi öyle güzel ürünlerle doldu ki, içeri sığmayan mallar kaldırıma taştı. Önünden geçerken baharat, zeytin, salam, taze ekmek, domuz salamı ve domuz yağı kokusu duyuluyor, insanın iştahını kabartıyordu. Ölümüyle, Don Achille'nin zalim gölgesi hem mekândan hem bütün aileden yavaş yavaş uzaklaşmıştı. Dul eşi Donna Maria şarküteriyi son derece kibar bir havaya bürümüştü ve on beş yaşındaki kızı Pinuccia ve artık Lila'nın dilini yakalamaya çalışan yaramaz oğlandan, ölçülü, bakışları iyi niyetli, gülüşü tatlı bir gence dönüşen oğlu Stefano ile birlikte işletiyordu. Müşteri sayısı epey artmıştı. Annem bile beni alışveriş etmeye oraya gönderiyor, babam buna karşı koymuyor ve hatta para olmadığında Stefano her şeyi minik deftere kaydettiği için ay sonunda ödüyorduk.

Kocası Nicola ile birlikte sokaklarda meyve, sebze satan Assunta kötü bir bel ağrısı yüzünden eve kapanmış ve ardından kocasını perişan eden zatürreeye yakalanmıştı. Bu iki şerden bir hayır doğmuştu. Şimdi yaz-kış, güneş ve yağmur altında at arabasıyla mahalle sokaklarını dolaşan büyük oğulları Enzo idi; bize taş atan oğlan geniş omuzlu, dinç görünümlü, sarı saçları kıvırcık, gözleri mavi, malını öven, sesi kalın bir delikanlıya dönüşmüştü. Hem sattığı mal mükemmeldi hem de müşteriye hizmet ederken davranışları dürüstlük, güven telkin ediyordu. Terazisini ustalıkla kullanıyordu. Doğru ağırlığı bulmak için demir ölçüyü çubuk üzerinde itişindeki seriliğine, ölçünün demir çubuk üzerinde boşalışından çıkan sese bayılıyordum; o bu sırada patatesleri ya da meyveleri kese kâğıdına doldurup çabucak bayan Spagnuolo'nun, Melina'nın ya da annemin sepetine dolduruveriyordu.

Mahallemizin dört bir yanında yeni girişimler dikkat çekiyordu. Carmela Peluso'nun bir süredir çalışmaya başladığı tuhafiyecide ansızın genç bir terzi kız belirmişti ve dükkân genişleyerek hanımlar için iddialı bir terzihaneye dönüşmüştü. Melina'nın oğlu Antonio'nun çalıştığı tamirhane, yerin sahibinin oğlu Gentile Gorresio sayesinde şimdi ufak bir motosiklet imalathanesine dönüşme yolundaydı. Başka bir deyişle her şey titriyor, dış görünümü dönüştürmek istercesine eğilip bükülüyor, birikmiş nefretler, gerginlikler, çirkinlikler siliniyor ve yeni bir çehre kazanıyordu. Ben ve Lila parkta Latince çalışırken, çevremizdeki en sıradan ve basit çeşme, çalılık ve hatta yol kenarındaki çayır bile dönüşüm gösterdi. Sürekli bir zift kokusu vardı, dökülen asfaltın üzerinde ağır ağır gidip gelen silindir makinesi hem gürültü hem duman yayıyordu; gövdeleri çıplak ya da atletli işçiler sokakları ve caddeleri asfaltlıyorlardı. Renkler de değişti. Carmela'nın ağabeyi Pasquale demiryolunun arkasındaki bitkileri kesmeye girişti. Kim bilir ne çok kesti çünkü günlerce bu sesi işittik: ağaçlar sarsılıyor, taze odun kokusu yayıyor, havayı yarıp iç çekişi andıran uzun bir hışırtıdan sonra yere devriliyordu. O ve başkaları testereyle kesiyor, odunla yarıyor, kökleri söküyorlardı; işte o zaman havaya bir yeraltı kokusu yayılıyordu. Yeşillik yok oldu ve yerinde geniş ve sarımsı bir boşluk oluştu. Pasquale bu işi şans eseri bulmuştu. Bir süre önce bir arkadaşı ona, Bar Solara'ya gelen bazı adamların Napoli merkezindeki bir meydanın ağaçlarını gece vakti kesecek gençler aradığını söylemişti. Gerçi Pasquale, Silvio Solara ve oğullarını sevmezdi, ama babası mahvolduğu için o bara gelmişti ve ailesini geçindirmek zorunda olduğundan kalkıp gitmişti. Seherde bitkin ve burnunda canlı odun, can veren yaprak ve deniz kokusuyla dönmüştü evine. Sonra bu tür işler için çağrılır olmuştu. İşte şimdi demiryolunun ardındaki şantiyedeydi ve onu kimi zaman kat kat yükselen inşaatın iskelesine tırmanırken, kimi zaman öğle molasında gazeteden yaptığı şapkasıyla güneş altında otlu-salamlı sandviçini yerken görüyorduk.

Pasquale'ye bakıp dikkatimi dağıtırsam Lila sinirleniyordu. Çok kısa zamanda ve benim derin şaşkınlığımla Lila'nın Latincede çok şey bildiği ortaya çıktı. Sözgelişi, hem ad hem fiil çekimlerinin tümünü biliyordu. Nasıl olduğunu utana sıkıla sorduğumda bana zaman yitirmek istemeyen kızın kötü bakışıyla baktı ve ben orta bire giderken, öğretmen Ferraro'nun yönettiği halk kütüphanesinden bir dilbilgisi kitabı aldığını ve meraktan bunu çalıştığını anlattı. Kitaplık onun için büyük bir kaynaktı. Çenesi açılınca bana sahip olduğu dört giriş kartını gösterdi: biri kendisinindi, ötekiler Rino, annesi ve babası adına çıkartılmıştı. Her biriyle bir ödünç kitap alıyordu ve böylece dördü birden elinde oluyordu. Onları yalayıp yutuyor, ertesi pazar geri götürüp yenilerini alıyordu.

Ona hangi kitapları okuduğunu, okumakta olduğunu hiç soramadım çünkü zaman yoktu, ders çalışmamız gerekiyordu. Bana sorular soruyor, bilemezsem kızıyordu. Hatta bir keresinde o uzun ve sıska elleriyle koluma güçlü bir tokat atmış, üstelik özür de dilememişti; hatta bir daha yanılırsam yeniden ve daha sert döveceğini söylemişti. Latince sözlüğümün kalınlığı, ağırlığı, sayısız sayfası oluşu onu büyülemişti; hiç böylesini görmemişti. İçinde sürekli sözcük arıyordu; bunlar alıştırmalarda olanlar değil, kendi aklına gelenler de oluyordu. Oliviero öğretmenimizden öğrendiği ses tonuyla bana ödevler veriyordu. Günde, yirmisi Latinceden İtalyancaya, onu İtalyancadan Latinceye olmak üzere otuz cümle çevirmemi istiyordu. Kendi de çeviriyordu, üstelik benden çok daha hızlı olarak. Yaz sonunda sınav yaklaştığında, bilmediğim sözcükleri sözlükte, çevirmem gereken cümlenin içinde geçtikleri sırayla aradığımı, asıl anlamlarını not aldığımı ve ondan sonra oturup cümlenin anlamını idrak etmeye çalıştığımı görünce bana hayret içinde baktı ve çekine çekine şöyle dedi:

"Böyle yapmanı öğretmen mi söyledi?"

Öğretmen hiçbir zaman bir şey söylemezdi, sadece ödev verirdi. Ben böyle bir yöntem tutturmuştum.

Bir an sustuktan sonra şöyle bir yol gösterdi:

"Önce cümleyi Latince olarak oku, sonra yüklemi bul. Yüklemin kişisine göre öznenin kim olduğunu anlarsın. Bir kere özneyi buldun mu, başlarsın tümleçleri aramaya; yüklem geçişli ise nesneye değil, diğer tümleçlere bakarsın. Bir de böyle dene."

Denedim. Çeviri yapmak ansızın gözüme kolay göründü. Eylül ayında sınava girdim, yazılıyı yanlışsız tamamladım, sözlüde de bütün soruları yanıtlayabildim.

Biraz kuşkulanan öğretmenim, "Kim çalıştırdı seni?" diye sordu.

"Bir arkadaşım."

"Üniversiteli mi?"

Bunun ne anlama geldiğini anlayamadığım için evet yanıtını verdim.

Lila beni dışarıda, karanlığa sığınmış bekliyordu. Çıktığımda ona sarıldım, çok iyi geçtiğini söyledim ve önümüzdeki yıl da birlikte çalışır mıyız diye sordum. Sadece ders için görüşmeyi bana ilk öneren o olduğundan, devam etme konusunda davette bulunmak bana sevincimi ve minnetimi göstermenin bir yolu olarak göründü. Bir huzursuzluk ifadesiyle çekildi. Sadece başarılı olanların çalıştığı Latincenin nasıl olduğunu görmek istemiş olduğunu söyledi.

"O halde?"

"Anladım, yeter bana."

"Hoşuna gitmedi mi?"

"Evet. Gidip kitaplıktan bir-iki kitap alacağım."

"Latince mi?"

"Evet."

"Ama daha çalışacağımız çok şey var."

"Sen benim yerime çalış, ben zorlanırsam yardım edersin. Şimdi benim ağabeyimle bir işim var."

"Ne o?"

"Sonra gösteririm."

8.

Okullar yeniden başladı ve derslerim ilk günden iyi gitti. Lila'nın bana Latince ya da öteki dersler için yardım etme önerisini dört gözle bekliyordum ve sanırım bu nedenle okul için değil, onun için çalışıyordum. Sınıf birincisi oldum, ilkokulda bile bu kadar başarılı olmamıştım.

O yıl adeta pizza hamuru gibi kabardım. Göğüslerim, kalçam, popom büyüdükçe büyüyordu. Bir pazar sabahı Gigliola Spagnuolo ile buluşmak için parka giderken Millecento marka arabanın içinde Solara kardeşler yanıma yanaştı. Büyük Marcello direksiyonda, küçük Michele yanında oturuyordu. İkisi de simsiyah ve parlak saçlarıyla, bembeyaz gülümsemeleriyle pek yakışıklıydılar. Ama aralarında daha çok hoşuma gideni Marcello idi, İlyada destanının okul baskısı kitabında resmedilen Hektor'a benziyordu. Bütün yol boyunca, ben kaldırımda yürürken onlar yanda, Millecento'nun içinde bana eşlik ettiler.

"Hiç otomobile bindin mi?"

"Hayır."

"Atla haydi, dolaştıralım seni."

"Babam istemez."

"Biz de ona söylemeyiz. Bir daha böyle bir arabaya binme fırsatı nereden çıkacak karşına?"

Asla, diye düşündüm. Ama gene de hayır dedim ve parka varana kadar hayır demeyi sürdürdüm; vardığımızda hızlandılar, göz açıp kapayana kadar inşaatların arasında kayboldular. Hayır dedim, çünkü babam o otomobile bindiğimi öğrenirse, yumuşak ve sevgi dolu bir insan olsa ve beni çok sevse bile anında dayaktan gebertirdi ve bunun yanı sıra yaşça küçük olsalar bile iki erkek kardeşim Peppe ve Gianni şimdi ve gelecekte Solara kardeşleri öldürmeyi kendilerine bir borç bilirlerdi. Yazılı kurallar yoktu ama böyle olduğu bilinirdi, işte o kadar. Solara kardeşler de biliyordu bunu elbette, ama naziktiler ve gerçekten, sadece beni arabaya davet etmekle yetinmişlerdi.

Bir süre sonra Melina Cappuccio'nun, yani Sarratore ailesi taşınırken rezalet çıkaran deli dul kadının kızı Ada'ya bu kadar nazik davranmadılar. Ada on dört yaşındaydı. Pazar günleri annesinden gizli olarak ruj sürüyordu, uzun ve düzgün bacakları, benimkilerden büyük memeleriyle yetişkin ve güzel bir kız gibi görünüyordu. Solara kardeşler ona açık saçık sözler söylediler, Michele arabanın kapısını açtı ve bir kolundan yakalayıp arabanın içine çekiverdi. Bir saat sonra aynı yere getirip bıraktıklarında Ada biraz kızmıştı, biraz gülüyordu.

Ama onu zorla arabaya çektiklerini görenler arasından, bunu Gorresio tamirhanesinde çalışan ağabeyi Antonio'ya yetiştirenler eksik olmadı. Antonio çalışkan, disiplinli, çekingen, babanın erken ölümünün ve annesinin dengesiz davranışlarının yarasını üzerinde taşıyan bir gençti. Arkadaşlarına ve akrabalarına tek söz etmeden Bar Solara'nın önüne gidip Marcello ve Michele'yi bekledi ve iki kardeş gelince bir açıklamada bulunmadan tekme tokat ikisine de girişti. Birkaç dakika buna devam etti, ama sonra baba Solara ve barmenlerden biri dışarı çıktı. Dört kişi birlikte Antonio'yu kan revan içinde bıraktılar; gelip geçenler kesinlikle olaya karışmadı.

Bu olay üzerine, biz kızlar aramızda ikiye bölündük. Gigliola Spagnuolo ve Carmela Peluso, Solara kardeşlerden yana oldular ama bunun nedeni yakışıklı olmaları ve Millecento'yla gezmeleriydi elbette. Ben kararsız kaldım. Arkadaşlarımın yanında Solara kardeşlerden yana oluyordum ve hangimiz onları daha çok beğeniyor diye aramızda yarışıyorduk; her ikisi de çok yakışıklıydı ve otomobillerine binip onlardan birinin yanında oturabileceğimizi hayal bile edemiyorduk. Gene de bu ikilinin Ada'ya kötü davrandıklarını hissediyordum ve Antonio onlar gibi her gün spor salonuna gidip ağırlık kaldırarak kaslarını şişirmese ve yaptığı güzel bir şey olmasa da, ikisinin karşısına dikilmekle cesurca bir davranışta bulundu diye düşünüyordum. Bu nedenle lafı kıvırmadan benim gibi düşünen Lila varken ben de dilimin ucundakileri söylüyordum.

Bir keresinde tartışma öyle alevlendi ki, Lila belki bedeni bizim gibi gelişmiş olmadığından ve Solara kardeşlerin bakışlarını üzerinde hissetme korku-hazzını tatmamış olduğundan, normalden de solgun yüzüyle, Ada'nın başına gelen kendi başına gelse babası ve ağabeyi Rino'ya iş bırakmadan kendi başına o ikilinin hakkından geleceğini söyledi.

Gigliola Spagnuolo, "Zaten ne Marcello ne Michele bakar sana," deyince Lila'nın öfkeleneceğini sandık. Oysa ciddi ciddi şu yanıtı verdi:

"Daha iyi işte!"

Her zamanki gibi zayıf ve narindi ama her bir kası gergindi. Hayretle ellerine bakıyordum: kısa sürede Rino'nun, babasının ellerine benzemişti; parmakuçları sarımsı olmuş, derisi sertleşmişti. Kimse onu zorlamasa da –dükkândaki görevi bu değildi– ufak tefek işler yapmaya başlamıştı, ipi hazırlıyor, söküyor, hatta kenar dikişi bile yapıyordu ve şimdi Fernando'nun aletlerini neredeyse ağabeyi gibi kullanmayı öğrenmişti. İşte bu nedenle o yıl bana Latince ile ilgili bir şey sormadı. Ama bir gün aklındaki tasarıyı anlattı, bunun da kitaplarla ilgisi yoktu: babasını yeni ayakkabı imalatına ikna etmeye çalışıyordu. Ama Fernando bunu duymak bile istemiyordu. "Elle ayakkabı yapmak," diyordu ona, "geleceği olmayan bir sanattır: bugün makineler bu işi yapıyor, makineler çok pahalı, para da ya bankada bulunur ya tefecilerde, Cerullo ailesinin cebinde değil." Bunun üzerine o ısrar ediyor, babasını samimi övgülere boğuyordu: "Senin yaptığın gibi kimse bilmiyor ayakkabı yapmayı baba." O da bu doğru olsa bile artık her şeyin fabrikalarda yapıldığını, seri üretim ve ucuz olduğunu, fabrikada da çalışmış olduğundan pazarda ne gibi pislikler döndüğünü bildiğini söylüyordu. İnsanlar, yeni ayakkabı almaları gerektiğinde, mahalle kunduracısına değil Rettifilo'daki dükkânlara gidiyorlardı; bir sanat olarak üretim yaptığında bunu satamazdın, harcadığın para ve emek boşa giderdi.

Lila bunlara kulaklarını tıkamış ve her zaman olduğu gibi Rino'yu kendi tarafına çekmişti. Önceleri, konu kitaplar olmadığı, kendisinin daha iyi bildiği bir işte Lila'nın zahmetli şeyler önermesinden usanmış olduğu için Rino da ona karşı çıkmıştı. Ama sonra yavaş yavaş onun sözleriyle büyülenmiş ve şimdi, kızın kafasına soktuğu düşünceler yüzünden gün aşırı babasıyla kavga eder olmuştu.

"En azından bir deneme yapalım."

"Hayır!"

"Solara'ların arabasını, Carracci'lerin şarküterisinin nasıl iyi işlediğini gördün değil mi?"

"Terzihane olmak isteyen tuhafiyecinin bundan nasıl vazgeçtiğini ve Gorresio'nun oğlunun aptallığı yüzünden tamirhanesinde nasıl büyük işlere kalkıştığını da gördüm."

"Ama Solara ailesi işi büyüttükçe büyütüyor."

"Sen kendi işine bak ve Solara'ya takma kafanı."

"Demiryolunun yakınında yeni bir mahalle doğuyor."

"Kimin umurunda?"

"Baba insanlar para kazanıyor ve harcamak istiyor."

"İnsanlar yiyeceğe para harcarlar çünkü her gün yemek yemek gerekir. Oysa ayakkabılar yenmedikleri gibi eskidikleri zaman tamir edilirler ve yirmi yıl kullanılırlar. Bugüne bugün bizim işimiz ayakkabı tamir etmektir, işte o kadar!"

Bana karşı her daim nazik olan, ama babasını bile korkutacak derecede sert olmayı da bilen bu gencin, her koşulda kız kardeşinin tarafını tutuyor olması çok hoşuma gidiyordu. Böyle tutarlı bir ağabeyi olduğu için Lila'ya imreniyordum ve kimi zaman aramızdaki bu farkı düşünüyordum; benim kardeşlerim küçüktü ve anneme karşı başımı dik tutma özgürlüğü verecek, beni yüreklendirme cesareti bulacak kimsem yoktu; Rino ise aklına ne gelirse gelsin kız kardeşini herkese karşı savunurdu. Ama gerçekte Fernando'nun haklı olduğunu düşünüyordum ve onun tarafını tuttum. Lila ile konuştuğumuzda aslında kendisinin de böyle düşündüğünü keşfettim.

Bir keresinde bana ağabeyi ile birlikte imal etmek istediği kadın ve erkek ayakkabısı resimlerini gösteriyordu. Kareli bir kâğıda, sanki bizimkine paralel bir evrende bu tür bir ayakkabıyı yakından incelemiş ve sonra kâğıt üzerine tespit etmiş gibi çizdiği, renkli ayrıntıları net biçimde belirttiği resimlerdi. Aslında hepsinin bütününü ve ayrıntılarını belirleyen kendisiydi; ilkokulda çizdiği prensesler gibi yarattığı bu ayakkabılar, bizim mahallede, hatta fotoroman oyuncularının ayaklarında görünenlere bile hiç benzemiyordu.

"Hoşuna gitti mi?"

"Hepsi çok şık."

"Rino bunların zor olduğunu söylüyor."

"Yapmayı biliyor mu?"

"Yapabileceğine yemin ediyor."

"Ya baban?"

"O elbette yapar."

"Yapın o halde."

"Babam yapmak istemiyor."

"Neden?"

"Dedi ki bana oyun olduğu sürece iyiymiş, ama o ve Rino benimle zaman yitiremezlermiş."

"Bunun anlamı ne?"

"Anlamı şu ki, bir şeyleri gerçekten yapabilmek için zaman ve para gerekir."

Ayakkabıyı gerçekten yapabilmek için ne kadar para gerektiği konusunda Rino'dan gizli yaptığı hesabı az daha gösterecekti bana. Sonra durdu, yıpranmış kâğıtları katladı ve bana boşuna zaman yitirmeye gerek olmadığını söyledi: babası haklıydı.

"O halde?"

"Gene de denemeliyiz."

"Fernando kızacak."

"Biri deneme yapmazsa, hiçbir şey değişmez."

Ona göre değişmesi gereken, hep aynı şeydi: yoksul kızlar olduğumuzdan önce zenginleşmeliydik, hiçbir şeyimizin olmadığı noktadan her şeye sahip olacağımız noktaya varmalıydık. Ona *Küçük Kadınlar* misali bir roman yazma tasarımızı anımsattım. Ben düşüncemi değiştirmemiştim, bu konuda ısrarlıydım. Özellikle Latince öğreniyordum ve artık okula gitmiyor bile olsa Ferraro öğretmenin halk kütüphanesinden sürekli kitap ödünç almasının altında –şu sıra kafayı ayakkabıya takmış olsa da– günün birinde benimle kitap yazma ve zengin olma hevesi vardı. Bu sözüme umursamazca omuz silkti, *Küçük Kadınlar* hakkındaki fikrini değiştirmişti. "Şimdi," diye açıkladı bana, "gerçekten zengin olmak için ekonomik bir etkinlik gerekiyor." Babasına ne kadar güzel ve rahat olduklarını gösterebilmek için tek bir ayakkabıyla işe başlamalıydı; sonra Fernando'yu ikna edince üretime geçmeliydi: bugün iki çift, yarın dört çift, ayda otuz, yılda dört yüz ayakkabı yapınca, kısa süre içinde, o, babası, Rino, annesi, öteki kardeşleri hepsi araya gelirler ve makineli bir ayakkabı imalathanesi açarlardı: Cerullo kunduracısında en az elli işçi çalışırdı.

"Ayakkabı fabrikası mı?"

"Evet."

Bunu çok iyi bildiği tarzda, gayet inançlı bir biçimde, İtalyanca cümleler kurarak anlatırken gözlerimin önünde fabrikanın tabelası bile belirmişti: Cerullo; ayakkabının içinde aynı marka yazacaktı: Cerullo; sonra Cerullo tanıtımı: hepsi ışıl ışıl, hepsi onun çizimlerindeki gibi; bu şık ayakkabıları ayağına bir kez geçirdiğinde öyle güzel ve şık bulacaksın ki, dedi Lila, akşam yatarken bile canın çıkarmak istemeyecek!

Güldük, eğlendik.

Sonra Lila durdu. Yıllar önce bebeklerimiz Tina ve Nu ile bodrum mazgalının yanında oynayışımızı düşündüğünü hissettim; artık onun tipik özelliği haline geldiğini fark ettiğim çocuk-ihtiyar havasını vurgulayarak ciddi bir söyleme girdi:

"Solara kardeşler neden kendilerini mahallenin efendileri sanıyorlar biliyor musun?"

"Çünkü zorbalar."

"Hayır, çünkü paraları var."

"Sen öyle mi düşünüyorsun?"

"Elbette. Pinuccia Carraci'yi hiç rahatsız etmediklerini fark ettin mi?"

"Evet."

Peki Ada'ya karşı neden öyle davrandılar, biliyor musun?"

"Hayır."

"Çünkü Ada'nın babası yok, ağabeyi Antonio'nun beş paralık hükmü yok, kızcağız apartman merdivenlerini silen Melina'ya yardım ediyor."

Sonuç olarak, biz de ya Solara ailesinden de çok para kazanacaktık ya da kendimizi bu iki erkek kardeşten korumak için canlarına okuyacaktık. Bana babasının dükkânından aldığı son derece keskin falçatayı gösterdi.

"Çirkinim diye bana dokunmazlar ve zaten Marki daha beni ziyaret etmedi," dedi. "Ama sana takılabilirler. Böyle bir şey olursa, haber ver bana."

Kafam karışık bir şekilde baktım. On üç yaşında bile değildik, kurumlar, yasalar, adalet hakkında hiç bilgimiz yoktu. Çocukluğumuzdan beri çevremizde ne gördüysek, işittiysek onu yineliyorduk ve bunu da olasılıkla inanarak yapıyorduk. Adalet dayakla gerçekleşmiyor muydu? Peluso, Don Achille'yi öldürmemiş miydi? Eve döndüm. Ağzından son çıkan sözlerle bana düşkünlüğünü kabullendiğini fark ettim ve kendimi çok mutlu hissettim.

9.

Ortaokul bitirme sınavlarını bütün derslerden sekiz, Latince ve İtalyancadan dokuz alarak geçtim. Okul birincisi oldum: sekiz ortalama alan Alfonso'dan ve Gino'dan katbekat üstündüm. Günler boyunca bu mutlak birinciliğimin tadını çıkardım. O andan itibaren önüne gelen herkese büyük kızının İtalyancadan ve hatta Latinceden bile dokuz aldığını anlatarak gururlanan babam beni övgülere boğdu. Annem, beni şaşırtan bir davranışla, mutfakta lavabo başında sebze ayıklarken arkasına dönmeden bana şöyle dedi:

"Pazar günü gümüş bileziği takabilirsin, ama kaybetme sakın."

Avluda bu kadar başarılı olamadım. Orada sadece aşklar ve sevgililer önemliydi. Carmela Peluso'ya okul birincisi olduğumu söylediğimde o hemen sözümü kesti ve bana Alfonso'nun geçerken ona nasıl baktığını anlatmaya başladı. Gigliola Spagnuolo ise son derece keyifsizdi, çünkü Latince ve matematikten bütünlemeye kalmıştı; Gino'nun peşinden koştuğunu ama kendisinin Marcello Solara'ya âşık olduğunu ve belki Marcello da onu beğendiği için Gino'ya yüz vermediğini anlatarak prestij kazanmaya çalıştı. Lila da özel bir sevinç sergilemedi. Ona her bir dersten aldığım notu sırayla saydığımda gülerek, o fesat ses tonuyla şöyle dedi:

"On vermediler mi?"

Çok bozuldum. Sadece hal ve gidişten on alınırdı, öğretmenler hiçbir önemli dersten on vermezlerdi. Ama gizli bir düşüncenin ansızın aşikâr olması için bu cümle yetti bana: eğer o okula benimle aynı sınıfta devam edebilmiş olsaydı, ailesi ona izin verseydi şimdi bütün dersleri on olurdu; bunu ikimiz de biliyorduk ve şimdi bunun ağırlığını hissetmemi istiyordu.

Gerçek anlamda birinci olamadan birinci olmanın üzüntüsünü gizleyerek eve döndüm. Ailem şimdiden ortaokul diplomam olduğu için beni nereye yerleştirebileceklerini konuşmaya başlamıştı bile. Annem kırtasiyeciye beni çırak olarak alması için rica etmeyi düşünüyordu; onun aklına göre bu kadar başarılı olduğum için okula gidenlere tükenmezkalem, kurşunkalem, defter, kitap satmaya uygundum. Babam ise belediyedeki tanıdıkları sayesinde beni seçkin bir memuriyete yerleştirmeyi hayal ediyordu. İçimde bir hüzün hissettim ve tanımlayamadığım bu duygu büyüdü, büyüdü, büyüdü ve sonunda canım pazar günleri bile dışarı çıkmak istemez oldu.

Artık kendimden hoşnut değildim, gözlerimin önündeki her şeyi buğulu görüyordum. Aynaya bakıyor ve görmekten hoşlanacağım görüntüyü göremiyordum. Sarı saçlarım kestane rengini almıştı. Geniş ve basık bir burnum vardı. Bedenim boya gitmeden enine genişliyordu. Üstelik tenim de bozuluyordu: alnımda, çenemde, çene kemiğimin iki yanında kırmızımsı tümsek adacıkları beliriyor, bunlar sonra morarıp nihayetinde sarımsı uçlar veriyordu. İçimden gelerek ev temizliği, yemek, kardeşlerimin dağınıklığını toplamak, minik Elisa ile ilgilenmek gibi işlerde anneme yardımcı olmaya başladım. Dışarı çıkmadığım için bana kalan zaman dilimlerinde köşeye çekiliyor, kitaplıktan aldığım romanları okuyordum: Grazia Deledda, Pirandello, Çehov, Gogol, Tolstoy, Dostoyevski. Kimi zaman dükkâna gidip Lila'yı bulmak ve onunla hoşuma giden roman kahramanları, ezbere öğrendiğim cümleler hakkında konuşmak istiyordum ama sonra boş veriyordum; eminim sevimsiz bir şeyler söylerdi, ayakkabı, para gibi konularda Rino ile yaptığı tasarılarını anlatarak beni sustururdu ve ben de yavaş yavaş okuduğum romanları gereksiz, hayatımı, geleceğimi, beni bekleyenleri solgun görmeye başlardım: ya kilisenin karşısındaki kırtasiyecide şişman ve sivilceli bir tezgâhtar, ya belediyede çalışan evde kalmış bir kız olurdum; eninde sonunda topal ve şaşı olmam da kaçınılmazdı.

Bir pazar sabahı Ferraro öğretmenin postayla adıma gönderdiği kütüphane davetiyle harekete geçmeye karar verdim. Küçüklüğümden beri kendimi gördüğümü sandığım ve gene öyle olmayı umduğum şekilde güzel olmak için elimden geleni yaptım ve çıktım. Sivilcelerimi sıkarak yüzümü kızarttım, annemin gümüş bileziğini taktım, saçlarımı açtım. Ama gene de kendimden hoşnut değildim. Sabahın erinde, o mevsimde ateşli ve şiş bir el mahallenin üzerine çökmüşçesine sıcak olan sokağa çıktım ve kütüphaneye doğru yürümeye başladım.

Ana girişe doğru akan ilkokul ve ortaokul çocuklarıyla velilerinin oluşturduğu kalabalığı görünce sıradışı bir şeyler olduğunu fark ettim. İçeri girdim. Bütün iskemle sıraları dolmuştu, renkli süslemeler asılmıştı, rahip, Ferraro ve hatta ilkokulun müdürüyle Oliviero bile oradaydı. Anladığıma göre öğretmen, kütüphane kayıt defterine göre en sadık okurlarını bir kitapla ödüllendirmeye karar vermişti. Tören başlamak üzere olduğundan ve şimdilik kitap ödünç alamayacağımdan salonun en dibine gidip oturdum. Gözlerimle Lila'yı aradım ama sadece Gigliola Spagnuolo ve beraberindeki Gino ile Alfonso'yu gördüm. İskemlemin üzerinde huzursuzca hareket ettim. Biraz sonra Carmela Peluso ve ağabeyi Pasquale gelip oturdular yanıma. Merhaba, merhaba. Kızarmış yanaklarımı saçlarımla örtmeye çalıştım.

Küçük tören başladı. Ödül alanlar şunlardı: birinci Raffaella Cerullo, ikinci Fernando Cerullo, üçüncü Nunzia Cerullo, dördüncü Rino Cerullo, beşinci Elena Greco yani ben.

Beni de Pasquale'yi de bir gülme tuttu, gülmemizi bastırmaya çalışırken Carmela şöyle dedi: "Neden gülüyorsunuz?" Onu yanıtlamadık ve yeniden birbirimize bakıp elimizle ağzımızı kapayarak gülmeyi sürdürdük. Böylece öğretmen, Cerullo ailesinden kimsenin salonda olup olmadığını ısrarla sorduktan sonra hâlâ gözlerimden yansıyan gülüşümle, beklenmedik bir mutluluk halesiyle, sıralamada beşinci olarak ödülümü almaya çıktım. Ferraro beni pek çok överek Jerome K. Jerome'nin *Teknede Üç Adam* kitabını verdi. Teşekkür ettim ve bir solukta sordum:

"Cerullo ailesinin ödüllerini de alıp, kendilerine teslim edebilir miyim?"

Öğretmen bana bütün Cerullo ailesinin ödül-kitaplarını teslim etti. Çıkışta kıskançlığa kapılan Carmela, Alfonso ve Gino ile neşeyle sohbet eden Gigliola'nın yanına giderken, Pasquale bana yerel lehçeyle beni daha çok güldürecek şeyler söyledi: Rino'nun okumaktan gözleri bozulmuştu, kunduracı Fernando geceleri okumak için uyuyamıyordu, Bayan Nunzia ise patatesli makarna pişirmek için ocak başında dikilirken bir elinde kepçe, bir elinde kitap tutuyordu. İlkokulda Rino ile aynı sınıftaydı ve hatta aynı sırada oturmuşlardı –bana gözlerinden akan yaşlarla dediğine göre–, her ikisi de birbirlerine yardım etse bile, sınıfta kalarak altı veya yedi yıl okula gittikten sonra ancak şunu okumayı öğrenebilmişlerdi: Tütüncü ve Tuzcu; Şarküteri; Posta ve Telgraf. Sonra da eski sıra arkadaşına ödül olarak hangi kitabın verildiğini sordu.

"*Ölü Bruges.*"

"Hayaletler mi var içinde?"

"Bilmem."

"Kitapları vermeye gittiğinde seninle gelebilir miyim? Hatta bu kitapları ellerimle ben teslim edebilir miyim?"

Yeniden kahkahaya boğulduk.

"Evet."

"Rinuccio'ya ödül verdiler. İnanılır gibi değil. Hepsini okuyan Lina, tanrım ne akıllı şu kız."

Pasquale Peluso'nun gözlemleri beni avuttu, beni güldürmesinden çok hoşlandım. Belki de o kadar çirkin değilimdir diye düşündüm, belki ben kendimi görmeyi beceremiyordum.

Tam o anda adımın çağrıldığını duydum, bu Oliviero öğretmendi.

Yanına gittim, bana her zaman değer veren bakışlarıyla baktı ve az önce zihnimden geçirdiğim gözlemin doğruluğunu onaylarcasına şöyle dedi:

"Ne kadar güzelsin, büyümüşsün."

"Doğru değil bu öğretmenim."

"Doğru; sağlıklı, tombul bir yıldızsın. Üstelik başarılısın da. Okul birincisi olduğunu duydum."

"Evet."

"Şimdi ne yapacaksın?"

"Çalışmaya başlayacağım."

Yüzü gölgelendi.

"Bunun sözü bile edilmez, sen okumaya devam etmelisin."

Ona şaşkınlıkla baktım. Daha okuyacak ne kalmıştı ki? Eğitim hakkında hiçbir şey bilmiyordum, ortaokuldan sonra başka bir okul olduğundan haberim bile yoktu. Lise, üniversite gibi sözler benim için romanlarda okuduğum bazı sözler gibi soyut ve içi boş kavramlardı.

"Okuyamam, ailem göndermez beni."

"Edebiyat öğretmenin Latinceden kaç verdi sana?"

"Dokuz."

"Emin misin?"

"Evet."

"O halde ailenle ben konuşurum."

İtiraf etmem gerekirse, biraz ürkmüş olarak uzaklaşmaya niyetlendim. Eğer Oliviero, cidden annem ve babama gidip beni yeniden okutmaları gerektiğini söylerse, ailede yeniden yüzleşmek istemeyeceğim kavgalar çıkacaktı. Durumun bu halinden memnundum: anneme yardım etmek, kırtasiyecide çalışmak, çirkinliği ve sivilceleri kabullenmek, Oliviero'nun dediği gibi sağlıklı ve tombul olmak ve sefalet içinde çabalamak. Lila da, kunduracının kızı ve kardeşine ait çılgın hayallerine karşın, üç yıldır bunu yapmıyor muydu?

"Teşekkür ederim öğretmenim," dedim. "Hoşça kalın."

Ama Oliviero beni kolumdan tuttu.

Beni beklemekte olan Pasquale'yi işaret ederek "Onunla zaman yitirme," dedi. "Duvarcılık yapıyor, asla daha ileri gidemeyecektir. Hem iyi bir aileden gelmiyor, babası hem komünistti hem de Don Achille'yi öldürdü. Seni bir daha onun yanında görmek istemiyorum, eminim o da babası gibi komünisttir."

Bir onama işareti yaptım ve Pasquale'ye de veda etmeden yürümeye başladım; önce ne yapacağını bilemeyen oğlanın on adım gerimden gelmeye devam ettiğini fark edince memnun oldum. Güzel bir çocuk değildi ama zaten artık ben de değildim. Çok kıvırcık kara saçları vardı, teni hem esmerdi hem güneşte yanmıştı, ağzı kocamandı; ayrıca katilin oğluydu, belki de komünistti.

Benim için bir anlamı olmayan ama öğretmenin hemen bir olumsuzluk damgası vurmuş olduğu *komünist* sözcüğünü zihnimde evirip çevirdim. Komünist, komünist, komünist. Bana büyüleyici göründü. Komünist ve katilin oğlu.

Köşeyi döner dönmez Pasquale yanıma geldi. Eve kadar uzanan kısa yolu birlikte yürüdük ve yeniden gülüşerek ertesi gün kitapları Lila ve Rino'ya teslim etmek için sözleştik. Pasquale ayrılmadan önce bana ertesi pazar günü ablası ve başka isteyen kişilerle Gigliola'nın evine gidip dans etmeyi öğreneceklerini söyledi. Ben de gitmek ister miyim diye sordu; belki Lila ile gelirdim. Ağzım bir karış açık kaldı, annemin beni asla göndermeyeceğini biliyordum. Ama gene de olabilir, düşüneyim dedim. O zaman bana elini uzattı. Böyle bir harekete alışık olmadığım için tereddüt ettim ama sert, nasırlı eline şöyle bir dokundum ve çektim. Öyle olduğunu bilsem de "Hep duvarcılık mı yapıyorsun?" diye sordum.

"Evet."

"Peki komünist misin?"

Anlamayan bakışlarla baktı bana.

"Evet."

"Poggioreale'ye, babanı ziyarete gidiyor musun?"

Bu sorum üzerine ciddileşti:

"Mümkün oldukça."

"Hoşça kal."

"Hoşça kal."

10.

Hemen o gün öğleden sonra Oliviero öğretmen, önceden haber bile vermeden bizim eve geldi ve babamı derin bir kaygıya düşürüp annemi yeniden azdırdı. Her ikisine de beni en yakındaki Klasik Lise'ye yazdıracakları konusunda yemin ettirdi. Gereken kitapları bizzat kendisinin bulabileceğini söyledi. Bana sertçe bakarak babama beni yalnız başıma Pasquale Peluso ile gördüğünü söyleyip, benim gibi güzel umutlara sahip bir kıza öyle bir arkadaşın uygun olmadığını da ekledi.

Annem ve babam öğretmen hanıma karşı çıkmaya cesaret edemediler. Ona ciddiyetle beni lise bire göndereceklerine yemin ettiler ve babam sertçe, "Lenù, bir daha seni Pasquale Peluso ile konuşurken görmeyeceğim!" dedi. Öğretmen veda etmeden gene annemlerin önünde bana Lila'yı sordu. Ona babasına ve ağabeyine yardım ettiğini, hesapları tuttuğunu, dükkânı tertiplediğini söyledim. Şöyle bir suratını buruşturdu ve "Senin Latinceden dokuz aldığını biliyor mu?" diye sordu.

Evet diye işaret ettim.

"Şimdi ona eski Yunanca da öğreneceğini söyle. Söyle bunu ona."

Memnun bir tavırla annemlere veda ederken "Bu kız," dedi heyecanla, "bize büyük mutluluklar tattıracak."

Aynı akşam annem öfkeyle beni şimdi beylerin gittiği okula göndermek zorunda kalacaklarını, aksi takdirde Oliviero'nun onların başının etini yiyeceğini ve bunun intikamını almak için minik Elisa'yı kim bilir kaç kez sınıfta bırakacağını söyledi durdu. Babam ise ana sorun buymuş gibi bir daha beni Pasquale Peluso ile görürse iki bacağımı da kıracağını söylerken sözünü kesen yüksek bir çığlık duyuldu. Bu Melina'nın kızı Ada idi ve yardım dileniyordu.

Hepimiz pencereye koştuk, avluda büyük bir kargaşa yaşanıyordu. Anlaşıldığına göre, Sarratore ailesinin taşınmasından sonra genellikle iyi görünen Melina –biraz melankolik, biraz dalgındı elbette ama genelde tuhaflıkları azalmıştı ve masumlaşmıştı; örneğin apartmanların merdivenlerini yıkarken yüksek sesle şarkı söyler, gelene geçene aldırmadan kovanın pis suyunu sokağa dökerdi– yeni bir delilik krizi, bir tür mutluluk çılgınlığı yaşıyordu. Gülüyor, yatağının üzerinde zıplıyor, eteğini yukarı çekip sıska bacaklarını ve donunu korkmuş çocuklarına gösteriyordu. Annem pencerelere yapışmış kadınları inceleyerek vardı bu kanaate. Ben, Nunzia Cerullo ve Lila'nın da ne olduğunu anlamak için koşuştuklarını gördüm ve onların yanına gitmek için kapıyı açmaya çalışırken annem beni engelledi. Saçlarını topladı ve topal ayağıyla durumu bizzat değerlendirmeye gitti.

Geri geldiğinde gayet öfkeliydi. Birileri Melina'ya bir kitap göndermişti. Bir kitap, evet kitap. En fazla ilkokul ikiye kadar gidebilmiş ve hayatında hiçbir kitap okumamış olan Melina'ya. Kitabın kapağında Donato Sarratore adı vardı. İçinde, birinci sayfada tükenmezkalemle Melina'ya bir ithaf yazılmış ve ayrıca kırmızı dolmakalemle onun için yazılmış olan şiirlerin altı çizilmişti.

Babam bu tuhaflığı işitince utanmaz kontrolör-şaire hakaretler yağdırmaya başladı. Annem birinin gidip o boktan adamın boktan kafasını kırması gerektiğini söyleyip duruyordu. Bütün bir gece boyunca Melina'nın mutluluktan şarkılar söyleyen sesini, çocuklarının, özellikle de Antonio ve Ada'nın onu –başarısızca– sakinleştirmeye çalışarak yalvarmalarını işittik.

Bense derin bir hayrete kapılmıştım. Aynı gün Pasquale gibi garip bir gencin dikkatini çekmiştim, önümde yeni bir eğitim hayatı belirmişti ve bir süre öncesine kadar mahallemizde, hem de tam karşı apartmanımızda oturan birinin bir kitap yayınladığını öğrenmiştim. İşte bu sonuncusu Lila'nın haklı olduğunu, günün birinde bizim de bir kitabımızın olabileceğini kanıtlıyordu. Evet o vazgeçmişti ama belki ben, adı gimnazyum olan o zor okula gidebilmem sayesinde ve Pasquale'nin aşkının desteğiyle Sarratore'nin yaptığı gibi, tek başıma bir kitap yazabilirdim. Kim bilir, belki her şey yolunda giderse, ayakkabı çizimleri ve fabrika hayali kuran Lila'dan önce zengin olabilirdim.

11.

Ertesi gün gizlice Pasquale Peluso ile randevuma gittim. O üzerinde badana lekeli iş giysileriyle, ter içinde ve nefes nefese geldi. Yolda ona Donato ve Melina olayını anlattım. Bu son yaşananların Melina'nın deli olmadığını, Donato'nun ona gerçekten âşık olmuş olduğunu ve üstelik hâlâ sevdiğini gösterdiğini söyledim. Ama daha ben anlatırken ve Pasquale aşk konularında duyarlılık sergilerken, bu son gelişmede beni en çok heyecanlandıran şeyin Donato Sarratore'nin bir kitap yayınlayabilmiş olması gerçeği olduğunu fark ettim. O demiryolları memuru, öğretmen Ferraro'nun alıp kütüphaneye koyacağı ve ödünç vereceği bir kitap yazmıştı işte. Demek ki dedim Pasquale'ye, hepimizin tanımış olduğu o adam, karısı Lidia tarafından ezilen sıradan biri değil, resmen bir şairdi. Demek ki gözlerimizin önünde o trajik aşka tutulmuştu ve ona bu esini veren gayet iyi tanıdığımız biri, yani Melina olmuştu. İçim içime sığmadı, kalbim hızla çarpmaya başladı. Ama aynı zamanda fark ettim ki Pasquale bu konuda beni izleyemiyor, karşı çıkmamak için evet deyip duruyordu. Nitekim bir süre sonra konuyu değiştirdi ve bana Lila hakkında sorular sormaya başladı: okulda nasıldı, onun hakkında ne düşünüyordum, çok yakın arkadaş mıydık? Onu seve seve yanıtladım: ilk kez biri onunla arkadaşlığım konusunda sorguluyordu beni ve bütün öykümüzü heyecanla anlattım. Ve ilk kez hazır yanıtlarımın olmadığı bir konu için sözcükler aramak zorunda olduğumda, Lila ve benim aramdaki ilişkiyi tümüyle abartılı ve heyecanlı bir olumlama içeren sözlerle ifade ettiğimi fark ettim.

Kunduracının atölyesine vardığımızda hâlâ konuşuyorduk. Fernando eve dinlenmeye gitmişti ama Lila ve Rino yan yana oturmuşlar, asık suratla eğildikleri bir şeye sert sert bakıyorlardı ve camın arkasında bizi görür görmez ellerindekileri hemen kaldırdılar. Arkadaşıma Ferraro öğretmenin armağanlarını teslim ettim; Pasquale ise arkadaşıyla alay etmek için kitabı onun burnunun dibinde açıyor ve şöyle diyordu: "Şu *Ölü Bruges* kitabını okuduğun zaman hoşuna giderse haber ver, belki ben de okurum." Aralarında gülüştüler ve birbirlerinin kulaklarına olasılıkla açık saçık Bruges şakaları fısıldadılar. Ama bir noktada Rino ile şakalaşmayı sürdürse de Pasquale'nin Lila'ya kaçamak bakışlar attığını hissettim. Ona neden böyle bakıyordu, ne arıyordu, ne görüyordu? Lila sanki bu uzun ve yoğun bakışları fark etmemiş gibiydi, galiba Rino benden daha uyanık çıktı ve sanki Bruges hakkındaki şakaları duymamızı istemezmiş gibi, ama bence arkadaşının kardeşine bakışından rahatsız olduğu için onu kolundan tutup kaldırıma sürükledi.

Ben de Lila ile atölyenin arka odasına geçtim ve Pasquale'nin dikkatini çeken şeyin ne olduğunu anlamaya çalışarak baktım. Bana hep o ince, bir deri bir kemik, solgun kız göründü; bir tek gözleri iriydi ve göğsünde hafif bir kabarıklık vardı. Yeni kitapları daha önce orada duranların, bazı eski ayakkabıların ve kabı yıpranmış defterlerin arasına koydu. Melina'nın deliliklerinden söz ettim ama ona asıl aktarmak istediğim, nihayet kitap yayınlamış bir tanıdığımız olduğuydu. Donato Sarratore idi bu. Ona İtalyanca olarak fısıldadım: "Düşünsene, oğlu Nino okulda bizimleydi; baksana, belki de bütün Sarratore ailesi zengin olacaktır." O ise umursamaz bir gülümsemeyle yetindi.

"Bununla mı?" dedi. Elini uzattı ve Sarratore'nin kitabını gösterdi.

Annesinin elinden ve gözünün önünden temelli kaldırmak için Melina'nın oğlu Antonio kitabı getirip Lila'ya vermişti. Aldım ve incelemeye başladım. Adı *Serin Denemeler* idi. Pembemsi kapakta bir dağın tepesinde parlayan güneş görünüyordu. Özellikle üstteki adı okumak heyecan vericiydi: Donato Sarratore. Açtım ve kalemle yazılmış ithafı okudum: Şiirimi beslemiş olan Melina'ya. Donato. Napoli, 12 Haziran 1958. Heyecanlandım, ensemin arkasında ve saçlarımın dibinde bir ürperti hissettim. Şöyle dedim:

"Nino'nun, Solara kardeşlerinkinden daha güzel bir otomobili olacak."

Ama Lila gene o yoğun bakışlarıyla baktı ve elimdeki kitaba takılmış olduğunu hissettim.

"Olursa öğreniriz," diye homurdandı. "Bu şiirler şimdilik sadece zarar verdi."

"Neden?"

"Sarratore kitabı eliyle Melina'ya getirmeye cesaret edemedi ve onun yerine biriyle yolladı."

"Bu güzel bir şey değil mi?"

"Kim bilir. Melina onu bekliyor ve Sarratore gelmezse, şimdiye dek çektiği ıstıraptan daha fazlasını çekecek."

Ne güzel konuşmalardı bunlar. Onun bembeyaz, düzgün, lekesiz cildine baktım. Dudaklarına, kulaklarının güzel çizgilerine baktım. Evet, diye düşündüm, belki sadece fiziksel olarak değil, ifade tarzı olarak da değişmektedir. Bana öyle geldi ki –bugünün sözleriyle dile getirince– o sadece olanları güzel söylemeyi bilmiyordu; daha önce de bildiğim bir yeteneğini geliştiriyordu: şimdi küçüklüğündekinden daha iyi bir şekilde olayları alıyor ve onlara doğallıkla gerilim yüklüyordu; onu sözlere indirgerken gerçekliği güçlendiriyor, içine enerji akıtıyordu. Ama memnuniyetle farkına vardığım bir başka şey de o bunu yapmaya başladığı anda, ben de kendimde bu yeteneğin olduğunu hissediyordum, deniyordum ve başarıyordum. Bu –diye düşündüm hoşnutlukla– beni Carmela ve öteki kızlardan ayırıyor: Lila burada, benimle konuşmaya başladığı anda, benim içimdeki kıvılcımlar da tutuşup alevleniyordu. Ne kuvvetli elleri, ne tatlı el hareketleri ve bakışları vardı!

Ama Lila aşk hakkında mantık yürütür, ben kendi görüşlerimi geliştirirken bu keyif söndü ve aklıma kötü bir düşünce geldi. Ansızın yanıldığımı anladım: Pasquale, o duvarcı, o komünist, o katilin oğlu, bana eşlik etmek isterken aslında Lila'yı görme hevesindeydi.

12.

Bunu düşünmek bir an için soluğumu kesti. İki genç bizim konuşmamızı bölerek içeri girdiklerinde Pasquale gülerek, şantiyeden, ustasından izin almadan kaçtığını ve hemen işe dönmesi gerektiğini söyledi. Lila'ya yeniden uzun ve yoğun bakışlarla, adeta iradesi dışında baktığını fark ettim. Belki de şunu demek istiyordu: sadece senin için işten kovulmayı göze aldım. Ve bu arada Rino'ya dönerek şunu dedi:

"Pazar günü hepimiz dans etmek için Gigliola'ya gidelim mi, Lenuccia da geliyor, siz de gelir misiniz?"

"Pazara daha çok var, sonra düşünürüz," dedi Rino.

Pasquale Lila'ya son bir bakış fırlattıysa da kız onu hiç umursamadı; sonra bana onunla dönmek ister miyim diye sormadan çıkıp gitti.

Beni sinirlendiren bir rahatsızlık duydum. Yanaklarımın yanan noktalarına dokunmaya başladığımı fark ettim ve bunu yapmamaya çalıştım. Rino tezgâhın altından, bizim gelmemizden önce üzerinde çalıştıkları şeyleri çıkardı; o bunları kuşkuyla incelerken ben Lila ile kitaplardan, aşk öykülerinden söz etmeyi sürdürdüm. Sarratore'yi, Melina'nın aşk deliliğini, o kitabın rolünü şişirdikçe şişirdik. Ne olacaktı şimdi? Satırların okunmasıyla değil, nesnenin kendi, kapakta yazan ad ve soyadıyla kadının kalbindeki aşk yeniden harlanacak mıydı? İşte biz böyle tutkuyla çene çalarken Rino ansızın sabrını yitirdi ve bize bağırdı:

"Keser misiniz artık? Lila çalışmaya bakalım yoksa babam gelecek ve bir şey yapamayacağız."

Sustuk. Onların ne yaptığına şöyle bir göz attım; şekilli bir ahşap parçasının etrafında şekilsiz pençeler, deri şeritleri, kösele parçaları, kunduracı bezleri, bıçakları ve farklı demir aletler vardı. Lila bana Rino ile birlikte seyahatte giyilebilecek bir erkek ayakkabısı yapmaya çalıştıklarını söyledi ve Rino hemen atılarak bu konudan kimseye söz etmemem için bana kardeşim Elisa üzerine yemin ettirdi. Fernando'dan gizli çalışıyorlardı, Rino deriyi ve köseleyi Ponte di Casanova tabakhanesinde çalışan bir arkadaşından edinmişti. Ayakkabı üzerinde her gün beş-on dakika çalışabiliyorlardı; babalarını bu konuda ikna etmenin yolunu bulamadıkları gibi bu konuyu her açışlarında Fernando onu bir daha atölyede görmek istemediğini haykırarak Lila'yı eve yolluyor, on dokuz yaşında kafasına bunu taktı diye Rino'yu öldürmekle tehdit ediyordu; oğluna bu konuda kesinlikle saygısı ve tahammülü yoktu.

Gizli girişimleriyle ilgileniyor gibi yaptıysam da aslında bir hüzün hissettim. Her ne kadar iki kardeş beni sırdaşlığa kabul etmiş olsalar da bu, benim sadece tanık olarak dahil olabileceğim bir çalışmaydı: Lila o uzun yolda kendi başına büyük işler becerecekti ve ben bunun dışında kalacaktım. Daha da önemlisi, bizim aşk ve şiir üzerine yaptığımız o yoğun konuşma üzerine beni kapıdan uğurlayıp, bir ayakkabı çevresinde dönen o gergin havaya dönmeyi yeğlemesine içerlemiştim. Sarratore ve Melina hakkında ne güzel konuşmuştuk. Evet, o deri, kösele ve alet öbeğinden bana söz etmişti ama ben aşk acısı yaşayan kadın için hâlâ üzülürken, o bunu çoktan unutmuş gibiydi. Ayakkabılar ne ilgilendirirdi beni? Benim çevremde, gözlerimde hâlâ o ihanete uğramış sadakatin sırları, bir kitaba dönüşen tutku ve dizeler vardı; sanki Lila ve ben, birlikte bir roman okumuştuk, pazar günü kilise sinemasında değil de atölyenin arka odasında dramatik bir film seyretmiştik. Bu tutumu karşısında gücendim çünkü ben gitmek zorundaydım, çünkü o, ayakkabı serüvenini bizim sohbetimize yeğliyordu, çünkü o kendine yetmeyi bilirken, ben ona gereksinim duyuyordum, çünkü onun içinde, benim dahil olamadığım kendine ait şeyler vardı, çünkü çocuk değil yaşça bizden büyük olan Pasquale, ona bakmak, onu gizlice buluşmak için kandırmak, ikna etmek için başka fırsatlar yaratacaktı; öpüşecekler, nişanlananlar için söylendiği üzere birbirlerine dokunacaklardı; çünkü nihayetinde Lila bana hep daha az gereksinim duyacaktı.

Bu nedenle sanki o düşüncelerin bende yarattığı tepki duygusunu kovmak, sanki değerimi ve vazgeçilmezliğimi vurgulamak istercesine ona ansızın Gimnazyum'a gideceğimi söyleyiverdim. Bunu tam dükkân kapısında, hatta sokaktayken söyledim. Oliviero öğretmenin anne ve babama baskı yaptığını, kullanılmış kitapları bizzat kendisinin bana alacağını da ekledim. Bunu yaptım çünkü özel biri olduğumu ve o, Rino ile ayakkabı imal ederek zengin olsa bile, benim onsuz yapamayacağım gibi onun da asla bensiz olamayacağını anlasın istedim.

Boş bakışlarla baktı bana.

"Gimnazyum nedir?"

"Ortaokuldan sonra gidilen önemli bir okul."

"Peki sen ne yapmaya gideceksin oraya?"

"Okumaya."

"Ne?"

"Latince."

"O kadar mı?"

"Ve Yunanca."

"Yunanca mı?"

"Evet."

Kafası karışmış ve ne diyeceğini bilemeyen bir yüz ifadesi yaptı. Sonunda hiç ilgisiz olarak şunu mırıldandı:

"Geçen hafta sonu Marki ziyaretime geldi."

Ve Rino onu çağırmış olmasa da içeriye girdi.

13.

Demek artık o da kanıyordu. Önce benim yaşadığım bedenin o gizli hareketi, bir deprem dalgası gibi şimdi ona da ulaşmıştı ve onu da değiştirecekti, şimdiden değişmeye başlamıştı. Pasquale –diye geçirdim aklımdan– bunu benden önce fark etmişti. O ve olasılıkla öteki erkekler. Gimnazyum'a gidecek olmamın çevresindeki altın hare ansızın soldu. Günler boyunca Lila'yı ele geçirecek olan davranışların gizeminden başka bir şey düşünemez oldum. Acaba Pinuccia Carracci, Gigliola veya Carmela gibi güzelleşecek miydi? Benim gibi çirkinleşecek miydi? Eve döndüm ve aynada kendimi incelemeye aldım. Nasıldım gerçekten? Er ya da geç o nasıl olacaktı?

Kendime daha çok özen göstermeye başladım. Bir pazar öğleden sonrasında her zamanki park gezintimiz için kare yakalı ve mavi renkli bayramlık giysimi giydim ve annemin gümüş bileziğini taktım. Lila ile karşılaştığımda onun her günkü halinde olduğunu, kara saçlarının darmadağınık durduğunu, üzerine yıpranmış ve solmuş bir giysi geçirdiğini görerek gizli bir haz duydum. Gergin ve sıska bir kız çocuğu olan her zamanki Lila'dan farklı değildi. Gözüme sanki biraz daha uzamış gibi geldi, neredeyse boyu bana yetişmişti, belki bir santim kısaydı. Ama değişimi nasıl olacaktı? Benim kadın gibi koca memelerim vardı.

Parka gittik, geri geldik, sonra parka giden yolda bir kez daha yürüdük. Erkendi, pazar kalabalığı başlamamıştı, kavrulmuş fındık, badem, acı bakla satanlar gelmemişti. Lila çekingence bana Gimnazyum'u sordu. Ona bildiğim pek az şeyi pek çok şişirerek anlattım. Meraklansın istiyordum, benim bu serüvenime dışarıdan katılsın, benimle ilgili bir şeyleri kaçıracağını hissetsin istiyordum, çünkü ben onunla ilgili bir şeyleri kaçırmaktan hep korkuyordum. Ben cadde tarafında, o iç kısımda yürüyorduk. Ben konuşuyordum, o dikkatle dinliyordu.

Derken Solara kardeşlerin Millecento arabası yanaştı yanımıza; Michele direksiyonda, Marcello yanındaydı. Marcello bize komik şeyler söylemeye başladı. Özellikle sadece bana değil, ikimize birden söylüyordu. Yerel lehçeyle şuna benzer laflar ediyordu: Aman güzel, genç hanımlar, böyle bir ileri bir geri yürümekten bıkmadınız mı? Bakın Napoli büyüktür, dünyanın en güzel şehridir, sizin gibi güzeldir, binin haydi, yarım saat gezelim, sizi sonra buraya getiririz.

Yapmamam gerekirdi ama yaptım. Ne o, ne kardeşi, ne de otomobil varmış gibi yürüyüp gitmem gerekirdi; onu görmezden gelerek Lila ile konuşmayı sürdürmeliydim ama kendimi çekici ve şanslı hissetme gereksinmesi yüzünden ve pek yakında beylerin gittiği okula gideceğim ve olasılıkla orada Solara kardeşlerinkinden daha güzel otomobiller göreceğimden, döndüm ve İtalyanca olarak şöyle dedim:

"Teşekkür ederim ama gelemeyiz."

Bunun üzerine Marcello elini uzattı. Uzun boylu, yapılı bir genç olmasına karşın geniş ve küt bir eldi gördüğüm. Beş parmağı arabanın penceresini aştı ve benim bileğimi tuttu; o sırada sesi de şöyle diyordu:

"Michè, fren yap, odacının kızının ne güzel bileziği varmış gördün mü?"

Otomobil durdu. Marcello'nun bileğimi saran parmakları derimi büzüştürdü, tiksindiğim için kolumu geri çektim. Bileziğim kırıldı, kaldırımla otomobilin arasına düştü.

Annemi düşünerek "Eyvah, ne yaptın bak!" diye bağırdım.

"Sakin ol," dedi, arabanın kapısını açıp indi. "Şimdi tamir ederim onu."

Neşeliydi, nazikti, beni sakinleştirecek bir yakınlık kurmak istercesine yeniden bileğimi tuttu. Bu bir an sürdü. Yarı boyunda olan Lila onu arabaya itti ve falçatasını boğazına dayadı.

Sonra yerel lehçeyle ve sakince şöyle dedi:

"Bir daha dokun, bak ne oluyor göstereyim sana."

Marcello olanlara inanamayarak kaskatı kesildi. Michele hemen otomobilden indi ve rahatlatıcı ses tonuyla şöyle dedi:

"Sana bir şey yapamaz Marcè, bu şırfıntının öyle bir cesareti yok."

"Gel," dedi Lila, "gel de göstereyim sana cesaretim var mıymış."

Ben ağlamaya başladığımda Michele arabanın çevresinden dolaşıp yanımıza geliyordu. Bulunduğum yerden falçatanın Marcello'nun boğazını kestiğini ve incecikten bir kan sızdığını görebiliyordum. O sahne gayet net olarak aklımda: hava hâlâ çok sıcaktı, pek az gelip geçen vardı, sanki Marcello'nun yüzünde kötü bir böcek görmüş ve onu kovmaya çalışırmış gibi Lila hâlâ ona abanmış durumdaydı. O an hissettiğim duygunun kesinliği hâlâ aklımda: oğlanın boğazını kesmeye tereddüt etmezdi. Michele de bunu fark etti.

"Tamam, aferin," dedi ona ve aynı sükûnetle ve neredeyse neşeyle arabaya döndü. "Bin Marcè, özür dile genç hanımlardan, gidelim."

Lila bıçağın ucunu yavaşça çekti Marcello'nun boğazından. Erkek ona ürkekçe gülümsedi, nereye bakacağını bilemez haldeydi.

"Bir dakika," dedi.

Sanki en utangaç haliyle benden özür dilercesine, önümde yere diz çöktü. Elini otomobilin altına uzattı, bileziği aldı, açılmış olan tırnakları sıkıştırarak bileziği onardı. Bana değil Lila'ya bakarak uzattı. Sonra ondan özür diledi: "Özür dilerim." Binmesiyle otomobilin hareket etmesi bir oldu.

"Korkudan değil bilezik için ağlamaya başladım," dedim.

14.

Mahalle sınırları o yaz eriyip gitti. Bir sabah babam beni yanına kattı. Liseye yazılmamı bahane ederek, sonbaharda yeni okuluma giderken hangi araçlara binmem, hangi yollardan geçmem gerektiğini öğrenmemi istedi.

Rüzgârlı, duru, güzel bir gündü. Kendimi sevilmiş, şımartılmış hissediyordum; babama duyduğum sevgiye bir de büyüyen hayranlık eklendi. Şehrin o engin mekânını çok iyi tanıyordu, nereden metroya, tramvaya, otobüse binileceğini biliyordu. Sokakta, evde hiç tanık olmadığım bir sosyalleşme, ağır bir nezaket sergiliyordu. Toplu taşıma araçlarında, ofislerde hemen herkesle yakınlık kuruyordu; konuştuğu her kişinin belediyede çalıştığını anlamasını sağlıyor ve onlara isterse işlemleri hızlandırma, yeni kapılar açma gücüne sahip olduğunu hissettiriyordu.

Hayatımızda ilk kez bütün bir günü birlikte geçirdik; benzeri bir günü hatırlamıyorum. Kendini tamamen bana adadı, sanki varoluşu boyunca öğrenmiş olduğu yararlı her şeyi bana birkaç saat içinde aktarmak ister gibiydi. Bana Garibaldi Alanı'nı, inşa edilen istasyonu gösterdi: ona göre bu öyle modern bir istasyon oluyordu ki, sırf onu incelemek için Japonya'dan Japonlar geliyordu; vatanlarına dönüp bunun aynını, özellikle de o sütunları yapmak istiyorlardı. Ama bana eski istasyonu daha çok beğendiğini, daha çok sevdiğini de itiraf etti. Ne yapalım. Napoli ona göre hep böyle olagelmişti: kesilir, bölünür, yeniden yapılır; paralar dökülür, iş çıkartılır.

Garibaldi Alanı boyunca ilerleyerek beni okulum olacak yere kadar götürdü. Sekreterlikte son derece güler yüzlü davrandı, mahallede ve evde gizli tuttuğu bir sevimli görünme yeteneğine sahipti. Hemen oracıkta, benim olağanüstü karnemi övdüğü hademenin onun nikâh şahidinin yakın arkadaşı olduğunu keşfetti. Sürekli, her şey yolunda mı?, veya elden geleni yapacağız, sözlerini yinelediğini fark ettim. Bana Carlo III Meydanı'nı, Fukara Evi'ni, Botanik Bahçesi'ni, Foria Caddesi'ni ve Müze'yi gösterdi. Sonra beni Costantinopoli Caddesi'nden Port'Alba'dan, Dante Meydanı'ndan, Toledo'dan geçirdi. Bu isimler, trafiğin gürültüsü, sesler, renkler, çevredeki şenlik havası, sonradan Lila'ya anlatabilmek için her şeyi akılda tutma çabası, babamın bana sıcak bir peynirli pizza dilimi aldığı pizzacıyla, sarı bir nektarin aldığı manavla sohbet kurma yeteneği beni tepe sersemi etmişti. Şehrin geri kalanı böyle ışıklı ve güler yüzlüyken bizim mahallemizin bu kadar gerilim ve şiddet yüklü olması mümkün müydü?

Babam sonra beni Belediye Meydanı'nda bulunan işyerine götürdü. Orada da her şeyin yenilenmiş, ağaçların kesilmiş, her şeyin kırılmış olduğunu söyledi: eskilerden bir tek Maschio Angioino Şatosu kaldı, ama o da güzeldir tatlım; Napoli'de iki gerçek erkek var, biri o, biri senin baban. Sonra Belediye'ye gittik, onunla bununla selamlaştı, çok iyi tanınıyordu. Bazılarıyla gayet samimiydi, beni tanıştırdı, bin birinci kez okulda İtalyanca ve Latinceden dokuz aldığımı söyledi; bazılarına karşı sessiz kaldı, sadece pekâlâ, baş üstüne, yaparım dedi. Sonunda bana Vezüv Yanardağı'nı ve denizi yakından göstereceğini müjdeledi.

Unutulmaz bir an oldu. Caracciolo Caddesi'ne doğru yürürken rüzgâr artıyor, güneş parlıyordu. Vezüv pastel renkte tatlı bir form idi ve eteklerinde şehrin beyaz çakılları, Castel dell'Ovo'nun toprak rengi çizgileri ve deniz görünüyordu. Ama ne deniz. Çalkantılıydı, gürültülüydü, rüzgâr nefesimi kesiyordu, giysimi üzerime yapıştırıyor, alnımdaki saçları uçuruyordu. Manzarayı seyreden küçük bir kalabalıkla birlikte yolun karşısında durduk. Dalgalar, mavi metal borular gibi yuvarlanıyor, köpüğün yumurta beyazı rengini yükseltiyor, sonra ışıldayan binlerce parçacığa bölüyor ve onu seyreden bizlerin korkusu ve hayranlık haykırışları arasında kaldırıma kadar çarpıyordu. Lila'nın burada olamamasına hayıflanıyordum. Şiddetli rüzgârın sesinden sersemledim. Bu gösterinin tümünü içselleştiriyorum izlenimine kapılsam da, pek çok şey yakalanamadan çevreye dağılıyordu.

Babam kayıp gitmemden korkarmış gibi elimi tuttu. Aslında onu bırakmak, koşmak, hareket etmek, sokağın karşısına geçmek, denizin ışıltılı enginliğine dalmak istiyordum. Tam o keskin aydınlık ve uğultu anında yenilenen şehrin içinde yapayalnız olduğumu hayal ettim; benim de yenilenen hayatım uzanıyordu önümde; nesnelerin hareketli akışına kendimi bırakmıştım ve kesinlikle kazanan ben olacaktım: ben, ben ve Lila, ikimiz –sadece biz ikimiz– birlikteyken sahip olduğumuz o yetenekle renklerin, seslerin, nesnelerin ve insanların neyi varsa kapar, anlatır ve onlara güç katabilirdik.

Mahalleye döndüğümde sanki çok uzak diyarlara gidip gelmiş gibiydim. İşte yeniden bildik sokaklar, işte yeniden Stefano ve kardeşi Pinuccia'nın şarküterisi, meyve satan Enzo, Solara kardeşlerin barın önünde duran ve yeryüzünden silebilmek için bilmem neler ödemeye hazır olduğum Millecento arabası. Neyse ki annem bilezik olayıyla ilgili hiçbir şey öğrenmemişti. Neyse ki kimse Rino'ya olup biteni anlatmamıştı.

Lila'ya caddeleri, adlarını, uğultuyu, olağanüstü ışığı anlattım. Ama ansızın kendimi huzursuz hissettim. Eğer o günü anlatan o olsaydı, ben elzem bir ikinci ses olarak olaya sızardım ve orada olmamış olsam da kendimi canlı ve etkin hisseder, sorular sorar, tartışır, bu yolu bir kez de birlikte yürümemiz gerektiğini göstermeye çalışırdım; bunu yapmam şarttı çünkü onu zenginleştirmiş olurdum, babasından çok daha harika arkadaşlık ederdim. Oysa o beni meraksızca dinledi, önce bunu fesatlığından, benim heyecanımı söndürmek için yaptığını sandım. Ama sonra böyle olmadığı konusunda kendimi ikna etmek zorunda kaldım; onun kendine ait bir düşünce tarzı vardı; bir kitap ya da bir çeşme gibi somut şeylerden beslenirdi. Kulakları eminim dinliyordu beni ama gözleri, zihni, hâlâ sokağa, parkın bir-iki ağacına, Alfonso ve Carmela ile gezinen Gigliola'ya, inşaatın iskelesinden ona el sallayan Pasquale'ye, bağıra çağıra Donato Sarratore'den söz eden Melina ve onu eve sürüklemeye çalışan Ada'ya, Don Achille'nin yeni aldığı otomobilde yanına annesini, arkaya kardeşi Pinuccia'yı oturtmuş olarak geçen oğlu Stefano'ya, Millecento ile gezinirken bizi görmezden gelen Michele'ye, nazik bir bakış fırlatan Marcello'ya ve özellikle de babadan kaçamak ayakkabı projesini gerçekleştirmek için yaptıkları gizli işe demir atmıştı. Onun için ve o anda benim anlattıklarım, sadece işe yaramaz mekânlar için gereksiz bilgilerdi. Ancak gitme fırsatını elde ettiğinde ilgilenirdi o yerlerle. Ve gerçekten de benim anlatmam bitince sadece şunu söyledi:

"Rino'ya Pasquale Peluso'nun pazar günüyle ilgili davetini kabul etmemiz gerektiğini söylemeliyim."

İşte, ben ona Napoli'nin şehir merkezini anlatıyordum, o ise merkeze, mahallenin apartmanlarının birinde bulunan Gigliola'nın evini koyuyordu, çünkü Pasquale onu dansa davet etmişti. Üzüldüm. Peluso'nun davetlerine hep evet demiş ama ben ailemle tartışmaya girmemek için, o ise Rino karşı çıktığı için, ikimiz de hiçbirine gitmemiştik. Gene de tatil günlerinde tertemiz giyinmiş, küçük, büyük arkadaşlarını beklerken onu gözetlerdik. Cömert bir çocuktu, yaş ayrımı yapmazdı, herkesi takardı peşine. Genellikle benzincinin önünde beklerdi; o arada teker teker Enzo ve Gigliola, artık kendine Carmen dedirten Carmela, başka yapacak işi yoksa arada sırada Rino ve sorumluluğunu üstlendiği annesi sakinse Antonio, Solara kardeşlerin arabaya çekip tam bir saatliğine kim bilir nereye ve niye götürdükleri kardeşi Ada gelirlerdi. Hava güzelse denize giderlerdi, yüzleri kıpkırmızı yanmış olarak dönerlerdi. Ya da daha çok, anne ve babası bizimkilerden daha hoşgörülü ve konuksever olan Gigliola'nın evine giderler, dans etmeyi bilen dans eder, bilmeyen orada öğrenirdi.

Lila beni de o uydurma partilere sürüklemeye başladı, bilmem nasıl dansa ilgi duymaya başlamıştı. Hem Pasquale'nin hem Rino'nun harika dansçılar oldukları ortaya çıkmıştı ve biz de onlardan tango, vals, polka ve mazurka öğrenmiştik. Doğruyu söylemek gerekirse Rino öğretmen olarak –özellikle kardeşine– biraz çabuk sinirleniyordu; Pasquale ise çok sabırlıydı. Başlangıçta adımları iyice öğrenebilmemiz için bizi kendi ayaklarına bastırarak dans ettirdi, sonra biraz uzmanlaşınca evin içinde döndürmeye başladı.

Dans etmekten çok hoşlandığımı fark ettim, sürekli dans edebilirdim. Lila ise nasıl yapıldığını çok iyi anlamaya çalışıyor havalarına bürünüyor ve sanki tek eğlencesi öğrenmekmiş gibi davranıyordu; öyle ki genellikle oturup bizi seyrediyor, inceliyor, en uyumlu çiftleri alkışlıyordu. Bir keresinde evine gittiğimde bana kütüphaneden aldığı kitabı gösterdi: dans hakkında her şey yazıyordu, her adım, siyah çizilmiş kadın ve erkek figürleriyle açıklanıyordu. O dönemde çok neşeliydi, kendine göre son derece coşkuluydu. Beni ansızın belimden yakaladı ve erkek rolünü üstlenerek, ağzıyla müziği söyleyerek tango yapmaya zorladı. Kapıdan başını uzatan Rino kahkahalarla gülmeye başladı. Müzik olmasa da önce benimle, sonra kardeşiyle o da dans etmek istedi. Dans ederken bana Lila'nın çılgın bir mükemmeliyetçilik tutkusuna saplandığını ve gramofonları olmasa da bunun onu sürekli alıştırma yapmaya mecbur ettiğini anlattı. Ama tam gramofon dediği anda – gramofon, gramofon, gramofon, Lila odanın bir köşesinden, gözlerini kısarak seslendi bana:

"Gramofon kelimesi nereden geliyor biliyor musun?"

"Hayır."

"Yunancadan."

Pek anlamadan baktım ona. Rino bu arada beni bıraktı ve kardeşiyle dans etmeye başladı; Lila ince bir çığlık attı, dans rehberini elime tutuşturdu ve odanın içinde ağabeyiyle uçmaya başladı. Ne demişti öyle? Gramofon İtalyancaydı, Yunanca değil. Ama bu arada *Savaş ve Barış* romanının altında Ferraro öğretmenin kütüphanesinin etiketini taşıyan bir kitap dikkatimi çekti: *Yunanca Dilbilgisi.* Dilbilgisi. Yunanca. Nefes nefese şunu vaat edişini duydum:

"Sonra sana Yunan harfleriyle gramofon yazarım."

İşim olduğunu söyledim ve çıkıp gittim.

15.

Ben liseye başlamadan o Yunanca öğrenmeye mi vermişti kendini? Şu yaz tatilinde ben böyle bir şeyi akıl etmemişken, o tek başına oturup çalışmaya başlamıştı. Her zaman benim yapmam gereken şeyleri, benden önce ve benden iyi yapmak zorunda mıydı? Ben onun peşine düştüğümde kaçıyor; sonra beni geçmek için hızlanıyor muydu?

Bir süre görmemeye çalıştım onu, öfkelenmiştim. Kütüphaneye gidip ben de bir Yunanca dilbilgisi kitabı alayım dedim, ama ne yazık ki sadece bir tane vardı ve o da Cerullo ailesindeydi. Lila'yı karatahtadaki bir resim gibi silmeliyim hayatımdan belki de, diye düşündüm ve sanırım bunu ilk kez geçirdim aklımdan. Kendimi kırılgan, her türlü tehlikeye açık hissediyordum; zamanımı onun peşinden koşmakla, onun beni izlediğini fark etmekle geçiremezdim ve her iki durumda da kendimi eksik hissediyordum. Ama başaramadım ve hemen gidip aradım onu. Bana kadril dansı öğretmesine izin verdim. Bütün İtalyanca sözcüklerin Yunan alfabesiyle nasıl yazıldığını göstermesine izin verdim. Okula gitmeden alfabeyi sökmemi istedi ve okuyup yazmaya mecbur etti beni. Sivilcelerim azdı. Daimi bir yetersizlik ve utanç duygusuyla gidiyordum Gigliola'nın evindeki danslara.

Geçer diye umdum ama yetersizlik ve utanç duygusu arttı. Lila bir keresinde ağabeyiyle vals yaptı. Birlikte öyle güzel dans ediyorlardı ki bütün odayı onlara bıraktık. Büyülenmiş gibiydim. Güzel ve uyumluydular. Onlara bakarken müzikal bir temanın çok ün kazandığında özelliğini yitirmesi gibi Lila'nın çok kısa süre içinde o yaşlı-kız havasından sıyrılacağını hissettim. Kıvrım kıvrım bir kız olmuştu. Alnı yüksekti, iri gözleri bir anda kısılıveriyordu, burnu küçüktü, elmacık kemikleri, dudakları, kulakları kendilerine yeni bir orkestrasyon arıyordu ve bulmaları yakın gibi görünüyordu. Saçını atkuyruğu yapıp topladığında boynu öyle temiz çıkıyordu ki ortaya, insanın içinde şefkat uyandırıyordu. Göğsünde giderek daha görünür olan sevimli elmacıklar büyümekteydi. Sırtı, beline doğru geniş bir kavis oluşturuyor ve gergin poposuyla birleşiyordu. Ayak bilekleri hâlâ çok zayıf, çocuk bileği gibiydi; artık genç kıza dönüşen figürüne ne zaman uyum sağlayacaklardı acaba? O Rino ile dans ederken, erkeklerin onda benden fazla şeyler gördüklerini fark ettim. Özellikle Pasquale, ama aynı zamanda Antonio ve Enzo da. Sanki biz ortadan yok olmuşuz gibi gözlerini ondan ayıramıyorlardı. Oysa benim memelerim daha büyüktü. Oysa Gigliola göz kamaştırıcı bir sarışındı, vücut hatları düzgün, bacakları kusursuzdu. Oysa Carmela'nın çok güzel gözleri ve hatta giderek daha kışkırtıcı olan bakışları vardı. Ama yapacak bir şey yoktu: Lila o oynak bedeninden erkeklerin hissettiği bir şey yaymaya başlamıştı; onların başını döndüren bu enerji sanki yaklaşmakta olan güzelliğin gürültüsü gibiydi. Hayran gülümsemeler ve abartılı alkışlarla kendilerine gelmeleri için önce müzik susmalıydı.

16.

Lila kötü yürekliydi; içimin gizli bir köşesinde hâlâ böyle düşünmeyi sürdürüyordum. Sadece sözcüklerle yaralamıyordu, tereddüt etmeden can almaya bile kalkıştığını görmüştüm ama gene de ondaki potansiyelin çok daha fazla olduğunu hissediyordum. Kendi kendime şöyle diyordum: daha da acımasız bir şeyler sergileyecek. Sonra da aklıma, çocukluğumdan zihnime yer etmiş abartılı bir sözcük geliyordu: kara büyü. Bu düşüncelerin akmasına neden olan benim çocuksu yanım olsa bile bir gerçeklik payı vardı. Ve nitekim Lila'dan sadece baştan çıkartıcı değil aynı zamanda tehlikeli görünen bir sıvı yayılıyor olması, sadece onu ilkokul birden beri izleyen bana değil herkese malum oldu.

Yaz sonuna doğru Rino'nun arkadaşları pizza yemek, gezinmek için mahalle dışına çıktıklarında kız kardeşini de getirmesi için ona ciddi baskılar yapmaya başladılar. Rino ise kendine ait bir hayat istiyordu. O da değişiyormuş gibi geliyordu bana; Lila onun da hayal gücünün ve umutlarının fitilini ateşlemişti ama gördüğüm, dinlediğim kadar ortaya çıkan sonuç en iyi sonuçlardan biri değildi. Daha palavracı olmuştu, işinde ne kadar iyi olduğunu ve gelecekte nasıl zengin olacağını şişirmek için hiçbir bahaneyi kaçırmıyordu, sürekli hoşuna giden aynı cümleyi yineleyip duruyordu: çok fazla bir şey gerekli değil, biraz şansım yaver gitsin, o Solara kardeşlerin suratına işeyeceğim. Ama bu atıp tutmaları için kardeşinin yanında olmaması gerekiyordu. Lila'nın bulunduğu yerde kafası karışıyor, bir-iki cümle kıvırıyor, sonra boş veriyordu. Lila, ağabeyi bir davranış ve kopuş sırrına ihanet ediyormuş gibi konuştuğu için ona ters ters bakıyordu; öte yandan zaten bütün gün atölyede diz dize oturduklarından Rino, iş dışında yalnız olmayı yeğliyordu. Sıvışıyor ve tavuskuşu gibi kabarmaya kendi arkadaşlarının yanına gidiyordu. Ama bazen de koşullara razı olmak durumunda kalıyordu.

Bir pazar günü, ailelerimizle uzun tartışmalar yaşadıktan sonra (Rino yüce gönüllülükle gelip benim sorumluluğumu da yükleneceğini anne ve babama söyledi) akşam dışarı çıktık. Şehrin ışıklı levhalarca aydınlanışını, kalabalık sokakları, sıcaktan çürüyen balıkların yaymış olduğu pis kokuyu ve lokantaların, kızartma yapıp satanların, Solara'dan daha zengin olan pastane-barların güzel kokularını duyduk. Lila bundan önce ağabeyi ya da başkalarıyla şehir merkezine inme fırsatı bulmuş muydu, hatırlamıyorum. Gittiyse de bana anlatmamış olduğu kesindi. Ama o akşam mutlak bir sessizliğe bürünmüştü. Garibaldi Alanı'ndan geçerken o geride kalıyordu, ayakkabı cilacısına, pek süslü ve boyalı şişman kadına, karanlık tipli adamlara, gençlere bakıyordu. İnsanları büyük bir dikkatle inceliyor, doğrudan yüzlerine bakıyordu; öyle ki kimi ona gülüyor, kimi de ne istiyorsun dercesine işaret ediyorlardı. Arada, Rino, Pasquale, Antonio, Carmela ve Ada'yı kaybedeceğiz korkusuyla onu çekiştiriyordum.

O akşam Rettifilo'daki bir pizzacıya gittik ve neşe içinde yemek yedik. Antonio çekingenliğini yenmeye çalışarak bana kur yapıyor gibi geldi ve buna memnun oldum, çünkü o zaman Pasquale'nin Lila'ya gösterdiği dikkat dengelenmiş oluyordu. Akşamın bir saatinde yoğurduğu hamuru havada çevirerek açan pizzacı adamın abartılı halleri ve ona hayranlıkla bakan Lila ile gülüşmesi dikkat çekti.

"Kes şunu!" dedi Rino.

"Bir şey yapmıyorum ben," dedi o ve başka tarafa bakmaya çalıştı.

Ama biraz sonra tadımız kaçtı. Pasquale gülerek o pizzacının –adam biz kızlara yaşlı görünüyordu, parmağında alyansı vardı, muhtemelen aile babasıydı– parmaklarının ucuna üfleyerek Lila'ya öpücük gönderdiğini söyledi. Bunun üzerine hepimiz birden dönüp baktık: adam sadece işini yapıyordu, o kadar. Ama Pasquale gene gülerek, "Doğru mu yoksa yanıldım mı?" diye sordu.

Lila Pasquale'nin içtenlikli gülüşünün tam zıddı gergin bir gülüşle yanıt verdi:

"Ben bir şey görmedim."

Rino bakışlarıyla kız kardeşini yakıp kavurarak, "Rahat bırak şunu Pasca!" dedi.

Ama Peluso kalktı, fırının tezgâhına gitti, çevresinde dolaştı ve dudaklarındaki sevimli gülümsemeyle pizzacı adamın yüzüne bir tokat indirdi ve onu fırının ağzına doğru itti.

Mekânın patronu olan altmış yaşlarındaki solgun benizli ve ufak tefek adam hemen koşup geldi; Pasquale ona sakince endişe etmesine gerek olmadığını, sadece çalışanına pek net anlamadığı bir şeyi anlattığını, artık sorun çıkmayacağını söyledi. Yemeğimizi sessizce, gözlerimizi tabağımızdan ayırmadan, sanki zehirliymiş gibi zar zor yutarak bitirdik. Dışarı çıktığımızda da Rino, Lila'nın başının etini yedi ve tehdidini savurdu: böyle devam edersen seni bir daha hiçbir yere götürmem.

Ne olmuştu? Sokakta rastladığımız erkekler, ister genç ister yaşlıca olsunlar, güzel, güzelce, çirkin bütün kadınlara bakıyorlardı. Hem mahallede, hem mahallenin dışında âdet buydu ve Ada, Carmela ve ben de –özellikle Solara kazasından sonra– bakışlarımızı yerden kaldırmamayı, söylenen pislikleri duymazdan gelmeyi ve yürüyüp gitmeyi öğrenmiştik. Lila öğrenmemişti. Pazar günleri onunla gezintiye çıkmak kalıcı bir gerilim sorunu yaratmak anlamına geliyordu. Bir erkek ona bakarsa, kendisi de o bakışa karşılık veriyordu. Bir erkek ona laf atarsa, kendiyle konuşulduğuna inanmamış gibi hayretle duruyor ve bazen de merakla bakıyordu. Üstelik şaşırtıcı da olsa, erkekler o birbirinden rezil sözleri ona söyleyemeyip, hepsini bize kullanıyorlardı.

Bir ağustos öğleden sonrasında Belediye Binası'na kadar uzandık ve orada bir bara girip oturduk; Pasquale o dönemde hovardalık yaptığından hepimize köpüklü şarap ısmarlamak istemişti. Karşımızdaki masada oturan aile bizler gibi dondurma yiyordu: baba, anne, yedi ve on iki yaşları arasında üç erkek çocuk. Efendi insanlara benziyorlardı: şişman, elli yaşlarındaki baba öğretmeni andırıyordu. Ve yemin edebilirim ki Lila'nın hiç dikkat çekici bir hali yoktu: annesinin diktiği fistanı üzerindeydi, dudağında ruj yoktu; biz daha gösterişliydik, özellikle de Carmela. Ama o bey –bu sefer hepimiz fark ettik– gözlerini üzerinden alamıyordu ve Lila kendini ne kadar kontrol etmeye çalışsa da, bu kadar beğenilmeye bir anlam veremezcesine bakışlara bakışlarıyla yanıt veriyordu. Sonunda Rino, Pasquale ve Antonio masamızda gerildikçe gerilirken şişman adam, olasılıkla nasıl bir risk aldığını bilmeden ayağa kalktı, Lila'nın önüne dikildi ve erkeklere dönerek resmen şöyle dedi:

"Çok şanslısınız: yanınızda öyle bir kız var ki, ileride Botticelli'nin Venüs'ünden bile daha güzel olacak. Özür dilerim ama bunu karıma ve çocuklarıma da söyledim ve şimdi size de söyleme gereksinimi duydum."

Lila yaşadığı gerginlik yüzünden bir kahkaha patlattı. Adam da gülümsedi ve edeplice eğilip selam vererek masasına dönmek üzereydi ki Rino'nun onu yakasından yakalamasıyla ite kaka gerisingeri götürmesi ve yerine oturtması bir oldu; üstelik karısının ve çocuklarının önünde bizim mahallenin alışık olduğu türden bir dizi hakaret savurdu. İşte o zaman adam sinirlendi, karısı çığlık çığlığa araya girdi, Antonio, Rino'yu geri çekti. Bir pazar günümüz daha mahvolmuştu.

Ama daha beterini Rino'nun olmadığı bir sefer yaşadık. Beni etkileyen olayın kendi değil, farklı kaynaklarla Lila'nın çevresinde oluşan düşmanlıklardı. Gigliola'nın annesi isim günü için (doğru hatırlıyorsam adı Rosa idi) her yaştan insanı çağırdığı bir parti verdi. Kocası Solara Pastanesi'nin pastacısı olduğu için pek gösterişli ikramlar vardı: Su hamurundan yapılan kremalı tatlılar, *cassata* dondurmaları, bademli kekler, Napoli işi yelpaze kurabiyeleri, likörler, çocuklar için içecekler son derece boldu ve klasiklerden son moda olanlara kadar dans müziği plakları vardı. Biz çocukların doğum günü partilerine asla gelmeyecek kişiler vardı. Örneğin eczacı bey, karısı ve yakında benim gibi Gimnazyum'a gidecek olan büyük oğlu Gino. Örneğin öğretmen Ferraro ve kalabalık ailesi. Örneğin Don Achille'nin dul karısı Maria, oğlu Alfonso, süslü kızı Pinuccia ve hatta Stefano.

İşte bu son konuklar bir gerilim yarattılar: Pasquale ve Carmela Peluso, yani Don Achille'nin katilinin çocukları da gelmişti partiye. Ama sonra her şey yoluna girdi. Alfonso nazik bir çocuktu (o da benimle aynı okula yazılmıştı) ve Carmela ile birkaç kelime bile konuştu; Pinuccia her gün şarküteride ölesiye çalıştığından bir partiye gelmekten çok hoşnuttu; Stefano ticaretin temelinde insan ilişkileri yattığını erken kavramıştı ve bu nedenle mahallenin bütün sakinlerini, paralarını ona akıtacak potansiyel müşteri olarak gördüğünden o güzel ve uysal gülümsemesini kimseden esirgemiyordu ve bu nedenle de Pasquale ile bir an bile göz göze gelmemeye çalıştı; Maria da Bayan Peluso'yu görünce başını başka tarafa çevirdi, iki çocuğu kesinlikle görmezden geldi ve uzun uzun Gigliola'nın annesiyle çene çaldı. Elbette zaman yitirmeden dansa başlanınca gerginlikler de sona erdi, şamata başladı ve kimse kimseyi takmaz oldu.

Önce geleneksel danslar yapıldı, sonra rock'n'roll denen ve genç-yaşlı herkesin pek ilgisini çeken yeni bir dansa geçildi. Ben ter içinde kaldığımdan kenara çekildim. Tabii ki biliyordum rock'n'roll yapmayı; evde kardeşim Peppe ile, pazarları onun evinde Lila ile çok dans etmişliğim vardı ama bu kıvrak ve hızlı hareketler konusunda kendimi hantal buluyordum; gönülsüzce de olsa kenara çekilip seyre başladım. Aslında Lila da pek güzel kıvıramıyordu bu dansı bence: biraz gülünç dans ediyordu ve bunu ona söylemiştim de, ama bu eleştirimi hemen meydan okuma olarak alıp, Rino da onunla dans etmeyi reddettiğinden, tek başına provalar yapmıştı. Her konuda mükemmelin peşinde olduğundan, o akşam o da benim gibi kenara çekilip Pasquale ve Carmela Peluso'nun güzel danslarını seyre başlayınca içim rahat etti.

Derken Enzo, Lila'nın yanına geldi. Bize taş atan, aritmetik dersinde Lila ile yarışarak bizi şaşırtan, bir keresinde üvez ikram eden çocuk, yıllar içinde kısa boylu ama güçlü, ağır işlere alışkın bir gence dönüşmüştü. Şöyle bir bakınca en büyüğümüz olan Rino'dan bile büyük gibi duruyordu. Sanki her davranışından, seherden önce uyandığı, her mevsimde, her hava koşulunda, yağmurda çamurda gittiği meyve sebze halinin mafyasıyla pazarlık ettiği ve sonra at arabasıyla mahalle sokaklarını dolaşıp sebze sattığı belliydi. Gene de o sarışın çehresinde, bembeyaz teninde, sarı kirpiklerinde ve kaşlarında, mavi gözlerinde bir zamanlar didiştiğimiz asi çocuktan bir kalıntı var gibiydi. Onun dışında Enzo az, sakin ve daima yerel lehçeyle konuşan bir çocuktu ve hiçbirimizin aklına onunla şakalaşmak, sohbet etmek gelmezdi. İlk adımı o attı. Lila'ya neden dans etmediğini sordu. O da şu yanıtı verdi: çünkü bu dansı henüz iyi bilmiyorum. Delikanlı bir an sustu, sonra şöyle dedi: Ben de. Ama bir başka rock'n'roll parçası çalmaya başlayınca onu doğal bir şekilde kolundan tuttu ve salonun ortasına doğru itti. İzni olmadan biri ona dokunduğunda eşek arısı sokmuş gibi tepki veren Lila hiç ses etmedi, belli ki canı dans etmek istiyordu. Hatta ona minnetle baktı ve kendini müziğin akışına bıraktı.

Enzo'nun bu işi pek beceremediği hemen görüldü. Pek ciddi ve ölçülü adımlarla hareket ediyordu ama Lila'ya özen gösteriyor, açıkça onu hoşnut etmek ve kendini sergilemesine yol açmak istiyordu. Ve Lila, Carmen kadar iyi dans etmese de her zamanki gibi herkesin bakışlarını üzerine çekmeyi başardı. Enzo'nun da hoşuna gidiyor, diye düşündüm çaresizce. Ve –o anda fark ettim– şarküterici Stefano da hoşlanmıştı ondan: sanki bir sinema ilahesini seyreder gibi baktı onun dans edişine.

Ama tam Lila dans ederken Solara kardeşler geldiler.

Telaşlanmam için onları görmek yetti. Gidip pastacıyla eşine merhaba dediler, Stefano'ya muhabbetle vurur gibi yaptılar ve sonra dans edenleri seyre başladılar. Mahallenin efendisi edalarıyla önce manalı bakışlarını Ada'ya diktiler ama kız bakışlarını kaçırdı; sonra aralarında konuşup birbirlerine Antonio'yu işaret ettiler ve ona abartılı bir selam işareti yaptılarsa da o görmezden geldi; nihayetinde Lila'yı fark ettiler, uzun uzun seyrettiler, birbirlerinin kulaklarına bir şeyler fısıldadılar, Michele gösterişli bir onaylama işareti yaptı.

Onları gözden kaybetmedim ve özellikle Marcello'nun –herkesin bayıldığı Marcello– falçata hikâyesi yüzünden kızgın olmadığını hemen fark ettim. Tam tersine. Birkaç dakika içinde Lila'nın esnek ve zarif bedeninin, mahalle ve belki bütün Napoli şehri için ilginç olan yüzünün etkisine kapıldı. Gözlerini ondan ayıramıyor, sanki o ufacık aklını da yitirmiş gibi duruyordu. Müzik bittiği zaman bile bakışlarını üzerinden ayıramadı.

Her şey bir anda oldu. Enzo, Lila'yı benim durduğum köşeye doğru getirmek ister gibi yaptığı anda Stefano ve Marcello aynı anda onu dansa davet etmek için harekete geçtiler ama Pasquale elini daha çabuk tuttu. Lila zarif bir kabul sıçrayışıyla neşeyle çırptı ellerini. On dörtlük bir kızın karşısına aynı anda, farklı yaşlarda, her biri kendi mutlak kudretine inanan dört erkek dikilmişti. İğne plağın üzerine düştü ve müzik başladı. Stefano, Marcello, Enzo kararsız adımlarla geri çekildiler. Pasquale, Lila ile dans etmeye başladı ve erkeğin müthiş becerisi karşısında kız ansızın duruverdi.

O anda Michele Solara, ya ağabeyinin hatırına ya sırf ortalığı karıştırmak adına duruma kendi aklınca el koymaya karar verdi. Stefano'ya bir dirsek vurdu ve yüksek sesle şöyle dedi:

"Ya senin damarlarında akan kan değil mi? O, senin babanı öldüren adamın oğlu, öteki boktan bir komünist, sen de burada durmuş, dans etmek istediğin şırfıntının nasıl oynadığına mı bakıyorsun?"

Pasquale bu sözleri kesinlikle duymadı, çünkü hem müzik çok yüksekti hem de Lila ile akrobatik hareketler yapmaya vermişti kendini. Ama ben duydum, yanımda duran Enzo duydu ve elbette Stefano da duydu. Bir şeyler olmasını bekledik ama olmadı. Stefano ne yaptığını bilen bir çocuktu. Şarküteri dükkânı harika iş yapıyordu; şimdi bitişik dükkânı alıp kendi yerini büyütmeyi planlıyordu, kendini şanslı hissediyor ve hayatın ona arzu ettiği her şeyi vereceğinden emin görünüyordu. Fesat bir sırıtışla Michele'ye şöyle dedi:

"Bırakalım dans etsin, gerçekten güzel dans ediyor."

O anda onun için önemli olan tek şey oymuş gibi Lila'yı seyrediyordu. Michele suratını buruşturdu ve pastacı ve hanımını bulmaya gitti.

Şimdi neydi niyeti? Gergin bir ifadeyle ev sahibi ve sahibesiyle konuşuyor, köşede duran Maria'yı gösteriyor, Stefano, Alfonso ve Pinuccia'yı gösteriyor, sonra dans eden Pasquale'yi gösteriyor, Antonio ile dans eden Carmela'yı gösteriyordu. Müzik bittiği anda Gigliola'nın annesi dostane bir tavırla Pasquale'ye sarıldı ve onu bir köşeye çekip kulağına bir şeyler söyledi.

Michele gülerek "Git haydi," dedi, "geçiş serbest." Ve Marcello yeniden Lila'nın yanına yanaştı.

Lila'nın ona hayır diyeceğinden emindim, bu gençten ne kadar nefret ettiğini biliyordum. Ama öyle olmadı. Müzik yeniden başladı ve her bir kası dans etme arzusunda olan arkadaşım önce bakışlarıyla Pasquale'yi aradı, ama onu göremeyince, sanki bir elden başka bir şey değilmiş, o elin ötesinde bir kol, bir erkeğin bedeni yokmuş gibi Marcello'nun elini tuttu ve o anda onun için en önemli olan şeye, dans etmeye başladı.

Stefano'ya baktım, Enzo'ya baktım. Dört bir yanda gerilim vardı. Benim yüreğim tedirgince çarparken, Pasquale geri geldi, Carmela'nın yanına gitti, ona sert bir tavırla bir şeyler dedi. Carmela alçak sesle itiraz etti, erkek alçak sesle onu susturdu. Sonra Antonio onların yanına gitti, Pasquale ile konuştu. İkisi birden hışımla, şimdi yeniden Stefano ile konuşan Michele Solara'ya ve Lila'yı çeken, havaya kaldıran ve döndüren Marcello'ya baktılar. Sonra Antonio gidip Ada'yı danstan geri çekti. Müzik bitti, Lila yanıma geldi. Ona şöyle dedim:

"Bir şeyler dönüyor, hemen gitsek iyi olur."

O güldü ve yüksek sesle karşı koydu:

"Deprem bile olsa, bir kez daha dans edeceğim."

Sonra bir duvara dayanmış duran Enzo'ya baktı. Bu arada Marcello onu yeniden dansa davet etti ve o da yeniden piste sürüklendi.

Pasquale yanıma geldi, karışık bir ifadeyle gitmemiz gerektiğini söyledi.

"Lila'nın dansının bitmesini bekleyelim," dedim.

"Hayır, hemen," diyen çocuğun sesinde sert, kaba ve yanıt istemeyen bir ton vardı. Sonra doğrudan Michele Solara'nın yanına gitti ve ona omzuyla sertçe vurdu. Beriki güldü, yarım ağız edepsiz sözler etti. Pasquale evin kapısına yöneldi, Carmela gönülsüzce peşinden geliyordu, Antonio da Ada'yı çekiştirerek peşlerinden gidiyordu.

Enzo'nun ne yaptığını görmek için döndüm, ama o hâlâ duvara dayanmış Lila'nın dans edişini izliyordu. Müzik sona erdi. Lila bana doğru yürürken mutluluktan gözleri parlayan Marcello da arkasındaydı.

Gayet sinirli bir sesle ve neredeyse bağırarak "Gitmeliyiz," dedim.

Sesime ayrıca eklediğim kaygı tonuyla, Lila sanki derin bir uykudan uyanırmış gibi dönüp bana baktı.

"Pekâlâ, gidelim o zaman," dedi kararsızca.

Ben daha fazla oyalanmadan kapıya yürürken müzik yeniden başladı. Marcello Solara, Lila'yı kolundan tuttu, adeta yalvarırcasına şöyle dedi:

"Dur, seni ben bırakırım evine."

Lila onu sanki o anda tanımış gibi şaşkın gözlerle yüzüne baktı, ansızın erkeğin kendine böyle samimiyetle dokunuyor olmasına hayret etti. Kolunu kurtarmayı denedi ama Marcello sıkıca tutarak ekledi:

"Tek bir dans daha!"

Enzo duvarın önünden koptu, tek söz etmeden Marcello'nun bileğini yakaladı. Tam karşımdaydı: yaşça ve boyca ondan küçük olsa da hiç zorlanmıyor gibi gayet sakindi. Sıkmanın sertliği sadece Marcello Solara'nın yüzündeki ifadeden belli oldu, bir acı ifadesiyle Lila'yı bıraktı ve öteki eliyle bileğini tuttu. Lila gayet sert bir lehçeyle Enzo'ya bir şeyler söylerken oradan ayrıldık:

"Bana dokundu, gördün mü? Utanmaz herif, bana dokundu. Neyse ki Rino yoktu. Bunu bir kez daha denerse, geberir gider."

Marcello ile tam iki kez dans ettiğinin farkına varmamış olması mümkün müydü? Mümkündü, o öyleydi.

Dışarıya çıkınca Pasquale, Antonio, Carmela ve Ada'yı gördük. Pasquale adeta kendini kaybetmişti, onu hiç böyle görmemiştik. Hakaretler savuruyor, avaz avaz bağırıyor, gözleri deli gibi bakıyor ve bir türlü sakinleşmek bilmiyordu. Evet, Michele'ye takmıştı ama asıl Marcello ve Stefano'ya kızgındı. Anlamamız mümkün olmayan şeyler söylüyordu. Bar Solara'nın ezelden beri rezil mafyanın elinde ve kaçakçılığın merkezi olduğunu, kral yanlısı Stella ve Corona partisinin, monarşiklerin oylarının burada toplandığını haykırıyordu. Don Achille'nin Nazi-faşistler için casusluk yaptığını, Stefano'nun şarküteriyi büyütmek için kullandığı parayı babasının karaborsada kazandığını haykırıyordu. Şöyle diyordu yüksek sesle: "İyi yaptı babam onu öldürmekle!" Sonra şöyle bağırıyordu: "Solara ailesini, baba ve oğullarını boğazlamakla da ben ilgileneceğim, onlardan sonra Stefano ve bütün ailesini sileceğim yeryüzünden." Ve sonunda öfkesini alamayıp bir de Lila'yı azarlamaya başladı, sanki dünyanın en büyük suçunu işlemiş gibi: "Sen de dans ettin onunla, o rezille!"

İşte o noktada, sanki Pasquale'nin öfkesi göğsündeki nefesi kabartmış gibi Antonio da bağırmaya başladı; sanki onu eğlenceden alıkoyuyormuş gibi Pasquale'ye takmıştı kafasını: Ada'ya yaptıkları için Solara kardeşleri gebertme zevkinin kendine düştüğünü sanıyordu. Bunun üzerine Ada ağlamaya başladı ve Carmela da kendini tutamayıp gözyaşlarına boğuldu. Enzo gelip onları yoldan çekilmeye davet etti. "Haydi gidip uyuyalım," dedi. Ama Pasquale ve Antonio onu susturdular, burada kalıp Solara kardeşlerle yüzleşmek istiyorlardı. Öfkeliydiler ama sahte bir sükûnetle Enzo'ya defalarca, "Tamam, sen git, yarın görüşürüz," dediler. Enzo bunun üzerine usulca, "Siz kalıyorsanız, ben de kalıyorum," dedi. İşte o noktada ben de ağlamaya başladım ve bir an sonra –beni daha duygulandırarak– şimdiye dek ağladığını hiç görmediğim Lila da bir ağlama tutturdu.

Dört kız ağlıyorduk, çaresiz gözyaşları döküyorduk. Ama Pasquale sadece Lila'nın ağlaması üzerine yumuşadı. Duruma rıza gösteren ses tonuyla "Pekâlâ, bu akşam boş verelim, ben

Solara ile başka sefer çözerim sorunumu, gidelim haydi," dedi. Hiç zaman yitirmeden ben ve Lila onun koluna girdik ve sürüklemeye başladık. Bir süre Solara kardeşler hakkında kötü şeyler söyleyerek onu avuttuk, ama bir yandan da en iyi şeyin onlar yokmuş gibi davranmak olduğunu vurguladık. Sonra Lila elinin tersiyle gözyaşlarını kurularken şöyle dedi:

"Nazi-faşistler kimdir Pasca? Monarşikler kimdir? Kara borsa ne demektir?"

17.

Pasquale'nin yanıtlarının Lila üzerinde nasıl bir etki yarattığını söylemem çok zor ve yanlış bir şekilde anlatma riskini göze alamam, çünkü o dönemde anlatılanlar bende somut bir etki yaratmamıştı. Oysa o, konuyla özdeşleşti, değişti, öyle ki yaz sonunda benim için bayağı katlanılmaz olan tek bir kavramla kafamı şişirdi. Bugünün diliyle söylüyorum ve böyle özetlemeye çalışıyorum: hiçbir davranış, söz ve iç çekiş yoktur ki, bütün insanoğlunun işlemiş ve işlemekte olduğu bütün suçları içermesin.

Elbette o bunu başka türlü söylüyordu. Ama önemli olan şu ki, mutlak açıklamanın çılgınlığına kaptırdı kendini. Sokakta bana bazı şeyleri, bazı sokakları işaret ediyor ve şöyle diyordu:

"Şu savaşa katıldı ve insan öldürdü, şu copladı ve zorla reçine yağı içirerek işkence etti, şu bir sürü insanı ihbar etti, şu annesini bile aç bıraktı, şu evde işkence yapıldı ve insan katledildi, şu taşın üzerinde yürüyerek Roma selamı verdiler, şu köşede dövdüler, bunların paraları başkalarının açlığına mal oldu, şu otomobil mermer tozuyla yapılmış ekmek ve kara borsada bozuk et satarak kazanılan parayla alındı, o kasap bakır çalarak ve yük vagonları soyularak açıldı, o barın arkasında Camorra var, kaçakçılık var, tefecilik var."

Kısa süre içinde Pasquale ile konuşmak ona yetmez oldu. Sanki o, kızın kafasındaki bir düzeneği harekete geçirmişti ve şimdi de görevi bu kaotik etkileşimi düzene sokmaktı. Lila giderek daha gergin, giderek daha saplantılı bir hal aldı, olasılıkla kendisini çatlağı olmayan bütüncül bir sistem içine dahil etme telaşı içindeydi ve Pasquale'den edindiği kıt bilgiyi kütüphaneden aldığı kitaplarla zenginleştirme yoluna gitti. Böylece çocukken mahallede soluduğumuz o soyut gerilim havasına tanıdık çehreler, somut gerekçeler yükledi. Faşizmi, nazizmi, savaşı, müttefikleri, monarşiyi, cumhuriyeti o sokaklara, evlere, yüzlere, Don Achille'ye, karaborsaya, komünist Peluso'ya, Solara kardeşlerin Camorra üyesi dedesine, baba Silvio'ya, daha azılı faşistler Marcello ve Michele'ye, babası kunduracı Fernando'ya, benim babama bağladı ve herkes, herkes, herkes onun gözünde iliklerine dek karanlık suçlarla lekelendiler; herkes ya nasırlaşmış suçlu ya birinin suç ortağıydı ve hepsi kirli parayla satın alınmıştı. O ve Pasquale, beni kaçışım olmayan korkunç bir dünyanın içine kapadılar.

Sonra Pasquale'nin kendi bile sustu; o da Lila'nın bir şeyi zincir halinde başka bir şeye bağlayarak insanı her taraftan sımsıkı dolamasına yenik düşmüştü. Birlikte dolaşırlarken görüyordum onları; önceleri erkeğin ağzından düşmeyen kızken, şimdi kızın ağzından düşmeyen erkekti. Pasquale âşık oldu diye düşünüyordum. Bir de şöyle düşünüyordum: Lila da ona âşık olur, nişanlanırlar, evlenirler, hep siyasi konulardan konuşurlar, aynı şeylerden söz eden çocuklar yaparlar. Okullar yeniden açıldığında bir yandan Lila'ya ayıracak zamanım olmayacağını bildiğim için üzüldüm, bir yandan da onun tanıdığımız, sevdiğimiz, iliklerimize sinmiş kişilere –ben, o, Pasquale, Rino, herkes– atfettiği suçlardan, suç ortaklığından, alçaklıktan sıyrılabilmeyi umuyordum.

18.

Gimnazyum'un iki yılı ortaokuldan çok daha zordu. Okulun ender kız-erkek karışık sınıflarından birine, kırk iki öğrencinin biri olarak yerleştirildim. Kız sayısı çok azdı, kimseyi tanımıyordum. Gigliola, pek çok böbürlenmenin ardından ("Evet, ben de geliyorum Gimnazyum'a, kesin bu, aynı sıraya otururuz") Solara Pastanesi'nde babasına yardımcı olmakla yetindi. Erkeklerin arasından Alfonso ve Gino'yu tanıyordum; o ikisi öndeki sıraların birine yan yana oturdular ve yüzlerindeki ödlek ifadeyle beni neredeyse tanımazdan geldiler. Sınıf pis kokuyordu, ekşi bir ayak, ter ve korku kokusu egemendi.

İlk aylar boyunca yeni okul yaşantımı sessizlik içinde, parmaklarım alnımda ve sivilce basmış olan şakaklarımda geçirdim. Sınıfın arkalarında hem öğretmeni, hem tahtaya yazdıklarını az görebildiğim sıramda yanımda oturan arkadaşıma tamamen yabancıydım, o da bana tamamen yabancıydı. Oliviero öğretmenim sayesinde eski ve fazlasıyla yıpranmış okul kitaplarıma zaman yitirmeden kavuşmuştum. Ortaokulda edindiğim bir disiplinle çalışmaya başladım: bütün bir öğleden sonra ve gece on bire kadar çalışıyordum; sabah beşte uyanıp evden çıkma saatim olan yediye kadar da ödevlerimi tamamlıyordum. Kitaplarımı yüklenip evden çıktığımda dükkânı açmak, yerleri süpürmek, silmek, babası ve ağabeyi gelmeden ortalığı düzenlemek için koşturan Lila'ya rastlıyordum. Beni günün dersleri, çalıştığım konular hakkında sorguluyordu ve kesin yanıtlar istiyordu. Geçiştirmeye kalkışırsam yeterince çalışmadığım gerilimine sokan sorular soruyordu; ya ona yanıt veremediğim gibi öğretmenlerime de veremezsem diye telaşlanıyordum. Bazı soğuk sabahlarda seherle uyanıp derslerimi mutfakta gözden geçirdiğimde, kendimi her zamanki gibi öğretmenlere değil de kunduracının kızına beğendirmeye çalışıyormuşum gibi hissediyordum. Onun yüzünden kahvaltım da aceleye geliyordu. Sütlü kahvemi yutuyor ve birlikte yürüdüğümüz yolun tek bir adımını bile kaçırmamak için kendimi sokağa atıyordum.

Apartman kapısında bekliyordum. Oturduğu apartmandan çıkışını görüyor ve değişim göstermeyi sürdürdüğünü gözlemliyordum. Artık boyu benden daha uzundu. Yürüyüşünde bile o birkaç ay önceki sıska kız yoktu; yuvarlaklaşan bedeniyle adımları daha da yumuşamıştı. Merhaba, merhaba, hemen başlıyorduk konuşmaya. Kavşakta durduğumuzda vedalaşıyorduk; o atölyeye gidiyordu, ben metro istasyonuna yöneliyordum; sürekli arkama dönüp ona son kez bakmaya çalışıyordum. Bir ya da iki kere Pasquale'nin soluk soluğa koşup yanına geldiğini, ona eşlik ettiğini gördüm. Metro uykunun ve ilk sigaranın pisliğini taşıyan kız ve erkek çocuklarla dolu olurdu. Ben sigara içmiyor, kimseyle konuşmuyordum. Uzun olmayan yolum boyunca korku içinde derslerimin üzerinden geçiyordum, mahalleninkinden farklı olan yabancı lehçeleri, tonlamaları zihnime kaydediyordum. Okulda başarısız olmaktan, annemin eğri büğrü gölgesinden, Oliviero öğretmenimin kötü bakışlarından ölesiye korkuyordum. Gene de tek bir gerçek düşünce vardı aklımda: Lila bana Pasquale ile çıkmaya başladığını bildirmeden önce kendime bir sevgili bulmalıydım.

Her gün bu zamanlamayı başaramayacağım diye daha çok endişeleniyordum. Okuldan dönerken Lila'ya rastlayacağım ve bana o fesat ses tonuyla artık Peluso ile seviştiğini söyleyecek diye ödüm kopuyordu. O olmazsa Enzo. Enzo olmazsa Antonio. Ya da ne bileyim şarküterici Stefano Carracci, hatta Marcello Solara: Lila'nın ne yapacağı belli olmazdı. Çevresinde dönüp dolaşan erkekler artık beklentileri olan erkeklere dönüşmüştü. Üstelik ayakkabı projeleri, doğmakla içine düşmüş olduğumuz berbat dünya hakkında okumalar ve bir de sevgililer olunca artık bana ayıracak hiç zamanı kalmayacaktı. Okuldan dönerken bazen kunduracının önünden geçmemek için yolu uzatıyordum. Bazen de uzaktan onu görüyor ve endişeyle yolumu değiştiriyordum. Ama sonra dayanamıyordum ve rastlantıymış gibi gidip karşısına dikiliyordum.

Gri, karanlık ve köhne bir yapı olan liseye girerken ve çıkarken erkek çocuklara bakıyordum. Bakışlarımı üzerlerinde hissetsinler ve bana baksınlar diye ısrarla bakıyordum. Kimisi hâlâ kısa, kimi dizaltında bağlanan, kimi de uzun pantolon giyen yaşıtlarıma bakıyordum. Benden büyük olanlara, ceketli ve kravatlı liselilere bakıyordum; inatla palto giymiyorlardı çünkü önce kendilerine soğuktan etkilenmediklerini kanıtlamak istiyorlardı: saçlar fırça, enseler beyazdı. Onları beğeniyordum ama uzun pantolon giymeleri koşuluyla yaşıtlarıma da razıydım.

Bir gün çok sıska, saçları karmakarışık, yüzü bana çok güzel ve aşina görünen bir oğlan sarsak yürüyüşü yüzünden dikkatimi çekti. Kaç yaşlarındaydı acaba, on altı, on yedi mi? Onu iyice inceledim, bir daha dönüp baktım ve neredeyse kalbim duracaktı: bu Nino Sarratore idi; şair-demiryolcu Donato Sarratore'nin oğluydu. O da bana şöyle bir baktı ama gayet dalgın olduğundan tanımadı. Ceketinin dirsek yeri bollaşmıştı, omuzları daralmıştı, pantolonu buruşuk, ayakkabıları delikti. Stefano ve özellikle Solara kardeşlerin sergilediği şıklığın ve gösterişin izi bile yoktu. Belli ki babası şiir kitabı yazmış olsa da zengin olmamıştı.

Bu beklenmedik karşılaşma beni çok etkiledi. Okul çıkışında hemen koşup Lila'ya anlatma dürtüsü son derece şiddetliydi ama sonra düşüncemi değiştirdim. Ona söylersem eminim çocuğu görmek için benimle okula gelmek isteyecekti. Ve sonra ne olacağını tahmin edebiliyordum. Beni fark etmeyen, bu tombul ve sivilceli kızın ilkokuldaki sıska olduğunu anlayamayan Nino, Lila'yı hemen tanıyacak ve ona vurulacaktı. Nino Sarratore hayalini inceden ve gizlice kurmaya karar verdim; okuldan çıktığında başı öne eğik, sarsakça yürüyüşüyle Garibaldi Alanı'na yöneliyordu. O günden sonra okula sanki onu görmek için gider oldum, uzaktan seçebilmek bile benim okul adına gerçek amacım haline geldi.

Sonbahar uçup gitti. Bir sabah *Aeneis* Destanı[1] konusuyla ilk kez kürsüye çağrıldım. Bay Gerace adındaki altmış yaşlarını geçmiş, bıkkın, gürültüyle esneyen öğretmen ben kehanet kelimesinin vurgusunu yanlış yapınca gülmeye başladı. Hiç aklına gelmezdi ki, ben bu sözcüğün anlamını bilsem de kimsenin kullanmaya gerek duymadığı bir dünyada yaşıyordum. Herkes, özellikle de birinci sırada oturan Gino ve Alfonso güldü. Yerin dibine geçtiğimi hissettim. Sonra günler geçti ve ilk Latince yazılı sınavını olduk. Gerace kâğıtları okuyup getirdiğinde sordu:

"Greco kim?"

El kaldırdım.

"Gel."

Bana kelime, fiil çekimleri ve cümle yapısı hakkında sorular sordu. O ana dek hiçbirimize göstermediği bir dikkatle beni izlediği için derin bir korku içinde yanıtladım soruları. Sonra hiç yorum yapmadan verdi kâğıdımı. Dokuz almıştım.

Ondan sonrası adeta bir şahlanma oldu. İtalyanca sınavıma sekiz verdi, tarih sınavında tek bir tarihte yanılmadım; coğrafya sınavında yeryüzü ölçümlerini, nüfusları, yeraltı zenginliklerini, tarımı kusursuz yanıtladım. Ama özellikle Eski Yunancada onun ağzını bir karış açık bıraktım. Lila'dan öğrendiklerim sayesinde alfabeye aşinalık, okumaya yatkınlık, telaffuzda rahatlık sergilememle öğretmen herkesin karşısında beni övgülere boğdu. Başarım dinsel bir gerçeklik gibi bütün öteki öğretmenleri etkisi

---

1 Publius Vergilius Maro'nun (MÖ 70 – 19) eseri. (y.n.)

altına aldı. Üstelik din bilgisi öğretmenim bir sabah beni kenara çekti ve ücretsiz mektuplaşmayla din eğitimi almak ister miyim diye sordu. Kabul ettim. Noel yortusundan önce artık herkes beni Greco diye tanıyor, kimi Elena diye çağırıyordu. Gino okul çıkışında oyalanmaya, mahalleye birlikte dönmek için beni beklemeye başladı. Sonra bir gün dönüp sevgili olmak ister miyiz diye sordu ve ben hâlâ tombalağın teki olsam da derin bir şekilde iç çektim: hiç yoktan iyiydi, kabul ettim.

Bu coşkulu gerilime Noel tatilinde ara verdim. Mahalle hayatına kapıldım, daha çok boş zamanım oldu, Lila'yı daha sık görebildim. Okulda İngilizce dersi aldığımı öğrenmiş ve elbette bir İngilizce dilbilgisi kitabı edinmişti. Artık telaffuzunu uydurduğu pek çok sözcük biliyordu ve tabii ki benim telaffuzum da ondan iyi değildi. Benim yakamı bırakmıyor ve şöyle diyordu: Okula dönünce öğretmene şunun nasıl okunduğunu sor, bunun nasıl okunduğunu sor. Bir gün beni dükkâna götürdü, bir teneke kutuya doldurduğu minik kâğıt parçalarını gösterdi: her birinin bir yüzüne İtalyanca bir sözcük, arka yüzüne onun İngilizcesini yazmıştı. Kalem/pencil, anlamak/to understand, ayakkabı/shoe. Yeni sözcük öğrenmek konusunda bu harika yöntemi ona Ferraro öğretmen öğretmişti. İtalyancasını okuyor, İngilizcesini söylememi istiyordu. Ama ben pek az şey biliyordum. Bana öyle geldi ki, her konuda benden ileriydi, sanki gizli bir okula gidiyordu. Ondaki bir başka gerginliği de hissettim, benim eğitimime ayak uyduracak yeteneği vardı. Ben başka şeylerden söz etmek istiyordum ama o beni Yunanca fiil çekimleri konusunda sorguluyordu; sonunda daha birinci çekimde kaldığımı, onunsa üçüncü çekime kadar öğrendiğini fark ettim. Bana ayrıca tutkun olduğu *Aeneis* Destanı'nı da sordu. Biz okulda daha kitabın yarısına varmıştık ama o tümünü birkaç gün içinde okuyup bitirmişti. Benim, hakkında hiçbir şey bilmediğim Dido üzerine ayrıntılı bilgi verdi; o adı ilk önce okulda değil, onun ağzından duymuş oldum. Ve bir ikindi vakti, beni müthiş etkileyen bir görüş attı ortaya. Şöyle dedi: "Aşk yoksa sadece insanların hayatları değil, şehirlerinki de canlılığını yitirir, kurur." Bunu tam olarak nasıl ifade ettiğini hatırlamıyorum ama kavram buydu ve ben bu düşünceyi bizim pis sokaklarımızla, tozlu parklarımızla, yeni yapılara yenik düşen kırlarımızla, her evde, her ailede yaşanan şiddetle bağdaştırdım. Onun bana faşizmden, nazizmden ve komünizmden söz etmeye başlamasından korkmuştum. Dayanamadım, benim hayatımda güzel şeyler olmakta olduğunu anlamasını istedim; bir solukta Gino ile çıkmaya başladığımızı ve Nino Sarratore'nin benim okulumda okuduğunu ve ilkokuldaki kadar güzel olduğunu söyleyiverdim.

Gözlerini kıstı, benim de sevgilim var, diyecek diye korktum. Oysa öyle yapmayıp benimle alay etmeye başladı: "Demek eczacının oğluyla sevişiyorsun," dedi. "Aferin, demek yenik düştün, Aeneis'in sevgilisi gibi âşık oldun." Sonra aniden Dido'dan Melina'ya atladı, bana uzun uzun onu anlattı; sabahları okulda olduğumdan, gece yarılarına kadar ders çalıştığımdan, apartmanlarda olup bitenden bihaberdim. Sanki gözünü ondan ayırmıyormuş gibi anlattı akrabasını. Sefalet kadını ve çocuklarını pençesine almıştı; hâlâ Ada ile birlikte apartmanların merdivenlerini siliyordu (Antonio'nun eve getirdiği para yetmiyordu). Artık şarkı söylediği işitilmiyordu, o çılgın halleri sona ermişti, bir makine gibi didiniyordu. Bana onu en ince ayrıntısına kadar tanımladı: iki büklüm halde, temizliğe en üst kattan başlıyordu, elindeki ıslak paçavrayı her bir basamağın üzerinde gezdiriyordu; basamaklar, merdivenler, katlar temizleniyor, kendisinden daha sağlam yapılı insanları yoracak o işi müthiş bir enerji ve güçle yapıyordu. Birileri o sırada merdivenden iner ya da çıkarsa hakaret ederek bağırıyor, üzerine pis bezi fırlatıyordu. Ada, ona annesinin temizlediği yerleri ayak izleriyle kirlettiler diye krize girip kovadaki pis suyu içtiğini anlatmıştı; zor ayırmıştı annesini kovadan. Anlamış mıydım? Yavaş yavaş Gino'dan Dido'ya, onu terk eden Aeneis'ten deli dul kadına varmıştı. İşte tam o noktada, beni dikkatle dinlemiş olduğunu göstererek Nino Sarratore'ye getirdi konuyu. "Ona Melina'yı söyle," diye tutturdu, "ona öğrendiklerini babasına anlatmasını söyle." Sonra da fesatça ekledi: "Şiir yazması kolay!" Sonunda gülmeye başladı ve belli bir ciddiyetle şöyle dedi: "Ben asla kimseye âşık olmayacağım ve asla, asla, asla şiir yazmayacağım."

"İnanmıyorum buna."

"Öyle."

"Ama başkaları sana âşık olacaktır."

"Onlar düşünsün."

"Dido gibi acı çekecekler."

"Hayır, sonunda kralın kızıyla birlikte olan Aeneis'in yaptığı gibi gidip başkasını bulurlar."

Buna pek inanmadığımı belli ettim. Çekip gittim, sonra geri geldim, artık bir sevgilim olduğundan, bu sevgililer konusu hoşuma gidiyordu. Bir keresinde çekingence sordum ona:

"Marcello Solara ne yapıyor, peşinde mi?"

"Evet."

"Ya sen?"

Yüzünde beliren küçümseme ifadesi şu anlama geliyordu: Marcello Solara'dan iğreniyorum.

"Ya Enzo?"

"Arkadaşız."

"Ya Stefano?"

"Sence herkes beni mi düşünüyor?"

"Evet."

"Ortalık kalabalık bile olsa Stefano gelip buluyor beni."

"Gördün mü bak?"
"Görecek bir şey yok."
"Peki Pasquale sana aşkını ilan etti mi?"
"Deli misin sen!"
"Sabahları dükkâna giderken sana eşlik ettiğini gördüm."
"Çünkü bizden önce yaşananları açıklıyor bana."

Böylece "önce" konusu yeniden gündeme geldi ama bu sefer ilkokuldakinden farklıydı. Ne küçükken ne şimdi bir şey bildiğimizi, herhangi bir şey anlayabilecek durumda olmadığımızı, mahalledeki her şeyin, her taş, her tahta parçası, her ne varsa, bizden önce de var olduğunu ama bizlerin onların farkına varmadan, onlar hakkında kafa yormadan büyüdüğümüzü söyledi. Sadece biz değil. Babası da daha önce bir şey olmamış gibi davranıyordu. Annesi de aynı şeyi yapıyordu, benim annem de, babam da ve hatta Rino da. Oysa Stefano'nun şarküterisi önce Pasquale'nin babası Peluso'nun marangozhanesiydi. Oysa Don Achille o paraları önce kazanmıştı. Solara ailesinin paraları da öyleydi. Bir şey bilmiyorlardı, hiçbir şeyden konuşmak istemiyorlardı. Ne faşizm, ne kral. Ne zorbalık, ne haraç, ne sömürü. Don Achille'den nefret ederlerdi, Solara ailesinden korkarlardı. Ama sonra bunu unuturlar ve gidip paralarını Don Achille'nin oğlunun dükkânında, Solara ailesinin barında harcarlardı ve hatta bizleri de gönderirlerdi. Ve oylarını da Solara'ların arzusu üzerine faşistlere, kral yanlılarına verirlerdi. Daha önce yaşananların gelip geçtiğini düşünürler, huzur içinde yaşamak için üzerini bir taş ile örterlerdi, ama hâlâ aynı şeyin, eski şeylerin içindeydiler ve bizi de bunun içinde tutmayı sürdürüyorlardı ve böyle bilinçsizce eski hayatı yaşıyorlardı.

Bu "önce" konulu konuşma beni yazın içine çektiği karanlık konuşmalardan daha çok etkiledi. Noel tatili kunduracıda, sokakta, avluda fısır fısır konuşa konuşa bitti. En küçük ayrıntısına kadar birbirimize içimizi döktük ve rahatladık.

19.

O dönemde kendimi güçlü hissettim. Okulda mükemmel yol alıyordum, Oliviero öğretmenime başarılarımı anlattım ve beni övdü. Gino'yu görüyordum, her gün Bar Solara'ya kadar birlikte yürüyorduk: bana bir pasta alıyordu, ikiye bölüp yiyorduk ve geri yürüyorduk. Kimi zaman benim ona değil, Lila'nın bana bağımlı olduğunu hissettim. Mahalle sınırlarının dışına çıkmıştım, Gimnazyum'a gidiyordum, onun gibi duvarcılarla, tamircilerle, terlikçilerle, sebzecilerle, şarkütericilerle, kunduracılarla değil, Eski Yunanca ve Latince okuyan çocuklarla arkadaşlık ediyordum. O bana Dido'dan, İngilizce ya da üçüncü fiil çekimini öğrenme yönteminden, Pasquale ile konuşarak öğrendiği konulardan söz ettiğinde bunu kıskançlıktan yaptığını açıkça hissediyordum; sanki benimle eşit derecede akıl yürütebildiğini sürekli kanıtlama gereksinimi içindeydi. Hatta bir öğleden sonra biraz tereddütle de olsa bana Rino ile imal ettikleri gizli ayakkabıyı göstermeye de karar verdi, benim içinde olmadığım şahane bir alanda olduğu duygusuna kesinlikle kapılmadım. Tam tersine hem o hem ağabeyi böyle onursuz bir şeyden söz etmekten kaçınıyorlar gibi hissettim.

Belki de artık onlara kendini yakın hissetmeyen bendim. Depoyu eşeleyip bir kesekâğıdını ortaya çıkarırlarken onları yalandan cesaretlendirdim. Ama bana gösterdikleri erkek ayakkabısı gerçekten sıradışıydı; Rino ve Fernando'ya uygun olarak kırk üç numaraydı, Lila'nın çizimlerinin birinden anımsadığımın tıpatıp aynıydı; üstelik hem hafif hem sağlam görünüyordu. Kimsenin ayağında benzeri bir şey görmemiştim. Dokunmama izin verirlerken ve özelliklerini gösterirlerken, samimi bir heyecanla övdüm onları. Benim övgülerimle coşan Rino, "Bir de şuraya dokun," diyordu; "bak bakalım dikişi hissediyor musun?" "Hayır," diyordum, "hissedilmiyor." İşte o zaman ayakkabıyı elimden alıyor, katlıyor, açıyor, bana dayanıklılığını gösteriyordu. Ben onaylıyor, Oliviero öğretmenin bizi yüreklendirmek istediğinde yaptığı gibi bravo diyordum. Ama Lila pek tatmin olmuş gibi görünmüyordu. Ağabeyi bana niteliklerini sıralarken Lila bana kusurlarını işaret ediyor ve Rino'ya şöyle diyordu: "Sence babam bu kusurları hemen anlamaz mı?" Sonra bir noktada ciddi bir ifadeyle şöyle dedi: "Yeniden suyla deneyelim." Ağabeyi karşı çıktı. Lila gene de leğene su doldurdu, elini ayakkabının içine ayakmış gibi soktu ve bir süre suda yürüttü. Kız kardeşinin çocukluklarından usanmış ağabey pozundaki Rino, "Canı eğlenmek istiyor," dedi. Ama Lila ayakkabıyı sudan çıkardığı anda yüzünde bir kaygı belirdi ve şöyle dedi:

"Evet?"

Lila elini çıkardı, parmaklarını kuruladı ve ayakkabıyı uzattı.

"Dokun."

Rino elini içine soktu.

"Kuru."

"Nemli."

"Sadece sen öyle hissediyorsun. Lenù, sen dokun."

Dokundum.

"Biraz nemli," dedim.

Lila memnuniyetsizce kıvırdı dudaklarını.

"Gördün mü bak? Bir dakika suda tutuyorsun, içi nemleniyor; olmaz bu böyle. Sökmemiz ve yeni baştan dikmemiz gerekiyor."

"Birazcık nemden ne halt olur ki?"

Rino sinirlendi. Bu da yetmedi: gözlerimin önünde bir tür dönüşüm geçirdi. Yüzü kıpkırmızı oldu, gözlerinin çevresi ve şakakları şişti, kendini tutamadı ve kız kardeşine bir dizi hakaret ve küfürle patladı. Böyle olursa asla bitiremeyecekleri konusunda söylendi. Kendisini önce cesaretlendirip, sonra cesaretini kırdığını söyledi. Babasının kölesi olarak bu pis yerde kapanıp kalmak ve başkalarının nasıl zenginleştiğini seyretmek istemediğini haykırdı. Demir ayak kalıbını kaptı, sanki atacakmış gibi yaptı; bunu yapsa gerçekten öldürürdü Lila'yı.

Her zaman nazik ve benim görüşüme göre kararlı ve yetkin bir gencin böyle bir öfke sergilemesi karşısında ne yapacağımı bilemeyip kenara çekildim.

Sonraki günlerde sivilcelerimin kuruduğunu fark ettim.

"Gerçekten iyisin, bu okulun ve aşkın sana yaşattığı tatmin duygusundandır," diyen Lila'nın üzgün olduğunu hissettim.

20.

Sene sonu şenliklerinde Rino herkesten daha fazla fişek atmaya taktı kafasını, özellikle de Solara kardeşlerden daha fazla havai fişek atma derdindeydi. Lila onunla dalga geçiyordu ama kimi zaman bayağı sertleşiyordu. Bana ağabeyinin başlangıçta ayakkabı işiyle zengin olma konusunda kuşkucu davrandığını ama şimdi bu konuya inandığını hissettiğini söyledi; Rino kendini şimdiden Cerullo Ayakkabıcısı'nın sahibi olarak görüyor, yeniden kundura tamirciliğine dönmek istemiyordu. Bu saplantısı Lila'yı kaygılandırıyordu, onun tanımadığı bir Rino idi bu. Evet ağabeyi bazen şiddet gösterirdi, saldırgan olurdu ama asla palavracı biri olmamıştı. Şimdi ise olmadığı birine dönüşmekteydi. Kendini zenginliğe yakın hissediyordu. Küçük patron olma sevdasındaydı. Onun gözlerinde taklit edilecek ve hatta aşılacak kişi modeli olan Solara kardeşlerden sayıca çok daha fazla fişek atarsa, yeni yılın ona şans getireceğinin ilk işaretini vermiş olacaktı mahalleye. Solara kardeşler hem kıskandığı, hem rolünü üstlenmek üzere yenmesi gereken kişilerdi onun gözünde.

Lila, Carmela ve avlunun öteki kızlarında olduğu gibi hiçbir şey söylemedi: belki de onun zihnine kontrol altında tutamadığı bir hayal sokmuştum ben. Hayallere inanırdı, onların gerçekleşebilir olduğunu hissederdi ve bu gerçekleşme için ağabeyi önemli bir bağdı. Ağabeyine düşkündü, kendisinden tam altı yaş büyük olduğu için onu hayallerini yönetemeyen bir çocuğa indirgemek istemiyordu. Ama Rino'nun somutluktan yoksun olduğunu, güçlüklerle yüzleşmek gerektiğinde yere sağlam basamadığını, fazla ileri gitmeye yeltendiğini iddia ediyordu. Solara kardeşlerle yarışa kalkması da bunun bir örneğiydi.

Ben bir keresinde, "Belki de Marcello'yu kıskanıyordur," dedim.

"Yani?"

Anlamazmış gibi yaparak güldü ama bana anlatan kendisiydi. Marcello Solara her gün ya yürüyerek, ya Millecento'yla atölyenin önünden geçiyordu ve Rino bunun farkına varmış olmalıydı ki, kardeşine birkaç kez şöyle demişti: "Şu rezile yüz vereyim deme sakın!" Belki de kız kardeşine asıldıkları için Solara kardeşlerin suratını dağıtamıyordu, gücünü havai fişeklerle göstermeye kalkışıyordu.

"Öyleyse, haklı olduğumu da kabul ediyor musun?"

"Ne konuda?"

"Palavracı olduğu konusunda: sence bu kadar havai fişeği almak için parayı nereden bulacak?"

Doğruydu. Yılın son gecesi hem mahallede, hem bütün Napoli'de savaş patlamış gibi olurdu. Göz kamaştıran ışıklar, patlamalar sürüp giderdi. Fişeklerin yoğun tozu her şeyi sis altında bırakır, evlere girer, gözleri yakar, öksürtürdü. Ama çatapat sesinin, havai fişek sesinin, duvarda patlayan topların gürültüsünün de bir bedeli vardı ve elbette kimin daha çok parası varsa o daha çok atıyor, patlatıyordu. Biz Greco ailesinin parası yoktu; sene sonu şenliğine katılımımız pek cılız olurdu. Babam bir kutu çatapat ve benzeri şeyler alabilirdi. Gece yarısında, en büyük çocuk olan benim elime ışıltılı çubuğu verir, onu tutuşturur, ben de parmaklarımın ucunda tutuşan ışıltıyı seyrederek donup kalırdım. Kendisi de fişekleri bir cam şişeye koyup pencerenin önündeki mermere dayar, sigarasının ucuyla yakar ve şişenin parlayarak uçuşunu seyrederdi. Sonunda şişe de caddeye düşüp kırılırdı.

Lila'nın evinde de pek bir şenlik yapılmazdı ve Rino bu konuya isyan etmişti. On iki yaşından beri gece yarısını babasından daha cüretkâr kişilerle geçirme alışkanlığı edinmişti ve patlamamış şişeleri toplama konusunda pek maharetliydi; şenliğin kargaşası bitmeden şişe avına çıkardı. Hepsini birden göletin oraya toplar, ateşe verir ve pat-patpat, birbirini izleyen bu final patlamalarıyla eğlenirdi. Elinin üzerinde hâlâ kara bir yara izi, geniş bir leke vardı, çünkü öyle gecelerin birinde elini tam zamanında çekmemişti şişeden.

1958 yılının bitiminde yaşanan bu meydan okumanın aşikâr ve gizli pek çok gerekçesi arasında Rino'nun yoksul çocukluğundan intikam alma arzusunun yatması da sayılabilirdi. Bu nedenle havai fişek almak için şuradan buradan para toplamaya başlamıştı. Kapılmış olduğu böbürlenme havalarına karşın kendisi de bizler de biliyorduk ki, Solara kardeşlerle aşık atması mümkün değildi. Her yıl olduğu gibi iki kardeş, günlerden beri otomobillerinin tepesinde şuraya buraya gidiyor ve bagajı patlayıcılarla dolduruyorlardı; yılbaşında atacakları her türlü fişekle kuşları öldürecekler, kedileri, köpekleri, fareleri ürkütecekler, apartmanları bodrumdan çatıya sarsacaklardı. Rino atölyeden onları izliyor ve Pasquale, Antonio ve özellikle de biraz daha fazla parası olan

Enzo ile rezil olmamak için neler yapmaları gerektiği üzerine kafa yoruyordu.

Lila ve ben annelerimiz tarafından yılbaşı yemeği için alışveriş yapmaya Stefano Carracci'nin şarküterisine gönderildiğimiz zaman, durumda beklenmedik ve küçük bir değişiklik oldu. Dükkân insan kaynıyordu. Tezgâhın ardında Stefano ve Pinuccia'nın yanı sıra Alfonso da hizmet veriyordu ve bizi görünce utana sıkıla gülümsedi. Uzun süre kuyrukta bekledik. Ama Stefano bana, özellikle bana döndü, başıyla selam verdi ve erkek kardeşinin kulağına bir şey fısıldadı. Okul arkadaşım tezgâhın arkasından çıktı ve bana alışveriş listemizin olup olmadığını sordu. Listelerimizi verdik ve o arkaya geçti. Beş dakika sonra her şeyimiz hazırdı.

Aldıklarımızı çantalarımıza koyduk, ücreti Bayan Maria'ya ödedik ve çıkıp gittik. Daha birkaç adım atmıştık ki Alfonso değil Stefano, bizzat Stefano o güzel ve erkek sesiyle bana seslendi:

"Lenù."

Sonra yanımıza koştu. Sakin bir yüz ifadesi, nazik bir gülümsemesi vardı. Yağ lekeli beyaz önlüğü biraz aykırı duruyordu üzerinde. İkimize konuşarak, ama bana bakarak, yerel lehçeyle şöyle dedi:

"Yeni yılı benim evimde karşılamak ister misiniz? Alfonso çok istiyor bunu."

Babalarının öldürülmesinden sonra Don Achille'nin karısı ve çocukları içlerine kapanmışlardı ve sakin bir hayat yaşıyorlardı: kilise, şarküteri, ev, en çok da karşı koyamayacakları bazı minik eğlenceler arasında gidip geliyorlardı. Bu davet gerçek bir yenilikti. Lila'yı da söze katarak yanıt verdim:

"Daha önceden verilmiş sözümüz var, onun ağabeyi ve pek çok arkadaşla birlikte olacağız."

"Rino'ya ve ailelerinize de söyleyin: ev büyük, fişekler için de terasa çıkarız."

Lila konuyu kapatmak istercesine araya girdi:

"Pasquale ve Carmen Peluso anneleriyle birlikte bizim eğlenceye katılacaklar."

Bu her türlü sohbeti sonlandırmaya yetecek bir cümleydi: Alfredo Peluso Poggioreale hapishanesindeydi çünkü Don Achille'yi öldürmüştü; Don Achille'nin oğlu şimdi yeni yılı kutlamak için onun oğlunu evine davet edemezdi. Oysa Stefano sanki daha o an fark etmiş gibi Lila'ya baktı; bu derin bakıştan sonra da gayet sıradan bir şey söylermişçesine yanıt verdi:

"Tamam, tamam hepiniz gelin: köpüklü şarap içeriz, dans ederiz, yeni yıl, yeni hayat demektir."

Bu sözler beni duygulandırdı. Lila'ya baktım; o da ne diyeceğini bilemez gibiydi.

"Ağabeyimle konuşmalıyız," diye mırıldandı.

"Bana haber verin."

"Ya havai fişekler?"

"Ne anlamda?"

"Biz bizimkileri getiririz, ya sen?"

Stefano gülümsedi:

"Kaç fişek istiyorsun?"

"Pek çok."

Delikanlı yeniden bana döndü:

"Hepiniz gelin benim evime; söz veriyorum gün doğduğunda hâlâ havai fişek atıyor olacağız."

21.

Bütün yol boyunca kahkahalarla gülerek atıştık aramızda:

"Senin için yapıyor."

"Hayır, senin için yapıyor."

"Sana âşık oldu ve sen evine gidebilesin diye komünistleri, babasının katilini bile davet ediyor."

"Ne diyorsun sen ya? Bana bakmadı bile."

Rino, Stefano'nun önerisini dinledi ve hemen hayır dedi. Ama Solara kardeşlerden üstün olma hevesi yüzünden tereddüde düştü ve Pasquale ile konuştu; o ise bu öneri karşısında müthiş öfkelendi. Enzo ise homurdandı: "Tamam, gelebilirsem gelirim." Anne ve babalarımız ise bu davet karşısında çok mutlu oldular, çünkü artık Don Achille yoktu ve karısıyla çocukları son derece düzgün ve hali vakti yerinde insanlardı; onlarla arkadaşlık etmek bir onurdu.

Lila önce sersemlemiş gibi davrandı; sanki nerede olduğunu, yolları, mahalleyi, kunduracıyı unutmuş gibiydi. Sonra bir ikindi vakti her şeyi çözmüş bir kişi havasıyla bize geldi ve şöyle dedi:

"Yanıldık: Stefano ne beni, ne seni istiyor."

Her zamanki halimizle, gerçeklerle hayalleri birbirine harmanlayarak bu konuda kafa yorduk. Bizi istemiyorsa, ne istiyordu? Stefano'nun da aklında Solara kardeşlere bir ders vermek yatıyor olabilirdi. Michele'nin, Gigliola'nın annesinin partisinden Pasquale'yi nasıl kovdurduğunu hatırladık; Carracci olaylarına karışmış, Stefano'ya babasının anısını korumayı bilmeyen genç yaftasını yapıştırmıştı. Düşününce, o gün iki kardeş sadece Pasquale'yi değil, onu da ezmişlerdi. Ve şimdi dozu yükseltiyorlar, sanki onlara meydan okuyorlardı: Peluso kardeşlerle barışıyorlar ve hatta onları yılbaşında evlerine davet ediyorlardı.

"Peki ne kazancı olacak bununla?"

"Bilmiyorum. Bu mahallede kimsenin yapmadığı bir şey yapmış olacak."

"Bağışlamak mı?"

Lila hayır dercesine salladı başını. Anlamaya çalışıyordu, ikimiz de anlamaya çalışıyorduk ve anlamak ikimizin de hoşuna giden bir şeydi. Stefano bağışlayabilecek bir tip gibi görünmüyordu. Lila'ya göre aklında başka bir şey vardı. Ve yavaş yavaş son zamanlarda kafasına taktığı bir sabit düşünceden hareketle, yani Pasquale ile tartışmaya başlamasından beri ilk kez çözümü bulduğunu sanıyordu.

"Carmela'nın Alfonso ile çıkabileceğini söylemiştim sana, hatırlıyor musun?"

"Evet."

"Stefano'nun aklında böyle bir şey var."

"Carmela ile evlenmek mi?"

"Daha da fazlası."

Lila'ya göre Stefano her şeyi silmek istiyordu. "Önce" denen o dönemden çıkmayı denemek istiyordu. Anne ve babalarımız gibi hiçbir şey olmamışçasına davranma numarası yapmayacak, şu cümleyi eyleme geçirecekti: evet biliyorum, babam bir şey yaptı ama artık ben varım, biz varız, artık yeter. Yani bütün mahallenin kendisinin Don Achille olmadığını anlamasını istiyordu; Peluso ailesi de babasını öldüren marangozun ailesi olarak görülmemeliydi. Bu varsayım hoşumuza gitti, anında kesinlik kazandı ve genç Carracci'ye karşı derin bir sempati beslemeye başladık. Onun tarafında durmaya karar verdik.

Sonra Rino'ya, Pasquale'ye, Antonio'ya, Stefano'nun davetinin bir davetten öte olduğunu, arkasında önemli anlamlar bulunduğunu, sanki şöyle söylemekte olduğunu ifade ettik: bizden önce kötü şeyler oldu; babalarımız şu ya da bu şekilde iyi davranmadılar; bu andan itibaren eyleme geçiyoruz ve biz, evlatlar olarak, onlardan daha iyi olduğumuzu gösteriyoruz.

Rino pek şaşırmış bir ifadeyle, "Daha iyi mi?" dedi.

"Daha iyi," dedim ben. "Oysa Solara kardeşler, dedelerinden ve babalarından daha kötü olma yolundalar."

Sanki okuldaymışım gibi müthiş heyecanla ve İtalyanca konuşuyordum.

Lila bile bana hayretler içinde baktı ve Rino, Pasquale, Antonio utanç içinde bir şeyler gevelediler. Pasquale beni İtalyanca yanıtlamayı denedi ama hemen beceremedi. Sonra utana sıkıla şöyle dedi:

"Stefano'nun üzerine para koyarak artırdığı ilk sermayeyi babası karaborsadan kazanmıştı. Şarküteri dükkânının yerinde bir zamanlar babamın marangozhanesi vardı."

Lila gözlerini kıstı, gözleri görünmez oldu.

"Doğru. Ama değişmek isteyen birinden yana mı olmak istiyorsunuz, Solara kardeşlerden yana mı?"

Pasquale gururla ve biraz inançla konuştuğunda, Lila'nın beklenmedik biçimde sözlerinin merkezine Stefano'yu yerleştirmiş olmasını açıkça kıskandığını belli etti:

"Ben sadece kendimden yanayım, o kadar."

Ama o iyi bir çocuktu, bu konuda düşündü, kafa yordu. Gidip annesiyle konuştu, bütün ailesiyle durumu tartıştı. Ağır emekçi ve iyi huylu, rahat davranışlı, gösterişçi bir kadın olan Giuseppina kocasının hapse girmesinden sonra yenik, kötü kaderinin kedere gömdüğü birine dönüşmüştü; bu durumu mahalle papazına danışmaya karar verdi. Papaz Stefano'nun dükkânına uğradı, Maria ile uzun uzun konuştu, sonra da gelip Giuseppina Peluso ile görüştü. Ve nihayetinde herkes hayatın zaten çok zor olduğuna ve bu yeni yıl hatırına başarılabilecekse gerilimi azaltmanın herkes için iyi olacağına karar verildi. Böylece yılbaşı gecesi, yemekten sonra, saat 23.30'da eski marangozun ailesi, hademenin ailesi, kunduracının ailesi, sebzecinin ailesi, –o gece için kendine çekidüzen veren– Melina'nın ailesi, teker teker Don Achille'nin bir zamanlar nefret edilen dördüncü kattaki evinin basamaklarını tırmandılar ve yeni yılı hep birlikte karşıladılar.

22.

Stefano bizi candan bir nezaketle karşıladı. Saçlarını güzelce taradığını, heyecandan yüzünün kızarmış olduğunu, beyaz bir gömlek giyip kravat taktığını, lacivert bir yelekle takımını tamamladığını anımsıyorum. Son derece yakışıklı olduğunu ve ayrıca bir prens gibi davrandığını düşündüm. Benden ve Lila'dan neredeyse yedi yaş büyük olduğunu hesapladım ve o anda yaşıtım Gino ile çıkıyor olmak gözümde değerini yitirdi: Carracci ailesinin evindeki partiye benimle katılmasını istediğimde bana gelemeyeceğini, ailesinin gece yarısından sonra çıkmasının tehlikeli olduğunu düşünerek izin vermediğini söylemişti. Ben çocuk değil, Stefano, Pasquale, Rino, Antonio, Enzo gibi genç bir sevgili istiyordum. Hepsine baktım, hepsine dokundum gece boyunca. Sinirli bir edayla küpelerime, annemin gümüş bileziğine dokunup duruyordum. Kendimi güzel hissetmeye başlamıştım ve gençlerin bakışlarında bunun kanıtını görmek istiyordum. Ama sanki hepsi gece yarısında patlayacak havai fişeklere odaklanmış gibiydiler. Erkekler arasındaki savaşı bekliyorlardı ve Lila'yı bile dikkate almaz gibiydiler.

Stefano Bayan Peluso'ya ve tek kelime konuşmayan, gözleri korkuyla bakan, uzun burunlu ama güzel taralı saçları, küpeleri, eski ve siyah dul giysisiyle bir hanımefendi gibi görünen Melina'ya özel ilgi gösterdi. Geceyarısı olunca ev sahibesi olarak önce annesinin, sonra Pasquale'nin annesinin kadehlerine köpüklü şarap koydu. Yeni yılda gerçekleşecek harika olaylara kadeh kaldırdık ve sonra –hava çok soğuk olduğundan– çocuklar ve yaşlılar paltolara, atkılara bürünüp sokağa indik. Gönülsüzce oyalanan tek kişinin Alfonso olduğunu fark ettim. Kibarlık olsun diye seslendim ama beni ya duymadı, ya duymazdan geldi. Yukarı koştum. Başımın üzerinde yıldızlarla dolu şahane bir gökyüzü uzanıyordu; karanlık ve buz gibiydi.

Gençler kazakla duruyorlardı, hatta Pasquale ve Enzo gömlekleydiler. Lila ve ben ve Ada ve Carmela danslı partilerde giydiğimiz ince giysimizi giymiştik ve hem soğuktan hem heyecandan titriyorduk. İlk havai fişeklerin sesi duyuldu, gökyüzünü yarıyor ve rengârenk patlıyorlardı. Pencerelerden atılan eski eşyaların gümbürtüsü, çığlıklar, kahkahalar işitilmeye başlanmıştı. Bütün mahalle coşmuştu, kestane fişekleri atıp duruyordu. Ben de çatapatları yaktım, çocuklar için ışıltılı çubukları tutuşturdum ve onların gözlerinde benim küçüklüğümdeki korkulu şaşkınlığı seyretmekten hoşlandım. Lila, Melina'yı bir kestane fişeğini birlikte tutuşturmaya ikna etti ve renkli ışıklara baktılar. Her ikisi de neşeyle bağırıştılar ve sonunda kucaklaştılar.

Rino, Stefano, Pasquale, Enzo, Antonio toparlamakla gurur duydukları fişek kutularını ve sandıklarını ortaya çıkardılar. Alfonso da onlara gönülsüzce katıldı ama ağabeyinin rahatsızlık veren dürtüklemelerine tepki gösterdi. Bana, iyice havaya girmiş olan, ona kötü davranan, elindekileri alan, küçük çocukmuş gibi davranan Rino'dan korkmuş gibi geldi. Ve sonunda Alfonso öfkelenmek yerine kenara çekildi ve ötekilerin arasına karışmaz oldu. Bu arada kibritler parladı, büyükler ellerinin içine sakladıkları sigaraları tüttürdüler, ciddi ve nazik konuşmalara girdiler. Eğer Romus ve Romulus, Mario ve Silla, Sezar ve Pompei arasındaki gibi bir soğuk savaş çıkacak olsa onlarda da bu yüzler, bu bakışlar, bu pozlar olacaktır diye düşündüm.

Alfonso dışında bütün erkekler gömleklerinin eteklerini fişeklerle doldurdular, boş şişeleri füzeye dönüştürüp dizdiler. Giderek daha gergin ve daha yüksek sesli olan Rino tarafından bana, Lila'ya, Ada'ya ve Carmela'ya zamanında mühimmat sağlama görevi verildi. Sonra küçükler, gençler, daha az genç olanlar

–kardeşlerim Peppe ve Gianni'nin yanı sıra babam ve en yaşlı olan kunduracı– karanlığın ve soğuğun içinde koşuşturarak fitilleri tutuşturdular, coşkulu hallerle fişekleri parapetin ötesine ya da gökyüzüne fırlattılar; eğlencenin heyecanı artıyordu, şu renkleri gördün mü, amma da patladı, hadi gayret, şu patlamadı gibi naralarına Melina'nın korkulu ve bitkin inlemeleri, kardeşlerimi, ellerindeki çatapatları, onları gerektiği gibi kullanamadıkları, fitili tutuşmadan attıkları gerekçeleriyle kapmak için azarlayan Rino'nun sesi karışıyordu.

Şehrin ışıltılı patlamaları yavaş yavaş azaldı, sona erdi ve yerini otomobil ve klakson gürültülerine bıraktı. Gökyüzünün geniş karanlığı kendini gösterdi. Solara ailesinin balkonu çevredeki bütün dumana ve aydınlığa rağmen daha göze görünür bir hal aldı. Bizden az uzaktaydılar, onları görüyorduk. Baba, oğullar, akrabalar, arkadaşlar, bizim gibi kaos arzusuna kaptırmışlardı kendilerini. Mahallede herkes o ana dek olup bitenin az olduğunu düşünmüş olabilirdi; garibanlar basit eğlencelerini bitirdiklerinde, üç-beş fişekle, gümüş ve altın yağmuru seyredip keyiflendiklerinde, asıl patronların eğlencesi başlayacaktı.

Öyle de oldu. Ateş balkonda parlayıverdi, gökyüzü ve sokak patlamaya başladı. Her fırlatışta, fişek patlamadan sönerse balkondan edepsiz haykırışlar yükseliyordu. Ama şaşırtıcı bir durumla Stefano, Pasquale, Antonio, Rino da onlara başka fişekler ve başka edepsiz haykırışlarla yanıt verdiler. Solara ailesinin fişeğine karşı fişek atıyorlardı, gökyüzünde seyirlik çiçekler açıyor, sokaklar titriyor, yanıyordu; Rino bir anda balkon korkuluğu üzerine tırmandı ve hem hakaretler hem fişekler savurmaya başlayınca annesi telaşla yalvardı: "İn aşağı, düşeceksin yoksa!"

İşte o anda panik Melina'ya sıçradı ve tiz perdeden uzun çığlıklar atmaya koyuldu. Ada söyleniyor, onu çekip götürmeye çalışıyordu ama Alfonso ona bir işaret yaptı ve kendisinin ilgileneceğini belli etti; sonra da aşağıda kadınla birlikte görünmez oldu. Annem de topallayarak peşlerine düştü; öteki kadınlar da kendi çocuklarını yanlarına çekiştirmeye başladılar. Solara ailesinin fişekleri giderek kuvvetleniyordu; bir fişek gökyüzüne uçacağına gelip bizim balkonun parapetine vurdu ve gürültülü bir kızıllıkla yanıp boğucu bir duman yaydı.

Rino, kendinden geçmişçesine Stefano'ya "Bunu özellikle yaptılar," diye bağırdı.

Dondurucu karanlığın içindeki bir profil olarak görünen Stefano, ona sakinleşmesini işaret etti. Kendisinin bir köşeye gizlediği ve biz kızların dokunmama emri aldığı sandığa koştu; ötekileri de bundan buyurmaları için çağırdı.

Yumuşak tüccar sesinin gölgesi bulunmayan bir haykırışla "Enzo," diye bağırdı, "Pasca, Rino, Anto, buraya koşun haydi, elimizdekini gösterelim onlara!"

Hepsi gülerek koşuştular. "Gösterelim haydi, görsünler elimizdekini," diye gülüşerek Solara ailesinin balkonuna doğru edepsiz hareketler yapıyorlardı. Soğuktan daha fazla titremeye başlayan kara formların heyecanını seyrediyorduk. Rolümüz sona ermişti, yapayalnız kalmıştık. Babam da kunduracıyla birlikte sokağa inmişti. Lila'yı anlayamıyordum, bir muamma karşısında dili tutulmuş gibi sessizleşmişti.

Daha önce sözünü ettiğim ve onun daha sonra *sınırsızlanma* diye adlandırdığı hale girmişti. Sanki –öyle demişti– mehtaplı bir gecede denizdeydi, kapkara bir fırtına kütlesi gökyüzünde ilerliyordu, her türlü aydınlığı yutuyordu, ayın çevresini yok ediyordu ve parlak çemberi gerçek doğasına, anlamsız taş kabalığına dönüştürüyordu. Lila –sanki gerçekmiş gibi– ağabeyinin kırıldığını hayal etti, gördü, hissetti. Rino, gözlerinin önünde, hatırladığından beri sahip olduğu fizyonomiyi kaybediyordu: cömert, namuslu çocuğun fizyonomisi, güvendiği kişinin güzel hatları, ilk günden, kendini hatırladığından beri onu eğlendiren, ona yardım eden, koruyan kişinin sevdiği profili yok oluyordu. Orada, o çok şiddetli patlamaların ortasında, dondurucu soğukta, burun deliklerini ve gözlerini yakan kükürt kokusu içinde bir şey ağabeyinin organik yapısına tacizde bulundu, onun üzerinde öyle yoğun bir baskıda bulundu ki sınır çizgilerini parçaladı ve maddesi magma gibi yayılırken onun gerçekten neden yapılmış olduğunu gösterdi. O şenlik gecesinin her saniyesi onda dehşet duygusu yarattı; Rino hareket ettikçe kendi çevresine yayılıyordu, her sınırı düşüyordu ve kendinin de sınırları giderek gevşiyor, eriyordu. Kontrolünü kaybetmemek için uğraştı, zorlandı ama başardı; yaşadığı kaygı dışarıya neredeyse hiç yansımadı. O patlamalar ve renkler cümbüşünde ona pek dikkat etmediğim doğruydu. Giderek korkmuş görünen ifadesi dikkatimi çekti sanırım. Ağabeyinin gölgesine dikmişti gözlerini – Solara ailesinin balkonuna doğru en çok bağıran, en hareketli, en gösterişçi genci tepkiyle izliyordu. Neredeyse hiçbir şeyden korkmayan Lila korkmuş görünüyordu. Ama bunlar benim sonradan düşününce hatırladığım izlenimlerdi. O anda pek önemsemedim, kendimi ondan daha çok Carmela ve Ada'ya yakın hissediyordum. Erkeklerin dikkatine hiç gereksinme duymuyormuş gibiydi gene. Oysa biz soğuğun, kaosun ortasında o bakışlar üzerimizde olmadan kendimizi anlamlandıramıyorduk. Stefano veya Enzo veya Rino'nun savaşı durdurmalarını, bizim omzumuza kollarını atmalarını, kalçalarıyla bizi sıkıştırmalarını, tatlı sözler söylemelerini yeğlerdik. Şimdi biz ısınmak için birbirimize sokulmuş dururken onlar koca fitilli silindirlerin peşinde koşup, Stefano'nun bitmek bilmeyen rezervine sevinip, onun cömertliğine hayran olup, sadece ötekileri yenme hazzı için ne kadar çok parayı ışıltıya, patlamaya, dumana dönüştürdüğünü hesaplıyorlardı.

Bilmem ne kadar uzun bir süre Solara ailesi ile yarıştılar, balkon ve teras iki cepheymiş gibi fişekler havada uçuştu ve bütün mahalle sarsıldı, yerinden oynadı. Enzo, "Bitirdiler, ellerinde ne varsa tükendi," diye bağırdığında bile bizimkiler devam etti, özellikle Rino fişek atmaya devam etti ve elinde yakacak bir fitil kalmayana kadar bunu sürdürdü. En sonunda bizimkiler hopladılar, zıpladılar, birbirlerine sarılarak bir zafer korosu yarattılar. En sonunda sakinleştiler ve ortalık sessizleşti.

Ama bu kısa sürdü, uzaktan, yerlerdeki döküntüler üzerinde ilerlemeye çalışan arabalardan, çocuk ağlamaları, bağırmalar ve hakaretler duyuldu. Derken Solara balkonunda şimşek çakar gibi oldu ve kuru gürültüler yükseldi. Rino hayal kırıklığı içinde, "Yeniden başlıyorlar," dedi. Ama ne olduğunu hemen anlayan Enzo bizi içeriye ilk iten kişi oldu ve ondan sonra Pasquale ve Stefano da ona katıldılar. Sadece Rino terasın korkuluğundan sarkmış hâlâ ağır küfürler saydırıyordu; sonunda Lila, Pasquale'yi itip aynı ağır küfürlerle ağabeyini içeriye çekmek için koştu. Biz kızlar bağıra çağıra yere sindik. Solara ailesi kazanmak için, şimdi üzerimize ateş ediyordu.

23.

O gece, dediğim gibi, çok şey kaçırdım. Ama her şeyden önemlisi, şenlik ve tehlike atmosferinin şaşkınlığında, bedenleri göklerdeki ateşlerden daha yakıcı alevler yayan erkeklerin girdabında Lila'yı ihmal ettim. Hal böyleyken onun ilk içsel değişimi o gece ortaya çıktı.

Söylediğim gibi ona ne olduğunu görmedim, algılanması çok zor bir durumdu. Ama sonuçlarını fark ettim. Daha tembel oldu. O geceden iki gün sonra okulum olmasa da erkenden uyandım, dükkâna giderken ve temizlik yaparken ona eşlik etmek istedim ama o ortalarda görünmedi. Geç saatlerde somurtarak geldi ve atölyeyi boş vererek mahallede gezindik.

"Çalışmaya gitmiyor musun?"

"Hayır."

"Neden peki?"

"Artık sevmiyorum."

"Ya yeni ayakkabılar?"

"Uzak bir hayal o."

"O halde?"

Ne istediğini kendi de bilmiyormuş gibi hissettim. Emin olduğu tek şey ağabeyi için fazlasıyla kaygılanmasıydı; son zamanlardakinden çok daha fazla üzülüyordu ona. İşte bu kaygıdan yola çıkarak konuşmalarını zenginlik konusuna bağladı. Hep bir zengin olma hayalimiz vardı, bunu tartışmıyordum, ama amacımız artık çocukluğumuzdaki gibi değildi: kasalar, paraların ve değerli taşların şıkırtısı yoktu aklımızda. Öyle görünüyordu ki onun zihninde para artık betona dönüşmüştü: sağlamlaştırıyor, güçlendiriyor, şunu bunu tamir ediyordu. Özellikle de Rino'nun kafasını tamir ediyordu. Ağabeyi, birlikte yaptıkları ayakkabının hazır ve güzel olduğuna inanıyor ve Fernando'ya göstermek istiyordu. Ama Lila çok iyi biliyordu ki –Rino'nun da bildiğini biliyordu– işin pek çok hatası vardı, baba ayakkabıyı inceleyecek ve bir kenara atacaktı. Bu nedenle ona defalarca deneme yapmaları gerektiğini ve ayakkabı dükkânı açmanın zahmetli bir iş olduğunu söylüyordu; ama Rino daha fazla beklemek niyetinde değildi, bir an önce Solara kardeşler, Stefano gibi zengin olma derdindeydi ve Lila onun mantıklı düşünmesini sağlayamıyordu. O anda artık zenginliğin Lila'yı hiç ilgilendirmediğini fark ettim. Onun gözünde artık para bir ışıltı değil, ağabeyinin başına dert açmasını engelleyecek bir şey haline gelmişti. En azından benimle konuşurken, "Hepsi benim kabahatim," özeleştirisini yapıyordu. "Köşeyi dönünce servetin onu beklediğine ben inandırdım onu." Ama köşenin ardında öyle bir servet bulunmadığından, ağabeyini sakinleştirmek için ne yapması gerektiğini düşünüyordu kısık gözleriyle.

Rino gerçekten huzursuzluk kaynağıydı. Sözgelişi Fernando, Lila'nın atölyeye gelmekten vazgeçmesine ses çıkarmıyordu, hatta evde kalıp annesine yardım etmesine daha çok sevindiğini söylüyordu. Oysa ağabeyi buna müthiş öfkelendi ve ocak ayının ilk günlerinde kötü bir kavgaya daha tanık oldum. Sokaktaydık, Rino başını öne eğmiş bir şekilde yanımıza geldi, bizi durdurdu ve Lila'ya şöyle dedi: "Hemen işe gel!" Lila ona bunu aklından bile geçirmediğini söyledi. Ağabeyi onu kolundan çekiştirdi, Lila da kötü bir küfürle itiraz etti. Rino ona tokat attı ve bağırdı: "O zaman eve git, annene yardım et." Lila boyun eğdi, bana veda bile etmeden çekip gitti.

Çatışmanın doruk noktası Befana Yortusu günü yaşandı. Anladığıma göre Lila sabah uyanınca yatağının yanında bulduğu çorap biçimindeki büyük hediye torbasının içi kömürle doldurulmuştu. Bunu koyanın Rino olduğunu anladı ve kahvaltı sofrasında ağabeyine tabak koymadı, yiyecek hazırlamadı. Annesi mutfağa geldiğinde yatağının yanındaki iskemlede içi şekerleme ve çikolata dolu bir hediye torbası bulduğunu söyledi; zaten pek düşkün olduğu oğlunun bu davranışı onu pek duygulandırmıştı. Bu nedenle sofrada Rino için tabak bulunmadığını görünce kendisi hazırlamak istedi ama Lila onu engelledi. Anne-kız kavga ederlerken, Rino ortaya çıkınca Lila ona hemen bir kömür parçası fırlattı. Rino bunun şaka olduğunu, kardeşinin şakasını anladığını zannetti, ama kız kardeşinin ciddi olduğunu sezince onu yakalayıp dövmeye kalkıştı. İşte o zaman üzerinde sadece donu ve fanilasıyla ortaya çıkan Fernando'nun elinde bir karton kutu vardı.

Son derece öfkeli olduğu anlaşılan bir ifadeyle, "Bakın Befana ne hediye bırakmış bana," dedi.

Kutudan iki çocuğunun gizlice imal etmiş oldukları yeni ayakkabıları çıkardı. Lila'nın ağzı şaşkınlıktan bir karış açık kaldı. Bu girişimden haberi yoktu; demek ki ağabeyi işlerini babalarına Befana'nın hediyesi olarak göstermeye karar vermişti. Ağabeyinin hem neşeyle hem kaygıyla gülümseyen yüzünde babasına korkuyla bakan gözleri fark edince, onu terasta, dumanların ve patlamaların arasında korkutmuş olan şeyin onayını aldığını hissetti: Rino her zamanki hatlarını yitirmişti, şimdi sınırlarını kaybetmiş olan ağabeyinin içinden telafi edilemez biri çıkabilirdi. O gülümsemede, o bakışta dayanılamayacak kadar soysuz bir şeyler gördü, ne kadar dayanılamayacak gibiyse o kadar çok sevdi ağabeyini, onun yardım edilme gereksinmesine karşılık vermek ve yardım edilmek için yanında kalma arzusunu duydu.

Ayakkabı öyküsünden tamamen bihaber olan Nunzia, "Ne kadar güzel!" dedi.

Fernando, tek söz etmeden, yüzünde hiddetli Randolph Scott ifadesiyle iskemleye oturdu, önce sağ, sonra sol ayakkabıyı ayağına geçirdi.

"Befana," dedi, "tam benim ayağıma göre yapmış."

Kalktı, ailesinin bakışları altında mutfakta bir ileri bir geri yürüdü.

"Gerçekten rahat," yorumunda bulundu.

Karısı oğluna baygın bakışlarla bakarak, "Beyefendi ayakkabısı olmuş," dedi.

Fernando yeniden oturdu. Ayakkabıları çıkarıp üstünü, altını ve içini inceledi.

Yüzünde en ufak bir memnuniyet ifadesi olmaksızın, "Bu ayakkabıları yapan usta biri," dedi. "Aferin Befana."

Her sözcüğünde ne kadar acı çektiği ve acısının onu her şeyi dağıtıp parçalamak arzusuyla doldurduğu hissediliyordu. Ama Rino bunu fark etmemiş gibi yaptı. Babasının her alaycı sözüyle daha gururlanıyor, kıpkırmızı yüzüyle gülümsüyor, başı sonu olmayan cümleler söylüyordu: şöyle yaptım baba, sonra şunu ekledim, düşündüm ki... Lila ise mutfaktan kaçmak, babasının az sonra patlayacak öfkesinden kurtulmak istiyor ama karar veremiyor, ağabeyini yalnız bırakmaya da kıyamıyordu.

"Hem hafif, hem sağlam," diye devam etti Fernando, "bir kusuru yok. Üstelik kimsenin ayağında böyle ayakkabı görmedim, bu geniş burunla oldukça orijinal olmuş."

Oturdu, yeniden giydi, bağcıklarını bağladı. Oğluna şöyle dedi:

"Arkanı dön Rinu, Befana'ya teşekkür edeceğim."

Rino aklından, uzun sürtüşme dönemini kesin olarak sonlandıracak bir şaka düşünerek arkasını döndüğünde hem mutluydu hem utanmıştı. Ama daha sırtını dönmesiyle, poposuna bir tekme yemesi bir oldu, babası hayvan, aptal diyerek eline ne geçerse üzerine fırlatmaya başladı; en son da ayakkabıları attı kafasına.

Lila ancak ağabeyinin kendisini yumruk ve tekmelerden koruduktan hemen sonra birden annesini dehşete düşürecek, kardeşlerini ve konu komşuyu korkutacak şekilde bağırarak iskemleleri devirmeye, tabakları kırmaya, ağlamaya, babası için bedava çalışmaktansa intihar edeceğini haykırmaya başlamasıyla araya girdi. Ama hepsi beyhudeydi. Baba ve oğul güçleri tükenene dek öfkelerini boşalttılar. Sonra çaresizlikleriyle atölyeye kapanıp sessizce birlikte çalışmaya döndüler.

Ayakkabılardan bir süre söz edilmedi. Lila kendi rolünün kesin olarak annesine yardım etmek, alışveriş yapmak, yemek pişirmek, çamaşır yıkamak, güneşe asmak olduğuna karar verince atölyeye adım atmaz oldu. Buna üzülen, surat asan Rino, bu durumu anlaşılmaz bir haksızlık olarak yorumladı ve bu sefer kız kardeşinden çamaşırlarını ve çoraplarını çekmecesine düzenle dizmesini, işten döndüğünde ona hizmet etmesini, hürmet göstermesini beklemeye başladı. Beğenmediği bir şey olunca huysuzlanıyor, "Bir gömleği bile ütüleyemiyorsun, salak," gibi sevimsiz sözler söylüyordu. Lila omuz silkiyor, karşı koymuyor, üzerine düşen işleri özen ve dikkatle yapmaya devam ediyordu.

Aslında Rino da böyle davranmaktan hoşnut değildi, kıvranıyor, sakinleşmeye çalışıyor, eski haline dönebilmek için epey çaba gösteriyordu. İyi günlerinde, örneğin pazar sabahları şaka yaparak, nazik sözlerle kız kardeşinin çevresinde dönüyordu. "Ayakkabı konusunda bütün övgüleri ben aldım diye mi kıskanıyorsun? Ama babam sana da kızmasın diye öyle söyledim," diyordu. Sonra da "Yardım et bana, şimdi ne yapmalıyız," diye yalvarıyordu. "Böyle duramayız, ben bu durumdan kurtulmak istiyorum." Lila suskunluğunu bozmuyordu. Yemek pişiriyor, ütü yapıyor, artık kızgın olmadığını göstermek için yanağına bir öpücük konduruyordu. Ama bu arada Rino gene sinirlerine hâkim olamıyor, eline geçeni kırıp döküyordu. Lila'ya hakaret ederek ona ihanet ettiğini, yakında sersemin biriyle evlenip gideceğini, ağabeyini bu sefaletin içinde ebediyen terk ederek bir kez daha ihanet edeceğini söylüyordu.

Bazen evde kimse yokken Lila ayakkabıları gizlediği sandık odasına giriyor, onlara dokunuyor, bakıyor, bir defter sayfasına çizdiği şeyin iyi ya da kötü olarak böyle canlanmış olmasına hayret ediyordu.

Ne kadar boşa giden bir zahmet olmuştu.

24.

Okula döndüm, öğretmenlerin bize uyguladıkları eziyetli döngünün içine çekildim. Arkadaşlarımın pek çoğu havlu attı, sınıftaki öğrenci sayısı azalmaya başladı. Gino üst üste düşük notlar alınce benden yardım istedi. Ona yardımcı olmaya çalıştım ama benden asıl istediği onun yerine ödevlerini yapmamdı. Benden kopya çekmesine izin verdim ama bu hoşuma gitmiyordu: ödevleri kopya ederken bile dikkat etmiyor, anlamaya çalışmıyordu. Çok disiplinli olsa bile Alfonso da zorlanıyordu. Bir gün Klasik Yunanca sözlüsünde ağlamaya başladı ki, bu bir erkek için küçük düşürücü bir durumdu. Sınıfın karşısında tek bir damla gözyaşı dökmektense ölmeyi yeğleyeceği belliydi ama başaramadı. Hepimiz sarsılmıştık ve sessizce duruyorduk ama Gino, belki gerginlikten belki de sıra arkadaşının da zor duruma düşmesine sevinmekten kahkahalarla gülmeye başladı. Okul çıkışında ona bu gülüşü nedeniyle artık onunla birlikte olmayacağımı söyledim. Telaşla tepki vererek "Yoksa Alfonso'dan mı hoşlanıyorsun?" diye sordu. Ona sadece artık kendisinden hoşlanmadığımı söyledim. Daha yeni çıkmaya başladığımızı geveledi, bu doğru değildi. Zaten aramızda pek bir şey de olduğu yoktu: bir kere dili kullanmadan öpüşmüştük, bir kere de göğsüme dokunmak istemişti ama ben onu itmiştim. Bir süre daha devam etmemiz için yalvardı, ama ben kararımda direndim. Okula onunla birlikte gidip gelmesem de bir şey yitirmeyeceğimin farkındaydım.

Gino ile ayrılmamızdan sonra birkaç gün geçmişti ki, Lila bana hayatında ilk kez ve neredeyse eşzamanlı olarak iki aşk teklifi aldığını söyledi. Bir sabah alışverişe giderken Pasquale yanına gelmişti. Pek heyecanlı, gergindi. Onu artık kunduracıda görmediği için meraklandığını, hasta olduğunu düşündüğünü söylemişti. Ama şimdi sağlıklı olduğunu anlamış ve sevinmişti. Ne var ki konuşurken çehresinde bu mutluluğun izleri görünmüyordu. Sanki biri boğazını sıkıyormuş gibi susmuş ve sonra boğazını kurtarmak istercesine neredeyse bağırarak onu sevdiğini söylemişti. Onu o kadar çok seviyordu ki, eğer izin verirse ağabeyiyle, anne ve babasıyla, her kimle isterse gelip onunla konuşmak ve evde nişan yapmak istediğini açıklamıştı. Lila ne diyeceğini bilememiş, birkaç dakika için şaka yaptığını sanmıştı. Ben defalarca söylemiştim Pasquale'nin ona göz koyduğunu, ama inanmamıştı. Oysa işte şimdi, bu güzel ilkbahar gününde, gözlerinde neredeyse yaşlarla karşısında duruyor ve ona yalvarıyordu; hayır derse hayatının hiçbir anlamı kalmayacağını söylüyordu. Sevda duygularını ortaya dökmek ne kadar zordu. Lila, hayır demeden onu nazikçe reddedecek sözler bulmuştu. Kendisinin de onu sevdiğini ama bunun bir sevgiliye duyulan duygular olmadığını söylemişti. Ayrıca faşizm, direniş, monarşi, cumhuriyet, karaborsa, Kumandan Lauro, sosyalistler, Hıristiyan Demokratlar ve komünizm hakkında verdiği bütün bilgiler için ona hayat boyu minnet duyacağını da ekledi. Ama nişanlanmak söz konusu olamazdı, o asla kimseyle nişanlanmayacaktı. Ve sözlerini şöyle sonlandırmıştı: Antonio'yu, seni, Enzo'yu, hepinizi, Rino'yu sevdiğim gibi seviyorum." Bunun üzerine Pasquale şöyle mırıldanmıştı: "Oysa ben seni Carmela'yı sevdiğim duygularla sevmiyorum." Yanından kaçmış ve çalışmaya gitmişti.

Merakla, ama biraz da endişeyle, "Peki öteki teklif?" diye sordum.

"Hayatta tahmin edemezsin!"

Öteki teklif Marcello Solara'dan gelmişti.

Bu adı duyunca mideme bir sancı girdi. Pasquale'nin aşkı Lila'nın ne kadar beğenilesi bir kız olduğunun işaretiyken, yakışıklı, zengin, otomobili olan, sert, şiddet gösteren, Camorra yanlısı, istediği kadını elde etmeye alışık Marcello'nun aşkı benim gözümde, bütün yaşıtlarımızın gözünde –sahip olduğu berbat şöhrete karşın–, hatta belki biraz da onun için bir sınıf atlamaydı; sıska kızdan önünde herkesin eğileceği bir kadına geçişti.

"Nasıl oldu peki?"

Marcello, Millecento'nun direksiyonundaydı, kardeşi yoktu, yalnızdı ve anacaddede yürürken görmüştü Lila'yı. Ne yaklaşmış, ne camdan laf atmıştı. Arabayı sokağın ortasında, kapısı açık olarak bırakmış, yanına gitmişti. Lila yürümeyi sürdürmüş, genç erkek peşinden gelmişti. Daha önceki davranışı yüzünden özür dilemiş, falçatayla öldürse bile bunu hak etmiş olduğunu söylemişti. Sonra pek duygulanarak Gigliola'nın annesinin partisinde ne güzel rock dansı yaptıklarını hatırlatmıştı; bu ne kadar uyumlu olduklarının bir işaretiydi. Sonunda da bol bol kompliman yapmıştı: "Nasıl geliştin, gözlerin ne güzel, sen bir içim susun." Sonra ona gece gördüğü rüyayı anlatmıştı: erkek ona nişanlanmayı teklif ediyordu, kız evet diyor, erkek anneannesininkine benzeyen üç pırlantalı bir yüzük takıyordu. Yürümeyi sürdüren Lila sonunda konuşmuştu: "Bu rüyada ben sana evet mi dedim?" Marcello bunu onaylayınca şu yanıtı vermişti: "Demek ki bu gerçekten rüyaymış çünkü sen hayvanın tekisin. Sen, ailen, deden, baban, kardeşin, hepiniz hayvansınız ve sen beni öldüreceğini söylesen bile seninle nişanlanmam."

"Böyle mi dedin?"

"Daha fazlasını da söyledim."

"Nasıl?"

Marcello küskün ifadesiyle duygularının son derece içten olduğunu, gece gündüz ve aşkla onu düşündüğünü, hayvan değil bir âşık olduğunu söyleyince, Lila yanıt olarak, eğer bir insan onun Ada'ya davrandığı gibi davrandıysa, yılbaşı gecesi insanlara tabancayla ateş ettiyse, ona hayvan demenin hayvanlara hakaret olacağını söylemişti. Marcello onun şaka yapmadığını nihayet anlayıp kızın onu bir kurbağa, bir semender gibi gördüğünü hissedince gerçekten bozulmuştu. Cılız ses tonuyla "Ateş eden kardeşimdi," diye mırıldanmıştı. Ama daha ağzından çıkarken bu cümleden sonra kızın onu daha da hakir göreceğini fark etmişti. Son derece doğruydu. Lila adımlarını sıklaştırmış ve Marcello onun peşinden gelmeye yeltenince, "Defol!" diye bağırmıştı. Sonra da koşmaya başlamıştı. Marcello o anda nerede olduğunu ve ne yapması gerektiğini hatırlamış gibi durmuş, başını öne eğerek Millecento'sunun yanına dönmüştü.

"Sen, Marcello Solara'ya bunu mu yaptın?"

"Evet."

"Delisin sen! Ona böyle davrandığını kimseye anlatma sakın."

Oracıkta bu yüzeysel bir tembih gibi geldi, onun adına kaygılandığımı göstermek için söylemiştim. Lila olaylar üzerine hayal kurmayı ve mantık yürütmeyi seven bir karaktere sahipti ama sürekli başkalarını çekiştiren bizlerin tersine, asla dedikodu yapmazdı. Nitekim Pasquale'nin aşkından sadece bana söz etti; başkalarına söyleyip söylemediğini hiç öğrenemedim. Marcello Solara olayını ise herkese anlattı. Öyle ki bir gün Carmela'ya rastladığımda bana şöyle dedi: "Arkadaşının Marcello Solara'ya hayır dediğini duydun mu?" Ada'ya rastladım ve bana "Arkadaşın Marcello Solara'ya hayır demeye cüret etmiş," dedi. Şarküteriye gittiğimde Pinuccia Carracci kulağıma fısıldadı: "Arkadaşının Marcello Solara'ya hayır dediği doğru mu?" Hatta bir gün, okulda, Alfonso şaşkınlıkla bana bakıp, "Senin arkadaşın Marcello Solara'ya hayır mı dedi?" diye sordu.

Gördüğümde Lila'ya şöyle dedim:

"Bunu herkese anlatmakla iyi etmedin, Marcello öfkelenecek."

Omuzlarını silkti. Kardeşleriyle, evle, annesiyle, babasıyla ilgili işleri vardı, durup konuşmaya zamanı yoktu. Artık, o yılbaşı gecesinden bu yana sadece ev işleriyle ilgileniyordu.

25.

Aynen böyle. Yılın bütün geri kalan döneminde Lila benim okulda ne yaptığımla kesinlikle ilgilenmedi. Ona kütüphaneden ne tür kitaplar aldığını, neler okuduğunu sorduğumda ters ters yanıtladı beni: "Artık kitap almıyorum, kitaplar başımı ağrıtıyor."

Oysa ben ders çalışıyordum, artık zevkli bir alışkanlık olarak kitap okuyordum. Ama kısa süre içinde Lila beni dürtüklemeyi, derslerde ve okumalarda benden ileri olmayı bırakalı beri hem okul hem Ferraro öğretmenin kütüphanesi bir serüven olmaktan çıkmıştı; sadece başardığım ve karşılığında övgüler aldığım bir şey haline gelmişti.

İki özel durumda bunu açık seçik fark ettim.

Bir keresinde ödünç alma ve iade damgalarıyla dolmuş kartımla kütüphaneye gittiğimde, öğretmen önce devamlılığımı övdü, sonra da Lila'yı sordu; onun ve bütün ailesinin kitap almayı bırakmalarından ötürü üzgün olduğunu söyledi. Onun üzüntüsünün bana neden acı verdiğini açıklamam zor. Lila'ya gösterdiği gerçek ve derin ilginin benim düzenli okur disiplinime yaptığı övgüden daha gerçek olduğunu hissettim. Lila yılda tek bir kitap ödünç alsa bile o kitap üzerinde izini bırakır, öğretmen bunu iade anında hisseder diye düşündüm; oysa ben hiçbir iz bırakmıyordum, sadece düzensiz bir şekilde kitap üstüne kitap alma azmini temsil ediyordum.

Öteki ise okul düzeniyle ilgili bir durumdu. Edebiyat öğretmeni düzelttiği İtalyanca kompozisyonları sınıfa getirmişti (konu hâlâ aklımda: Dido'nun Dramının Farklı Dönemleri) ve genellikle benim aldığım sekiz ya da dokuzu iki kelimeyle açıklarken o gün beni sınıfın karşısında ciddi biçimde övdü ve konuşmanın sonunda bana resmen on verdiğini açıkladı. Dersin sonunda beni koridorda yanına çağırdı ve konuyu işleyişime gerçekten hayranlık duyduğunu söyledi; din öğretmeni de merakla yanımıza gelince onu durdurdu ve benim başarımı heyecanla ona da yansıttı. Aradan birkaç gün geçtiğinde Gerace öğretmenimin konuyu sadece rahiple paylaşmadığını, ödevimi öteki öğretmenlere ve hatta başka bölümlerin öğretmenlerine de okuttuğunu anladım. Lise öğretmenlerinden bazıları beni koridorda gördüklerinde gülümsüyorlar, hatta arada sırada bir yorumda bulunuyorlardı. 1-A öğretmenlerinden herkesin değerli bulduğu ama komünist yaftası yapıştırıldığı için herkesin kaçındığı, temelsiz her tartışmayı iki kelimeyle çözmeyi başaran Bayan Galiani beni avluda durdurdu ve kompozisyonumun "eğer aşk şehirden sürgün edilirse, şehirlerin hayırlı doğaları lanetli bir doğa kazanır" şeklindeki ana düşüncesinin onu çok etkilediğini dile getirdi. Sonra da sordu:

"Senin için 'aşksız şehir' ne anlama gelir?"

"Mutluluktan yoksun bir halk."

"Bir örnek ver."

Lila ve Pasquale ile birlikte bütün eylül ayı boyunca yaptığımız konuşmaları düşündüm ve ansızın her gün geldiğim şu okula oranla asıl okulun o tartışmalar olduğunu hissettim.

"Faşizm altındaki İtalya, nazizm altındaki Almanya, günümüz dünyasındaki bütün bir insanlık."

Artan ilgiyle inceledi beni. Çok iyi yazdığımı söyleyerek bana bazı kitaplar önerdi ve hatta kendi kitaplarından ödünç vermeyi teklif etti. Sonunda babamın ne iş yaptığını sordu: "Belediyede hademe," dedim. Başını öne eğip uzaklaştı.

Galiani öğretmenin o ilgisi beni elbette gururlandırdı, ama devamı gelmedi; her şey okul rutininde akmayı sürdürdü. Dördüncü sınıfta çalışkan öğrenci şöhreti kazanmış olmam da kısa süre içinde bana pek matah görünmemeye başladı. Ne kanıtlıyordu ki bu durum? Lila ile sohbet etmem ve ders çalışmamın ne kadar verimli olduğunu kanıtlıyordu; o bana destek verdiğinde, teşvik ettiğinde mahalle dışındaki dünyaya, şeylerin, insanların, manzaraların, kitaplardaki düşüncelerin arasına karışmam daha kolay oluyordu. Elbette diyordum kendime, Dido konusunun işlenmesi bana ait, elbette bu güzel cümlelerle anlatmak benden kaynaklanıyor, ama bu konuyu onunla tartışmadım mı, birbirimizi heveslendirmedik mi, tutkum onun heyecanıyla büyümedi mi? Ve öğretmenlerin hepsinin bayıldığı o aşksız şehir kavramını bana veren Lila değil miydi? Evet, düşünceyi geliştiren, kendi yeteneğimle işleyen bendim. Bundan nasıl bir sonuç çıkarmalıydım?

Benim kendime ait başarıma tanıklık edecek yeni övgüleri beklemeye koyuldum. Ama Gerace, Kartaca Kraliçesi hakkında başka bir kompozisyon verince (Aeneis ve Dido: İki Sürgün Arasındaki Sevda) yazdığım satırlar karşısında pek heyecanlanmadı ve sekiz verdi. Öte yandan Galiani öğretmen beni nezaketle selamlarken onun 1-A'da okuyan Nino Sarratore'nin Latince ve Yunanca öğretmeni olduğunu öğrendim. Gerçekten acilen dikkat çekmeye ve beni canlandıracak bir teşviğe ihtiyaç duyuyordum; bunun en azından ondan gelmesini umut ediyordum. Edebiyat öğretmeni sınıfta beni açıkça överse Nino beni hatırlar, eninde sonunda benimle konuşur diyordum. Hiçbir şey olmadı, girerken çıkarken ona rastladım, hep dalgındı, bir kere bile yüzüme bakmadı. Bir keresinde Garibaldi Alanı'nda ve Casanova Caddesi'nde peşinden gittim ve beni fark edeceğini, merhaba, demek ki aynı yoldan dönüyoruz, senden söz edildiğini çok duydum, demesini bekledim. Ama o başı öne eğik, hızla yürüyordu ve bir kere bile arkasına bakmadı. Yoruldum, kendime kızdım. Novara Caddesi boyunca küskün küskün yürüyüp geldim eve.

Çalışkanlığımı ve azmimi kendime, arkadaşlarıma, öğretmenlerime onaylatmayı özenle sürdürerek günbegün ilerledim. Öte yandan içimde bir yalnızlık duygusu büyümekteydi, hevessiz öğrendiğimi hissediyordum. O zaman Lila'ya Ferraro öğretmenin onu sorduğunu, kütüphaneye dönmesini istediğini söyledim. Hatta ona Dido konusundaki kompozisyonumun kazandığı başarıyı da anlattım ve nasıl yazdığımı değil, onun katkısını da ima ettim. Beni gönülsüzce dinledi, belki de o kahraman hakkında konuştuklarımızı unutmuştu bile ve şimdi başka sorunları vardı. Sıra ona geldiğinde bana Marcello Solara'nın Pasquale gibi pes etmediğini, hâlâ peşinden geldiğini söyledi. Alışveriş yapmaya çıktığında Stefano'nun dükkânına, Enzo'nun arabasına kadar rahatsız etmeden izliyordu, onu seyretmekle yetiniyordu. Pencereye çıktığında onun köşede dikildiğini, pencereden bakmasını beklediğini görüyordu. Bu sebatkârlığı canını sıkıyordu. Babasının bunu fark etmesinden korkuyordu, ama asıl Rino fark ederse diye daha çok telaşlanıyordu. Mahallede çok sık yaşanan, gün aşırı birbirleriyle dalaşan o erkeklerin hikâyelerinden birinin konusu olmak istemiyordu. "Neyim var benim?" diye soruyordu kendine. Kendini sıska ve çirkin buluyordu: neden Marcello ona takmıştı kafasını? "Acaba hastalıklı bir yanım mı var?" "Belki de insanlara yanlış şeyler yaptırıyorumdur."

Bu düşünceyi sık sık yineler olmuştu. Ağabeyine iyilikten çok kötülük yapmış olduğu takıntısına kapılmıştı. Cerullo Ayakkabıcısı tasarısı suya düşünce Rino, Solara kardeşler, Stefano gibi ve hatta onlardan daha çok zengin olma saplantısının içine hapsolmuştu ve atölyedeki işin sıradanlığına razı olamıyordu. Eski heyecanı yeniden canlandırmak için ona, "Biz zekiyiz Lina, biz ikimizi kimseler durduramaz, ne yapmalıyız, söyle bana," diyordu. O da otomobil, televizyon almak istiyordu ve bunların önemini anlamayan Fernando'dan nefret ediyordu. Ama özellikle Lila destek vermeyince, kardeşine köleden beter davranıyordu. Belki kendisi bozulduğunun farkında değildi ama onu her gün karşısında gören Lila müthiş huzursuzdu. Bir keresinde bana şöyle dedi:

"İnsanların uyandıklarında çirkin, baştan aşağı çarpılmış, boş bakıyor olduklarına tanık oldun mu hiç?"

Ona göre Rino böyle olmuştu.

26.

Nisan ortalarında bir pazar akşamı beşimizin birlikte çıktığını hatırlıyorum: Lila, ben, Carmela, Pasquale ve Rino. Biz kızlar olabildiğince güzel giyindik ve evden çıkar çıkmaz ruj sürüp azıcık gözlerimizi boyadık. Çok kalabalık olsa da metroya bindik; Rino ve Pasquale yol boyunca yanımıza kimseyi yanaştırmadı. Birinin bize dokunmasından korkuyorlardı ama kimse elini sürmedi, çünkü korumalarımızın yüzlerinde tehlikeli bir ifade vardı.

Toledo'ya yürüyerek indik. Lila zengin ve şık insanların bulunduğunu bildiği Amadeo Alanı'na ulaşmak için Chiaia, Fiangieri ve sonra Mille caddelerinden geçmek istedi. Rino ve Pasquale buna karşıydılar ama bunun nedenini bilmiyorlar ya da açıklayamıyorlardı, sadece yerel lehçeyle homurdanıyor, *gaga* diye adlandırdıkları bazı belirsiz kişilere küfür ediyorlardı. Biz üçümüz ağız birliği yapıp ısrar ettik. O anda müthiş bir klakson ve motor gürültüsü işittik. Dönmemizle Solara kardeşlerin Millecento'sunu görmemiz bir oldu. İki erkek kardeşi neredeyse görmedik bile, çünkü camdan kollarını çıkarmış bize sallayan kızlara şaşıp kaldık: bunlar Gigliola ve Ada idi. Harika görünüyorlardı, şık giyinmişlerdi, saçlarını güzel şekillendirmişlerdi, parlak küpeler takmışlardı, neşeyle bize el sallayıp bağırıyorlardı. Rino ve Pasquale başını çevirdi, Carmela ve ben şaşkınlıktan yanıt bile veremedik. Kızlara seslenen ve koluyla büyük hareketler yaparak el sallayan Lila oldu; araba da o sırada Plebiscito Meydanı yönünde gözden kayboldu.

Bir süre suskunlaştık, sonra Rino asık suratla Pasquale'ye Gigliola'nın şırfıntının teki olduğunu bildiğini söyledi ve Pasquale de ciddiyetle onayladı bunu. İkisi de Ada'dan söz etmedi, çünkü Antonio onların arkadaşıydı ve onu kırmak istemiyorlardı. Carmela ise Ada hakkında çok kötü şeyler söyledi. Ben sadece üzüldüğümü hissettim. Göz açıp kapayana dek kudretin imgesi, otomobilde dört genç gelip geçmişti yanımızdan – mahalleden çıkıp eğlenmenin doğru şekli buydu işte. Doğru olmayan bizimkiydi: yayan, çirkin giysili, garibandık. İçimden hemen eve dönmek geldi. Oysa Lila, o karşılaşma hiç olmamış gibi şık insanların olduğu yere gezintiye gitme konusunda ısrar etmeyi sürdürdü. Pasquale'nin koluna yapıştı, bağırdı, güldü, kendince zengin insanların parodisini yaptı, kırıttı, gevşek gülüşler ve hareketler yaptı. Biz bir an tereddüt ettik ve sonra ondan yana olduk; Gigliola ve Ada iki yakışıklı Solara ile Millecento'da gezerlerken, biz kundura tamircisi Rino ve duvarcı Pasquale ile yayan dolaşıyorduk; keyfimiz kaçmıştı.

Elbette dile getirmediğimiz bu tatminsizliğimiz gizli yollardan iki gence ulaşmış olmalı ki birbirlerine baktılar, iç çektiler ve razı oldular. Pekâlâ, dediler ve Chiaia yoluna saptık.

Bu adeta bir sınırı geçmek gibi oldu. Sokaklarda gezinen bir kalabalık ve küçükdüşürücü bir fark hatırlıyorum. Genç erkeklere değil, kızlara, genç hanımlara bakıyordum: bizden kesinlikle farklıydılar. Sanki onlar başka bir hava solumuşlar, başka yemekler yemişler, başka bir gezegende giyinmişler ve yürümeyi gergin tel üzerinde öğrenmişlerdi. Ağzım bir karış açık kalmıştı. Üstelik ben onların giysilerini, ayakkabılarını, varsa gözlük tiplerini incelemek için olduğum yerde duruverirken, onlar yanımdan gelip geçiyor, beni sanki hiç görmüyorlardı. Beşimizden hiçbirini görmüyorlardı. Biz algılanamıyorduk. Ya da ilgi çekmiyorduk. Ve hatta, olur da birinin bakışı üzerimize düşerse rahatsız olmuşçasına hemen başka tarafa dönüyorlardı. Sadece kendi aralarında bakışıyorlardı.

Bunu hepimiz fark ettik. Kimse bundan söz etmedi ama Rino ve Pasquale, bizden büyük olanlar, o sokaklarda daha önceden bildikleri şeylerin onayını aldılar; bu onların keyfini kaçırıyordu, canlarını sıkıyordu ve ortama uymadıklarını hissettikleri için kendilerini kötü hissediyorlardı; oysa biz kızlar bu durumu ilk kez, daha o anda ve farklı duygularla keşfediyorduk. Kendimizi rahatsız ve büyülenmiş hissettik, çirkindik ama kendimizi eğitirsek, gereğince giyinir, boyanır, süslenirsek nasıl olabileceğimizin hayalini kuruyorduk. Bu arada akşamımızı rezil etmemek için kıkırdıyor, dalga geçiyorduk.

"Sen olsan o elbiseyi giyer miydin?"

"Üstüne para verseler giymem."

"Ben giyerdim."

"Aferin sana, o zaman o koca bebeklere benzerdin."

"Peki ayakkabılarını gördün mü?"

"Neden, çok mu güzeldi?"

Gülerek ve şakalaşarak Palazzo Cellammare'ye kadar yürüdük. Ne yapıp edip Lila'nın yanında durmamaya özen gösteren Pasquale, kız gelip onun koluna girdiğinde nezaketle ondan ayrılmıştı (elbette sık sık Lila'ya hitaben konuşuyordu, onun sesini duymaktan, ona bakmaktan hoşlanıyordu ama belli ki en ufak temas bile onu altüst ediyordu, neredeyse ağlatabilirdi bile) ve beni yanına alarak alaycı bir dille şunu sormuştu:

"Okuldaki kız arkadaşların böyle mi?"

"Hayır."

"Demek ki iyi bir okul değil seninki."

Alıngan bir edayla, "Klasik lise benimki," dedim.

"İyi değil, belli," diye ayak diredi. "Eğer böyle insanlar gelmiyorsa, iyi okul değildir, emin olmalısın: iyi bir okul değildir, değil mi Lila?"

"İyi mi?" dedi Lila ve yanında esmer, bembeyaz kazağı V yakalı bir gençle bize doğru yürüyen sarışın kızı işaret ederek: "Eğer şunun gibi bir tane öğrenci yoksa, iğrenç bir okuldasın demektir." Ve kahkahalarla gülmeye başladı.

Kız baştan ayağa yeşil giyinmişti: yeşil ayakkabılar, yeşil etek, yeşil ceket ve başında da –Lila'yı asıl güldüren buydu– Şarlo'nunki gibi melon bir şapka vardı.

Onun neşesi bizlere bulaştı. Çift yanımızdan geçip gidince Rino yeşilli hanımın o melon şapkayla ne yapacağı hakkında son derece ağır bir yorum yapınca Pasquale durdu, çılgın gibi gülebilmek için bir elini duvara dayadı. Kız ve yanındaki erkek birkaç adım attılar, sonra durdular. Beyaz kazaklı erkek döndü, kız hemen onun kolunu tuttu. Erkek kolunu kurtardı, geri geldi, hakaret eden sözlerle Rino'nun karşısına dikildi. Bu bir anda olup bitti. Rino onun yüzüne bir yumruk indirdi ve bağırmaya başladı:

"Ne dedin sen bana? Anlamadım, tekrar et bakalım, ne dedin bana? Duydun mu sen Pasca, bana ne dediğini?"

Biz kızların gülüşü bir anda dehşete dönüştü.

Yerde yatan genci tekmelemeye başlamasından bir an önce Lila ağabeyinin üzerine atıldı ve sanki çocukluğumuzdan on dördüncü yaşımıza kadar uzanan hayatımızın binlerce kırıntısı şimdi ona gerçek gibi görünmeyen bu anda, nihayet net bir görünüm oluşturuyormuş gibi, yüzünde şaşkın bir ifadeyle onu uzaklaştırdı.

Rino ve Pasquale'yi öteye itelerken, melon şapkalı genç kız da sevgilisinin yerden kalkmasına yardım ediyordu. Lila'nın olup bitene inanamayan hali yavaş yavaş çaresiz bir öfkeye dönüşmekteydi. Onu uzaklaştırırken ağza alınmayacak hakaretlerle ağabeyine girişti, kolunu çekiştirdi, tehdit etti. Rino yüzündeki sinirli gülüşle kardeşini kontrol altında tutmaya çalışırken, Pasquale'ye döndü:

"Kız kardeşim bizim burada oyun oynadığımızı sanıyor Pasca," dedi yerel lehçeyle ve çıldırmış gibi bakan gözlerle. "Ben şuraya gitmesek daha iyi olur dediğimde kardeşim illa kendi bildiğini okumak istiyor, her zamanki gibi her şeyi o biliyor ve zorla gitmek istiyor," dedi. Soluğunu düzene sokmak için bir an durdu ve sonra şunu ekledi: "Şu hayvanın bana ne dediğini duydun mu? Aşağılık dedi! Aşağılık mı, bana mı?" Sonra gene nefes nefese kaldı, durdu ve devam etti: "Kız kardeşim beni buraya getirdi ve al işte aşağılık lafını yedik, ama bir daha aşağılık desinler ben bilirim ne yapacağımı!"

Korkuyla sürekli arkasına bakan Pasquale, asık suratıyla "Sakin ol Rino," dedi.

Rino'nun gerginliği biraz azaldı. Lila ise sakinleşti. Martiri Alanı'nda durduk. Pasquale, Carmela'ya döndü, gayet soğuk bir ses tonuyla:

"Siz şimdi eve dönüyorsunuz," dedi.

"Biz tek başımıza mı?"

"Evet."

"Hayır."

"Carme, tartışmak istemiyorum: gidin haydi."

"Yolu bilmiyoruz."

"Yalan söyleme."

Rino da sakin kalmaya çalışarak, Lila'ya, "Haydi," dedi "vereyim şu üç kuruşu da yolda kendinize dondurma alın."

"Birlikte çıktık, birlikte döneceğiz."

Rino yeniden sabrını yitirdi, onu şöyle bir itti:

"Sen kesecek misin sesini? Ben senin büyüğünüm ve ne diyorsam onu yapacaksın. Yürü haydi, git de dağıtmayayım yüzünü."

Bunu gerçekten yapmaya hazır olduğunu görünce Lila'yı kolundan tutup çektim. Kendi de tehlike altında olduğunun farkındaydı.

"Ben de babama söylerim."

"Kimin umurunda? Yürü haydi, sen dondurmayı da hak etmedin."

Ne yapacağımızı bilemeden Santa Caterina Yolu boyunca yürüdük. Ama bir süre sonra Lila yeniden düşündü, durdu ve gidip ağabeyini bulacağını söyledi. Onu bizimle kalmaya ikna etmek için dil döktük ama dinlemedi bile. Biz tam tartışırken beş ya da altı kişilik bir genç grubu dikkatimizi çekti, pazar günleri Castel dell'Ovo'nun kıyısında gezintiye gittiğimizde görüp hayran olduğumuz kürekçileri andırıyorlardı. Hepsi uzun boylu, güzel duruşlu, şık giyimliydi. Bazılarının elinde bir değnek vardı, bazılarında yoktu. Hızlı adımlarla kilisenin yanından geçip meydana doğru yürüdüler. Rino'nun yüzüne vurduğu genç de aralarındaydı ve V yakalı kazağında kan lekesi vardı.

Lila benim elimden kurtuldu, koşmaya başladı; Carmela ile ben de peşine düştük. Tam zamanında yetiştik ve Rino ve Pasquale'nin geri dönerek meydanın ortasındaki anıta doğru yan yana yürüdüklerini gördük; iyi giyimli gençler de onlara doğru koşuyor ve yetişince sopalıyorlardı. İmdat, diye bağırdık, ağlamaya başladık, gelip geçeni durdurmaya çalıştık ama değnekli gençler korkuttuğundan insanlar hiçbir şey yapmıyorlardı. Lila saldırganlardan birinin kolunu yakaladı ama genç onu yere silkeleyiverdi.

Pasquale'nin çöktüğü yerde tekme yediğini, Rino'nun koluyla kendini değnekten korumaya çalıştığını gördüm. Sonra bir otomobil gelip durdu ve bu, Solara kardeşlerin Millecento'su idi.

Marcello hemen indi, önce Lila'yı yerden kaldırdı ve sonra onun öfkeyle ağabeyinin adını haykırmasından coşarak kendini kargaşanın ortasına attı ve tekmeler atmaya, tekmeler yemeye başladı. Ancak o noktada arabadan inen Michele ağırdan alarak bagaj kapağını açtı, parlak bir demir sopayı aldı ve hayatımda bir daha görmemeyi umduğum soğuk bir vahşetle milleti dövmeye girişti. Rino ve Pasquale hırsla yerden kalktılar, dövdüler, gırtlak sıktılar, kopardılar; nefret yüzünden öyle bir dönüşüme uğramışlardı ki sanki hiç tanımadığım iki kişiydiler. İyi giyimli gençler kaçtı. Michele burnu kanayan Pasquale'nin yanına gitti, ama Pasquale onu sertçe itti, sonra beyaz gömleğinin koluyla burnunu sildi ve kırmızı kan izine baktı. Marcello yerden bir demet anahtar aldı, onu Rino'ya verdi; o da zor bela teşekkür etti. Önce oradan uzaklaşmış olan insanlar şimdi merakla yaklaşıyordu. Bense korkudan felç olmuş gibiydim.

Rino, Solara kardeşlere itiraz edilemeyeceğini bildiği bir istekte bulundu: "Alıp götürün kızları."

Marcello bizi, en önce de direnen Lila'yı arabaya binmeye zorladı. Hepimiz kucak kucağa arka koltuğa sıkıştık ve yola çıktık. Dönüp arka pencereden Riviera'ya doğru uzaklaşan bizimkilere baktığımda Pasquale topallıyordu. Sanki mahalle genişlemiş, bütün Napoli'yi ve hatta zengin insanların sokaklarını da içine almış gibi hissettim. Otomobilde hemen gerginlik arttı. Gigliola ve Ada'nın keyfi kaçmıştı, böyle sıkışık olarak gidiyor olmaya itiraz ettiler. "Bu böyle olmuyor," deyip duruyorlardı. Lila bunun üzerine "İnin ve yürüyün o zaman," diye bağırınca neredeyse dövüşeceklerdi. Marcello onların haline gülerek sert bir fren yaptı. Gigliola indi ve prenses gibi edalı bir yürüyüşle gidip öne, Michele'nin kucağına oturdu. Geri kalan yolu böyle, gözlerimizin önünde öpüşen Gigliola ve Michele ile gittik. Ben kıza bakıyordum ve o da tutkuyla öpüşürken bir yandan bana bakıyordu. Ben de hemen bakışlarımı kaçırıyordum.

Lila mahalleye girene kadar başka bir şey demedi. Marcello dikiz aynasından bakışlarıyla onu arayarak bir-iki laf attıysa da kız hiç yanıt vermedi. Solara kardeşlerin otomobili içinde görülmemek için bizi evin uzağında indirmelerini istedik. Yolun geri kalanını beş kız yürüyerek aştık. Öfkeden ve kaygıdan içi içini yiyen Lila dışında hepimiz, iki kardeşin davranışına hayran olmuştuk. Aferin diyorduk, çok iyi yaptılar. Gigliola hiç durmadan "Eh, tabii," deyip duruyordu, "Siz onları ne sanıyordunuz?" Pastanede çalıştığı için Solara kardeşlerin kalitesini anlayabiliyormuş havalarında, "Öyleler tabii," diyordu. Bir ara alaycı bir edayla, "Senin okul nasıl?" diye sordu.

"İyi."

"Ama benim eğlendiğim kadar eğlenmiyorsundur."

"Bu farklı bir eğlence."

O, Carmela ve Ada kendi apartmanlarının avlularına girmek için bizden ayrıldıklarında, Lila'ya şöyle dedim:

"Beyefendi geçinenler bizden beter çıktılar."

Yanıt vermedi. Ben de çekine çekine ekledim:

"Solara kardeşler boktan tipler olabilirler ama iyi ki yetiştiler. Mille Caddesi'ndekiler Rino'yu da Pasquale'yi de öldürebilirlerdi."

Enerjik bir şekilde başını salladı. Her zamankinden daha solgundu, gözlerinin altı mosmor olmuştu. Bana katılmıyordu ama bunun nedenini de açıklamadı.

27.

Bütün derslerden dokuz alarak sınıfımı geçtim, üstelik eğitim bursu adı verilen bir şeyi almaya da hak kazandım. Kırk kişiden otuz iki kişi kaldık. Gino sınıfta kaldı. Alfonso üç dersten bütünlemeye kaldı. Babamın zorlamasıyla Oliviero öğretmenimin evine gittim –annem buna karşıydı, Oliviero'nun aile işlerine burnunu sokmasından ve onun yerine çocukları adına karar verme küstahlığı göstermesinden hoşlanmıyordu– ve bana olan ilgisine teşekkür etmek için ona Bar Solara'dan satın aldığım bir paket kahve ve bir paket şeker götürdüm.

Kendini pek iyi hissetmiyordu, boğazında acı veren bir şey vardı ama beni çok övdü, kendimi derslerime vererek çalıştığım için kutladı, sonra da beni solgun gördüğünü söyleyerek Ischia'da oturan bir kuzenine telefon etmeye, beni bir süre konuk eder mi diye sormaya karar verdi. Ben teşekkür ettim ve anneme bu olasılıktan hiç söz etmedim. Beni zaten göndermeyeceğini biliyordum. Ben Ischia'ya mı gidecektim? Tek başıma vapura binip deniz yolculuğu mu yapacaktım? Hele hele kumsala inip, mayo giyip güneşlenecek miydim?

Lila'ya bile anlatmadım. Birkaç ay içinde hayatının ayakkabı fabrikası macerası halesi de sönmüştü; şimdi burs ve olası Ischia tatilimle ilgili övünmek istemiyordum. Görünürde durum düzelmişti: Marcello Solara peşini bırakmıştı ama Martiri Meydanı'nda yaşanan şiddet olayından sonra kafasını karıştıran hiç beklenmedik bir durum ortaya çıkmıştı. Genç Solara kundura atölyesine gelerek Fernando'yu onurlandırmış ve Rino'nun sağlık durumunu merak ettiğini söylemişti. Rino babasına olup biteni anlatmamış olduğu için (yüzündeki ve bedenindeki morlukları açıklamak için de arkadaşının Lambretta'sından[2] düş-

2 Motosiklet ve vespa markası. (y.n.)

tüğünü söylemişti) Marcello ağzından laf kaçırmasın diye onu hemen sokağa iteklemişti. Birlikte üç-beş adım yürümüşlerdi. Rino gönülsüzce de olsa Solara'ya, hem kavgaya müdahalesi hem de hatırını sormak için uğradığı için teşekkür etmişti. İki dakika sonra vedalaşmışlardı. Atölyeye girdiğinde babası şöyle demişti:

"Nihayet iyi bir şey yapıyorsun."

"Ne o?"

"Marcello Solara ile arkadaşlık."

"Arkadaşlık falan yok baba."

"Demek ki aptaldın, aptal kaldın."

Fernando bir şeylerin değişmekte olduğunu söylemek istiyordu ve oğlu o şeyi Solara kardeşler ile başlatacaksa, onu yüreklendirmeliydi. Haklıydı. Marcello birkaç gün sonra dedesinin tabanı değişecek ayakkabılarıyla geri geldi; sonra Rino'yu otomobille dolaşmaya davet etti; sonra ona otomobil kullanmayı öğretmeyi önerdi; sonra ehliyet alabilmesi için ona direksiyon alıştırmaları yaptırdı ve bunu Millecento'yla yapması onurunu bahşetti. Belki söz konusu olan bir arkadaşlık değildi ama Solara kardeşler kesinlikle Rino'yu sevmeye başlamışlardı.

Bu yakınlık Lila'nın artık uğramadığı kundura atölyesi çevresinde gelişiyordu, o bu olup biteni dinledikçe babasının tersine, giderek artan bir kaygı duyuyordu. Başlangıçta havai fişek savaşını hatırlamış ve şöyle düşünmüştü: Rino, Solara kardeşlerden fazlasıyla nefret ediyordu, bu dalavereye karışmaya razı olamazdı. Marcello'nun gösterdiği özenli çabanın anne babasından çok ağabeyinin aklını çeldiğini görüyordu. Rino'nun yumuşadığının farkındaydı ama gene de Solara kardeşlerin onun aklına girmelerinden, onu mutlu maymun durumuna sokmalarından hoşlanmıyordu.

Bir keresinde karşı çıkmıştım ona: "Ne kötülük var ki bunda?"

"Tehlikeli insanlar bunlar."

"Burada her şey tehlikeli."

"Martini Meydanı'nda Michele'nin bagajdan ne çıkardığını gördün değil mi?"

"Hayır."

"Demir bir sopa."

"Ötekilerin de elinde değnek vardı."

"Sen görmemiş olabilirsin Lenù, ama demir sopanın ucu gayet sivriydi: isterse onu karşısındakinin göğsüne, midesine saplayabilirdi."

"Eh, sen de Marcello'yu falçata ile tehdit etmiştin."

İşte o noktada canı sıkıldı ve benim bir şey anlamadığımı söyledi. Olasılıkla doğruydu da. Onun ağabeyiydi, benim değil; ben mantık yürütmeyi severdim, onun ise başka gereksinmeleri vardı, Rino'yu bu ilişkiden çekip çıkarmak istiyordu. Ama eleştirel bir imada bulunsa Rino onu susturuyor, tehdit ediyor ve hatta bazen dövüyordu. Gönüllü ya da gönülsüzce de olsa, olaylar akıp gitti ve haziran sonlarında bir akşam –ben Lila'nın evindeydim, kurumuş çarşafları katlamasına yardım ediyordum, ya da başka bir şey yapıyorduk, hatırlamıyorum– evin kapısı açıldı ve Rino, yanında Marcello ile içeri girdi.

Rino arkadaşını akşam yemeğine davet etmişti; atölyeden yorgun argın henüz dönmüş olan Fernando bu durumdan önce rahatsız olmuş ama sonra kendisini onurlandırılmış hissederek nazik davranmıştı. Nunzia'dan söz etmeyelim bile: heyecanlandı, Marcello'nun getirmiş olduğu üç şişe iyi şaraba teşekkürler etti, onları rahatsız etmesinler diye öteki üç çocuğunu mutfağa kapattı.

Ben de Lila ile birlikte akşam yemeği hazırlıklarına giriştim.

Lila ocak başında, öfkeyle, "Yemeğine böcek zehri katacağım," diyordu, biz gülüyorduk ama Nunzia bizi susturuyordu.

"Seninle evlenebilmek için geldi," diye kışkırtıyordum onu, "şimdi babandan isteyecek seni."

"Hayal görür o!"

"Nasıl yani?" diyordu Nunzia endişeli bir sesle. "Seni isterse hayır mı diyeceksin?"

"Ben ona zaten hayır dedim bile."

"Gerçekten mi?"

"Evet."

"Sen ne diyorsun?"

"Öyle, evet," diye onayladım.

"Baban bunu asla öğrenmemeli, öldürür yoksa seni."

Akşam yemeğinde sadece Marcello konuştu. Kendi kendisini davet etmiş olduğu besbelliydi, Rino ona hayır diyememişti; sofrada hep sustu ya da gereksizce güldü. Solara özellikle Fernando'ya yönelerek konuştu, ama Nunzia'nın, Lila'nın, benim bardağıma şarap ya da su koymayı ihmal etmedi. Evin erkeğine, onun kunduracılık maharetine ne kadar hayran olduğunu ifade etti. Babası Silvio'nun daima ustalığını övdüğünü söyledi. Rino'nun da kunduracılık konusunda kendisine sınırsız hayranlık beslediğini ekledi.

Biraz da şarabın etkisiyle Fernando pek duygulandı. Silvio Solara'yı öven bir-iki laf geveledi ve hatta Rino'nun harika işler çıkardığını, giderek ustalaştığını söyledi. Marcello bunun üzerine işte daha iyi yerlere gelme konusunda güzellemelere başladı. Kendi dedesinin yarı bodrum bir katta işe başladığını, babasının pastaneyi genişlettiğini ve şimdiki haliyle Solara bar ve pastanesinin herkesin tanıdığı bir yer olduğunu, Napoli'nin dört bir yanından insanların kahve içmeye, pasta yemeye geldiklerini ekledi.

Lila yüksek sesle, "Amma abartıyorsun," deyiverince babası bakışlarıyla onu susturdu.

Ama Marcello munisçe gülümsedi ve kabullendi:

"Evet, belki biraz abarttım, ama en azından paranın dolaşması gerektiğini söylemek istedim. Önce bodrum katıyla başlanır, kuşaktan kuşağa çok yükseklere varılır."

İşte bu noktada özellikle Rino'nun görünür biçimde rahatsız olmasına karşın yeni ayakkabı imal etme konusunu ele aldı. O andan itibaren de Lila'ya bakarak konuştu; yeni kuşakların enerjisini överken sanki onu övüyordu. Şöyle diyordu: insan bunu içinde hissediyorsa, başarılıysa, yeni ve hoşa giden şeyler yaratabiliyorsa neden denemesin ki? Gönül alıcı güzel bir şiveyle konuşuyordu ve konuşurken de gözünü arkadaşımdan ayırmıyordu. Ona şarkılardaki gibi âşık olduğunu, onu öpmek, onun soluğunu solumak istediğini hissediyordum, görüyordum, sanki kız onu istediği şekle sokabilirdi, Lila onun gözlerinde dişiliğin bütün olası niteliklerini canlandırıyordu.

Marcello sözlerini "Çocuklarınızın," diye sonlandırdı, "tam benim ayağıma uygun olarak 43 numara, son derece güzel bir çift ayakkabı yaptıklarını biliyorum."

Derin bir sessizlik oldu. Rino gözlerini tabağına dikmişti, kaldırıp babasına bakmaya cesaret edemiyordu. Sadece penceренin yanındaki sakanın cıvıltısı işitiliyordu. Fernando ağır ağır şöyle dedi:

"Evet, tam 43 numara."

"Sizin için sakıncası yoksa, onu görmeyi çok isterim."

Fernando homurdandı:

"Nerede olduğunu bilmiyorum. Nunzia, sen biliyor musun?"

Rino, kız kardeşini işaret ederek, "O biliyor," dedi.

Lila doğrudan Solara'nın yüzüne baktı ve sonra şöyle dedi:

"Evet, bendeydi, sandık odasına koymuştum. Ama sonra dün annem bana temizlik yapmamı söyleyince attım. Zaten kimsenin hoşuna gitmemişti."

Rino öfkelenerek şöyle dedi:

"Yalan söyleme, git getir ayakkabıları."

Fernando da sinirlendi ve yineledi:

"Git bul şu ayakkabıları, haydi."

Lila babasına dönerek söylendi:

"Nasıl oldu da istiyorsun şimdi? Sen hoşuna gitmediğini söyleyince attım ben onları."

Fernando açık elini masaya vurdu, bardaklardaki şaraplar titredi.

"Kalk ve getir şu ayakkabıları."

Lila iskemlesini geriye itti, kalktı.

Cılız bir sesle, "Attım ben onları," dedi ve odadan çıktı.

Bir daha da geri gelmedi.

Zaman sessizce aktı. İlk telaşlanan Marcello oldu. Gerçekten kaygılı bir ses tonuyla:

"Belki de yanıldım, bu konuda sorun olduğunu bilmiyordum," dedi.

Nunzia çıktı odadan. Geri geldiğinde utanç içindeydi, Lila'yı bulamamıştı. Evin dört bir yanında aradık, yoktu. Pencereden seslendik, ses alamadık. Marcello üzgün bir şekilde veda ederek gitti. O çıkar çıkmaz Fernando karısına dönerek avaz avaz bağırdı:

"Yemin ediyorum, ben senin bu kızını geberteceğim."

Tehdit konusunda Rino da babasına katıldı, Nunzia ağlamaya başladı. Ben de korku içinde parmaklarımın ucuna basarak çıktım. Ama kapıyı kapayıp hole çıktığım anda Lila bana seslendi. En üst kattaydı, gene parmaklarımın ucunda çıktım yukarı. Loş ışıkta teras kapısının yanına büzülmüş oturuyordu. Ayakkabılar kucağındaydı, ilk kez bitmiş halini görüyordum. Kablonun ucundan sallanan ampulün ölgün ışığında parlıyordu.

Karışık kafamla, "Göstersen ne olurdu sanki?" diye sordum.

Hızlıca salladı başını:

"Onun dokunmasını bile istemem."

Ama sanki kendi abartılı tepkisinden sarsılmıştı. Hiçbir zaman olmadığı şekilde, alt dudağı titriyordu.

Yavaş yavaş onu eve dönmeye ikna ettim, sonsuza dek çatıda kalamazdı. Benim varlığımın onu koruyacağını söyleyerek evine eşlik ettim. Ama hiç fark etmedi, haykırışlar, hakaretler eşliğinde, bir-iki tokat yedi. Fernando kendi şımarıklığı yüzünden önemli bir konuğa rezil olduklarını söyleyerek bağırdı. Rino ayakkabıları elinden kaptı, bunların kendisine ait olduğunu, asıl zahmeti kendisinin çektiğini söyledi. Kız mırıldanarak ağlamaya başladı: "Ben de çalıştım onun üzerinde, ama keşke hiç el sürmeseydim, sen manyak hayvanın teki oldun çıktın." Bu felaketi sonlandıran gene Nunzia oldu. Yüzü kıpkırmızı olmuştu; normalde ondan duymadığımız bir ses tonuyla oğluna ve hatta –şimdiye dek hep boyun eğdiği– kocasına artık susmalarını, bu kavgayı hemen kesmelerini emretti, sonra ayakkabıları kendine vermelerini, kendini camdan aşağı atmasını istemiyorlarsa tek bir söz daha konuşmamalarını söyledi. Rino ayakkabıları ona verdi ve bu seferlik konu kapandı. Ben de dışarı sıvıştım.

28.

Rino pes etmedi, sonraki günlerde de hem sözle hem elleriyle kız kardeşini taciz etmeyi sürdürdü. Lila ile her karşılaşmamda yeni bir morluk görüyordum. Bir süre sonra pes ettiğini hissettim. Bir sabah ağabeyi onu zorla evden çıkardı ve atölyeye kadar eşlik etmesini istedi. Yolda yürürlerken, sakınımlı adımlarla aralarındaki savaşı sonlandırmak için bir çözüm aradılar. Rino onu çok sevdiğini ama Lila'nın ne onu, ne anne babasını, ne kardeşlerini, kimseyi sevmediğini söyledi. Lila mırıldandı: "Senin sevgin nedir, ailemiz için sevginin anlamı var mıdır? Söyle bakalım niyetini." Ağabeyi, adım adım aklındakileri söyledi.

"Marcello ayakkabıları beğenirse, babam düşüncesini değiştirir."

"Sanmıyorum."

"Kesinlikle öyle olur. Ve hatta Marcello onları satın alırsa babam senin çizdiğin modellerin iyi olduğunu, iyi satabileceğini düşünür ve bizim çalışmamıza izin verir."

"Üçümüzün mü?"

"Ben, o ve belki sen de. Babam bir çift ayakkabıyı tam anlamıyla dört, bilemedin beş günde dikebiliyor. Ve ben kendimi verirsem başka neler yapabildiğimi gösteririm sana. Onları üretirsek satar, kendimizi finanse edebiliriz; üretelim, satalım, kendimizi finanse edelim."

"Kime satacağız onları; hepsini Marcello Solara mı alacak?"

"Solara ailesinin çevresi geniş, önemli insanlar tanıyorlar. Reklamımızı yaparlar."

"Bunu bedavaya mı yapacaklar?"

"Küçük bir yüzde isterlerse veririz."

"Sence neden yetinsinler ki küçük bir yüzdeyle?"

"Beni seviyorlar."

"Solara kardeşler mi?"

"Evet."

Lila içini çekti:

"Şöyle bir şey yapalım: ben söyleyeyim babama, bakalım ne diyecek."

"Sen girme böyle bir riske."

"Ya hep ya hiç."

Son derece gergin olan Rino sustu.

"Pekâlâ. Zaten iyi olur, sen konuşmayı daha iyi biliyorsun."

Aynı akşam, yemekte, ağabeyi yüzü adeta alev almış gibi otururken Lila, Fernando'ya, Marcello'nun sadece iki kardeşin ayakkabı girişimi konusunu merak etmediğini, ayakkabı satın almaya niyetli olduğunu, hatta ticari bakımdan bu konuya ilgi duyarsa satıştan küçük bir yüzde alarak yakın çevresine tanıtım da yapabileceğini söyledi.

"Bunları söyleyen benim," dedi Rino gözlerini sofradan ayırmayarak, "Marcello değil."

Fernando karısına baktı: Lila aralarında konuşmuş ve gizli bir sonuca ulaşmış olduklarını anladı.

"Yarın," dedi, "sizin ayakkabıları dükkânın vitrinine koyarım. Eğer biri görmek, denemek isterse, satın almaya niyet ederse, böyle saçma bir şey yaparsa, bunu benimle konuşacaktır, kararı ben vereceğim."

Birkaç gün sonra ben dükkânın önünden geçtim. Rino da çalışıyordu, Fernando da; her ikisi de başlarını öne, işlerine eğmişlerdi. Vitrinde, boya ve bağcık kutuları arasında Cerullo marka şık ayakkabıları gördüm. Pencereye yapıştırılmış bir kartta, belli ki Rino'nun elyazısıyla, aynen şöyle iddialı bir yazı vardı: "Cerullo marka ayakkabılar burada." Baba ve oğul talihin yüzlerine gülmesini bekliyorlardı.

Ama Lila kuşkulu ve asık suratlıydı. Ağabeyinin saf varsayımına inanmıyordu ve babasıyla annesi arasında çözülmesi mümkün olmayan bir anlaşma olmasından korkuyordu. Sözün özü, kötü şeyler bekliyordu. Bir hafta geçti ve kimse, hatta Marcello bile vitrindeki ayakkabılarla ilgilenmedi. Sadece Rino'nun ısrarıyla, daha doğrusu zorla dükkâna sürüklemesiyle Solara onlara bir bakış attı, ama sanki kafasında başka bir şey varmış gibiydi. Denedi elbette ama ayağını sıktığını söyledi ve sanki karnı ağrıyormuş, hemen evine koşması gerekiyormuş gibi, tek bir övgü sözcüğü söylemeden çıkıp gitti. Baba ve oğul hayal kırıklığına uğramışlardı. Ama iki dakika sonra Marcello geri geldi. Rino güler yüzle ayağa fırladı, sanki geri gelmesinin ardında imzalanmış bir sözleşme, anlaşma varmış gibi elini uzattı. Ama Marcello ona yüz vermedi, doğrudan Fernando'ya baktı. Sonra tek solukta şunu söyledi:

"Benim çok ciddi niyetlerim var Don Ferna; kızınız Lina ile evlenmek istiyorum."

29.

Rino bu beklenmedik öneriye, günlerce işe gitmesini engelleyen yüksek bir ateşle tepki verdi. Ansızın ateşi düştüğünde de korkutucu durumlar sergilemeye başladı: geceyarısı uykusunda kalkıp yürüyor, sessiz ve heyecanlı bir şekilde kapıya gidiyor, açmaya uğraşıyor, faltaşı gibi açık gözlerle çırpınıyordu. Korku içindeki Nunzia ve Lila, onu zar zor yatağa sürüklüyorlardı.

Karısıyla birlikte Marcello'nun gizli niyetini sezmiş olan Fernando ise kızıyla sakin bir şekilde konuştu. Ona Marcello Solara'nın önerisinin sadece kendisinin değil, bütün ailenin geleceği için önemli olduğunu açıkladı. Ona daha çocuk sayıldığını, hemen evet demek zorunda olmadığını da söyledikten sonra babası olarak onaylamasını öğütledi. Evde yaşayacağı uzun nişanlılık döneminde yavaş yavaş kendini evliliğe hazırlayabilirdi.

Lila aynı sükûnetle babasına Marcello Solara ile nişanlanmak ya da evlenmektense kendini gölette boğmayı yeğlediğini söyledi. Bundan da büyük bir kavga çıktı, ama kızın düşüncesi değişmedi.

Ben bu haber karşısında dehşete düştüm. Marcello'nun her ne pahasına olursa olsun Lila ile nişanlanmak istediğini biliyordum ama bizim yaşımızda evlilik teklifi alınabileceği aklıma bile gelmezdi. Oysa işte Lila bir evlilik önerisi almıştı, oysa daha sadece on beş yaşındaydı, kimseyle gizlice çıkmamıştı bile, kimseyle öpüşmemişti. Hemen ondan yana tavrımı koydum. Evlenmek mi? Marcello Solara ile mi? Üstüne üstlük bir de çocuk yapmak mı? Hayır, kesinlikle hayır. Onu babasıyla yeni bir savaşa girmesi konusunda yüreklendirdim ve daima ona destek olacağımı söyledim; babası zaten çoktan sükûnetini yitirmişti, kızını tehdide başlamıştı ve böyle önemli bir partiyi kaçırırsa iyiliği için onun kemiklerini kıracağını söylemişti.

Ama onun yanında kalamadım. Temmuz ortasında, aslında hesaba katmam gerekirken beni hazırlıksız yakalayıp altüst eden bir şey oldu. İkindi saatlerinde mahallede Lila ile her zamanki gezintimizi yapıp onun yaşadıkları ve bundan nasıl sıyrılacağı konusunda akıl yürüttükten sonra eve döndüm ve kapıyı kardeşim Elisa açtı. Heyecanlı bir şekilde öğretmeninin, yani Oliviero öğretmenin yemek odasında olduğunu söyledi. Annemle konuşuyordu.

Ürkekçe kapıdan başımı uzattım, annem keyifsizce homurdandı:

"Oliviero öğretmen senin dinlenmen gerektiğini, çok yorulduğunu söylüyor."

Hiçbir şey anlamadan baktım Oliviero'nun yüzüne. Aslında dinlenmeye gereksinmesi olan kendi gibiydi, teni solgun, yüzü şişti. Bana şöyle dedi:

"Kuzenim ancak dün yanıtladı beni. Onun yanına gidip ağustos sonuna kadar Ischia Adası'nda kalabilirsin. Seni kabul etmekten memnuniyet duyuyor, sadece ev işlerine biraz yardım edeceksin."

Sanki annemmiş, gerçek annem oymuş gibi davranıyordu; sanki annem yaralı bacaklı, şaşı gözlü ıskartaya atılmış bir canlıydı ve onu dikkate almaya hiç gerek yok gibiydi. Üstelik bu bilgiyi verdikten sonra hemen çıkıp gitmedi, bana ödünç vermek için yanında getirdiği kitapları tek tek gösterip açıkladı. Hangilerini önce, hangilerini daha sonra okumam gerektiğini söyledikten sonra okumadan önce kapaklarını kaplayacağım konusunda yemin ettirdi; yaz sonunda hepsini geri getirdiğimde hiçbir sayfanın ucunu kıvırmamış olmalıydım.

Annem sabırla dayandı. Balerin gözü ona korku verici bir ifade kazandırıyorsa da sessizce oturdu yerinde. Öğretmenim ona küçümseyen bir edayla veda ederken bunu bekleyen, bununla gurur duyacak olan kız kardeşimi şöyle bir okşamadan gidince patladı. Benim yüzümden uğramış olduğu aşağılanmanın hıncını almaya kararlıydı.

"Küçük hanım Ischia'ya gidip dinlenmeli, küçük hanım çok yorulmuş. Şimdi gidip akşam yemeğini hazırla, yoksa yiyeceksin tokadı."

Gene de iki gün sonra, ölçülerimi alıp aceleyle ve hırsla bilmem nereden kopya ederek bana bir mayo dikti ve eliyle alıp vapura götürdü. Limana giden yol boyunca yürürken, biletimi alırken, vapura binmemi beklerken tembihlerin ardı arkası gelmedi. Onu en çok korkutan şey denizi aşmamdı. Kendi kendine "Umarım deniz dalgalı değildir," deyip duruyordu ve küçüklüğümde, üç-dört yaşlarımda geniz akıntımı durdurmak için beni her gün Coroglio'ya götürdüğünü, denizin güzel olduğunu, benim orada yüzme öğrendiğimi anlattı. Ama ben ne Coroglio'yu, ne denizi, ne yüzme bildiğimi hatırlıyordum, bunu ona da söyledim. Bu sefer alınganlık gösterdi, sanki boğulursam o suçlanacaktı, bunu engellemek için gerekeni çoktan yapmıştı, ama ben her şeyi unutmuştum. Sonra deniz sakinken bile kıyıdan uzaklaşmamı, deniz dalgalıysa, bayrak kırmızıysa evden çıkmamamı tembihledi. "Özellikle," diye ekledi, "karnın toksa, marki ziyaretine geldiyse, ayaklarını asla suya sokmamalısın." Ayrılmadan önce yaşlı bir denizciye bana göz kulak olmasını söyledi. Vapur rıhtımdan ayrıldığında hem dehşetli bir korkuya, hem de engin bir mutluluğa kapıldım. Hayatımda ilk kez evimden ayrılıyordum, bir yolculuğa çıkıyordum, üstelik deniz kenarına gidiyordum. Annemin geniş bedeni –mahalle ve Lila olayı ile birlikte– giderek uzaklaştı ve sonunda gözden kayboldu.

30.

Çiçek açarcasına canlandım. Öğretmenimin kuzeninin adı Nella Incardo idi ve Barano'da oturuyordu. Köye otobüsle gittim, evi kolayca buldum. Nella iriyarı, son derece kibar, çok neşeli, çenebaz ve bekâr bir kadındı. Evinin odalarını tatilcilere kiralıyordu ve kendine küçük bir oda ile mutfağı ayırmıştı. Ben mutfakta uyuyacaktım. Akşam yatağımı kuracak, sabah tahta sırayı, şilteyi, çarşafımı toplayıp kaldıracaktım. Karşı gelemeyeceğim görevlerim olduğunu öğrendim: sabahları altı buçukta uyanacak, ona ve konuklarına kahvaltı hazırlayacaktım –ben geldiğimde iki çocuklu bir İngiliz aile vardı–, sonra fincanlarla tabakları toplayıp yıkayacaktım, akşam yemeği için sofra kuracaktım, yatmadan önce de bulaşığı yıkayacaktım. Geri kalan zamanda serbesttim. İster yüzümü denize döner terasta kitap okurdum, ister yürüyerek o bembeyaz ve dimdik yoldan sahile iner, uzun, upuzun, kumu kara, adı Maronti olan kumsala giderdim.

Başlangıçta annemin aşıladığı çeşitli korkular ve bedenimle barışık olmamam nedeniyle günümü giyimli olarak terasta geçirdim; her gün Lila'ya bir mektup yazdım; onu sorulara boğdum, komiklikler yaptım, canlı betimlemelerle adayı anlattım. Derken bir sabah Nella benimle alay etti: "Ne yapıyorsun böyle? Mayonu giy." Giyince kahkahalara boğuldu ve bunun ihtiyar işi bir mayo olduğunu söyledi. Kendisince daha modern bir mayo dikti bana, göğsü daha açıktı, poposu daha iyi oturuyordu ve güzel bir mavi renkteydi. Üzerimde görünce pek heyecanlandı, artık denize inme vaktimin geldiğini, terasta yeterince oturduğumu söyledi.

Ertesi gün binlerce korku ve binlerce merakla elime bir havlu ve kitap alarak Maronti kumsalına indim. O yürüyüş bana pek uzun geldi, ne inen ne yukarı çıkan kimseye rastladım. Kumsal uçsuz bucaksız ve ıssızdı; kumlar her attığım adımda gıcırdıyordu. Denizden yoğun bir koku, tekdüze ve boğuk bir ses yayılıyordu.

Orada durdum, o engin su kütlesine uzun uzun baktım. Sonra ne yapacağımı bilemeden havlumun üzerine oturdum. Sonunda kalktım ve ayaklarımı suya soktum. Napoli gibi bir kentte oturup bir kerecik olsun denize girmeyi akıl etmemiş olmama şaştım. Ama öyleydi işte. Denizin önce ayak bileklerime, sonra bacaklarıma çıkmasına izin vererek sakına sakına yürüdüm. Sonra yanlış bir adım attım ve suya battım. Dehşet içinde su yuttum, yutkundum ve sonra yüzeye çıkıp hava aldım. Denizin içinde batmadan durabilmek için kollarımı ve bacaklarımı belli bir şekilde oynatmamın çok doğal geldiğini hissettim. Demek ki yüzme biliyordum. Annem beni küçükken denize götürmüş olmalıydı ve kendisi kum banyosu yaparken ben yüzmeyi öğrenmiştim. Bir an onu daha genç, daha biçimli, kara kumların üzerinde, öğle güneşi altında, üstünde çiçekli beyaz bir giysiyle, sağlam bacağı dize kadar giysiyle örtülü, küskün bacağı kızgın kumun altına gömülü olarak görür gibi oldum.

Deniz suyu, güneş, yüzümdeki sivilceleri hızla kuruttu. Yandım, karardım. Vedalaşırken birbirimize söz verdiğimiz üzere Lila'dan mektup bekledim, ama hiç gelmedi. Nella'nın konuğu olan aileyle biraz İngilizce konuşmayı denedim. Öğrenmeye hevesli olduğumu anladılar ve benimle daha çok ve ilgiyle konuştular; oldukça ileri adımlar attım. Hep neşeli olan Nella, beni ona çevirmenlik yapmam konusunda yüreklendirdi. Bu arada beni övgülere boğmak için hiçbir fırsatı kaçırmıyordu. Bana kocaman tabaklarda sunduğu şahane yemekler pişiriyordu. Geldiğimde bir paçavraya benzerken şimdi onun bakımı sayesinde çok güzelleştiğimi söylüyordu.

Sözün kısası temmuz ayının son on günü bana o güne dek hiç tatmadığım bir mutluluk duygusu yaşattı. Sonradan hayatımda yinelenecek olan bir duyguyla tanıştım: yeni olanın sevinci. Her şey hoşuma gidiyordu: erken uyanmak, kahvaltıyı hazırlamak, sofrayı toplamak, Barano sokaklarında gezmek, Maronti kumsalına inmek ve geri tırmanmak, güneşe uzanıp kitap okumak, suya dalmak, sonra yeniden okumak. Ne babamı, ne kardeşlerimi, ne annemi, ne mahallenin sokaklarını ne de parkı özlüyordum. Sadece Lila aklımdan çıkmıyordu ve o da mektuplarıma yanıt vermiyordu. Ben yanında yokken başına güzel ya da kötü bir şeyler gelmesinden korkuyordum. Bu eski bir korkuydu, üzerimden bir türlü atamıyordum: onun hayatına ait parçalardan yoksun kalırsam kendi hayatımın yoğunluğu ve anlamı kaybolacak sanıyordum. Mektuplarımda ona Ischia günlerimin ayrıcalıklı halini iletmeye ne kadar çabalarsam çabalayayım, benim sözcük ırmağım ve onun sessizliği hayatımın parlak ama hadisesiz olduğunu kanıtlıyor gibiydi; öyle ki benim her günüm mektup yazacak kadar boştu, onun hayatıysa karanlık ama çok yoğundu.

Temmuz ayının sonuna geldiğimizde Nella bana bir ağustos sabahı İngilizlerin yerine Napolili bir ailenin geleceğini söyledi. Buraya ikinci gelişleri olacaktı. Efendi, kibar ve hoş insanlardı. Özellikle tam bir beyefendi olan aile babası ona hep güzel sözler söylüyordu. Ailenin büyük oğlu gerçekten yakışıklı bir çocuktu: uzun boylu, zayıf ama güçlüydü, bu yıl on yedi yaşına basacaktı. Nella bana, "Artık yalnız olmayacaksın," deyince çok utandım;

gelecek olan delikanlının endişesine kapıldım, birbirimize söyleyecek iki kelime bulamazsak, birbirimizden hoşlanmazsak diye tasalandım.

İngilizler giderlerken bana okumaya çalışmam için iki kitap ve onları ziyarete gitmek istersem diye ev adreslerini bıraktılar. Nella odaları temizlemesine, çarşafları değiştirmesine, yatakları yapmasına yardım etmemi istedi. İşleri şevkle yaptım ve ben yerleri silerken mutfaktan seslendi:

"Ne akıllısın, demek İngilizce okumayı da biliyorsun. Getirdiğin kitaplar yetmedi mi sana?"

Sonra uzaktan, yüksek sesle ne kadar disiplinli, ne kadar sağduyulu olduğumu, nasıl gece gündüz okuduğumu övdü durdu. Mutfakta yanına gittiğimde elinde bir kitapla buldum onu. Ertesi gün gelecek olan beyin armağanı olduğunu ve de kitabı bizzat onun yazdığını söyledi. Nella onu komodinin üstüne koymuş, kitaptan her akşam bir şiir seçip, onu önce içinden, sonra yüksek sesle okuyordu. Artık hepsini ezberlemişti.

"Bak bana ne yazmıştı," diyerek kitabı uzattı.

Bu Donato Sarratore'nin şiir kitabı *Serin Denemeler* idi.

İthafta şöyle yazmıştı:

Bir şeker olan Nella'ya ve marmelatlarına.

31.

Hemen oturup Lila'ya yazdım: neşe, kaygı ve kaçma arzumun, Nino Sarratore'yi göreceğim anın, Maronti kumsalına onunla birlikte inecek, birlikte yüzecek, birlikte ayı ve yıldızları seyredecek ve hatta aynı çatı altında uyuyacak olmamın tutkulu hayalini kurup bunu sayfalar dolusu bir mektuba dönüştürdüm.

Erkek kardeşinin elinden tutarak, bir yüzyıl önce –ah ne çok zaman geçmişti– bana aşk ilan ettiği anı düşünmekten başka bir şey yapamadım. İki çocuktuk o zamanlar: şimdi kendimi büyük, neredeyse yaşlı hissediyordum.

Ertesi gün konukların valizlerini taşımalarına yardımcı olmak için otobüs durağına gittim. Heyecan içindeydim; bütün gece uyuyamamıştım. Otobüs geldi, durdu, yolcular indi. Donato Sarratore'yi, karısı Lidia'yı, çok değişmiş olsa da Marisa'yı, gene bir kenarda duran Clelia'yı, artık uslu bir çocuğa dönüşmüş olan minik Pino'yu gördüm –aileyi son görüşümde, annesini canından bezdiren şımarık Pino daha pusetteydi–, ama Nino'yu göremedim.

Marisa hiç beklemediğim bir sevinçle kucakladı beni: bunca yıl boyunca onu hiç ama hiç aklımdan geçirmemiştim, ama o beni sık sık özlemle düşündüğünü söylüyordu. Mahalledeki günlerden söz edince dönüp anne ve babasına benim hademe Greco'nun kızı olduğumu söyledi; annesi Lidia suratını şöyle bir buruşturdu ve hemen gidip bilmem ne konusunda çıkışarak küçük oğlunu yakaladı; Donato Sarratore "baban nasıl" gibi bir cümle kurmaya zahmet bile etmeden gidip bavullarla ilgilendi.

Çok bozuldum. Sarratore ailesi odalarına yerleştiler, ben Marisa ile deniz kenarına indim; Maronti kumsalını ve bütün Ischia'yı gayet iyi tanıyordu ve gezmişti; şimdi daha canlı olan limana, Forio'ya, Casamicciola'ya gitmek istiyordu; Barano umurunda değildi, çünkü orayı çok can sıkıcı buluyordu. Bana şirket sekreterliği eğitimi aldığını ve onu –gizlice– görmeye geleceği için yakında tanışabileceğim bir erkek arkadaşı olduğunu söyledi. Sonunda yüreğime diken gibi saplanan bir şey söyledi. Benim hakkımda her şeyi biliyordu, Gimnazyum'a gittiğimi, okulda çok başarılı olduğumu, eczacının oğlu Gino ile çıktığımı duymuştu.

"Kim söyledi sana bunları?"

"Ağabeyim."

Demek ki Nino beni tanımıştı, demek ki kim olduğumun farkındaydı, demek ki onunki dalgınlık değildi, belki çekingenlik, belki rahatsızlık, belki de çocukken yaptığı teklifin utancıydı.

"Gino ile çıkmayı bırakalı çok oldu," dedim. "Ağabeyin bu konuda geri kalmış."

"Onun aklı fikri ders çalışmakta, senin hakkında çok bile anlattı; genellikle aklı bir karış havadadır."

"Buraya gelmiyor mu?"

"Babam gidince gelecek."

Nino hakkında gayet eleştirel konuştu. Duygusuz biriydi. Hiçbir şey onu heyecanlandırmazdı, hiçbir şeye kızmazdı ama nazik de değildi. Kendi içine kapanıktı, onu tek ilgilendiren dersleriydi. Hiçbir şeyden hoşlanmıyordu, soğuk biriydi. Onu biraz sarsabilen tek kişi babalarıydı. Kavga ettiklerinden değil, o saygılı ve uysal bir çocuktu. Ama Marisa, Nino'nun babasına pek katlanamadığının farkındaydı. Oysa kendisi hayrandı babasına. O dünyanın en iyi ve en zeki insanıydı.

"Peki baban çok kalacak mı? Ne zaman gidecek?" diye sordum belki abartılı bir merakla.

"Sadece üç gün. Sonra çalışması gerekiyor."

"Yani Nino üç gün sonra mı gelecek?"

"Evet. Bir arkadaşının ev taşınmasına yardım etme işi uydurdu."

"Doğru değil mi?"

"Arkadaşı yoktur ki. Kaldı ki birazcık sevdiği tek kişi olan annem için bile şu taşı şuradan kaldırıp şuraya koymaz, nerede kaldı gidip arkadaşına yardım edecek."

Birlikte yüzdük, kıyıda yürüyerek kuruduk. Gülerek bana hiç fark etmemiş olduğum bir şeyi gösterdi. Kara kumlu kumsalın dibinde beyaz, hareketsiz formlar vardı. Kızgın kumların üzerinde, gülüşerek beni oraya kadar yürüttü; belli bir noktaya geldiğimizde onların insan olduğunu ayırt edebildim. Canlı ve çamur kaplı insanlardı. Bu şekilde, bilmem ne hastalıklarını tedavi ediyorlardı. Biz de kuma yattık, onlar gibi kuma bulanarak mumyaladık kendimizi. Çok eğlendik, sonra gidip bir daha yüzdük.

Akşam Sarratore ailesi mutfakta yemek yedi ve Nella ile beni de onlarla yemeye davet ettiler. Güzel bir akşam oldu. Lidia mahalleyle ilgili tek söz bile etmedi ama ilk düşmanca tavrı geçmişti; benimle ilgili sorular sordu. Marisa ona çok çalışkan olduğumu, Nino ile aynı okulda okuduğumu söyleyince daha da kibarlaştı. Gene de bütün ailenin en naziği Donato Sarratore idi. Nella'yı komplimanlara boğdu, beni okulda elde ettiğim sonuçlar konusunda kutladı, küçük Ciro ile oynadı, sofrayı toplamak istedi ve hatta bulaşıkları yıkamama izin vermedi.

Onu iyice inceledim ve hatırladığımdan farklı bir insan gibi göründü gözüme. Daha zayıftı elbette, bıyık bırakmıştı, ama görünümünün dışında, davranışlarından kaynaklanan ve anlayamadığım bir şeyler vardı. Belki de benim babamdan daha babacandı, alışılmışın dışında bir nezakete sahipti.

İşte bu duygum sonraki günlerde daha da arttı. Deniz kenarına inerken Sarratore ne Lidia'nın, ne biz iki kızın bir şey taşımamıza izin veriyordu. Şemsiyeyi, havluları ve öğle yemeğimizi koyduğumuz çantaları hem inerken hem yokuş yukarı çıkarken o taşıyordu. Sadece Ciro mızıkçılık yapıp kucağa alınmak istediğinde eşyaları bize veriyordu. Az kıllı, zayıf bir bedeni vardı. Mayosunun rengi pek belirsizdi, bezden değildi, sanki hafif bir yünden yapılmıştı. Uzun uzun ama açılmadan yüzüyordu, bana ve Marisa'ya serbest stil yüzme göstermek istiyordu. Kızı da onun gibi ağır ve çalışılmış bir stille yüzüyordu; ben de hemen onları taklit ettim. Yerel lehçeden çok İtalyanca konuşuyordu ve belli bir azimle, özellikle de benimle konuşurken dolambaçlı cümleler, alışılmadık yan cümleler kuruyordu. Neşeli tavırlarla beni, Lidia'yı, Marisa'yı kaslarımızı sıkılaştırmak için denizin tam kuma kavuştuğu yerde ileri geri koşmaya teşvik ediyor, bu arada komik hallerle, seslerle, yüz işaretleriyle bizi güldürüyordu. Karısıyla denize girdiğinde suyun içinde yan yana duruyor, alçak sesle konuşuyor, sık sık gülüyorlardı. Ayrıldığı gün Marisa'nın üzüldüğü gibi, Lidia'nın üzüldüğü gibi, Nella'nın üzüldüğü gibi ben de üzüldüm. Bizim seslerimizle yankılansa da ev sanki sessizleşti, cenaze evine döndü. Tek avuntum, nihayet Nino'nun gelecek olmasıydı.

32.

Marisa'ya gidip onu limanda beklemeyi önerdim, ama karşı çıktı; ağabeyinin bu ilgiyi hak etmediğini söyledi. Nino akşama doğru geldi. Uzun boyluydu, çok zayıftı, mavi bir gömlek ve koyu renk pantolon giymişti, ayağında sandalet, sırtında bir torba vardı; beni Ischia'da, bu evde görmek onu hiç şaşırtmadı, öyle ki Napoli'deki evlerinde telefon olduğunu ve Marisa'nın onu arayıp haberdar etmiş olabileceğini bile geçirdim aklımdan. Sofrada tek hecelik kelimelerle yetindi, sabah kahvaltısında hiç görünmedi. Geç uyandı, biz de denize geç indik; neredeyse hiçbir şey taşımadı. Kararlı bir şekilde hemen denize atladı ve babası gibi stilli bir yüzme sergilemeden, serbestçe çok uzaklara doğru açıldı. Gözden kayboldu, ben boğulmuş olabileceğinden korktum, ama ne Marisa ne Lidia kaygılandılar. Neredeyse iki saat sonra ortaya çıktı ve birbiri ardına sigara tüttürerek kitap okudu. Bize tek kelime söylemeden neredeyse bütün gün okudu, iki saat boyunca kumda söndürdüğü sigarasının izmaritlerini yan yana dizdi. Marisa'nın denizin kuma değdiği yerde yürüyüş yapma önerisini reddederek ben de kitap okumaya koyuldum. Akşam yemeğini hızla yedi ve çıktı. Onu düşünerek sofrayı topladım, bulaşıkları yıkadım. Mutfakta yatağımı yaptım ve dönüşünü beklerek elime kitabımı aldım. Saat bire kadar okudum, ışığımı söndüremeden, kitabım göğsümde uyuyakaldım. Sabah uyandığımda ışığım söndürülmüş, kitabım kapanmıştı. Onun yaptığını düşünüp, damarlarımda şimdiye dek hiç hissetmediğim bir aşk alevi hissettim.

Birkaç gün içinde durum düzeldi. Arada sırada bana baktığını ve sonra gözlerini kaçırdığını fark ettim. Ne okuduğunu sordum, kendi okuduklarımı söyledim. Okuduğumuz kitaplardan söz ettiğimizde Marisa'nın canı sıkıldı. Başlangıçta beni dikkatle dinliyor gibiydi ama sonra aynen Lila gibi hep o konuşmaya başladı ve kendi mantık yürütme silsilesiyle devam etti. Zekâmı fark etmesini istediğimden arada onun sözünü kesmeye ve kendi görüşümü söylemeye çalışıyordum ama bu pek zordu; sanki sadece sessizce oturup onu dinleyeceksem varlığımdan hoşnut gibi görünüyordu, ben de pes edip böyle yapmaya karar verdim. Zaten söylediği sözleri düşünmeyi becereceğimi sanmıyordum ya da ondaki güvenle dile getiremezdim, üstelik gayet güçlü ve kararlı bir İtalyancayla konuşuyordu.

Marisa arada sırada bize kumdan toplar atıyor, arada sırada bağırıyordu: "Kesin artık, kimin umurunda şu Dostoyevski, kimin umurunda Karamazovlar." O zaman Nino aniden susuyor, başını öne eğip deniz kenarında ilerleyerek tek bir noktaya dönüşene kadar yürüyordu. Ben biraz Marisa ile zaman geçiriyor, ondan sevgilisini dinliyordum; gizlice buraya gelme planı suya düştüğünden pek üzgündü, ağlıyordu. Bu arada ben kendimi giderek daha iyi hissediyordum, hayatın böyle olabileceğine hiç inanmazdım. Belki de diye düşünüyordum, Mille Caddesi'ndeki kızlar –örneğin, o yeşilli kız– böyle bir hayat sürüyorlardır.

Donato Sarratore üç ya da dört günde bir geliyor, en fazla yirmi dört saat kalıp yeniden gidiyordu. Tam iki haftalığına Barano'ya yerleşeceği 13 Ağustos'u beklemekten başka bir şey yapmadığını söylüyordu. Babası gelir gelmez Nino bir gölgeye dönüşüyordu. Yemeğini yer yemez gözden kayboluyor, gecenin geç saatlerinde ortaya çıkıyor, tek söz etmiyordu. Babasını rıza gösteren yarım bir gülümsemeyle dinliyor, anlattıklarını kabullenmiyor ama karşı da çıkmıyordu. Sadece babası içini çekerek 13 Ağustos'tan söz ettiğinde, iki dakika sonra Donato'ya değil, annesine dönerek 15 Ağustos'ta, Meryem Ana Yortusu'ndan hemen sonra Napoli'ye dönmesi gerektiğini hatırlatıyordu; bazı okul arkadaşlarıyla buluşacak –Avellino'da bir kır evinde– ve tatil ödevlerini yapmaya başlayacaktı. Marisa "Yalan bu," diye fısıldıyordu bana, "hiç ödevi yok." Ama annesi onu övüyor, babası da ona katılıyordu. Hatta Donato hemen en sevdiği konulardan birini açıyordu: Nino okuyabildiği için şanslıydı; kendisi sadece meslek okulunun ikinci sınıfına kadar okuyabilmiş, sonra çalışmak zorunda kalmıştı; oğlunun aldığı eğitimi alabilseydi, kim bilir nerelere varabilirdi. Ve sözlerini daima şöyle sonlandırıyordu: "Çalış Ninu, aferin sana, babanı gururlandır, sen benim yapamadığımı yap."

Bu tonlamalar Nino'yu her şeyden daha çok sinir ediyordu. Babasıyla çatışmamak için bazen Marisa ve beni onunla çıkmaya davet bile ediyordu. Sanki biz onun başının etini yemişiz gibi, asık bir suratla anne ve babasına şöyle diyordu: "Kızlar dondurma yiyip biraz yürümek istiyorlar, onlarla gidiyorum."

İşte o zaman Marisa sevinçle koşup süsleniyordu; üzerimdeki paçavralarımdan başka bir şeyim olmadığı için içleniyordum.

Gene de Nino benim güzel ya da çirkin olmamı umursar gibi değildi. Evden çıkar çıkmaz çene çalmaya başlıyor, Marisa bundan sıkılıyor, keşke evde kalsaydım diyordu. Oysa ben Nino'nun ağzının içine bakıyordum. Liman'daki kalabalıkta bana ve Marisa'ya asılarak bakan, gülüşen, laf atan genç ve yaşlılara karşı, Pasquale, Rino, Antonio ve Enzo'nun birlikte çıktığımızda ve biri bize uzunca baktığında sergiledikleri şiddetin binde birini göstermiyordu. Bizi koruyan bir muhafız olarak pek bir değeri yoktu. Belki de zihninden geçenlerle, bana bir şeyler anlatmakla meşguldü ve etrafta ne olursa olsun umurunda değildi.

İşte Marisa'nın Forio'lu gençlerle arkadaşlık kurması böyle oldu; onlar Barano'yu ziyarete gelmeye başladılar, Marisa onları bizimle Maronti kumsalına indirdi ve sonunda her akşam çıkmaya başladı. Üçümüz birlikte Liman'a gidiyorduk ama oraya vardığımızda Marisa yeni arkadaşlarıyla takılıyordu (acaba Pasquale Carmela'ya, Antonio Ada'ya karşı böyle hoşgörülü davranabilir miydi?) ve biz deniz kenarında geziniyorduk. Sonra gece on civarında buluşup eve dönüyorduk.

Bir akşam yalnız kalır kalmaz Nino bana ansızın çocukken benim Lila ile ilişkimi çok kıskandığını söyledi. Biz iki kız hep beraberdik, sürekli çene çalardık, o da bize uzaktan bakar ve bizimle arkadaşlık kurmak isterdi ama buna asla cesaret edememişti. Sonra gülümseyerek şöyle dedi:

"Sana yaptığım teklifi hatırlıyor musun?"

"Evet."

"Çok hoşlanıyordum senden."

Ateş gibi yandım, ona aptalca şöyle mırıldandım:

"Teşekkürler."

"Seninle çıkarsam biz üçümüz; sen, ben, senin kız arkadaşın, hep birlikte oluruz diye düşünmüştüm."

"Birlikte mi?"

Kendi çocukluğuna güldü.

"Çıkmanın ne olduğunu anlamıyormuşum."

Sonra bana Lila'yı sordu.

"Okula devam edebildi mi?"

"Hayır."

"Ne yapıyor peki?"

"Anne ve babasına yardım ediyor."

"Çok zekiydi, ona ayak uydurmak zordu, benim zihnimi buğulandırırdı."

Aynen böyle dedi –*zihnimi buğulandırırdı*– ve ben az önce aşk teklifinin aslında Lila ile aramıza katılmak için olduğunu öğrendiğimde bozulmuşken, bu sefer ciddi biçimde üzüldüm, gerçekten göğsümün ortasında bir acı hissettim.

"Artık öyle değil," dedim. "Değişti."

Ve şunu söylemek için müthiş bir dürtü hissettim: "Okulda öğretmenlerin benim hakkımda neler söylediklerini duydun mu?" Neyse ki dilimi tutmayı başardım. Ama o konuşmadan sonra Lila'ya mektup yazmayı bıraktım: yaşadıklarımı ona anlatmakta zorlanıyordum; zaten beni yanıtlamıyordu. Onun yerine Nino'ya özen göstermeye verdim kendimi. Geç uyandığını biliyordum ve ötekilerle kahvaltı etmemek için bahaneler uyduruyordum. Onu bekliyordum, denize onunla iniyordum, eşyalarını hazırlıyordum, yanına götürüyordum ve birlikte yüzüyorduk. Ama açıldığı zaman peşinden gitmeye cesaret edemiyordum, anlayışlı bir şekilde kuma oturup, geride bıraktığı köpüğü, noktaya dönüşen başını seyrediyordum. Gözden kaybedersem telaşlanıyordum, yeniden geldiğinde seviniyordum. Sözün özü onu seviyordum ve sevmekten memnundum.

Bu arada Meryem Ana Yortusu yaklaşıyordu. Bir akşam ona Liman'a inmek istemediğimi, Maronti'ye inmek ve mehtabı seyretmek istediğimi söyledim. Kardeşine eşlik etmektense benimle geleceğini umdum; Marisa artık Liman'da tanıştığı bir çocukla çıkar gibiydi; bana onunla öpüştüğünü, birbirlerine sarıldıklarını ve Napoli'deki sevgilisine ihanet ettiğini anlatıyordu. Oysa o Marisa ile gitti. Ben de ilkem gereği taşlı yoldan kumsala indim. Kum soğuktu, ay ışığında kurşuni bir rengi vardı, deniz hafiften soluk alır gibiydi. Tek bir kimse yoktu çevrede ve ben yalnızlıktan ağlamaya başladım. Neydim ben, kimdim? Kendimi yeniden güzel hissetmeye başlamıştım, artık sivilcelerim yoktu, güneş ve deniz sayesinde incelmiştim ama gene de hoşlandığım ve benden hoşlanmasını istediğim insan bana ilgi göstermiyordu. Neydi benim alınyazım, nasıl yazılmıştı kaderim? Mahalleyi hatırladım ve onu içinden çıkmayı denemenin olanaksız olduğu bir girdap gibi düşündüm. Sonra kumda bir ayak sesi işittim, döndüm ve Nino'nun gölgesini gördüm. Yanıma oturdu. Bir saat sonra dönüp kardeşini alması gerekiyordu. Gergin olduğunu hissettim, sol ayağının topuğuyla kuma vuruyordu. Kitaplardan söz etmedi, ansızın babası hakkında konuşmaya başladı.

"Bütün hayatımı," dedi sanki bir misyondan söz edercesine, "ona benzememeye adayacağım."

"Sevimli bir kişi."

"Herkes öyle diyor."

"O halde?"

Bir an için onu çirkinleştiren bir yüz hareketi yaptı.

"Melina nasıl?"

Şaşkınlıkla baktım ona. Bu sürekli konuştuğumuz günlerde özellikle Melina'nın adını anmamaya çalışmıştım ama işte şimdi o bundan söz ediyordu.

"Şöyle böyle."

"Bir sevgilisi oldu. Kırılgan bir kadın olduğunu biliyordu ama gene de kibrinden ona böyle davrandı. Kibir yüzünden herkesin canını yakabilir ve kesinlikle bunun sorumluluğunu hissetmez. Herkesi mutlu ettiğine inandığı için, yaptığı her şeyin bağışlandığını zanneder. Her pazar ayine gider. Anneme karşı özen gösterir. Biz çocuklarına iyi bakar. Ama gene de ihanet eder. İkiyüzlünün tekidir, ondan iğreniyorum."

Ne diyeceğimi bilemedim. Mahallede korkunç şeyler olurdu, Rino ve Fernando örneğinde olduğu gibi, baba ve oğul birbirlerine girip dövüşebilirlerdi. Ama özenle kurulmuş bu birkaç cümlelik şiddet canımı yaktı. Nino bütün enerjisiyle babasından nefret ediyordu; bu nedenle *Karamazov Kardeşler*'den bu kadar çok söz ediyordu. Ama ana konu bu değildi. Beni derinden sarsan Donato Sarratore'nin, gözlerimle gördüğüm, kulaklarımla işittiğim adamın hiç böyle iğrenç bir yanı yoktu, her kızın, her erkeğin isteyeceği türden bir babaydı ve nitekim Marisa ona hayrandı. Öte yandan günahı sevme yeteneği var idiyse bunda çok kötü bir yan görmüyordum; annem de kızdığında, babamın kim bilir ne dolaplar çevirdiğini söylerdi. Kırbaç gibi inen bu sözlerden sonra o kesici ifade bana korkunç göründü. Şöyle mırıldandım:

"O ve Melina, Dido ve Aeneis gibi tutkuya yenik düştüler. Bunlar hem can acıtan hem duygulandıran şeyler."

Ansızın sesini yükselterek, "Anneme sadakat yemini etti," diye bağırdı. "Babam ne ona, ne Tanrıya saygı gösteriyor." Sonra hırsla ayağa fırladı, gözleri ışıl ışıl, çok güzeldi. "Sen de beni anlamadın," diyerek uzun adımlarla uzaklaştı.

Koşarak yanına gittiğimde kalbim hızla atıyordu.

"Seni anlıyorum," deyip hafifçe kolunu tuttum.

Daha birbirimize hiç değmemiştik, bu temas parmaklarımı yaktı, hemen bıraktım. O eğildi ve beni dudaklarımdan öptü; çok hafif bir öpücük kondurdu.

"Yarın gidiyorum," dedi.

"Ama ayın on üçü öteki gün."

Yanıt vermedi. Kitaplardan söz ederek Barano'ya çıktık, sonra Liman'a gidip Marisa'yı aldık. Ağzını hâlâ ağzımın üzerinde hissediyordum.

33.

Sessiz mutfakta bütün gece ağladım. Sabaha karşı uyuyakaldım. Nella gelip beni uyandırdı ve söylendi; Nino'nun beni rahatsız etmemek için terasta kahvaltı etmek istediğini söyledi. Gitmişti.

Telaşla giyindim, o da acı çektiğimi fark etti. "Git," dedi, "belki yetişirsin." Vapur kalkmadan Liman'a inebilirim diye düşündüm ama çoktan denize açılmıştı.

Kötü günler geçirdim. Odaları toplarken Nino'ya ait mavi kartondan kitap ayracını buldum ve kendi eşyamın arasına sakladım. Akşamları mutfakta yattığımda onu kokluyor, öpüyor, ona dilimin ucuyla dokunuyor ve ağlıyordum. Kendi çaresiz tutkum bana dokunuyor, daha çok ağlıyordum.

Sonra Donato Sarratore geldi ve on beş günlük tatiline başladı. Oğlunun çoktan gitmiş olmasına üzüldü ama Avellinese'de arkadaşlarıyla ders çalışıyor olmasına da sevindi. "Gerçekten ciddi bir çocuk," dedi bana. "Senin gibi. Onunla gurur duyuyorum, tahmin ediyorum ki baban da seninle gurur duyuyordur."

Bu güven verici adamın varlığı beni sakinleştirdi. Marisa'nın yeni arkadaşlarını tanımak istedi ve onları bir akşam kumsalda büyük bir ateş yakmaya davet etti. Toplayabildiği odunu, çalı çırpıyı kendisi ortaya yığdı ve geç saate kadar biz gençlerle kaldı. Marisa'nın çıktığı çocuk gitar tıngırdatıyordu ve Donato onunla şarkı söyledi; gerçekten güzel bir sesi vardı. Gecenin ilerleyen saatlerinde gitarı eline aldı; gayet güzel çalıyordu ve dans müziği yapmaya başladı. Birileri kalkıp dans etmeye başladı; Marisa en önce fırlamıştı zaten.

O adama bakıyor ve düşünüyordum: o ve oğlu arasında ortak tek bir nokta yoktu. Nino uzun boyluydu, yumuşak bir yüzü vardı, alnı kapkara saçlarının altına gömülmüştü, ağzı, o davetkâr dudakları hep aralıktı. Donato ise orta boyluydu, yüz hatları gayet belirgindi, saçları şakaklardan dökülmüştü, ince, neredeyse dudaksız bir ağzı vardı. Nino her şeyin ve insanların ötesini görürmüş gibi bakan, korkutan ve aynı zamanda somurtan bakışlara sahipti. Donato ise her zaman amade, insanların ve şeylerin görüntüsünden hoşnut, gördüğü her şeye gülümseyen gözlerle bakıyordu. Nino'da, Lila gibi onu içten içe kemiren bir şey vardı, bu hem armağan hem ıstıraptı, ikisi de hep mutsuzdurlar, kendilerini bir türlü bırakmazlar, çevrelerinde bir şey olacağından korkarlar; oysa bu adam öyle değildi, hayatın karşısına çıkardığı her durumu sever görünüyordu, sanki onun yaşadığı her anın mutlak bir duruluğu vardı.

O akşamdan sonra Nino'nun babası, sadece oğlunun belli belirsiz bir öpücükten sonra beni ittiği karanlığa değil, aynı zamanda –bunu şaşkınlıkla fark ettim– Lila'nın mektuplarıma hiç yanıt vermeyerek sürüklediği karanlığa da sağlam bir deva oldu. O ve Nino pek az tanışıyorlardı, diye düşündüm, hiç görüşmemişlerdi ve şimdi ikisi bana çok benzer görünüyorlardı: hiçbir şeye ve hiç kimseye gereksinme duymuyorlardı, neyin yolunda gittiğini, neyin gitmediğini hep biliyorlardı. Ama ya yanılıyorlardıysa? Marcello Solara'da, Donato Sarratore'de özellikle bu kadar korkunç olan neydi? Anlayamıyordum. Hem Lila'yı, hem Nino'yu seviyordum ve şimdi ikisini farklı şekillerde özlüyordum, ama nefret ettiği babasına, bana, biz bütün gençlere önem verdiği, Maronti gecelerimize neşe ve huzur kattığı için minnet duyuyordum. Ansızın her ikisi de adada olmadığı için mutluluk duydum.

Yeniden okumaya başladım, Lila'ya son bir mektup yazarak, bana şimdiye dek hiç yanıt yazmadığı için ona bir daha yazmayacağımı söyledim. Sarratore ailesine yanaştım, kendimi Marisa'nın, Pinuccio'nun, minik Ciro'nun kardeşi gibi hissetmeye başladım; Ciro artık beni sevmeye başlamıştı, benimle, sadece benimle hiç şımarıklık yapmadan sakince oynuyordu, birlikte deniz kabukları topluyorduk. Bana karşı hissettiği düşmanca duyguyu kesinlikle sevgi ve yakınlığa dönüştüren Lidia beni sık sık överek yaptığım her işe –sofrayı kurmama, odaları toplamama, bulaşığı yıkamama, çocukları oyalamama, okumama ve ders çalışmama– kattığım özeni vurguluyordu. Bir sabah kendisine dar gelen askılı giysisini denememi istedi; Nella ve hatta Sarratore'yi görüşlerini bildirmeleri için heyecanla odaya çağırdı ve onların çok yakıştığını söylemeleri üzerine bu ince giysiyi bana armağan etti. Hatta bazı anlarda beni Marisa'ya yeğlediği oluyordu. Şöyle diyordu: "Miskin, kendini beğeniyor, onu iyi eğitememişim, ders çalışmıyor; oysa sen her şeyi çok akıllıca yapıyorsun." Hatta bir keresinde "Aynı Nino gibi," diye ekledi, "bir tek farkla; sen daha neşelisin, o hep gergin." Ama bu eleştiriyi duyan Donato atıldı ve oğlunu övmeye başladı. "O altın gibi bir çocuktur," dedi, gözleriyle benden onay bekler gibi yaptı ve ben de gayet yürekten evet diyerek ona katıldım.

Donato, uzun uzun yüzdükten sonra, yanıma uzanıyor ve güneşte kururken okuduğu tek şey olan gazetesi *Roma*'yı okuyordu. Şiir yazan, hatta onları bir kitapta toplamış olan birinin kitap kapağı açmıyor olmasına şaşırıyordum. Ne yanında kitap getirmişti, ne benimkiler ilgisini çekiyordu. Arada sırada Pasquale ve hatta Galiani öğretmeni çok kızdıracak olan bir makaleden, sözlerden, cümlelerden alıntı yapıyordu. Ben sesimi çıkarmıyordum, böylesine nazik bir kişiyle tartışmaya girerek bana duyduğu büyük güveni sarsmak istemiyordum. Bir keresinde bir makaleyi bana baştan sona okudu; iki satırda bir Lidia'ya bakıp gülümsüyor, Lidia da ona gülümseyerek yanıt veriyordu. En sonunda bana sordu:

"Hoşuna gitti mi?"

Bir zamanlar köy yollarında at arabalarıyla ya da yayan yapılan yolculuklardan sonra trenle yolculuğun nasıl hız kazandığını anlatan bir yazıydı. Pek heyecanlı bir ses tonuyla okuduğu cümleler bayağı gösterişliydi.

"Evet, çok," diye yanıtladım.

"Bak bakalım kim yazmış yazıyı: oku şurayı."

Bana doğru uzandı, gazeteyi getirip gözümün önüne dayadı. Heyecanla okudum:

"Donato Sarratore."

Lidia bir kahkaha attı, Donato da gülmeye başladı. Beni göz kulak olmam için Ciro ile kumsalda bıraktılar ve her zamanki gibi birbirlerine sarılarak, mırıl mırıl konuşarak yüzmek için denize girdiler. Onlara baktım ve şöyle düşündüm: zavallı Melina, ama o anda içimde Donato'ya karşı hınç hissetmedim. Diyelim ki Nino haklıydı ve o ikisi arasında bir şeyler yaşanmıştı; diyelim ki Sarratore Lidia'yı gerçekten aldatmıştı, şimdi onu daha iyi tanıdığımdan, eskisinden daha da fazla suçlu olduğunu hissetmiyordum ve sanki, o zaman mahalleden taşınmaya zorlasa bile Lidia da kocasının suçlu olduğunu hissetmiyor gibiydi. Melina'ya gelince, onu da anlıyordum. Ortalamanın çok dışındaki o adama –bir tren kontrolörüydü ama aynı zamanda bir şair, bir gazeteciydi– âşık olmanın sevincini yaşamıştı ve o kırılgan aklı onsuz yaşayacağı hayatın kaba saba sıradanlığına ayak uyduramamıştı. Bu düşünce yürütme şeklimden hoşlanmıştım. O günlerde her şeyden; Nino'ya duyduğum aşkımdan, hüznümden, beni sarmaladığını hissettiğim sevgiden, yalnız başıma okuma, düşünme ve fikir yürütme halimden hoşnuttum.

34.

Sonra, ağustos ayının sonlarında, bu olağanüstü dönem sona ermek üzereyken ansızın ve aynı günde iki önemli şey oldu. Ayın yirmi beşiydi, bunu kesin olarak anımsıyorum, çünkü doğum günümdü. Uyandım, kahvaltıyı hazırladım, herkes için sofrayı kurdum ve sofrada şöyle dedim: "Bugün on beş yaşında oluyorum." Ve daha bunu söylerken Lila'nın da ayın on birinde on beş yaşını bitirdiğini hatırladım; o kadar heyecanlı bir dönem geçirmiştim ki, hiç aklıma gelmemişti. Geleneklere göre sadece ad günleri kutlanmasına karşın –o zamanlar doğum günleri önemsenmezdi– Sarratore Ailesi ve Nella akşama küçük bir kutlama yapma konusunda ısrar ettiler. Buna çok sevindim. Onlar denize inmek için hazırlanmaya gittiler ve ben sofrayı toplarken postacı geldi.

Pencereden baktım, postacı Greco için bir mektup olduğunu söyledi. Kalbim hızla çarparak aşağı koştum. Anne ve babamın bana yazmış olabileceklerini hiç düşünmüyordum. Lila'dan mıydı, yoksa Nino'dan mı? Mektup Lila'dan geliyordu. Zarfı yırtarak açtım. Sımsıkı satırlarla yazılı beş sayfa çıktı içinden, hızla okudum ama neredeyse hiçbir şey anlamadım. Bugün acayip görünebilir ama aynen öyle oldu: içeriğin beni sarsmasından önce yazının Lila'nın sesini yansıtıyor olmasına şaştım. Bu kadar da değildi. İlk satırlardan itibaren aklıma onun yazdığı ve benim okuduğum –ilkokul ödevleri dışında– tek metin olan *Mavi Peri* geldi ve o dönemde neyin bu kadar hoşuma gittiğini anlayıverdim. *Mavi Peri*'de, beni şimdi etkileyen o özellik vardı: Lila yazı aracılığıyla konuşmayı biliyordu; benim yazı tarzımdan, Sarratore'nin makalesi ve şiirlerinden, okuduğum ve okumakta olduğum yazarlardan farklı olarak Lila kendini, evet, eğitimine devam etmemiş olsa bile özenli ve gayet düzgün cümlelerle ifade ediyordu, ama –bundan daha fazlası– doğal olmayana ilişkin tek bir iz bırakmamıştı, yazılı ifadenin yapaylığı hissedilmiyordu. Okuyordum ve aynı anda onu görüyordum, onu işitiyordum. Yazıya mıhlanmış ses beni altüst etti, beni yüz yüze konuşurken tartıştığımızdan daha fazla benden aldı: konuşurken dile getirilen posadan arınmış, sözlü iletişimin karmaşasından sıyrılmıştı; Greco ya da Cerullo ailesinden değil de, Zeus'un kafasında çıkması nasip olmuş birinin söze dökebileceğini hayal ettiğim bir düzene sahipti. Ona yazdığım çocuksu sayfalardan, abartılı tonlamalardan, havailikten, sahte neşeden, sahte acıdan utandım. Lila neler düşünmüştü acaba hakkımda? İtalyancama dokuz vererek beni kandıran Gerace öğretmene kin duydum, onu küçümsedim. Bu mektubun ilk etkisi tam doğum günümde, on beş yaşımda bana kendimi bir sahtekâr gibi hissettirmek oldu. Okul benim üzerimden bir pot kırmıştı ve işte kanıtı burada, Lila'nın mektubundaydı.

Sonra yavaş yavaş içerik dökülmeye başladı. Lila doğum günümü kutluyordu. Güneşlendiğime, Sarratore ailesi ile hoşça zaman geçirdiğime, Nino'yu sevdiğime, Ischia'ya ve Maronti kumsalına hayran olduğuma çok memnundu ve bana bugüne dek hiç yazmayışının nedeni, tatilimi kötü haberleriyle bozmak istememesiydi. Ama şimdi daha fazla zaman yitirmeden bu sessizliğini bozması gerektiğini hissetmişti. Benim mahalleden ayrılmamdan hemen sonra Marcello Solara, Fernando'nun da onayını alarak her akşam yemeğe gelmeye başlamıştı. Saat tam sekiz buçukta geliyor ve tam on buçukta gidiyordu. Elinde daima bir şeyler, pasta, çikolata, kahve ve şeker oluyordu. Kendisi hiçbir şeye elini sürmüyordu, ona kesinlikle yüz vermiyordu; Marcello da onu sessizce seyrediyordu. Bu işkencenin birinci haftası bittiğinde Lila o yokmuş gibi davrandığı için Marcello onu şaşırtmaya karar vermişti. Bir sabah yanında şişman ve ter içinde bir tiple evlerine gelmiş ve yemek odasına devasa bir karton kutu bırakmıştı. Kutudan hepimizin adını bildiği ama mahallede pek az kişinin evinde olan şey çıkmıştı: televizyon denen aygıtın ekranında sinemadaki gibi görüntüler görülüyordu ama bu imgeler yansıtıcıdan değil havadan ulaşıyordu, çünkü içinde katotik denen bir tüp vardı. Şişman ve terli adamın sürekli adını andığı bu tüp yüzünden aygıt günlerce çalışmamıştı. Sonra sayısız denemenin ardından görüntüler ortaya çıkmıştı ve şimdi annem, babam, kardeşlerim dahil bütün mahalle Cerullo ailesinin evine gidip bu mucizeye bakıyordu. Bir tek Rino ilgilenmiyordu. Kendini daha iyi hissediyordu, ateşi kesinlikle düşmüştü ama Marcello ile tek bir sözcük konuşmuyordu. O geldiğinde önce televizyonu kötülüyor, sonra da yemeğe elini bile sürmeden odasına yatmaya gidiyordu ya da sokağa çıkıp gecenin geç saatlerine kadar Pasquale ve Antonio ile dolaşıyordu. Lila ise televizyonu sevdiğini söylüyordu. Özellikle her akşam onlara gelen ve uzun sessizliğiyle, yoğun bir dikkatle ona eşlik eden Melina ile birlikte seyretmekten hoşnuttu. Bu, tek huzur zamanı oluyordu. Onun dışındaki tüm zamanlarda herkes öfkesini ona kusuyordu: başta ağabeyi geliyordu; o, bir hanımefendiye dönüşeceği evlilik yolunda ilerlerken, onu babasının kölesi olarak kaderine terk etmişti. Fernando ve Nunzia, Solara'ya nazik davranmadığı ve onu küçümsediği için kızıyorlardı; Lila onu nişanlısı olarak kabullenmediği için öfkelenen Marcello, kendisini onun nişanlısı hatta efendisi olarak saymaya başlamış ve sessizce bir öpücük kondurma gayretinden gündüzleri nereye gittiğini, kiminle görüştüğünü, başka sevgilisi olup olmadığı, başkasının ona el sürüp sürmediğini sormaya kadar işi vardırmıştı. Lila onu yanıtlamadığı ve daha da beteri, var olmayan sevgililerle öpüşmelerini, kucaklaşmalarını anlatarak onunla dalga geçtiği için Marcello bir akşam ciddi bir tavırla kulağına şöyle demişti: "Sen benimle alay ediyorsun ama beni falçatayla tehdit ettiğin günü hatırlıyor musun? Tamam, işte eğer senin bir başkasından hoşlandığını öğrenirsem, bunu hiç çıkarma aklından, seni tehdit etmekle yetinmem, gebertirim, işte o kadar!" Lila bu durumdan nasıl kurtulacağını bilemiyordu, falçatasını her türlü olasılığa karşı yanından hiç ayırmıyordu. Ama dehşet içindeydi. Son sayfalarda yazdığına göre mahallenin bütün şerrini üzerinde hissediyordu. Hatta şöyle bir yorumda bulunmuştu: şer ve hayır birbirlerine karışmış ve birbirlerini güçlendiriyordu. Düşününce Marcello gerçekten iyi bir gelecek gibi görünüyordu ama bu iyiliğin içinde şer kokusu, bu şerrin içinde de iyi koku vardı ve işte bu harman Lila'nın soluğunu kesiyordu. Birkaç akşam önce, onu gerçekten çok korkutan bir şey yaşamıştı. Marcello gitmişti, televizyon kapanmıştı, ev boştu. Rino dışarıdaydı, anne ve babası yatmışlardı. O da mutfakta bulaşıkları yıkıyordu ve kendini gerçekten yorgun, tamamen güçsüz hissettiği bir anda bir patlama olmuştu. Ansızın arkasını dönmüş ve büyük bakır tencerenin patladığını görmüştü. Öylece, kendi kendine. Normalde asılı olduğu çiviye asılı dururken tam ortasından yarılmış, kenarları kıvrılmış, tencere bütünüyle deforme olmuştu; sanki tencere görünümünden kurtulmak istemişti. Annesi geceliğiyle koşup gelirken onu tencereyi düşürmek ve mahvetmekle suçlamıştı. Ama bir bakır tencere yere bile düşse kırılmaz ve böyle şekilsizleşmezdi. "İşte bu tür şeyler," diye bitiriyordu sözlerini Lila, "beni korkutuyor. Marcello'dan daha çok, herkesten daha çok böyle şeyler korkutuyor. Bir çözüm bulmam gerektiğini hissediyorum, yoksa birbiri ardına her şey kırılıyor, her şey, her şey." Bana veda ediyor, iyi dileklerini yineliyor, tam tersini arzulasa, beni yeniden görmeyi dört gözle beklese, benim yardımıma acilen gereksinme duysa da sevimli Nella ile Ischia Adası'nda kalmamı ve mahalleye hiç dönmememi diliyordu.

35.

Mektup beni son derece sarstı. Lila'nın dünyası, her zaman olduğu gibi hızla benimkinin üzerindeki yerine yerleşti. Temmuz ve ağustos aylarında ona yazdığım her şey şimdi son derece banal göründü, itibarımı kurtarma gayretine düştüm. Denize gitmedim, ona ciddi, gerekli içeriğe sahip, net ve içimi döken bir mektupla yanıt vermeye niyet ettim. Öteki mektupları kolayca yazmıştım, bir-iki dakikada, hiç düzeltmeden çalakalem yazmıştım ama şimdi bunu yazdım, yeniden yazdım, yeniden yazdım, bir daha yazdım ve gene de Nino'nun babasına duyduğu nefret, Melina'nın bu çirkin duygunun doğmasıdaki rolü, bütün Sarratore ailesi ile ilişkim ve hatta onun başına gelenler konusundaki tedirginliğim bir türlü istediğim gibi söze gelmedi. Aslında dikkate değer bir erkek olan Donato benim sayfamda sıradan bir aile babası gibi göründü; Marcello konusunda da sadece yüzeysel önerilerde bulunabildim. En sonunda sadece onların evinde televizyon varken bizde olmaması konusundaki hayal kırıklığım gözüme sahici göründü.

Sözün özü denizden, güneşten, Ciro, Pino, Clelia, Lidia, Marisa, Sarratore ile birlikte olma zevkinden feragat etmeme karşın ona yanıt veremedim. Neyse ki Nella bir süre sonra elinde bir içecekle terasa gelip bana eşlik etti. Neyse ki denizden döndüklerinde Sarratore Ailesi evde kalmış olmam konusunda üzüntülerini dile getirip yeniden kutlamalara başladılar. Lidia elleriyle, pastacı kreması dolu bir pasta yapmak istedi. Nella bir vermut açtı, Donato Napoliten şarkılar söylemeye başladı, Marisa bana bir önceki akşam Liman'dan kendi için almış olduğu bezden yapma denizatını hediye etti.

Sakinleştim, ama gene de ben böyle mutluyken, böyle kutlanırken, Lila'nın başının dertte olduğu düşüncesini zihnimden atamadım. Bir arkadaşımdan mektup aldığımı, arkadaşımın bana ihtiyaç duyduğunu ve bu nedenle tahmin edilenden daha erken gitmek zorunda olduğumu dramatik bir ifadeyle dile getirdim. "En çok iki gün sonra," dedim ama dediğime kendim de inanmadım. Belli ki bunu aslında sadece Nella'nın buna ne kadar üzüleceğini, Lidia'nın Ciro'nun beni özleyeceğini söylemesini, Marisa'nın çaresizliğe düşmesini, Donato'nun "Biz sensiz ne yaparız?" demesini duymak için yapmıştım. Bütün bunlar beni daha çok duygulandırdı ve partimi daha da keyifli kıldı.

Sonra Pino ve Ciro uyuklamaya başladılar, Lidia ve Donato onları yatırmaya gittiler. Marisa bulaşıkları yıkamama yardım etti, Nella bana dinlenmek istiyorsam ertesi sabah kendisinin erken kalkıp kahvaltıyı hazırlayabileceğini söyledi. Bunu kabul etmedim, o benim görevimdi. Herkes yavaş yavaş odasına çekildi ve yalnız kaldım. Her zamanki köşeye yatağımı kurdum, karafatma ve sivrisinek olup olmadığını kontrol ettim. Bakışlarım bakır tencerelere takıldı.

Lila'nın yazımı ne kadar canlıydı, giderek artan bir huzursuzlukla baktım tencerelere. Onların parlaklığına her zaman bayıldığını, yıkadıktan sonra parlatmak için büyük çaba gösterdiğini hatırladım. Tam dört yıl önce Don Achille bıçaklandığında boynundan fışkıran kanın bakır tencerelere sıçradığı imgelemi boşuna değildi. Şimdi tehdit korkusunu, önünde duran zor seçim kaygısını bir işaret gibi patlayan bakır tencereye yansıtmıştı; sanki tencere de ansızın sahip olduğu şekilden pes etmeye karar vermişti. O olmadan ben böyle şeyler hayal edebilir miydim? Her nesneye hayat vermeyi, benimkiyle tek sesli olarak dönüşmesine izin vermeyi becerebilir miydim? Işığı söndürdüm. Soyundum ve Lila'nın mektubunu, Nino'nun mavi ayracını, yani o anda sahip olduğumu düşündüğüm en değerli şeyleri yanıma aldım.

Ayın şavkı büyük pencereden içeri yağmur gibi yağıyordu. Her akşam yaptığım gibi ayracı öptüm, ayın solgun ışığında arkadaşımın mektubunu bir kez daha okumayı denedim. Tencereler parlıyordu, masa gıcırdıyordu, tavan üzerime basıyordu, gece havası ve deniz iki yandan üzerime geliyordu. Kendimi bir kez daha Lila'nın yazı yeteneğince, onun şekillendirmeyi bildikleriyle küçük düşürülmüş hissettim, gözlerim buğulandı. Mutluydum elbette, onun böyle okula gitmeden, kitaplıktan kitap almadan bile başarılı olmasına seviniyordum ama bu mutluluk beni suçlu hissettirerek mutsuz kılıyordu.

Sonra ayak sesleri işittim. Sarratore'nin gölgesinin yalınayak, üzerinde mavi pijamasıyla mutfağa girdiğini gördüm. Çarşafı üzerime çektim. Musluğa gitti, bir bardak su doldurup içti. Lavabonun önünde bir-iki saniye durdu, bardağı bıraktı ve yatağıma yöneldi. Gelip kenarına oturdu, dirseklerini şilteye dayadı.

"Uyanık olduğunu biliyorum," dedi.

"Evet."

"Arkadaşını dert etme, kal burada."

"Çok üzgün, bana ihtiyacı var."

"Sana ihtiyacı olan benim," diyerek uzandı ve beni ağzımdan öptü; üstelik bunu oğlu kadar hafif değil, diliyle dudaklarımı aralayarak yaptı.

Donup kaldım.

O çarşafı hafiften açtı, beni güzelce öpmeyi sürdürdü, eliyle göğsümü aradı, geceliğimin altından okşadı. Sonra onu bıraktı, bacaklarımın arasına indi, iki parmağıyla külotumun üzerinden bastırdı. Bir şey demedim, bir şey yapmadım, bu davranış beni dehşete düşürmüştü, hem yarattığı korkudan hem hissettiğim zevkten. Bıyıkları üst dudağıma değiyordu, dili pürtüklüydü. Ağzımdan yavaşça ağzını çekti, elini uzaklaştırdı.

"Yarın akşam sen ve ben kumsalda güzel bir yürüyüş yapalım," dedi kısık sesiyle, "seni seviyorum ve senin de beni çok sevdiğini biliyorum. Doğru değil mi?"

Tek söz etmedim. O dudaklarıyla yeniden dudaklarıma dokundu, iyi geceler diye mırıldandı, kalktı ve mutfaktan çıktı. Ben, daha ne kadar süreyle bilmem, kımıldamadan kalakaldım. O dilin, o okşamaların, elinin baskısının hissini ne kadar uzaklaştırmaya çalışırsam çalışayım bunu başaramıyordum. Nino beni uyarmak istemişti, böyle olacağını biliyor muydu? Donato Sarratore'ye karşı konulamaz bir nefret duydum, bedenimde kalan haz yüzünden kendimden tiksindim. Bugün ne kadar inanılmaz görünse de, kendimi bildiğim günden o geceye kadar kendime hiç haz vermemiştim, bunu tanımıyordum, bunu üzerimde hissetmek beni şaşırtmıştı. Aynı pozisyonda saatlerce kaldım. Sonra ilk ışıklarla toparlandım, eşyamı topladım, yatağımı topladım, Nella'ya iki satır teşekkür mektubu yazıp gittim.

Adada neredeyse hiç ses yoktu, deniz durgundu, sadece kokular çok yoğundu. Annemin bir ay önce bana verdiği kısıtlı parayla yola çıkan ilk vapura bilet aldım. Vapur hareket ettiğinde, ada seherin ilk ışıklarıyla yeterince uzaklaştığında, nihayet Lila'ya anlatabileceğim bir şey olduğunu, bana bunun kadar etkileyici bir durumla yanıt veremeyeceğini düşündüm. Ama o anda Sarratore için duyduğum nefret ve kendime karşı duyduğum tiksinti yüzünden ağzımı açamayacağımı bildim. Nitekim şimdi ilk defa, tatilimin o beklenmedik sonlanışını tanımlamak için kelime arıyorum.

36.

Napoli'yi pis kokulu, miskin bir sıcağa gömülmüş buldum. Annem geçirdiğim dönüşümle ilgili –sivilcelerim geçmişti, yanmıştım– tek söz etmeden neden öngörülenden erken döndüğümü sordu.

"Ne yaptın?" dedi, "terbiyesizlik mi yaptın, öğretmenin arkadaşı kovdu mu seni?"

Babamın tepkisi ise farklı oldu; beni görünce gözleri ışıldadı, beni övgülere boğdu, hiç durmadan, yüzlerce kez "Tanrım, ne kadar güzel bir kızım var," dedi durdu. Kardeşlerime gelince, belli bir aşağılamayla şöyle dediler:

"Zenciye benzemişsin."

Aynaya bakınca ben de kendime şaştım: güneş bana şahane bir sarışınlık armağan etmişti, yüzüm, kollarım, bacaklarım sanki koyu renk bir altınla boyanmış gibiydi. Ischia renklerine boyandığımda, çevremdeki herkesin teni yanık olduğundan dönüşümüm ortama uygun görünmüştü; şimdi mahalle ortamına iade olduğumda, bütün yüzlerin hastalıklı bir solgunluk sergilediği bu yerde esmerliğim abartılı, hatta anormal göründü. İnsanlar, apartmanlar, yoğun trafiğin olduğu tozlu caddeler bende gazetelerde gördüğüm kötü basılmış bir fotoğraf izlenimi bıraktılar.

İlk müsait anımda Lila'yı aramaya koştum. Avludan seslendim, önce pencereden baktı, sonra kapıdan çıkıverdi. Bana sarıldı, beni öptü, şimdiye dek hiç yapmadığı üzere komplimanlara boğdu, böylesine dışavurduğu muhabbeti karşısında şaşırıp kaldım. O hep aynıydı ama sanki bir ayı aşkın şu sürede dış görünümü değişmiş gibiydi. Artık bir kız olmaktan çıkmış, en aşağı on sekiz yaşında bir kadın gibi duruyordu; o zamanlar on sekiz bana epey ileri bir yaş olarak görünüyordu. Eski giysisi daralmış ve kısalmıştı, sanki birkaç dakika içinde genişlemiş gibiydi, sanki, giysiler onu her zamankinden daha çok sıkıyordu. Daha da uzamıştı, omuzları dimdik duruyordu, bedeni kıvrımlıydı. İncecik boynunun üzerinde duran solgun yüzünde de hassas ve sıradışı bir güzellik gördüm.

Gergin olduğunu hissettim, sokakta çevresine, arkasına dönüp dönüp bakıyordu ama bana nedenini açıklamadı. Sadece şunu söyledi: "Gel benimle." Stefano'nun şarküterisine giderken ona eşlik etmemi istedi. Sonra koluma girerek ekledi: "Sadece seninle yapabileceğim bir şey bu, iyi ki döndün: Eylül ayına kadar seni beklemek zorunda kalacağımı sanıyordum."

Parka uzanan yolda hiç bu kadar birbirimize sokulmuş, böyle uyum içinde, birbirimize kavuşmanın mutluluğunu tadarak yürümemiştik. Bana olayların günden güne kötülediğini anlattı. Tam bir önceki akşam Marcello elinde pastalar ve şampanya ile gelmiş ve ona pırlanta yüklü bir yüzük armağan etmişti. Anne ve babasının yanında sorun yaratmamak için bunu kabul edip parmağına takmıştı ama gece onu kapıdan uğurlarken, yüzüğü sert bir şekilde iade etmişti. Marcello karşı koymuş, giderek artırdığı üzere onu tehdit etmişti ve sonra da ağlamaya başlamıştı. Fernando ve Nunzia bir şeylerin yolunda olmadığını anlamışlardı. Annesi Marcello'ya bağlanmıştı, onun her akşam eve getirdiği güzel şeylere bayılıyordu, bir televizyon sahibi olmaktan ötürü gurur duyuyordu; Fernando da sanki artık eskisi kadar bedbaht görünmüyordu, çünkü Solara ailesiyle yakında akraba olacak olmanın verdiği ferahlıkla geleceğe kaygısız bakmaya başlamıştı. Böylece, Marcello gider gitmez her ikisi birden neler olup bittiğini anlamak için kızlarının başının etini yemeye başladılar. Sonuç olarak: Rino uzun süreden sonra ilk kez kız kardeşini savundu, kardeşi Marcello gibi bir iti istemiyorsa onu reddetme hakkına sahipti ve bu konuda onu zorlamaya devam ederlerse kendisi her şeyi, evi, kunduracıyı ve gerekirse bütün aileyi yakacaktı. Baba ve oğul gene dövüşmeye başladılar, Nunzia araya girdi ve konu komşu herkes uyandı. Bu da yetmedi: Rino sinirli biçimde kendini yatağına attı, aniden uyuyakaldı ve bir saat sonra gene bir uyurgezerlik vakası yaşadı. Onu mutfakta birbiri ardına kibritler yakıp sonra bunları gaz kaçağı olup olmadığını anlamak istercesine gaz borusunun yanında dolaştırırken buldular. Nunzia telaşla

Lila'yı uyandırmış ve şöyle demişti: "Rino gerçekten bizi canlı canlı yakmaya niyet etti." Lila koşarak gelip duruma bakmış ve annesini rahatlatmıştı: Rino uyuyor ve uykusunda, uyanık olduğundan farklı olarak gerçekten gaz kaçağı olup olmadığını merak ediyordu. Onu yatağına götürmüş ve yatırıp uyutmuştu.

"Artık dayanamayacağım," diye bitirdi sözlerini. "Neler yaşadığımı bilemezsin, bu durumdan çıkmam lazım."

Sonra ona enerji yükleyebilirmişim gibi sokuldu bana.

"Sen iyisin," dedi, "sana her şey iyi görünüyor: bana yardım etmelisin."

Ona her konuda bana güvenebileceğini söyledim, rahatlamış göründü; kolumu sıktı ve şöyle dedi:

"Şuraya bak."

Ta uzakta ışık yayan kırmızı bir leke görür gibi oldum.

"Nedir?"

"Görmüyor musun?"

Pek iyi göremiyordum.

"Stefano'nun yeni satın aldığı otomobil."

Otomobil şarküterinin önüne park etmişti, dükkânın önü genişlemiş, iki ayrı kapısı olmuştu ve içerisi gayet kalabalıktı. Hizmet bekleyen müşteriler bu seçkinlik ve zenginlik simgesine hayran bakışlar fırlatıyorlardı; mahallede böyle bütünüyle metal ve camdan oluşan, üzeri açılan bir otomobil görülmemişti. Zengin beylere yaraşan, Solara kardeşlerin Millecento'su ile ilgisi olmayan bir araçtı.

Lila her an bir şiddet yaşanabilirmiş gibi gizlendiği gölgeden çevreyi kolaçan ederken ben otomobilin çevresinde dolaştım. Şarküterinin kapısında lekeli önlüğü, koca kafası, yüksek alnıyla bir orantısızlık örneği gibi duran, ama gene de çirkin görünmeyen Stefano'ya rastladım. Yolu geçti, nazik bir şekilde selamladı beni:

"Nasılsın, bir aktris gibi olmuşsun."

O da iyiydi: benim gibi yanmıştı, belki de bütün mahallede böyle sağlıklı bir görünüme sahip olan bir tek ikimizdik. Ona "Ne kadar yanmışsın," dedim.

"Bir hafta izin aldım," dedi.

"Neredeydin?"

"Ischia'da."

"Ben de Ischia'daydım."

"Biliyorum, Lina söylemişti: seni aradım ama göremedim."

Arabayı işaret ettim.

"Çok güzel."

Stefano'nun yüzünde ılımlı bir onay belirdi. Lila'dan söz ederek şöyle dedi:

"Senin arkadaşın için aldım ama o buna inanmak istemiyor." Ciddiyetle, gölgede ve gergin bir ifadeyle duran Lila'ya baktım. Stefano şöyle alaycı bir sesle seslendi ona: "Lenuccia döndü, görelim bakalım ne yapacaksın?"

Lila sanki bundan hiç hoşnut değilmiş gibi konuştu: "Gidelim hadi. Ama unutma, sen beni değil onu davet etmiştin: ben sadece size eşlik ediyorum."

Delikanlı gülümsedi ve dükkâna döndü.

Neler döndüğünü anlayamadığım için, "Ne oluyor?" diye sordum.

"Bilmiyorum," yanıtını verdi Lila ve aslında burnunu neye soktuğundan tam olarak emin olamadığını söylemek istiyordu. Zor bir hesap yapmak üzere olduğunda takındığı havaya bürünmüştü ama her zamanki küstahlığının tersine şimdi sonu belirsiz bir deneye girişmek üzereymiş gibi, yüzünde hayli kaygılı bir ifade vardı. "Her şey," dedi bana, "bu arabanın gelmesiyle başladı." Stefano önce şaka yaparcasına, sonradan daha ciddileşerek bu otomobili onun için aldığına yeminler etmişti; bir kerecik kapısını açıp Lila'yı içine bindirebilmek zevkini tatmak istiyordu. "Bu arabaya sadece sen yakışırsın," demişti. Ve temmuz sonunda otomobili ona teslim ettiklerinden beri sürekli ama kesinlikle bezdirmeden öneride bulunmuş, ama bunu da gayet nezaketle yapmıştı; önce Alfonso ve kendisiyle bir tur atmasını istemiş, sonra kendisi ve Pinuccia ile, sonra da kendisi ve annesiyle dolaşmasına bile razı olmuştu. Ama Lila sürekli hayır demişti. Nihayetinde ona şöyle bir söz vermişti: "Lenuccia Ischia'dan dönünce gelirim." Ve işte şimdi buradaydık ve olacak olan olmak üzereydi."

"İyi de bunu Marcello biliyor mu?"

"Biliyor tabii."

"O halde?"

"O da ısrar ediyor."

"Korkuyorum Lila."

"Seni korkutan ne çok şey yaptığımızı hatırlıyor musun? Özellikle seni bekledim."

Stefano yanımıza döndüğünde üzerindeki gömleği çıkarmıştı, saçları karaydı, yüzü esmerdi, kara gözleri parlıyordu, gömleği beyaz, pantolonu karaydı. Otomobili açtı, direksiyona geçti, sonra da arabanın üzerini açtı. Ben arkadaki dar koltuğa geçmeye yeltendiysem de Lila beni durdurdu ve arkaya o yerleşti. Gönülsüzce Stefano'nun yanına oturdum, o da hemen yeni yapılan apartmanların yönünde harekete geçti.

Esintiyle sıcaklık azaldı. Kendimi hemen iyi hissettim; hem hız hem de Carracci'nin bedeninden yayılan sakin güven duygusuyla adeta sarhoş oldum. Lila sanki bana herşeyi anlatmış ama açıklamamış gibiydi. Evet, bu alev kırmızısı yeni otomobil vardı, sadece Lila'yı gezdirmek için satın alınmıştı ve işte o gezi de şu anda başlamıştı. Evet, Marcello Solara'dan haberdardı ve görünür bir kaygısı olmadan o erkeksi kuralları ihlal ediyordu.

Evet, ben aceleyle ve telaşla bu olayın içine çekilmiştim ve varlığımla aralarındaki gizli konuşmalara, belki gizli bir arkadaşlığa siper edilmiştim. İyi de ne tür bir arkadaşlık olabilirdi bu? Şimdi bu otomobil gezintisiyle kesinlikle kayda değer bir şeyler yaşanmaktaydı ama Lila anlamam için gerekli bilgileri bana aktarmak ya istemiyordu ya da bu elinden gelmiyordu. Ne vardı aklında acaba? Mürekkebe batırdığı kâğıtları fırlattığı günlerdekinden çok daha beter bir depremin yaklaşmakta olduğunu bilmiyor olamazdı. Gene de kesin bir amacı olmayabilirdi. O böyleydi, sadece başka türlü nasıl kurabileceğini görebilmek için yıkardı dengeleri. İşte hızla gidiyorduk, saçlarımız rüzgârda uçuşuyordu, Stefano ustaca ve mutlulukla arabayı kullanıyor, ben sanki onun sevgilisiymişim gibi yanında oturuyordum. Bir aktrise benzediğimi söyleyerek bana nasıl baktığını düşündüm. Şimdi arkadaşımın ondan hoşlanabileceğinden daha çok onun benden hoşlanabileceği olasılığını geçirdim aklımdan. Marcello Solara'nın onu vurması olasılığını da geçirdim dehşetle aklımdan. Lila'nın kendinden emin hareketlere sahip güzel bedeni bana mektubunda yazdığı tencerenin bakırı gibi bambaşka bir şekle bürünebilirdi.

Yeni apartmanlar turu sayesinde Bar Solara'nın önünden geçmemeyi başardık.

Stefano sakin bir edayla, "Marcello'nun bizi görüp görmemesi umurumda bile değil," dedi, "ama senin için önemliyse geçmeyiz."

Tünele girdik ve Marina'ya doğru ilerledik. Lila'yla yıllar önce yağmura yakalandığımız o gün girdiğimiz tüneldi bu. Ben o olayı hatırlattım, Lila gülümsedi, Stefano anlatmamızı istedi. Her şeyi anlattık, gülüşüp eğlendik ve sonunda Granili'ye geldik.

"Ne dersiniz, çok hızlı gidiyor değil mi?"

"Son derece hızlı," dedim ben heyecanla.

Lila bir yorumda bulunmadı. Çevresine bakınıyor, arada sırada bana evleri, sokaklardaki yoksul hırpaniliği gösteriyordu; sanki bildiği bir şeyin onayını alıyordu ve benim de bunu bir bakışta anlamamı bekliyordu. Sonra giriş yapmadan, ciddi bir ifadeyle Stefano'ya şöyle dedi:

"Sen gerçekten farklı mısın?"

Genç erkek aynadan onun yüzünü aradı.

"Kimden?"

"Biliyorsun sen."

Stefano soruyu hemen yanıtlamadı. Sonra lehçeyle şöyle dedi:

"Sana gerçeği söylememi istiyor musun?"

"Evet."

"Niyetim o ama sonu nasıl olacak bilmiyorum."

İşte o anda Lila'nın benden pek çok şey saklamış olduğunun onayını almış oldum. Bu imalı ifade onların gayet samimi olduğunu, daha önce de şakayla değil, ciddiyetle aralarında konuşmuş olduklarını gösteriyordu. Ischia döneminde neler kaçırmıştım acaba? Dönüp baktım Lila'ya, bir yanıt vermekte gecikiyordu, Stefano'nun yanıtının belirsizliğinin onu kızdırdığını düşündüm. Güneş üzerinde dolaşıyordu, gözlerini kısmıştı, gömleği memeleri ve rüzgâr sayesinde kabarmıştı.

"Buraların sefaleti bizimkinden de kötü," dedi. Sonra hiçbir ilgisi yokken gülerek, "Benim dilimi yakalayıp iğne batırmak istediğin günleri unuttuğumu sanma," dedi.

Stefano başıyla evet işareti yaptı.

"O başka bir dönemdi," dedi.

"Kalleşlik daimdir, sen benden beterdin üstelik."

Delikanlı utana sıkıla güldü ve yanıt vermeden liman yönüne doğru hızlandı. Turumuz yarım saatten az sürdü ve Rettifilo yolundan ve Garibaldi Alanı'ndan geçerek döndük.

Mahalleye yaklaşırken Stefano, "Ağabeyin hiç iyi değil," dedi. Sonra gözleriyle onu dikiz aynasından arayarak sordu: "Vitrinde sergilenen, sizin yaptığınız ayakkabı mı?"

"Sen nereden biliyorsun ayakkabıları?"

"Rino ondan başka bir şey anlatmıyor ki!"

"O halde?"

"Çok çok güzeller."

Lila gözlerini neredeyse kapayana kadar kıstı.

"Satın al o zaman," dedi kışkırtıcı bir ses tonuyla.

"Kaça satıyorsunuz?"

"Babamla konuş."

Stefano kararlı bir U dönüşü yapıp, beni kapıya yapıştırdı ve hızla kunduracının olduğu sokağa saptık.

Acayip telaşlanan Lila, "Ne yapıyorsun sen?" dedi.

"Ayakkabıları al dedin ya, gidiyorum almaya."

37.

Otomobili kundura tamircisinin önünde durdurdu, gelip benim kapımı açtı, inmeme yardım etmek için elini uzattı. Lila ile ilgilenmedi, o kendisi çıktı ve geride kaldı. Stefano ve ben vitrinin önünde durduk; Rino ve Fernando dükkânın içinden merakla bize bakıyorlardı.

Lila yanımıza geldiğinde, Stefano dükkânın kapısını açtı, bana yol verdi, Lila'yı beklemeden girdi içeri. Baba ve oğula karşı son derece nazik davranarak ayakkabıları görmek istediğini söyledi. Rino hemen koşup aldı, ona uzattı; Stefano iyice inceleyip işi övdü: "Gayet hafifler ama dayanıklı görünüyorlar, gerçekten çok güzel bir çizgisi var." Sonra bana döndü: "Sen ne dersin Lenù?"

Ben utana sıkıla:

"Çok güzeller," dedim.

Sonra Fernando'ya döndü:

"Kızınız üçünüzün çok emek verdiğini ve gelecekte kadınlar için de ayakkabılar yapacağınızı söyledi."

Rino şaşkınlıkla kardeşine bakarak, "Evet," dedi.

Fernando ne diyeceğini bilemeden, "Evet," dedi. "Ama hemen değil."

"Peki, daha iyi anlayabilmek için bir çizim falan var mı?"

Rino reddedilmekten korkarak, Lila'ya rica etti:

"Al çizimleri."

Lila onu şaşırtmayı sürdürerek karşı koymadı. Atölyenin arka odasına gitti, elindeki kâğıtları ağabeyine uzattı; o da bunları Stefano'ya verdi. İki yıl önce akıllarına gelmiş bütün modeller buradaydı.

Stefano çok yüksek topuklu bir modelin çizimini bana gösterdi.

"Sen bunları alır mıydın?"

"Evet."

Yeniden çizimleri incelemeye başladı. Sonra bir tabureye oturdu, sağ ayakkabısını çıkardı.

"Kaç numara bu?"

"43 ama 44 sayılır," diye yalan söyledi Rino.

Lila, bizi şaşırtmayı sürdürerek Stefano'nun önünde diz çöktü, çekecek yardımıyla ayağının yeni ayakkabının içine girmesine yardım etti. Sonra öteki ayakkabısını çıkardı ve aynı işlemi yineledi.

O ana dek kaygısız, rahat adamı oynayan Stefano şimdi gözle görülür biçimde sıkılmıştı. Lila'nın ayağa kalkmasını bekledi, sonra birkaç dakika nefes almak istercesine oturmayı sürdürdü. Nihayetinde ayağa kalktı ve bir-iki adım attı.

"Dar bunlar," dedi.

Rino hayal kırıklığına uğramıştı, yüzü asıldı.

Fernando öylesine konuşur gibi, "Kalıba koyup genişletebiliriz," diye araya girdi.

Stefano bana baktı ve sordu:

"Nasıl sence?"

"Güzel," dedim.

"Alıyorum o halde."

Fernando ne diyeceğini bilemedi, Rino'nun yüzü aydınlandı.

"Bak Sté, bunlar Cerullo markaya ait özel bir tasarımdır, pahalıdır."

Stefano gülümsedi, sevgi dolu bir ifadeyle yanıt verdi:

"Cerullo marka özel bir tasarım olmasa alır mıydım zaten? Ne zamana hazır olur?"

Yüzü ışıl ışıl olan Rino babasına baktı.

"Kalıpta üç gün tutarız," dedi Fernando, ama içinden on gün, yirmi gün, bir ay demek geliyordu, çünkü bu beklenmedik yenilik karşısında zaman kazanmak istiyordu.

"Harika: siz bir dost fiyatı düşünün, ben de üç gün sonra gelip alayım."

Şaşkın bakışlarımız arasında, çizimlerin olduğu kâğıtları katlayıp cebine koydu. Sonra Fernando'nun, Rino'nun ellerini sıkıp kapıya yöneldi.

Lila soğuk bir sesle, "Çizimler," dedi.

Stefano nazik bir tonla, "Onları da sana üç gün sonra getirsem olur mu?" dedi ve yanıtı beklemeden kapıyı açtı. Benim çıkmamı bekledi, benden sonra çıktı.

Tam arabaya, onun yanına kurulmuştum ki Lila yanımıza geldi. Gayet öfkeliydi:

"Sen babamın aptal, ağabeyimin budala olduğunu mu sanıyorsun?"

"Ne demek istiyorsun?"

"Ailemle ve benimle alay etmek istiyorsan, yanılıyorsun."

"Beni incitiyorsun Lila; ben Marcello Solara değilim."

"Kimsin ya?"

"Bir tüccar: senin çizdiğin o ayakkabılar hiç görülmedi. Sadece satın aldıklarımdan söz etmiyorum, hepsinden söz ediyorum."

"Yani?"

"Yani bana düşünmem için zaman tanı ve üç gün sonra görüşelim."

Lila onun aklından geçenleri okumak istercesine baktı; arabanın yanından ayrılmıyordu. Sonunda benim asla ağzıma almaya cesaret edemeyeceğim bir cümle söyledi:

"Marcello da beni satın almak için bütün yolları denedi ama beni kimse satın alamaz."

Stefano da uzun bir saniye boyunca onun gözlerinin içine baktı:

"Ben karşılığında yüz kazanmayacaksam, bir lira bile harcamam."

Sonra arabayı çalıştırdı ve yola çıktık. Artık emin olmuştum: otomobille gezmeye çıkmak sonu pek çok anlaşmaya, pek çok konuşmaya varacak bir tür kabuldü. İtalyanca olarak ve uysalca şöyle dedim:

"Lütfen Stefano, beni köşede bırakır mısın? Annem beni seninle otomobilde görürse kafamı kırar."

38.

Lila'nın yaşamı o eylül ayı boyunca kesin olarak değişti. Kolay olmadı ama değişti. Bana gelince, Ischia'dan Nino'ya âşık olarak, babasının dudaklarının izini taşıyarak dönmüştüm, içimde hissettiğim mutluluk ve korku karışımı bir his nedeniyle gece gündüz ağlayacağımdan emindim. Oysa duygularım için bir form arama girişiminde bulunmadım, her şey birkaç saat içinde şekilleniverdi. Nino'nun sesini, babasının bıyıklarının verdiği rahatsızlığı bir kenara bıraktım. Ada soldu, zihnimin gizli bir köşesinde kayboldu gitti. Şimdi, Lila'nın başına gelenlere yer açıyordum.

Üzeri açık otomobille yaptığımız baş döndürücü gezintiden sonraki üç gün içinde Lila alışveriş bahanesiyle sık sık Stefano'nun şarküterisine gitti, ama her seferinde beni de taktı peşine. Kalbim çarparak, Marcello'nun bize saldıracağı korkusuyla, ama bir yandan da öğüt verirken cömert bir sırdaş, olaylar örgüsünde suç ortağı, Stefano'nun dikkatinin belirgin nesnesi rolümden de hoşnut olarak ona katıldım. Kendimizi kurnaz iki becerikli sansak da, aslında iki küçük kızdık. Marcello, Stefano, ayakkabılar gibi konuları her zamanki tutkumuzla ilmek ilmek dokuyorduk ve sanki her şeyi yerli yerine oturtabileceğimizi sanıyorduk. "Ona şöyle diyeceğim," diye bir varsayımda bulunuyordu o, ben de küçük bir varyasyon öneriyordum: "Hayır, şöyle de." Sonra o ve Stefano tezgâhın arkasındaki bir köşede fısır fısır konuşurlarken, Alfonso da benimle iki kelam ediyordu; Pinuccia bıkkınca müşterilere hizmet ederken, Maria oturduğu kasadan son günlerde işi savsaklayan ve ev kadınlarının ağzına malzeme veren büyük oğlunu anlayışlı gözlerle süzüyordu.

Biz elbette doğaçlama davranıyorduk. Bütün o gidiş gelişler sırasında Lila'nın aklından gerçekten neler geçirdiğini anlamaya çalıştım ve onun hedeflerine uygun davranmaya gayret ettim. Başlangıçta Cerullo marka tek çift ayakkabıyı Stefano'ya pahalı satarak babasına ve ağabeyine para kazandırmak istediğini sanmıştım, ama kısa süre sonra genç şarküteriyi kullanarak Marcello'dan kurtulmak istediğini anladım. Bu anlamda karara vardığımdan emin olarak bir keresinde ona şunu sordum:

“O ikisinden hangisini beğeniyorsun?”

Omuzlarını silkti.

“Marcello’dan hiçbir zaman hoşlanmadım, hep iğrendim.”

“Marcello’yu evinden kovup Stefano ile nişanlanır mısın?”

Bir an düşündü ve evet dedi.

O andan başlayarak, bütün attığımız adımların hedefi bu gibi göründü bize: Marcello onun hayatına sızmasın diye bütün araçlarla savaşacaktık. Gerisi rastlantısal olarak önümüze döküldü ve biz de olanlara bir şekil vermekle yetindiysek de bazen gerçek bir orkestrasyon yaptık. Ya da en azından öyle yaptığımızı sandık. Aslında eylemde bulunan daima ve sadece Stefano oldu.

Tam vaktinde, tam üç gün sonra dükkâna gitti ve ayağına dar gelse de ayakkabıları satın aldı. İki Cerullo pek çok kararsızlıktan sonra ondan yirmi beş bin liret istediler; aslında on bin lirete inmeye razıydılar. Stefano duraksamadan bu ücreti ödedi ve sonra tezgâha Lila’nın çizimleri karşılığında bir yirmi bin liret daha bıraktı; bunları çok beğendiğini, çerçeveleteceğini söyledi.

“Çerçeveletmek mi?” diye sordu Rino.

“Evet.”

“Bir ressamın tablosu gibi mi?”

“Evet.”

“Kardeşime onun çizimlerini de satın aldığını söyledin mi?”

“Evet.”

Stefano bununla yetinmedi. Sonraki günlerde kunduracıya girdi ve baba-oğula onların bitişiğindeki dükkânı kiralamış olduğunu söyledi. “Şimdilik öylece duruyor,” dedi, “ama günün birinde genişlemeyi düşünürseniz, emrinizde olduğumu unutmayın.”

Cerullo evinde uzun uzun ve alçak sesle tartışıldı bu cümle. “Genişlemek mi?” Lila onların kendi başlarına anlayamayacaklarını görüp söze karıştı:

"Size ayakkabıcıyı, Cerullo marka ayakkabı üretmek için bir atölyeye dönüştürmenizi öneriyor."

"Peki para?" diye sordu Rino sakınarak.

"O koyacak parayı."

Fernando kulaklarına inanamayarak, "Sana öyle mi söyledi?" diye sorunca Nunzia da ona katıldı.

"Hayır, siz ikinize söyledi," diyen Lila parmağıyla babasını ve ağabeyini işaret ediyordu.

"İyi de, el yapımı ayakkabının pahalı olduğunu biliyor mu?"

"Siz gösterdiniz ya ona."

"Peki ya satılmazlarsa?"

"Sizin emeğiniz, onun parası boşa gitmiş olur."

"O kadar mı?"

"O kadar."

Bütün aile çalkantılı günler yaşadı. Marcello ikinci plana düştü. Akşamları sekiz buçukta geldiğinde akşam yemeği henüz hazırlanmamış oluyordu. Genellikle televizyon karşısında Melina ve Ada ile yapayalnız oturuyordu; Cerullo ailesi içerideki odada baş başa vermiş, alçak sesle konuşuyordu.

Elbette en heyecanlı olan Rino idi; enerjisi, yüzünün rengi, neşesi yerine geldi; daha önce Solara kardeşler ile samimiyken şimdi Stefano, Alfonso, Pinuccia ve hatta Bayan Maria'nın en yakın arkadaşı haline geldi. Fernando nihayet kuşkularından arınınca, Stefano dükkâna geldi, küçük bir tartışmadan sonra sözlü bir anlaşmaya vardılar; Stefano her türlü masrafı karşılayacaktı ve iki Cerullo hem Lila ve Rino'nun yaptığı modeli, hem öteki modelleri üreteceklerdi; olası kazancı da yarı yarıya paylaşacaklardı. Cebinden çizimlerin olduğu kâğıtları çıkardı ve onlara birer birer gösterdi.

"Şunu, şunu, şunu yapacaksınız," dedi, "ama umarım ötekinde olduğu gibi iki yılda yapmazsınız bunları."

"Lila kız ne olsa..." dedi Fernando utana sıkıla. "Rino da mesleği daha tam olarak öğrenemedi."

Stefano başını nazikçe salladı.

"Lina'yı boş ver. Siz ikiniz yanınıza başka çırak almalısınız."

"Kim ödeyecek onların parasını?" diye sordu Fernando.

"Ben ödeyeceğim. Siz kendi görüşünüze göre, iki ya da üç çırak seçip alın."

Fernando yanında çırak çalıştırma fikri karşısında hiddetlendi ve oğlunu hayal kırıklığına uğratarak açtı ağzını yumdu gözünü. Mesleğini rahmetli babasından öğrenişini anlattı. Casoria'da makinede yapılan işin ne kötü olduğunu anlattı. En büyük hatasının beceriksiz ve çalışmaya gönülsüz olan Nunzia ile evlenmek olduğunu anlattı; eğer gençlik aşkı ve pek çalışkan Ines ile evlenebilmiş olsaydı şimdiye dek çoktan kendi işini kurmuş, hatta Campanile firmasını da geçmiş olurdu, Denizaşırı Sergi'de sergileyebileceği örnekleri bile olabilirdi. Ve sonunda aklında çok güzel, mükemmel ayakkabılar olduğunu anlattı; Stefano Lina'nın çılgınlıklarına kafayı takmış olmasaydı, kendisi şimdi hemen onlara başlayabilir ve kimbilir ne çok satardı. Stefano sabırla dinledi ama sonra, şimdilik onu ilgilendirenin Lila'nın çizimlerinin gerçekleştiğini görmek olduğunu söyledi. Bunun üzerine Rino kardeşinin kâğıtlarını aldı, onları iyice inceledi ve hafif bir alaycılıkla sordu:

"Bunları çerçeveletttiğin zaman nereye asacaksın?"

"Buraya."

Rino yeniden surat asmış olan babasına baktı ve tek söz etmedi.

"Kız kardeşim her şeye onay verdi mi?"

Stefano gülümsedi:

"Kız kardeşin onay vermese bu işlere kalkar mıydım sence?"

Sonra ayağa kalktı, canlı bir şekilde Fernando'nun elini sıktı ve kapıya yöneldi. Rino ona eşlik etti; o anda aklına takılan bir kaygısına yenik düşerek, üzeri açık otomobiline yürüyen şarküteriye eşikten seslendi:

"Ayakkabının markası Cerullo kalacak."

Stefano arkasına bile dönmeden eliyle bir işaret yaptı:

"Onları yaratan Bayan Cerullo olduğuna göre marka da Cerullo olacak."

39.

Rino o akşam, Pasquale ve Antonio ile gezmeye çıkmadan önce şöyle dedi:

"Marcé, Stefano'nun aldığı arabayı gördün mü?"

Açık televizyonun ve hüznün serseme çevirdiği Marcello yanıt bile vermedi.

Bunun üzerine Rino cebinden tarağını çıkardı, saçını güzelce taradı ve neşeyle şöyle deyiverdi:

"Bizim ayakkabıları kırk beş bin lirete aldığını biliyor musun?"

Marcello, "Belli ki havaya savuracak parası varmış," dedi, Melina kahkahalarla güldü; bu şakaya mı yoksa televizyonda gösterdikleri şeye mi güldüğü anlaşılamadı.

Ondan sonra Rino her akşam Marcello'yu sinirlendirecek bir şey buldu ve ortam gerildikçe gerildi. Üstüne üstlük Nunzia'nın memnuniyetle kabul ettiği Solara gelir gelmez Lila ortadan kayboluyor, yorgun olduğunu ve uyuyacağını söylüyordu. Artık iyice morali bozulan Marcello bir akşam Nunzia ile konuştu.

"Kızınız ben gelir gelmez uyumaya gidiyorsa, benim ne işim var burada?"

Belli ki annenin onu rahatlatacak bir şeyler söylemesini, kızının sevgisini kazanma çabalarına devam etmesini söylemesini bekliyordu. Ama Nunzia ne yanıt vereceğini bilemeyince homurdanmaya başladı:

"Yoksa başkasından mı hoşlanıyor?"

"Yok, hayır."

"Stefano'dan alışveriş yapmaya gittiğini biliyorum."

"Nereye gidip yapacak ki alışverişini oğlum?"

Marcello sustu, bakışlarını yere indirdi.

"Onu şarkütericinin arabasında görmüşler."

"Lenuccia da vardı: Stefano hademenin kızının peşinde."

"Bana öyle geliyor ki, Lenuccia kızınız için iyi bir arkadaş değil. Onunla artık görüşmemesini söyleyin."

Ben iyi bir arkadaş değil miydim? Lila benimle artık görüşmeyecek miydi? Arkadaşım, Marcello'nun bu arzusunu bana ilettiğinde ben kesinlikle Stefano'dan yana oldum ve onun ölçülü hallerini, kararlı sükûnetini övdüm. Sonunda da, "Hem de zengin," dedim. Ama ben bu cümleyi söylerken çocukken hayalini kurduğumuz zenginliğin son zamanlarda nasıl farklı bir hal aldığını fark ettim. Biz *Küçük Kadınlar* gibi bir kitap yayınladığımızda bir dizi fraklı uşağın şatomuza içi altın dolu sandıklar taşıyacağı hayali kesinlikle solup gitmişti. Sevdiğimiz insanları yitirmeden varoluşumuzu sağlamlaştıracak para kavramı hâlâ canlıydı belki de. Ama artık temelde, somut olan, günlük hayat ve pazarlık vardı. Ergenlik yıllarımıza ait zenginlik kavramı, çocuksu ve fantastik bir ilhamdan –benzeri görülmemiş ayakkabı çizimleri– yola çıkıyordu, ama bir beyefendi gibi para harcamak isteyen Rino'nun kavgacı tatminsizliklerinde, televizyonda, pastalarda, Marcello'nun bir duyguyu satın almayı hedefleyen yüzüğünde ve sonraki aşamalarda, salam sosis satan, üstü açık kırmızı otomobili olan, kırk beş bin lireti kolayca harcayan, çizimleri çerçeveleten, peynir dışında ayakkabı ticareti de yapmak isteyen, kösele ve insan gücüne yatırım yapan, mahalle için yeni bir zenginlik ve huzur dönemi açabileceğine inanan o genç ve nazik Stefano'da maddeleşiyordu: sözün kısası, bu gündelik olayların içinde var olan bir zenginlikti ve ne şanı ne ışıltısı vardı.

Lila'nın "Hem de zengin," deyişimi yinelediğini işittim ve gülmeye başladık. Ama sonra şunu ekledi: "Hem de sevimli, hem de iyi yürekli." Ben ona katıldığımı, bunların Marcello'da olmayan ve Stefano'yu seçmesi için gerekli nitelikler olduğunu söyledim. Gene de bu iki sıfat kafamı karıştırdı, çocuksu hayallerin ışıltısına son darbeyi indirdiklerini hissettim. Anladığıma göre hiçbir şato, hiçbir hazine sandığı, artık *Küçük Kadınlar* gibi bir kitap yazma heveslisi olan ben ve Lila'yı ilgilendirmeyecekti. Zenginlik, Stefano'da ete kemiğe bürünerek yağlı önlük giyen genç bir adam görünümü kazanıyor, yüz çizgileri, koku, ses oluyor, sevimlilik ve iyi yüreklilik ifade ediyor, Don Achille'nin büyük oğlu olan ve ezelden beri tanıdığımız genç olarak karşımıza çıkıyordu.

Huzursuz oldum.

"Ama dilini yakalayıp iğne batırmak istiyordu," dedim.

Muhabbetle, "Küçüktü o zaman," diyen Lila'nın sesinde şimdiye dek hiç duymadığım bir tatlılık vardı; öyle ki ancak o zaman, onun bana sözlerle ifade ettiğinden çok daha ileri adımlar attığını fark ettim.

Sonraki günlerde her şey daha açık seçik oldu. Stefano ile nasıl konuştuğunu, erkeğin onun sesini duyunca nasıl eridiğini gördüm. Aralarındaki anlaşmaya ayak uydurdum, dışarıda kalmak istemiyordum. Ve saatlerce –biz ikimiz, biz üçümüz– insanların, duyguların, şeylerin düzeninin hızla değişmesi için düşünceler üretiyorduk. Ayakkabı atölyesinin bitişiğindeki dükkâna gelen usta, aradaki duvarı yıktı. Dükkân yeniden düzenlendi. Melito köyünden gelen, neredeyse hiç konuşmayan üç çırak belirdi. Bir köşede gene pençe yapımı sürerken Fernando mekânın geri kalan kısmına tezgâhları, rafları, aletlerini, farklı numaralara göre kalıplarını yerleştirdi ve onun gibi zayıf, hınçlı bir mutsuzlukla yanıp kavrulan, sürekli ne yapacağını düşünen bir adamdan beklenmedik bir enerjiyle işe girişti.

Yeni işin tam başlayacağı gün Stefano geldi. Elinde ambalaj kâğıdına sarılmış bir paket vardı. Sanki teftişe gelmiş gibi herkes, Fernando bile ayağa fırladı. O, paketi açtı, içinden kahverengi pervazlı, hepsi aynı boyutta pek çok kare çerçeve çıktı. Lila'nın defter sayfaları cam altında değerli emanetlere dönüşmüştü. Fernando'dan bunları duvara asmak için izin istedi, Fernando bir şeyler homurdandı; Stefano Rino'nun ve çırakların yardımıyla duvara çiviler çaktı. Minik tablolar asıldığı zaman Stefano üç çırağa birkaç kuruş para verdi ve kahve içmeye gitmelerini söyledi. Kunduracı ve oğluyla yalnız kaldığında alçak sesle Lila ile evlenmek istediğini söyledi.

Katlanılması mümkün olmayan bir sessizlik indi. Rino bilmiş bir şekilde gülümsedi, Fernando nihayet cılız bir sesle şöyle diyebildi:

"Stefano, Lina, Marcello Solara ile nişanlı."

"Kızınız onu istemiyor."

"Ne diyorsun sen?"

Rino neşeyle araya girdi.

"Doğruyu söylüyor: sen ve annem o salağı her akşam eve alıyorsunuz, ama Lina onu asla istemedi ve istemiyor."

Fernando oğluna kötü bir bakış fırlattı. Şarküterici genç, nazik bir sesle ve çevresine bakınarak şöyle dedi:

"Artık yoluna girmiş bir işimiz var, bu akan kanı bozmayalım. Ben sizden tek bir şey istiyorum don Ferna: kararı kızınıza bırakın. Eğer Marcello Solara'yı isterse, ben razı olurum. Onu o kadar seviyorum ki, başkasıyla mutlu olduğunu bilirsem aradan çekilirim ve aramızdaki iş şimdiki gibi sürer gider. Ama o beni isterse –beni isterse– onu bana vermeniz gerekir."

Fernando, "Beni tehdit ediyorsun," derken sesi yumuşamıştı ve sanki akışa rıza gösterir gibiydi.

"Hayır, size kızınızın iyiliği için yalvarıyorum."

"Kızım için neyin iyi olduğunu ben bilirim."

"Evet, ama o sizden daha iyi bilir."

Sözün burasında Stefano kalktı, kapıyı açtı ve beni çağırdı; o sırada Lila ile dışarıda bekliyordum.

"Lenù."

İçeri girdik. Olayların ortasında olma duygusuna ikimiz de bayılıyorduk; olayları kendi istediğimiz sonuca doğru yönlendirecektik.

"Sana babanın önünde söylüyorum: seni çok seviyorum, kendi hayatımdan daha çok. Benimle evlenir misin?"

Lila ciddiyetle yanıtladı:

"Evet."

Fernando elini kolunu nereye koyacağını bilemedi, sonra geçmişte don Achille konusunda da sergilediği ezikliği gösterdi:

"Burada sadece Marcello'yu değil, bütün Solara ailesini karşımıza alıyoruz. Kim gidip şimdi bunu o zavallı çocuğa söyleyecek?"

Lila konuştu:

"Ben."

40.

Nitekim iki akşam sonra, gezmeye çıkmış olan Rino dışındaki bütün ailenin önünde, sofraya oturmadan, televizyon kapatılmadan önce Lila, Marcello'ya şöyle dedi:

"Beni dondurma yemeye götürür müsün?"

Marcello kulaklarına inanamadı.

"Dondurma mı? Yemekten önce mi? Sen ve ben mi?" Ve sonra hemen Nunzia'ya döndü: "Hanımefendi siz de gelir misiniz?"

Nunzia televizyonu açtı ve şöyle dedi:

"Hayır, teşekkür ederim Marcé. Ama çok oyalanmayın. On dakika sadece, gidin ve gelin."

"Pekâlâ," dedi delikanlı sevinçle, "teşekkür ederim."

En az dört kez yineledi teşekkürü. Bunca zamandır beklediği anın geldiğini sanıyordu; Lila ona evet demek üzereydi.

Ama apartmandan çıktıkları anda kız onun karşısına dikildi, küçüklüğünden beri içinde kendini pek iyi hissettiği o kötücül tavrı takındı ve kelimelerin üzerine basarak konuştu:

"Ben seni istediğimi hiçbir zaman söylemedim."

"Biliyorum. Ama şimdi istiyor musun?"

"Hayır."

Marcello iriydi, şişmandı, sağlıklıydı, yirmi üç yaşında gürbüz bir gençti ama kırılan yüreği yüzünden oradaki direğe dayanmak zorunda kaldı.

"Kesinlikle hayır mı?"

"Hayır. Ben başkasını seviyorum."

"Kim o?"

"Stefano."

"Bunu biliyordum ama inanamıyordum."

"Artık inanabilirsin, aynen böyle."

"Seni de onu da öldüreceğim."

"Benimle şansını hemen deneyebilirsin."

Marcello öfkeyle direkten doğruldu ama hırıldayarak yumruk yaptığı sağ elini kanayana dek ısırdı.

"Seni gerçekten çok seviyorum ve bunu yapamam."

"O halde git kardeşine, babana, sizin çevreden bir arkadaşına söyle; belki onlar becerebilirler. Ama herkesin şunu iyice anlamasını sağla ki önce gelip beni öldürmeleri gerekir. Çünkü ben hayattayken benden başkasına elinizi sürerseniz sizi gelir ben öldürürüm, bunu yapacağımı bilirsin ve ilk önce senden başlarım."

Marcello hırsla parmağını ısırmaya devam etti. Sonra göğsünü sarsan bastırılmış bir hıçkırıkla arkasını döndü ve yürüyüp gitti.

Lila arkasından seslendi:

"Birini yolla da televizyonu alsın, bizim ona ihtiyacımız yok."

41.

Her şey bir aydan kısa süre içinde olup bitti ve Lila nihayet mutlu göründü. Ayakkabı tasarısına bir çıkış yolu bulmuş, ağabeyine ve bütün ailesine bir fırsat tanımış, Marcello Solara'dan kurtulmuş, mahallenin en güvenilir ve hali vakti yerinde genciyle nişanlanmıştı. Daha ne isteyebilirdi? Hiç. Her şeye sahipti. Okul başladığında bunalımım arttı. Kendimi hemen derslere verdim ve öğretmenlerin beni hazırlıksız yakalamalarını önlemek için geceleri on bire kadar çalışmaya, çalar saati sabahın beş buçuğuna kurmaya başladım. Lila'yı giderek daha az görür oldum.

Buna karşın Stefano'nun erkek kardeşi Alfonso ile ilişkim güçlendi. Bütün yaz şarküteride çalışmasına karşın bütünleme sınavlarında, kalmış olduğu Latince, Eski Yunanca ve İngilizceden yedi alarak sınavları son derece başarılı bir şekilde geçmişti. Onun da sınıfta kalmasını, dördüncü sınıfı birlikte okumalarını dileyen Gino, bu duruma çok bozuldu. Artık beşinci sınıfa geçmiş olan biz ikimizin okula her gün birlikte gidip geldiğimizi de görünce iyice hırçınlaştı ve daha adi biri olup çıktı. Artık ne eski sevgilisi olan benimle, ne eski sıra arkadaşı Alfonso ile konuşuyordu; üstelik yanımızdaki sınıfta okuyordu, hem koridorda, hem mahallenin sokaklarında sık sık rastlaşıyorduk. Ama daha beterini de yaptı; kulağıma gelenlere göre ikimiz hakkında çirkin şeyler anlatmakta vakit kaybetmedi. Benim Alfonso'ya âşık olduğumu, derslerde ona dokunduğumu, Alfonso'nun bana yüz vermediğini, çünkü bir yıl yan yana oturduğu için çok iyi bildiğine göre, onun kızlardan değil erkeklerden hoşlandığını anlatıyordu. Bu gibi durumlarda zorunlu olduğu üzere gidip suratını dağıtması için bu sözleri küçük Carracci'ye aktardım, ama o yerel lehçeyle ve küçümseyen bir ses tonuyla şöyle dedi: "Yumuşak olanın kendisi olduğunu herkes biliyor."

Alfonso beni mutlu eden, lütuf gibi bir keşif oldu. Temiz ve terbiyeli olmanın ne demek olduğunun göstergesi gibiydi. Her ne kadar bazı yüz hatları Stefano'yu andırsa, aynı gözlere, aynı buruna, aynı ağza sahip olsa da; her ne kadar büyüdükçe ağabeyi gibi gelişse ve başı büyük, bacakları, bedeninin üst kısmına göre kısa kalsa da; bakışlarında ve davranışlarında aynı uysallığı yansıtsa da, bence Stefano'nun her hücresinde gizlenen kararlılığın onda kesinlikle eksik olduğunu hissediyordum; bana göre nezaketini gizli bir yerde saklıyordu ve gerektiği anda ansızın dışarı fışkıracaktı. Alfonso yanındakini rahatlatan insanlardan biriydi, bizim mahallede ender görülen bu özelliğiyle ondan kötü bir şey gelmeyeceğinden emin olabilirdin. Okul yolunda yürürken pek az konuşuyorduk ama bundan utanıp sıkılmıyorduk. Gereksinme duyduğum her şeye daima sahip oluyordu, elinde yoksa da koşup ediniyordu. Beni bir gerilim yaratmadan seviyordu, ben de ona yavaş yavaş bağlandım. Okulun ilk günü aynı sıraya oturuverdik, bu o dönem için cüretkâr bir davranıştı ve öteki erkekler onun hep çevremde olmasıyla alay etseler de, kızlar sevgili olup olmadığımızı sorsalar da ikimiz de yerimizi değiştirmeye niyet bile etmedik. Güvenilir bir insandı. Benim zamana gereksinmem olduğunu hissederse beni ya bir köşede bekliyordu ya da veda edip gidiyordu. Yanımda kalmasını istediğimi fark ederse başka işi de olsa yanımda kalıyordu.

Nino Sarratore'den kaçmak için ondan yararlandım. Ischia sonrası birbirimizi uzaktan gördüğümüzde Nino hemen dostane bir tavırla yanıma geldi, ama iki soğuk laf ile onu başımdan savdım. Aslında ondan çok hoşlanıyordum, ince ve uzun boyuyla gördüğüm anda yanaklarım kızarıyor, kalbim deli gibi atmaya başlıyordu. Lila artık nişanlı idi –resmen nişanlanmıştı– ve de küçük bir çocukla değil, yirmi iki yaşında nazik, kararlı, cesur bir adamla nişanlanmıştı; benim de artık kıskanılır bir sevgilim olsa, ilişkimizde denge kursam çok iyi olurdu. Dördümüz, Lila ve nişanlısı, ben ve sevgilim birlikte gezsek harika olurdu. Elbette Nino'nun üzeri açık kırmızı bir otomobili yoktu. Elbette o daha lise ikinci sınıftaydı ve bir lirası bile yoktu. Ama o benden yirmi beş santim daha uzunken, Stefano Lila'dan birkaç santim kısaydı. Üstelik isteyince kitap gibi İtalyanca konuşuyordu. Ve okuyordu ve her şeye kafa yoruyordu, insanlığın koşullarına ilişkin sorunlara karşı duyarlıydı. Oysa Stefano şarküterisine kapanmış yaşıyor, sadece lehçe konuşuyordu; ilkokuldan ötesini okumamıştı, kasayı hesabı ondan kuvvetli olan annesi tutuyordu, iyi kalpli biri olmasına karşın, sadece paranın nasıl daha da artırılabileceği konusuna karşı duyarlıydı. Gene de tutku kalbimi kemirse de, ona bağlandığımda Lila'nın gözlerinde nasıl bir ayrıcalık kazanacağımı bilsem de, onu ilk görüşümden ve ikinci kez âşık olmamdan sonra onunla bir ilişki kurmamam gerektiğini hissettim. Bu seferki gerekçem çocukluk dönemimde olduğundan çok daha ciddiydi. Birbirlerine hiç benzemeseler de onu gördüğüm anda aklıma Donato Sarratore geliyordu. Benim kurtulmayı beceremediğim o anda babasının yaptıklarının anısının yarattığı öfke ve tiksinme oğluna kadar uzanıyordu. Elbette, ona âşıktım. Onunla konuşmak, onunla dolaşmak istiyordum ve bazen tepem atıyor ve kendime "neden böyle davranıyorsun, o babası değil, oğlu babası değil, Stefano'nun Peluso ailesine yaptığını yap sen de," diyordum. Ama başaramıyordum. Onunla öpüşeceğimi hayal ettiğim anda bile Donato'nun ağzını hissediyordum ve bir haz ve iğrenme dalgası babayla oğlu tek bir kişide birleştiriyordu.

Durumu daha da karmaşık hale getiren son olay beni iyice telaşlandırdı. Alfonso ve ben artık okuldan eve yürüyerek dönme alışkanlığını edinmiştik. Nazionale Alanı'na gidiyorduk, oradan Meridionale Bulvarı'na uzanıyorduk. Bu uzun yürüyüş sırasında ödevlerden, öğretmenlerden, arkadaşlarımızdan söz ediyorduk ve pek keyif alıyorduk. İşte bir keresinde göleti geçtikten sonra, anayolun girişinde arkama baktım ve demiryolu sekisinde kontrolör üniforması içinde onu, Donato Sarratore'yi görür gibi oldum. Öfke ve dehşetle titredim, hemen bakışlarımı kaçırdım. Yeniden dönüp baktığımda orada yoktu.

O görünüm gerçek miydi, yanılsama mıydı bilmiyorum, ama yüreğimin göğsümde yarattığı gümbürtü bir kurşun atışı gibi içimde iz bıraktı ve bilmem neden, aklıma Lila'nın bakır tencerenin patlayarak çıkardığı gürültü hakkındaki tanımı geldi. Ertesi gün Nino'yu sadece uzaktan gördüğüm an o gümbürtüyü yeniden işittim. İşte o zaman korkuyla Alfonso'nun muhabbetine sığındım ve okula girerken ve çıkarken ondan ayrılmadım. Sevdiğim çocuğun ince, uzun figürü belirdiği anda, sanki ona söyleyeceğim acil bir şey varmış gibi, Don Achille'nin küçük oğluna yöneliyordum ve birlikte çene çalarak uzaklaşıyorduk.

Sözün kısası karışık bir dönemdi, Nino'ya sarılmak istiyordum ama Alfonso'ya yapışıp kalmaya özen gösteriyordum. Hatta benden sıkılıp başka arkadaşlıklar için beni terk ederse korkusundan ona karşı son derece nazik davranıyordum, kimi zaman sesimi inceltip nağmeli konuşuyordum. Ama böyle yaparak bana olan düşkünlüğünü artıracağımdan korkup tavrımı değiştiriyordum. "Ya beni yanlış anlar da aşk ilan ederse?" diye kaygılanıyordum. Bu utanç verici bir durum olurdu, onu reddetmek zorunda kalırdım: yaşıtım olan Lila koca adam olan Stefano ile nişanlanmışken, benim onun nişanlısının küçük kardeşiyle, küçük bir çocukla çıkmam utanç verici olurdu. Gene de zihnimin içinde denetlenemeyen dolaplar dönüyor, hayaller kuruyordum. Bir keresinde Meridionale Bulvarı'ndan Alfonso ile dönerken ve onu yanımda, beni kentin binlerce tehlikesinden koruyan bir kalkan gibi hissederken iki Carracci'nin, Stefano ve onun, Lila'yı ve beni, farklı şekillerde de olsa dünyanın kapkara şerrinden, babalarının çaldığı bebeklerimizi geri almak için ilk kez onların evine uzanan basamakları tırmanarak deneyimlediğimiz kötülükten koruyor olmaları gözüme çok güzel göründü.

42.

Bu tür bağlantılar kurmak, hele de Lila ile ilgiliyse, çok hoşuma gidiyordu. Birbirinden uzak anlar ve olaylar arasında hatlar çekiyordum, benzerlikler ve uyuşmazlıklar buluyordum. O dönemde bu benim için gündelik bir alıştırma halini almıştı: ben Ischia'da ne kadar mutlu olduysam Lila mahallenin sefaletinde o kadar mutsuz olmuştu; ben adayı terk ederken ne kadar ıstırap çektiysem o buna o kadar çok sevinmişti. Sanki kötü bir büyü yüzünden birimizin neşesi ya da acısı, diğerimizin acısı ya da neşesiyle örtüşüyordu. Sanki fiziksel görünüm de bir salıncak gibiydi. Ischia'da kendimi güzel hissediyordum, bu izlenimim Napoli'ye dönüşümde de sürmüştü, hatta Marcello'dan kurtulmasına yardım için canı gönülden fedakârlık ederken kendimi ondan daha güzel hissettiğim anlar olmuştu ve Stefano'nun bazen bakışlarında onun hoşuna gittiğim olasılığını bile görür gibi olmuştum. Ama şimdi Lila yeniden üstün gelmişti, mutluluğu güzelliğini iki katına çıkarmıştı, bense okulun yarattığı bitkinlik, Nino için hissettiğim ıstıraplı tutku yüzünden yeniden çirkinleşmiştim. O sağlıklı tenim soluyordu, sivilcelerim geri geliyordu. Ve bir sabah ansızın gözlük darbesi yedim.

Gerace öğretmen beni tahtaya yazdığı bir konuyla ilgili sözlüye kaldırdı ve neredeyse hiçbir şey görmediğimi fark etti. Bana hemen bir göz doktoruna gitmem gerektiğini, bunu defterime yazacağını ve ertesi gün velimin okundu imzasını görmek istediğini söyledi. Eve döndüm, onlara defterimi gösterdim, gözlüğün yaratacağı masraf yüzünden vicdan azabı çekiyordum. Babam üzüldü, annemse beni azarladı: "Böyle bütün gün kitap okursan, bozarsın tabii gözünü." Acayip bozuldum. Demek ki ders çalışma hevesim yüzünden cezalandırılıyordum. Ya Lila? Benden daha çok okumamış mıydı? Onun gözleri mükemmel görürken benimkiler hangi nedenle bozulmuştu? Ben neden bir ömür gözlük takacakken o takmayacaktı?

Benim ve arkadaşımın kaderinin iyi günde, kötü günde birbirinden ayrılmayacağını ifade eden bir desen bulma tutkum bu gözlük takma zorunluluğumla daha da arttı: ben kördüm o şahin; benim gözbebeğim matlaşırken o daha da uzak erimleri görebilmek için gözlerini kıstıkça kısıyordu; ben gölgeler arasında onun koluna giriyordum, o güçlü bakışıyla bana rehberlik ediyordu. En sonunda babam belediyede çevirdiği işler sayesinde parayı buldu. Hayal kurma faslı dindi. Göz doktoruna gittim, yüksek derecede miyop olduğum belirlendi, gözlükler alındı. Fazlasıyla net görüntüme aynada baktığımda ağır bir darbe yemiş gibi oldum: cildimin bozukluğu, yüzümün genişliği, ağzımın ve burnumun büyüklüğü ve sanki öfkeli bir tasarımcı tarafından gür kaşlarımın altına hırsla çizmiş gibi duran gözlerim gözlük çerçevesine hapsolmuş, karşımdaydı. Kendimi kesinlikle şekilsiz hissettim ve gözlüğü sadece evde ve en fazla tahtadan bir yazı kopya etmek zorunda olduğumda takmaya karar verdim. Ama bir gün onu okuldan çıkarken sıranın üstünde unuttum. Koşarak geri döndüğümde en korkunç şey olmuştu. Son zilin çalmasından sonra herkesin çılgınlar gibi koşuşturması sonucunda yere düşmüştü: şimdi bir sapı kopmuş, bir camı kırılmıştı. Ağlamaya başladım.

Eve dönmeye cesaret edemedim, çare bulma niyetiyle Lila'ya sığındım. Ona başıma geleni anlattım, gözlüğü aldı ve inceledi. Ona bırakmamı söyledi. Genellikle sahip olduğundan daha farklı tonda ifade etti kendini; sanki artık her şey için bitkin düşene kadar çarpışma gerekliliği kalmamış gibi sakindi. Rino'nun kunduracı aletleriyle mucizevi bir girişimde bulunacağını tahmin ettim, ailemin gözlüksüz olduğumu fark etmemelerini umarak eve döndüm.

Birkaç gün sonra öğleden sonranın ilerleyen saatlerinde avludan bana seslenildiğini işittim. Lila aşağıdaydı, gözlüğümü burnunun üzerine kondurmuştu ve o anda beni şaşırtan gözlüğün yepyeni olması değil, ona nasıl yakıştığı oldu. Şöyle düşünerek koştum aşağı: gözlüğe gereksinme duymayan ona neden yakışıyor da, onsuz yapamayan benim çehremi bozuyor? Apartman kapısında belirmemle gözlüğü gülerek çıkardı ve gözlerini kırpıştırdı. Şöyle dedi: "Gözlerimi acıttı." Sonra da şöyle haykırarak bana taktı: "Ne kadar yakışıyormuş, bunları sürekli takman gerekiyor." Gözlükleri Stefano'ya vermişti; o da şehir merkezindeki bir optikçide onartmıştı. Utanç içinde bunun ücretini asla ödemeyeceğimi mırıldandım, ama o alaycı ses tonuyla ve belki biraz haince şöyle dedi:

"Ne anlamda ödemekten söz ediyorsun?"

"Parasını vermek."

Gülümsedi ve sonra gururlu bir şekilde:

"Gerek yok, şimdilik paralarla canımın istediğini yapıyorum."

43.

Benim yoksunluğunu duyarken onun sahip olduğu ya da onun yoksunluğunu duyarken benim sahip olduğum şey örneğine, para damgasını vurdu; kimi zaman neşeyle kimi zaman ıstırapla oynadığımız bu değiştokuş, tersyüz oyunu bizi birbirimiz için vazgeçilmez kılıyordu.

Gözlük olayından sonra, "Onun Stefano'su var," dedim kendi kendime, "bir parmak şaklatmasıyla gözlüğümü yepyeni yapıverdi. Peki benim neyim var?"

Onun sonsuza dek yitirdiği bir ayrıcalık olarak okulum olduğunu söyledim kendime. Benim zenginliğim de bu, diyerek ikna etmeye çalıştım kendimi. Ve nitekim o yıl öğretmenler beni yeniden övgülere boğmaya başladılar. Karnelerim hep çok parlaktı hatta mektupla eğitim aldığım ilahiyat kursumda bile o kadar başarılı oldum ki ödül olarak siyah kapaklı bir Kutsal Kitap kazandım.

Başarılarımla annemin gümüş bileziğiymiş gibi gösteriş yaptım ama bu başarıyı ne yapacağımı bilemiyordum. Sınıfta okuduğum kitaplar, aklıma gelen konular hakkında tartışabileceğim bir kimse yoktu. Alfonso dikkatli bir öğrenciydi, geçen sene yaşadığı başarısızlık yüzünden şimdi derslere iyice asılmıştı ve bütün derslerde ortalamanın üzerinde gidiyordu. Ama onunla *Nişanlılar* romanı veya kütüphaneden, Ferraro öğretmenden ödünç almayı sürdürdüğüm şahane kitaplar ve hatta Kutsal Ruh hakkında tartışmak istediğimde beni dinlemekle yetiniyordu; ya çekingenliğinden ya da bilgisizliğinden bana yeni ufuklar açacak bir şey söyleyemiyordu. Öte yandan sözlülerde güzel bir İtalyanca kullanmasına karşın aramızda konuşurken yerel lehçeden sıyrılamıyordu ve *Nişanlılar'ın* başkahramanı Don Rodrigo'nun evindeki öğle yemeğinde konuşulan dünyevi adalet ya da Tanrı, Kutsal Ruh ve İsa arasındaki ilişki hakkında tartışmak söz konusu olduğunda, bunu lehçeyle yapmak çok zor oluyordu; İsa bana göre tek bir kişiydi ama bu adlarla üçe bölünüyordu ve zorunlu olarak hiyerarşik düzen kurmak gerektiğinde en önce kimin, en son kimin geleceğini dile getirmek ancak İtalyancayla mümkün oluyordu.

O sırada aklıma Pasquale'nin bir zamanlar söylemiş olduğu bir şey geldi: evet, benimki klasik liseydi ama belli ki en iyilerden biri değildi. Onun haklı olduğu kanaatine vardım. Okul arkadaşlarım olan kızları ender olarak Mille Caddesi'ndeki kızlar gibi iyi giyimli görüyordum. Okul çıkışında göz kamaştırıcı şıklıkta giyinmiş gençler, Marcello ve Stefano'nunkilerden daha lüks otomobillerle bu kızları almaya gelmiyorlardı. Entelektüel olarak değerler de pek yüksek ve yaygın değildi. Çevremde benimkine benzer üne sahip tek çocuk Nino idi, ama ona o kadar soğuk davranmıştım ki artık bana bakmadan, başını öne eğip uzaklaşıveriyordu. Ne yapabilirdim o zaman?

Kendimi ifade etmeye gereksinme duyuyordum, zihnimin içi kaynıyordu. Okulum tatil olduğunda hemen Lila'ya koşuyordum. Buluşuyorduk, aramızda konuşuyorduk. Ona dersleri ve öğretmenleri ayrıntılı biçimde anlatıyordum. Beni dikkatle dinliyordu, merak edeceğini, gizlice ya da alenen kitap ödünç alıp bana yetişeceğini umut ediyordum. Ama bu asla olmadı; sanki onun bir yanı, öteki yanını tasmaya vurmuş ve sımsıkı tutar olmuştu. Bunun yanı sıra genellikle alaycı bir tavırla olaylara hızla müdahale etme tutumu geliştirdi. Örneğin, bir keresinde ona ilahiyat kursumdan söz ettim ve şu Kutsal Ruh konusunda ne düşüneceğimi bilemediğimi, işlevini bir türlü anlayamadığımı söyledim. Onun yanında yüksek sesle düşünerek, "Hem Tanrı'nın hem İsa'nın hizmetinde olan, onlara bağımlı bir varlık ya da bir mesajcı mı?" dedim. "Ya da ilk ikisinden yayılan, onların mucizevi bir sıvısı mı? Ama ilkini ele alırsak, mesajcılık yapan bir varlığın aynı zamanda Tanrı ve oğlu ile bir olması nasıl mümkün olur? Bu benim babamın belediyede hademelik yaparken Belediye Başkanı ve Kumandan Lauro ile bir olduğunu söylemek gibi bir şey değil mi? İkinci varsayıma bakarsak, eh sıvı, ter, ses insandan yayılan şeylerdir: o halde Kutsal Ruh'u Tanrı ve İsa'dan ayrı tutmanın ne anlamı olur? Yoksa Kutsal Ruh en önemli kişi ve öteki ikisi onun bir var oluş şekli mi; işlevi nedir bir türlü çözemiyorum?" Hatırlıyorum, Lila o gün Stefano ile çıkmak için hazırlanıyordu: Pinuccia, Rino ve Alfonso ile şehir merkezindeki sinemaya gideceklerdi. Onun yeni bir etek, yeni bir ceket giyişini seyrediyordum, artık bambaşka bir kişi olmuştu, ayak bilekleri bile iki sıska değnek olmaktan çıkmıştı. Gene de kaçamak bir şeyi yakalamak istediğinde yaptığı üzere gözlerinin küçüldüğünü gördüm. Yerel lehçeyle şöyle dedi: "Sen hâlâ böyle şeylerle mi zaman yitiriyorsun Lenù? Biz bir ateş topunun üzerinde uçmaktayız. Soğuyan kısım lavın üzerinde yüzüyor. Bu kısmın üstüne apartmanlar, köprüler, yollar yapıyoruz. Lav arada sırada Vezüv'den fışkırıyor ya da her şeyi yok eden bir deprem yaratıyor. İnsanı hasta edip öldüren mikroplar dört bir yanda. Savaşlar var. Herkesi canavar kılan bir sefalet var çevrede. Her an seni ağlatacak, gözyaşı bırakmayacak kadar üzecek bir felaket olabilir. Ve sen ne yapıyorsun? Kutsal Ruh'un ne olduğunu anlamak için kafa yorman gereken ilahiyat kursu mu? Boş ver ya, dünyayı yaratan Baba, Oğul ve Kutsal Ruh değil Şeytan'dı. Stefano'nun bana armağan ettiği inci kolyeyi görmek ister misin?" İşte aşağı yukarı bunları söyledi ve kafamı daha da karıştırdı. Ve sadece o gün değil, artan bir sıklıkla böyle konuşunca bu tavır ona yerleşti, bana kafa tutmak onun normal hali oldu. Ben Kutsal Teslis hakkında bir görüş ortaya attığımda, o iyi niyetli bir-iki hızlı şakayla olası sohbeti önlüyor ve bana Stefano'nun armağanlarını, nişan yüzüğünü, bir kolyeyi, yeni bir giysiyi, şapkayı gösteriyordu; bu arada benim tutkuyla ilgilendiğim, öğretmenlerimin gözünde parlamamı sağlayan şeyler sönüyor, soluyor, kenarda kalıyordu. Ben de düşünceleri, kitapları bıraktım. Kunduracı Fernando'nun evinin yoksulluğuyla tezat oluşturan bütün bu armağanları seyrediyordum; giysileri ve değerli eşyaları üzerimde deniyordum; bunların bana asla ona yakıştığı gibi yakışmayacağını ileri sürüyordum ve sıvışıyordum.

44.

Nişanlı kız rolüyle Lila çok kıskanıldı ve azımsanmayacak hoşnutsuzluğa neden oldu. Küçükken cılız haliyle bile yaratabildiği hava insanları rahatsız ederken, şimdi çok şanslı bir kız olarak elbette dikkat çekiyordu. Stefano'nun annesinin ve özellikle de Pinuccia'nın ona artan bir düşmanlık beslediklerini kendisi anlattı. Bu iki kadının yüzlerinde belirgin olarak kötü düşüncelerin izi vardı. Şu kunduracının kızı da kendini kim sanıyordu? Nasıl kara büyülü bir iksir içirmişti Stefano'ya? Nasıl oluyor da ağzını açar açmaz Stefano da cüzdanını açıyordu? Yoksa bizim hanemize girip bize efendilik mi taslayacaktı?

Maria sessiz bir somurtkanlık sergilese de Pinuccia kendini tutamıyordu ve doğrudan ağabeyine patlıyordu:

"Neden ona her şeyi alıyorsun; bana hiçbir şey almadığın gibi, ne zaman kendime güzel bir şey alsam beni hep gereksiz masraf yapmakla suçlardın!"

Stefano'nun yüzünde o uysal yarım gülüş beliriyor ama yanıt vermiyordu. Ne var ki, zaman yitirmeden o rahatlatıcı tavrıyla kız kardeşine de armağanlar almaya başladı. İşte iki kız arasındaki yarış da böyle başladı; birlikte kuaföre gidiyorlar, aynı elbiseyi satın alıyorlardı. Ama bu Pinuccia'yı daha da mutsuz etmekten başka bir işe yaramadı. Çirkin değildi, bizden bir-iki yaş büyüktü, belki beden hatları daha güzeldi ama her türlü giysi ya da nesnenin Lila üzerinde yarattığı etki onda yarattığı etkiyle mukayese kabul etmezdi. Bunu ilk fark eden annesi oldu. Maria, Lila ve Pinuccia'nın bir örnek saç modeliyle, benzer giysilerle süslenip çıkmaya hazırlandıklarında ne yapıp ediyor, konuyu değiştirip dolambaçlı yollardan ve sahte bir iyilikle, gelecekteki gelinini günler önce yapmış olduğu bir şey yüzünden eleştiriyordu; ne bileyim ya mutfak ışığını söndürmemiş olduğunu, ya bir bardak su içtikten sonra musluğu açık bıraktığını söyleyiveriyordu. Sonra da sanki çok işi varmış gibi arkasını dönüyor ve öfkeyle homurdanıyordu:

"Geç kalmadan dönün."

Biz mahallenin kızları olarak çok geçmeden benzer sorunlarla yüzleştik. Israrla Carmen olarak çağrılmayı isteyen Carmela, Ada ve Gigliola da tatil günlerinde bunu adlandırmadan, kendilerine bile itiraf etmeden süslenmeye başladılar. Pastanede çalışan ve resmen olmasa bile Michele Solara ile nişanlanmış olan Gigliola alışverişler yapıyor, yürüyüşe çıktığında ya da otomobille gezdiğinde çevresine gösteriş yapmaktan geri durmuyordu. Ama bir yarış söz konusu olamazdı, Lila ulaşılamaz bir hedefti, ters ışıkta bile göz kamaştıran bir figürdü.

Başlangıçta onu durdurmaya, eski alışkanlıklarımızı anımsatmaya çalıştık. Stefano'yu grubumuza çektik, onu şımarttık, çevreledik ve o da bundan hoşnut göründü; nitekim bir cumartesi günü belki de Antonio ve Ada'ya duyduğu yakınlık yüzünden Lila'ya şöyle dedi: "Sor bakalım, Lenuccia ve Melina'nın çocukları yarın akşam bizimle bir şeyler yemeye gelirler mi?" "Biz" derken o ve Lila dışında artık bütün boş zamanlarını birlikte geçirdiği müstakbel eniştesi Rino ve Pinuccia'yı kastediyordu. Biz kabul ettik ama sorunlu bir akşam oldu. Ada rezil olmak istemediği için Gigliola'dan bir elbise ödünç aldı. Stefano ve Rino bir pizzacı değil, Santa Lucia'da bulunan bir restoran seçtiler. Ne ben, ne Antonio, ne Ada şimdiye dek zenginlere özel bir mekân olan restorana gitmiş olduğumuzdan ciddi bir telaşa kapıldık: nasıl giyinecektik, kaç para ödeyecektik? O dördü Giardinetta ile giderlerken, bizler Plebiscito Meydanı'na otobüsle indik ve yolun geri kalanını yürüdük. Verilen adrese vardığımızda onlar rahatça pek çok yemek ısmarladılar, biz hesabın bizim olanaklarımıza göre yüksek gelmesinden korkarak pek az şey istedik. Neredeyse hiç ağzımızı açmadık, çünkü Rino ve Stefano sürekli paradan konuştular ve hiç olmazsa Antonio'nun da dahil olabileceği konulardan söz etmeyi akıl etmediler. Böyle sıradışı bir ortama razı olmayan Ada, bütün akşam boyunca ağabeyini huzursuz eden abartılı cilvelerle Stefano'nun dikkatini çekmeye çalıştı. Sonunda sıra para ödemeye gelince hepsini şarküetericinin karşıladığını keşfettik; bu durum Rino'yu hiç rahatsız etmezken Antonio eve gayet öfkeli döndü, çünkü o Stefano ve Lila'nın ağabeyi ile yaşıttı, onlar gibi çalışıyordu ve bu durum ona kendini dilenci gibi hissettirmişti. İşin en dikkat çekici yanı böyle halka açık bir ortamda, ben ve Ada'nın farklı duygular yüzünden her zamanki yakınlığımızı sergileyemeyip Lila'ya nasıl davranacağımızı bilememememiz, ona söyleyecek söz bulamamamız oldu. Öyle makyajlı, öyle şık biriydi ki, üstü açık Giardinetta'ya, Santa Lucia restoranına son derece uygundu; artık bizimle metroya, otobüse binemez, yayan gezemez, Garibaldi Alanı'nda pizza yiyemez, kilise sinemasına gidemez, Gigliola'nın evinde dans edemez gibi görünüyordu.

O akşam Lila'nın koşullarının değiştiği aşikâr oldu. Günler, aylar içinde moda dergilerindeki modelleri, televizyonda, Chiaia

Sokağı'nda gezerken gördüğümüz kızları taklit eden bir genç hanım oldu. Görünümü mahallenin yoksulluğunun yüzüne şiddetli bir tokat gibi inen bir parıltı yayıyordu. Onu Stefano ile nişanlanmaya ulaştıran dokunun birlikte attığımız ilmeklerine ait izler genç kız bedeninde seçiliyordu, ama çok kısa sürede onu da karanlık bir maziye gömdü. Şimdi güneş ışığında beliren genç kadın, pazar günleri nişanlısının kolunda dışarı çıktığında, çift olarak imzaladıkları anlaşmanın maddelerini sergiler gibiydiler; Stefano, zaten güzel olan Lila'nın ona aldığı armağanlar sayesinde daha da güzel olabildiğini kanıtlıyordu; Lila güzelliğinin tükenmez kaynağını vurgulamanın sevincini keşfetmişti, kusursuz çizilmiş bir güzellik tanımının bile onu tam olarak tarif edilemeyeceğini hissediyor ve bunu sergiliyordu, öyle ki yeni bir saç modeli, yeni bir giysi, yeni bir göz ya da dudak makyajı daima öncekileri geride bırakan daha ileri sınırlar oluyordu. Stefano nişanlısında gözünü diktiği, refah ve kudret yüklü geleceğin en belirgin simgesini arar gibiydi; Lila da kendini, ağabeyini, anne ve babasını, öteki akrabalarını, küçüklüğünden beri yüzleştiği ve meydan okuduğu her şeyi güvene almak için onun kendisine uzattığı mührü kullanır gibiydi.

Yılbaşı gecesi yaşadığı, hâlâ kendi içinde bir sır olarak sakladığı ve *sınırsızlanma* adını verdiği halinden henüz haberim yoktu. Ama patlayan tencere öyküsünü biliyordum, zihnimin bir kenarında pusuda bekliyordu ve durup durup hatırlıyordum. Bir akşam evde, Ischia'ya yazmış olduğu mektubu yeni baştan okuduğumu anımsıyorum. Kendini anlatma tarzı ne kadar baştan çıkarıcıydı ve o günler ne kadar uzak görünüyordu. Artık bana o satırları yazan Lila'nın var olmadığını anlamalıydım. O mektupta hâlâ *Mavi Peri* romanını yazan, Latince ve Eski Yunancayı tek başına öğrenen, Ferraro öğretmenin kütüphanesinin yarısını yalayıp yutan, hatta ayakkabı mağazasında çerçevelenmiş olarak duran çizimleri yapan küçük kız vardı. Gündelik hayatta artık o kızı göremiyor, konuşamıyordum. Sinirli, saldırgan Cerullo sanki bu uğurda kurban edilmişti. Onunla aynı mahallede oturmuştuk, onunla aynı çocukluğu paylaşmıştık, ikimiz de on beşinci yaşımızı yaşıyorduk ama ansızın iki farklı dünyanın içine düşmüştük. Aylar gelip geçerken ben bakımsız, saçı başı dağınık, gözlüklü, ikinci el pazarından büyük fedakârlıkla alınmış ya da Oliviero öğretmen tarafından sağlanmış, yıpranmış kitapların yaydığı pis kokuya eğilmiş bir kıza dönüşüyordum. O bir yıldız gibi tarattığı saçlarıyla, onu bir oyuncu ya da prenses gibi gösteren giysileriyle Stefano'nun koluna giriyor ve yürüyüp gidiyordu.

Pencereden bakıyordum, eski şeklinin artık paramparça olduğunu hissediyordum ve mektuptaki o şahane eğilip bükülmüş, bambaşka olmuş bakır tencere tasvirini düşünüyordum. Bu artık sürekli kullandığım bir imgeye dönüşmüştü, onun ya da benim içimde bir kırık hissettiğim her sefer aklıma düşüyordu. Hiçbir şeklin Lila'yı içinde uzun süreli barındıramayacağını ve onun eninde sonunda bir kez daha her şeyi patlatıp kıracağını biliyordum ya da hissediyordum.

45.

Santa Lucia restoranındaki kötü akşam yemeği deneyiminden sonra nişanlılar bizi davet etmediklerinden değil, bizim her sefer başka bir bahane uydurarak bu önerileri reddettiğimizden benzeri durumlar yaşanmadı. Ödevler enerjimi sonuna kadar tüketmediğinde evlerden birinde yapılan danslı partiye, eski grupla pizzacıya gidiyordum. Gene de Antonio'nun bize katılacağından emin olduğumda çıkıyordum; bir süredir özenli bir muhabbetle, dikkat dolu bir yaklaşımla kendini bana adıyordu. Elbette yüzünün teni parlak ve kara noktalarla doluydu, dişlerinin şurası burası mavimsi bir renge bürünmüştü, elleri kısa, parmakları küttü; bir keresinde Pasquale'nin edindiği çok eski bir arabanın patlak lastiğinin cıvatalarını bu parmaklarla sökmüştü. Ama insanda okşama duygusu uyandıran kara ve dalgalı saçları vardı, çok çekingen olmasına karşın ender olarak ağzını açtığında çok komik laflar ediyordu. Zaten benim farkımda olan tek kişi de oydu. Enzo nadiren boy gösterir olmuştu, hakkında neredeyse hiçbir şey bildiğimiz bir hayat sürdürüyordu ama bize katıldığında da pek abartmadan, kendi uzak tavrıyla ve yavaştan Carmela ile ilgileniyordu. Pasquale ise, Lila'nın onu reddetmesinden sonra kızlara olan ilgisini yitirmiş gibiydi. Ona cilveler yapan ve sürekli bizim çirkin suratlarımızı görmekten bıktığını söyleyen Ada'yı bile görmezden gelir gibiydi.

Tabii ki o akşamlarda, kimse adını anmak istemezmiş gibi görünse de konu eninde sonunda Lila'ya geliyordu: erkeklerin hepsi biraz hayal kırıklığı duygusu taşıyordu; Stefano'nun yerinde olabilmeyi istiyorlardı. En mutsuz Pasquale idi; çok eski tarihlerde Solara kardeşlere karşı derin bir nefret duymamış olsaydı belki şimdi Marcello ile birlikte Cerullo ailesinin resmen karşısına dikilecekti. Yüreğindeki aşk ıstırabı içini oyuyordu, Lila ve Stefano'yu birlikte görmek bile yaşama arzusunu söndürüyordu. Aslında doğası gereği iyi yürekli ve iyi niyetli bir çocuktu, tepkilerini kontrol altında tutma ve adil olma konusunda özen gösteriyordu. Marcello ve Michele'nin bir gece Rino ile çatıştıkları, ona ellerini sürmeseler de hakaret yağdırdıkları duyulunca Pasquale hiç uzatmadan Rino'dan yana taraf olmuştu. Michele ve Marcello'nun babası Silvio Solara'nın bizzat Fernando'nun yenilenmiş ayakkabı mağazasına gittiğini ve onu açıkça kızını iyi terbiye edememiş olmakla suçladığını, sonra çevresine bakarak kunduracının istediği ayakkabıyı imal edebileceğini ama satacak yer bulamayacağını, ortada bu kadar ip, zift, tahta kalıp, kösele varken, buranın alev almasının pek kolay olacağını söylemesi üzerine Pasquale, Cerullo ayakkabıcısında yangın çıkması durumunda güvendiği arkadaşlarını yanına alıp Solara bar-pastanesini tutuşturacağı düşüncesini hiç zaman geçirmeden duyurdu. Ama Lila konusunda eleştirel davranıyordu. Marcello'nun her akşam evine gelip ona kur yapmasını kabullenmek yerine evden kaçması gerektiğini düşünüyordu. Televizyonu ilk gün çekiçle kırmalı ve sadece onun için satın alındığını bilenlerle birlikte oturup seyretmemeliydi. Ve son olarak da Stefano Carracci gibi riyakâr bir tipe gerçekten âşık olamayacak kadar zeki bir kız olduğunu ekliyordu.

Bu gibi durumlarda susmayan, Pasquale'nin eleştirilerine açıkça karşı çıkan tek kişi ben oluyordum. Şöyle varsayımlar ileri sürüyordum: Evden kaçmak o kadar kolay değildir; seni seven insanların iradesine karşı çıkmak o kadar kolay değildir, hiçbir şey göründüğü kadar kolay değildir, sen arkadaşın Rino'ya karşı çıkmak yerine Lila'ya kızıyorsun. Oysa Marcello denen belayı Lila'nın başına saran oydu; Lila canını kurtarmanın yolunu bulamasaydı Marcello ile evlenmek zorunda kalacaktı. Sözlerimi de Stefano'ya övgüler düzerek bitiriyordum; küçüklüğünden beri Lila'yı tanıyan ve seven bunca erkek arasından ona destek olmak ve yardım etmek için kendini ortaya atan tek kişi o olmuştu. İşte o zaman ortama çirkin bir sessizlik iniyordu ve ben arkadaşıma yöneltilen bütün eleştirileri onları utandıracak bir ton ve dille çürütmenin gururunu yaşıyordum.

Ama bir akşam iş feci bir kavgayla sonlandı. Rettifilo'da bir pizza ile biraya elli liret ödediğimiz mekânda buluşmuştuk, Enzo bile bizimle beraberdi. Bu kez sözü kızlar açmıştı: Yanılmıyorsam Ada, Lila'nın evinin kapısının önünde karafatmalara zehir dökerken bile kuaförden yeni çıkmış saçlarla ve Prenses Süreyya gibi giysilerle dolaşmasının komik olduğunu söyledi; hemen hemen hepimiz buna güldük. Sonra laf lafı açtı ve Carmela açıktan açığa Lila'nın para için Stefano ile birlikte olduğunu, böylelikle ağabeyini ve ailenin geri kalanını da güvene aldığını söyledi. Ben gene resmi savunmama başlamak üzereydim ki Pasquale sözümü kesti ve şöyle dedi:

"Olay bu değil. Olay Lina'nın o paranın nereden geldiğini biliyor olması."

"Şimdi yeniden Don Achille, kara borsa, kaçakçılık, tefecilik ve savaş öncesi ve sonrası yaşanan pislikler bohçasını mı açmak istiyorsun?" dedim.

"Evet ve senin arkadaşın şimdi burada olsaydı, bana hak verirdi."

"Stefano sadece iyi satış yapmayı bilen bir tüccar, o kadar."

"Peki Cerullo kunduracısına yatırdığı paralar sence şarküteriden kazandığı para mı?"

"Sence değil mi?"

"O para, Don Achille'nin bir şiltenin içine gizlemiş olduğu, ailenin kadınlarına ait altınlardan geldi. Lina bu mahallenin bütün yoksullarının kanıyla hanımlık taslıyor. Ve daha evlenmeden önce hem kendine, hem bütün ailesine baktırıyor."

Ben tam onu yanıtlayacakken Enzo her zamanki kopukluğuyla araya girdi:

"Afedersin Pasca, 'baktırıyor' ne demek?"

İşte bu soruyu duyduğum anda işin tadının kaçacağını anladım. Pasquale kızardı, utandı:

"Baktırmak, baktırmak demek. Lina kuaföre gittiğinde, giysiler, çantalar satın aldığında, kim ödüyor parasını sence? Kundura tamircisi, ayakkabı imalatçılığı oynasın diye dükkâna parayı kim yatırdı?"

"Yani sen Lina'nın ona âşık olmadığını, nişanlanmadığını, Stefano ile yakında evlenecek olmadığını ve kendini sattığını mı söylemek istiyorsun?"

Hepimiz sustuk. Antonio homurdandı:

"Hayır Enzo, Pasquale böyle söylemek istemiyor; bilirsin ki o da Lina'yı hepimiz kadar sever."

Enzo ona susmasını işaret etti.

"Sus Anto, bırak Pasquale versin yanıtını."

Pasquale somurtarak yanıtladı:

"Evet, sattı kendini. Ve her gün harcadığı paradaki pis kokuya burnunu tıkadı."

Ben yeniden kendi görüşümü savunmaya niyetliyken Enzo benim kolumu tuttu.

"Bağışla Lenù, Pasquale'nin kendini satan bir kadını nasıl adlandıracağını merak ediyorum."

İşte burada Pasquale hepimizin gözlerinde okuduğumuz bir şiddet krizine girdi ve aylardan beri içinde tuttuğu, söylemek hatta mahalleye haykırmak istediği şeyi ağzından çıkardı:

"Şırfıntı, ona herkes şırfıntı diyor. Lina bir şırfıntı gibi davrandı ve öyle davranıyor."

Enzo ayağa kalktı ve handiyse alçak bir sesle, "Dışarı gel," dedi.

Antonio ayağa fırladı, kalkmak isteyen Pasquale'nin kolunu tuttu ve şöyle dedi:

"Abartmayalım Enzo. Pasquale'nin söylediği bir suçlama değil, hepimizin yapmak istediği bir eleştiriydi."

Enzo bu sefer yüksek sesle tekrarladı:

"Ben değil." Ve kapıya yürürken seslendi:

"İkinizi de dışarıya bekliyorum."

Pasquale ve Antonio'nun dışarı çıkmalarını engelledik ve bir şey olmadı. Birkaç gün boyunca birbirlerine surat astılar ve sonra her şey öncesine döndü.

46.

O yılın nasıl geçtiğinin ve onu gizlice ya da açıkça sevmiş olan, büyük olasılıkla sevmeyi sürdüren, hâlâ arzulayan gençler arasında Lila'nın seçimi üzerine nasıl bir hava estiğinin anlaşılması için anlattım bu kavgayı. Bana gelince, nasıl bir duygular kördüğümü yaşadığımı söylemem çok zor. Lila'yı her fırsatta savunuyordum, bunu yapmaktan hoşlanıyordum, zor konuların işlendiği bir eğitim alan birinin otoriter ağzıyla konuştuğumu duymak hoşuma gidiyordu. Aslında Lila'nın, Stefano'nun her adımını nasıl izlediğini, benim de onunla hareket ettiğimi, bir matematik problemi misali, bu sonuca varana dek aşama aşama olayları birbirine nasıl zincirleme bağladığını, belki biraz da abartarak anlatmayı pek isterdim: Kendini sağlama almıştı, ağabeyini sağlama almıştı, ayakkabı mağazası tasarısını gerçekleştirmişti ve hatta benim kırılan gözlüğümü onartmak için bile parasını harcamıştı.

Fernando'nun eski dükkânının önünden geçiyordum ve aracı kişi olarak bir zafer duygusu hissediyordum. Lila besbelli başarmıştı. Şimdiye dek tabelası olmamış olan dükkânın eski kapısının üzerinde şimdi Cerullo yazan bir tür tabela vardı. Fernando, Rino ve üç çırak tezgâhlarının başında sabahtan akşama kadar ayakkabıları yapıştırıyor, dikiyor, çekiçle dövüyor, zımparalıyordu. Baba ve oğulun çok kavga ettikleri biliniyordu. Fernando'nun özellikle kadın ayakkabılarının Lila'nın çizdiği gibi yapılmasının mümkün olmadığını, bunların küçük bir kızın hayalleri olduğunu savunduğu biliniyordu. Rino'nun da tam tersini iddia ettiği, Lila'nın duruma müdahale etmesini istediği de biliniyordu. Lila'nın konuyla ilgilenmediği, onun üzerine Rino'nun Stefano'ya gittiği ve babasına kesin emirler vermesi için dükkâna getirdiği de biliniyordu. Stefano'nun dükkâna gittiği, duvarda asılı olan Lila'nın çizimlerine uzun uzun baktığı, kendi kendine gülümsediği, ayakkabıların tam o çerçevedeki gibi olmasını istediği ve bu çerçeveleri oraya mahsus astığı söylediği de biliniyordu. Sözün özü çalışmalar yavaş ilerliyordu, çalışanlar önce Fernando'dan emir alıyorlardı, sonra Rino bunu değiştirip işi durduruyordu ve her şey yeni baştan başlıyordu, Fernando da değişimi fark edince yapılanı değiştirtiyordu ve bu sefer Stefano geliyor, her şey en baştan başlıyor, nihayetinde de yüksek sesli kavgalar çıkıyor, öfkeyle fırlatılan eşyalar kırılıyordu.

Ben şöyle bir bakıp uzaklaşıyordum. Ama duvarda asılı duran çerçeveler zihnime çakılıp kalıyordu. Şöyle düşünüyordum: O çizimler Lila için bir hayaldi, bunun parayla, kendini satmakla ilgisi yok. Bütün bu işler onun yeteneğinin sonucuydu ve Stefano da aşk adına bunu yüceltmişti. Ne mutlu ona, böyle seviliyor, böyle seviyor. Ağabeyine istediğini verdikten, onu tehlikelerden uzaklaştırdıktan sonra kesinlikle başka şeyler bulacaktır. Bu nedenle onu gözden kaybetmek istemiyorum. Bir şeyler olacaktır kesin.

Ama hiçbir şey olmadı. Lila, Stefano'nun nişanlısı rolüne yerleşti. Biraz zaman bulduğumuzda yaptığımız konuşmalarda da bana hep vardığı noktadan hoşnut göründü; sanki daha ötede bir şey görmüyordu, bir evlilik, ev ve çocuklardan başkasını görmek *istemiyordu.*

Buna bozuldum. Eski hırçınlıkları kalmamıştı, tatlılaşmıştı. Gigliola Spagnuolo aracılığıyla hakkında onur kırıcı dedikodular kulağıma geldiğinde bunu iyice anladım.

Gigliola lehçeyle konuşarak ve kinle şöyle dedi:

"Şimdi arkadaşın prensesçilik oynuyor ama Marcello'nun onun evine gittiği dönemde kızın her akşam onunkini ağzına aldığını Stefano biliyor mu acaba?

Ağza almanın ne demek olduğunu bilmiyordum. Çocukluğumdan beri duyduğum bir şeydi, ama bu bir aşağılama ifadesi gibi geliyordu.

"Bu doğru değil."

"Marcello öyle söylüyor."

"Yalancının teki o!"

"Öyle mi? Kardeşine de yalan söyler mi sence?"

"Sana bunu Michele mi anlattı?"

"Evet."

Bu dedikoduların Stefano'nun kulağına gitmeyeceğini umut ettim. Okuldan her dönüşte kendi kendime, "Belki de kötü bir şeyler olmadan Lila'yı uyarmalıyım," diyordum. Sonra büyürken sergilediği tavrı, tabiatını bildiğim için öfkelenmesinden ve falçatayı aldığı gibi Marcello Solara'nın karşısına dikilmesinden korkuyordum. Gene de sonunda şuna karar verdim: duyduklarımı ona aktarırsam durumla yüzleşmeye hazır olurdu. Ama her şeyi çoktan duyduğunu öğrendim. Bu kadar da değil: ağza almanın ne anlama geldiği konusunda benden çok daha bilgiliydi. Üstelik o şeyi asla hiçbir erkeğe yapmayacağını, bundan çok iğrendiğini, hele Marcello Solara'nın söz konusu olmayacağını bana aktarırken gayet net bir dil kullandı. Sonra bana bu söylentinin Stefano'nun da kulağına geldiğini, nişanlısının ona Marcello'nun Cerullo evine gittiği dönemde aralarında nasıl bir ilişki olduğunu sorduğunu da aktardı. Lila onu öfkeyle şöyle yanıtlamıştı: "Tabii ki hiç, deli misin sen?" Stefano da hemen ona inandığını, bu konuda hiç kuşkusu olmadığını, bu soruyu sadece Marcello'nun hakkında pis konuşmalar yaptığını bildirmek için sorduğunu söylemişti. Ama bu arada yüzünde dalgın bir ifade belirmişti; sanki istemeden de olsa zihninde oluşan katliam sahnelerini seyre dalmış gibiydi. Lila bunu fark etmişti, konuyu enine boyuna tartışmışlardı ve kendinin de gidip hesap sorma arzusu duyduğunu itiraf etmişti. Ama neye yarardı ki? Konuşa konuşa sonunda ortak bir karara vararak Solara ailesinin, mahalle mantığının üzerine bir çizgi daha çizmeye karar vermişlerdi.

"Bir çizgi daha mı?" diye sordum hayretle.

"Evet, onları görmezden geleceğiz: Marcello, kardeşi, babası, dedesi, hepsi. Sanki yoklarmış gibi davranacağız."

Böylece Stefano nişanlısının onurunu korumadan işine devam etmiş, Lila nişanlılık hayatını falçata ve benzeri şeylere başvurmadan sürdürmüş, Solara kardeşler de rezilliklerini yaymaktan vazgeçmemişlerdi. Onu bıraktığımda şaşkınlık içindeydim. Neler oluyordu? Anlayamıyordum. Solara kardeşlerin davranışları bana daha aşikâr görünüyordu, küçüklüğümden beri tanıdığım dünyayla daha uyum içindeydi. Lila ve Stefano ise nerede yaşadıklarını sanıyorlardı, ne vardı akıllarında? Okulda ezberlediğim şiirlerde, okuduğum romanlarda bile bulunmayan bir davranış tarzı sergiliyorlardı. Kafam karışmıştı. Suçlamalara, hele Solara ailesinin böylesine dayanılmaz iftiralarına bile tepki vermiyorlardı. Herkese karşı nezaket ve zarafet sergiliyorlardı, sanki yoksul mahallesine ziyarete gelmiş John ve Jacqueline Kennedy gibi davranıyorlardı. Birlikte gezintiye çıktıklarında, erkek kolunu nişanlısının omzuna doladığında, eski kuralların hiçbiri onlar için geçerli değilmiş gibi görünüyordu: gülüşüyor, şakalaşıyor, birbirlerine sarılıyor, dudaktan öpüşüyorlardı. Bazen üstü açık arabayla hızla gözden kaybolduklarını, hatta akşamları bile sinema yıldızı gibi giyinip, yalnız başlarına gittiklerini görüyor ve düşünüyordum: böyle kimsenin gözetimi altında olmadan, gizlice değil, büyüklerin ve Rino'nun iznini alarak, insanların söylediklerini umursamadan kim bilir nereye gidiyorlardır? Onları mahallenin en hayran olunan, en çok sözü edilen çifti haline getiren bu davranışları Stefano'ya benimseten Lila mıydı acaba? Yeni icadı da bu muydu? Mahallenin içinde kalmayı sürdürerek mahalleden çıkmak mı istiyordu? Bizlerin de kendimizin dışına sürüklenmemizi, eski derimizi söküp atmamızı, yenisine bürünmemizi ve kendi yaratmakta olduğu bu yeni hayatı benimsememizi mi istiyordu?

47.

Lila hakkındaki söylentiler Pasquale'nin kulağına ulaştığında her şey aniden o bildik raylarda ilerlemeye başladı. Bir pazar günü ben, Carmela, Enzo, Pasquale ve Antonio anayolda geziniyorduk. Antonio şöyle dedi:

"Bana, Marcello Solara'nın herkese Lina'nın onunla birlikte olduğunu anlattığını söylediler."

Enzo gözünü bile kırpmadı, Pasquale hemen coştu:

"Nasıl birlikte olmak?"

Antonio benim ve Carmela'nın varlığından utandı ve "Anlarsın işte," dedi.

Yanımızdan uzaklaştılar, aralarında konuştular. Pasquale'nin giderek öfkelendiğini görüyor ve hissediyordum, Enzo fiziksel olarak dertop olmuştu, sanki artık kolu, bacağı, boynu yoktu ve katı maddeden bir kütleye dönüşmüştü. Neden, diye soruyordum, ona bu kadar sinirleniyorlar? Lila onların ne kardeşi ne kuzeni. Gene de bu üçü, neden Stefano'dan daha çok, Stefano'dan çok daha fazla, sanki onlar nişanlıymış gibi hiddetleniyorlar? Özellikle Pasquale bana gülünç göründü. Şunun şurasında kısa süre önce o söylemiş olduğu sözleri söyleyen Pasquale'nin bir anda haykırdıklarını kulaklarımızla duyduk: "Ben o hayvanın suratını dağıtırım, kızı şırfıntı yerine koyuyor! Stefano buna izin veriyor olabilir ama ben asla izin vermeyeceğim!" Sonra sessizlik oldu, yanımıza geldiler, havamız sönmüş bir şekilde yürümeyi sürdürdük; ben Antonio ile konuşuyordum, Carmela da ağabeyiyle Enzo'nun arasında yürüyordu. Bir süre sonra bizi eve bıraktılar. Ortada kısa boylu Enzo, Antonio ve Pasquale iki yanda, uzaklaşıp gittiler.

Ertesi gün ve sonraki günlerde Solara kardeşlerin Millecento arabasıyla ilgili lafların ardı arkası kesilmedi. Paramparça edilmişti. Bu kadar da değil: iki kardeş vahşice dövülmüşlerdi ama kimin kimi dövdüğü bilinmiyordu. Mahalle dışından gelen on kişinin onlara karanlık bir yolda saldırdığına yemin ediyorlardı. Ama Carmela ve ben saldırganların sadece üç kişi olduğunu çok iyi biliyorduk ve kaygılanıyorduk. Bir, iki, üç gün boyunca kaçınılmaz misillemeyi bekledik ama belli ki işlerini iyi yapmışlardı. Pasquale duvar örmeye, Antonio tamirhanede çalışmaya, Enzo sebze arabasıyla dolaşmaya devam etti. Solara kardeşler ise bir süre sadece yürüyerek, perişan halde, biraz dalgınca ama yanlarında daima dört-beş arkadaşlarıyla dolaşmaya başladılar. Onları bu halde görmenin beni sevindirdiğini kabul etmem gerekir. Arkadaşlarımla gurur duydum. Carmen ve Ada ile birlikte Stefano ve Rino'nun bir şey yokmuş gibi davranmalarını eleştirdik. Sonra zaman geçti, Marcello ve Michele yeşil bir Giulietta araba satın aldılar ve gene mahallenin efendisi havasına büründüler. Kanlı canlı ve eskisinden daha zorba olarak. Bu da Lila'nın belki haklı olduğunun işaretiydi: bu tür insanlarla mücadele etmek, daha üstün bir hayat tarzı benimseyerek, onların hayal bile edemeyecekleri yerlere varmak şeklinde mümkündü. Ama ben beşinci yıl sınavlarına girerken, baharda, on altı yaşında evleneceğini söyledi.

48.

Bu haber beni altüst etti. Lila düğün haberini bana haziranda, sözlü sınava girmeme birkaç saat kala verdi. Beklenebilecek bir şeydi bu elbette ama şimdi 12 Mart gibi bir tarih belirlendiğini öğrenince dalgınlıkla kapıya çarpmışım gibi hissettim kendimi. İğrenç düşünceler sardı zihnimi. Ayları saydım: dokuz. Belki de Pinuccia'nın hain hıncı, Maria'nın düşmanlığı, Marcello Solara'nın iftiraları, mahallede –Aeneis'in canlanan Şöhret'i gibi– ağızdan ağıza uçuşup durduğu için Stefano'nun tepesi atar ve nişanı bozar diye düşünülmüştü. Kendimden utandım ama kaderlerimizin çatallaşmasına tutarlı bir desen bulmayı beceremedim. Tarihin somutlaşması, ikimizin hayatını birbirinden uzaklaştıracak yol ayrımını da somutlaştırdı. Ve işin kötüsü onun kaderinin benimkinden daha iyi olacağı kanaatine vardım. Eğitim yolunun anlamsızlığını eskisinden daha çok hissettim, bu yola yıllar önce Lila'yı kıskandırmak için girmiş olduğum düşüncesi zihnimde netleşti. Oysa artık kitaplara hiç yüz vermiyordu. Ben de sınava çalışmayı bıraktım, gece gözüme uyku girmedi. Kendimin pek kıt aşk deneyimimi düşündüm: bir keresinde Gino'yu öpmüştüm, Nino'nun dudakları, dudaklarıma şöyle bir dokunmuştu, babasının kaçamak ve yakışıksız temasına maruz kalmıştım. Lila'nın ise mart ayında, on altı yaşındayken bir kocası olacaktı, on yedi yaşına geldiğinde de çocuk doğurur, sonra bir tane daha, bir tane daha, bir tane daha çocuğu olurdu. Kendimi gölgede kalmış gibi hissettim ve çaresizce ağladım.

Ertesi gün gönülsüzce sınava gittim. Ama kendimi iyi hissetmemi sağlayan bir şey oldu. Sınav kurulunda bulunan Gerace öğretmen ve Galiani öğretmen benim İtalyanca yazılı sınavımı çok övdüler. Özellikle Gerace kompozisyonun seriminin kusursuz olduğunu söyledi. Kurulun geri kalanına bir bölüm okumak istedi. Ve ancak onu dinlerken, ben de yazarken ne yapmak istediğimi fark ettim; kendi yapay tonlamalarımdan, fazlasıyla katı cümlelerimden kurtulmak, Lila'nın Ischia'ya yolladığı mektubundaki gibi akıcı ve sürükleyici bir yazı stili benimsemek için çalışmıştım. Kendi sözlerimi öğretmenimin sesinden işittiğimde, Galiani öğretmen de onu sessizce dinler ve onaylarken, başarmış olduğumu hissettim. Elbette bu Lila'nın yazı stili değildi, bana aitti. Ve öğretmenlerime gerçekten sıradışı bir şey gibi görünüyordu.

Her dersten on alarak lise bire geçtim ama evimde kimse buna ne sevindi ne beni kutladı. Evet, mutlu olduklarını görebiliyordum ve buna seviniyordum ama başarıma önem vermediler. Hatta annem okul başarımı gayet doğal buldu, babam hemen Oliviero öğretmene gitmemi ve gelecek yılın kitaplarını edinmemi söyledi. Evden çıkarken annem arkamdan seslendi, "Ve seni yeniden Ischia'ya yollamak isterse, kendimi iyi hissetmediğimi, evde bana yardım etmek zorunda olduğunu söyle."

Öğretmenim de beni gönülsüzce övdü; hem biraz başarımı kanıksamıştı hem de sağlığı pek iyi değildi; ağzındaki hastalık ona çok sıkıntı veriyordu. Dinlenme gereksinmem, Ischia'daki kuzeni Nella konusuna hiç girmedi. Tam tersine şaşırtıcı bir şekilde Lila'dan söz etti. Onu sokakta, uzaktan görmüştü. Nişanlısı şarküterici çocuklaydı, dedi. Sonra hayatım boyunca hatırlayacağım bir cümle söyledi: "Cerullo'nun küçüklüğünden beri kafasında var olan güzellik bir çıkış yolu bulamadı Greco, ve tümü onun yüzünde, göğsünde, kalçalarında, kıçında meydana çıktı, ama bu çok çabuk geçer ve sanki hiç olmamış gibi olur."

Onu tanıdığımdan beri böyle terbiyesizce bir sözcük kullandığını hiç duymamıştım. O gün "kıçında," demiş, sonra da "özür dilerim," diye mırıldanmıştı. Ama beni asıl şaşırtan bu olmadı.

Onun pişmanlığını hissettim, sanki öğretmeni olarak onu korumadığı, onun doğru yönde gelişmesini sağlamadığı için Lila'ya yazık olduğunu düşünüyordu. Kendimi en yüksek başarıyı göstermiş olan öğrencisi olarak hissettim ve oradan içim ferahlamış olarak ayrıldım.

Beni ciddi anlamda kutlayan tek kişi Alfonso oldu; o da bütün notları yedi olarak geçmişti sınıfı. Onunkinin saf niyetli bir hayranlık olduğunu hissettim ve buna sevindim. Camekânın önünde, heyecanla, arkadaşlarımız ve onların aileleriyle not çizelgesine bakarken alışılmadık bir şey yaptı, benim kız olduğumu ve bana dokunmaması gerektiğini unutmuş gibi davrandı: bana sıkı sıkı sarıldı ve gürültülü bir öpücükle yanağımı öptü. Sonra kendi de yaptığına şaşırdı, beni bıraktı, özür dilerim dedi; gene de kendini tutamadı ve bağırdı, "Hepsi on, olacak şey değil, hepsi on!" Eve dönerken ağabeyiyle Lila'nın düğününden söz ettik. Kendimi gerçekten rahat hissettiğimden ona ilk kez gelecekteki yengesi hakkında ne düşündüğünü sordum. Yanıtlamadan önce biraz düşündü. Sonra şöyle dedi:

"Okulda bize yaptırdıkları yarışı hatırlıyor musun?"

"Kim unutabilir ki?"

"Ben kazanacağımdan emindim, hepiniz babamdan korkuyordunuz."

"Lina da: hatta neredeyse seni yenmeyecekti."

"Evet ama sonra yenmeye karar verdi ve beni küçük düşürdü. Ağlayarak dönmüştüm eve."

"Kaybetmek kötü."

"O yüzden değil: herkesin babamdan korkuyor olmasına dayanamıyordum; en çok ben korkuyordum ama o kız korkmuyordu."

"Âşık mı oldun ona?"

"Şaka mı yapıyorsun? Ben ondan hep çekindim."

"Ne anlamda?"

"Şu anlamda ki, ağabeyim onunla evlenmekle gerçekten cesurca davranıyor."

"Ne diyorsun?"

"Diyorum ki sen çok daha iyisin ve eğer bir seçim yapmam gerekse, ben seninle evlenirdim."

Bu da hoşuma gitti. Kahkahalarla güldük, gülmemiz hâlâ sürerken vedalaştık. O yazını şarküteride çalışarak geçirmeye mahkûmdu, ben de babamdan çok annemin kararıyla kendime yaz için bir iş bulmalıydım. Görüşmek üzere, en azından bir kere birlikte denize gitmek üzere sözleştik. Olmadı.

Sonraki günlerde mahallede isteksizce tur attım. Anayoldaki bakkal Don Paolo'ya tezgâhtara gerek duyup duymadığını sordum. Duymuyordu. Gazeteciye sordum: o da istemedi. Kırtasiyeci hanıma uğradım, gülmeye başladı; evet gereksinmesi vardı ama şimdi değil sonbaharda, okullar açılırken gelmeliydim. Tam çıkacaktım ki seslendi:

"Sen ciddi bir kızsın Lenù: sana güvenirim. Kızlarımı denize yüzmeye götürmeyi becerebilir misin?"

Dükkândan çıkarken çok mutluydum. Kırtasiyeci hanım bütün temmuz ayı boyunca ve ağustos ayının ilk on gününde denize götürürsem bana –hem de çok iyi– para ödeyecekti. Deniz, güneş ve para. Her gün Margellina ve Posillipo arasında bulunan ve hakkında hiçbir şey bilmediğim, Sea Garden gibi tuhaf bir adı olan yere gidecektim. Sanki hayatım önemli bir dönemece girmiş sevinciyle eve yöneldim. Ailem için para kazanacaktım, denize girecektim, tenim gene Ischia'daki gibi altın rengi ve pırıl pırıl olacaktı. Her şey ne tatlı, diye düşündüm, bu ne güzel bir gün ve sanki bütün güzel şeyler seni bekliyor.

Birkaç adım daha atmamla şanslı saatlere ilişkin izlenimim daha da güçlendi. Antonio üstü başı yağ içinde yanıma geldi. O, mutluluk anında kim olsa ona güler yüzle yaklaşırdı, ben de onu görünce sevindim. Ona hemen kırtasiyeci hanımı anlattım, zaten yüzümden mutlu olduğumu okumuş olmalıydı. Aylardır kendimi yalnız ve çirkin hissederek sürekli ders çalışmıştım. Nino Sarratore'yi sevdiğimden emin olsam da onu hep görmezden gelmiştim, sınıfını geçip geçmediğine ve notlarına bile bakmamıştım. Lila hayatımın ötesine kesin bir sıçrama gerçekleştirmek üzereydi, artık onun peşinden gidemezdim. Ama şimdi kendimi iyi hissediyordum ve daha da iyi hissetmek istiyordum. Antonio, bunun doğru an olduğunu hissederek onunla çıkmak ister miyim diye sordu; her ne kadar başkasını seviyor, ona sadece biraz sempati duyuyor olsam da hemen evet dedim. Benden büyük, Stefano ile yaşıt, çalışan biri olarak Antonio ile çıkmak sanki bütün derslerden onla geçmekle, kırtasiyeci hanımın çocuklarını, hem de para karşılığında Sea Garden'a götürmekle eş değerdi.

49.

Hem işime hem de sevgimle çıkmaya başladım. Kırtasiyeci hanım bana bir paso çıkarttı ve her sabah üç çocukla kalabalık otobüslere bindim, şehri aştım ve onları o rengârenk yere, büyük şemsiyelerin, mavi denizin, beton iskelelerin, öğrencilerin, boş zamanı çok, doymak bilmez hanımların bulunduğu kumsala götürdüm. Asılmak isteyen cankurtaranlara nazikçe yanıt veriyordum. Kızlara göz kulak oluyordum, geçen yıl Nella'nın diktiği mayomla uzun uzun yüzüyordum. Kızları yediriyordum, onlarla oynuyordum, suyu fışkırtan çeşmeden istedikleri kadar su içmelerine izin verirken ayakları kayıp dişlerini çeşmenin kenarında kırmasınlar diye yanlarından ayrılmıyordum.

İkindiye doğru mahalleye dönüyorduk. Kızları kırtasiyeci hanıma teslim ediyor, güneşten yanmış, deniz suyuyla tuzlanmış olarak Antonio ile gizli buluşmama koşuyordum. Ara yollardan gölete gidiyorduk, annem ve daha da kötüsü Oliviero öğretmenim beni görecek diye ödüm patlıyordu. İlk gerçek öpüşmemi Antonio ile yaşadım. Kısa süre içinde memelerime ve bacaklarımın arasına dokunmasına izin verdim. Bir akşam pantolonunun içinde gergin ve büyük duran penisini tuttum, sonra o onu çıkarttığında bir yandan öpüşüp, bir yandan onu hevesle elime aldım. Zihnimdeki iki net soru yüzünden bu halleri kabul etmiştim. Birincisi şuydu: Lila, Stefano ile bunları mı yapıyor? İkincisi şuydu: Bu çocukla yaşadığım haz, Donato Sarratore'nin bana dokunduğu akşam yaşadığımla aynı mı? Her iki durumda da Antonio sadece Lila ve Stefano arasındaki aşkı, öte yandan Nino'nun babasının yaşattığı, adlandırması zor güçlü duyguyu çağrıştırma bakımından yararlı bir hayalet gibi görünüyordu. Ama kendimi hiç suçlu hissetmedim. O bana o kadar minnettardı, gölet kenarındaki o kısa süreli temasımız için bana öylesine mutlak bir bağımlılık sergiliyorduk ki, kısa sürede onun bana borçlu olduğu sonucuna vardım; benim ona verdiğim mutluluk, onun bana verdiğinin çok üstündeydi.

Bazı pazar günleri Sea Garden'a giderken bana ve kızlara eşlik ediyordu. Sahte bir umursamazlıkla çok para harcıyordu, oysa çok az kazancı vardı ve güneşte yanmaktan nefret ediyordu. Ama bunu benim için, sadece benim yanımda olabilmek için yapıyordu; üstelik bütün gün birbirimize dokunmamız ve öpüşmemiz söz konusu olmadığından bundan hiç kazancı olmuyordu. Kızlara bin türlü maskaralık, komiklik yapıyor, denize atletik atlayışlarla onları eğlendiriyordu. O çocuklarla oynarken, ben güneşe uzanıp okuyor, denizanası gibi kitabımda eriyip gidiyordum.

O anların birinde bir an için gözlerimi kaldırdığımda, uzun boylu, zayıf, şık, kırmızı, güzel bikinisiyle genç bir kız dikkatimi çekti. Lila idi. Artık erkeklerin bakışlarının üzerinde olmasına alışmış olduğundan, bu kalabalık yerde bile sanki kimse yokmuş, hatta şemsiyeye kadar ona eşlik eden görevli bile peşinden gelmiyormuş gibi yürüyordu. Beni görmedi, ben de ona seslenemedim. Gözlük takmıştı, çok renkli bir kumaş çanta taşıyordu. Ona henüz işimden ve Antonio'dan söz etmemiştim. Olasılıkla her iki konudaki yargısından çekiniyordum. Bakalım o bizi görüp seslenecek mi, diye düşündüm ve bakışlarımı kitabıma çevirdim ama artık tek satır okuyamıyordum. Hiç zaman yitirmeden yeniden onun yönüne baktım. Görevli çocuğun açtığı şezlongda güneşe uzanmıştı. Bu arada bembeyaz tenli, mavi mayolu, elinde cüzdanı, sigarası ve çakmağıyla Stefano yanına geldi. Prenslerin uyuyan güzelleri öptüğü gibi onu dudaklarından öptü, kendisi de yanındaki şezlonga yerleşti.

Yeniden okumayı denedim. Bir süredir kendimi disipline etmeye alışmıştım ve bu sefer birkaç dakikalığına gerçekten sözcüklerin anlamını yakalamayı başardım; okuduğum romanın *Oblomov* olduğunu anımsıyorum. Bakışlarımı yeniden kitabımdan kaldırdığımda Stefano hâlâ deniz kenarında oturuyor ve denizi seyrediyordu ama Lila yoktu. Gözlerimle onu aradım ve Antonio ile konuştuğunu, Antonio'nun da beni işaret ettiğini gördüm. Ona neşeyle el salladım, o da aynı neşeyle bana karşılık verdi, sonra hemen dönüp Stefano'ya seslendi.

Antonio kırtasiyecinin kızlarına göz kulak olurken, biz üçümüz birlikte yüzdük. Görünürde neşeli bir gündü. Bir ara Stefano hepimizi bara sürükledi ve tanrı ne verdiyse ısmarladı: sandviçler, içecekler, dondurmalar; kızlar hemen Antonio'yu ektiler ve bütün dikkatlerini ona yoğunlaştırdılar. İki genç Antonio'nun bilgisiyle iyi hava yaptığı üstü açık otomobilin bilmem hangi sorunundan konuşmaya başladıklarında, onları rahatsız etmesinler diye kızları oradan uzaklaştırdım. Lila da yanıma geldi.

"Ne kadar ödüyor sana kırtasiyeci hanım?"

Söyledim ona.

"Az."

"Anneme kalırsa çok bile."

"Değerinin bilinmesini sağlamalısın Lenù."

"Senin çocuklarını denize götüreceğim zaman bilirim."

"Sana sandıklar dolusu altın veririm, seninle zaman geçirmenin ne anlama geldiğini çok iyi biliyorum."

Şaka mı yapıyor acaba diye yüzüne baktım. Sonra sözü Antonio'ya getirdiğinde yaptı şakasını:

"O senin değerini biliyor mu?"

"Yirmi gündür çıkıyoruz."

"Onu seviyor musun?"

"Hayır."

"Eh, o halde?"

Bakışlarımla meydan okudum ona.

"Sen Stefano'yu seviyor musun?"

Ciddiyetle yanıtladı:

"Çok."

"Anne ve babandan, Rino'dan daha mı çok?"

"Herkesten çok ama senden daha çok değil."

"Benimle alay ediyorsun."

Ama bu arada düşündüm: benimle alay ediyor olsa bile böyle güneşte, sıcak betonun üzerinde, ayaklarımız suda konuşuyor olmak çok güzeldi: evet okuduğum kitabı sormamıştı, evet gimnazyumun beşinci sınıf sınavlarının nasıl geçtiğini sormamıştı ama belki gene de her şey bitmiş sayılmazdı; evlendikten sonra da aramızda bir şeyler sürecekti. Ona şöyle dedim:

"Buraya her gün geliyorum. Neden sen de gelmiyorsun?"

Bu düşünce onu pek heyecanlandırdı, Stefano ile konuştu ve o da bunu onayladı. Mucizevi biçimde güzel bir gün oldu, hepimiz kendimizi rahat ve keyifli hissettik. Sonra güneş batmaya başladı, kızları eve götürme zamanıydı. Stefano kasaya gitti, Antonio'nun bütün hesabı ödemiş olduğunu öğrendi. Çok pişman oldu, sıcak bir şekilde teşekkür etti. Yolda Stefano ve Lila üzeri açık arabalarıyla giderlerken ona çıkıştım. Melina ve Ada apartmanların merdivenlerini siliyorlardı, kendisi tamirhanede üç kuruş kazanıyordu.

Lehçeyle ve öfkeyle adeta bağırdım: "Neden sen ödedin?"

"Çünkü ben ve sen daha güzel, daha efendiyiz," yanıtını verdi.

50.

Neredeyse fark etmeden tutuldum Antonio'ya. Cinsel oyunlarımız biraz daha cüretkâr olmaya başladı, biraz daha fazla haz alır olduk. Lila yeniden Sea Garden'a gelseydi, otomobille yalnız başlarına uzaklaşırlarken onunla Stefano arasında neler olduğunu soracaktım. Benim Antonio ile yaptığım şeyleri mi yoksa daha fazlasını mı yapıyorlardı; mesela Solara kardeşlerin yaydıkları rivayetler doğru muydu? Ondan başka karşılaştırma yapabileceğim kimse yoktu. Ama o soruları sorma girişiminde bulunamadım çünkü bir daha Sea Garden'a gelmedi.

Ağustos ortasında, Meryem Ana Yortusu başlamadan işim ve buna bağlı olarak deniz ve güneş keyfim sona erdi. Kırtasiyeci hanım kızlarına çok iyi baktığım için gayet mutluydu ve bütün tembihlerime karşın kızlar annelerine benim bir erkek arkadaşımın da bazen denize geldiğini, suya güzel dalışlar yaptığını anlatınca bana kızmak yerine şöyle dedi:

"Olsun, rahatla biraz lütfen, yaşın için fazla sorumluluk sahibisin." Sonra da haince ekledi: "Lina Cerullo ne kadar sorumsuz davranıyor, onu bir düşün."

Akşam gölete gittiğimizde Antonio'ya söyledim bunu.

"Hep böyle olageldi, küçüklüğümüzden beri herkes onun kötü, benim cici kız olduğumu düşündü."

O ise beni öperken alaycı tavrıyla mırıldandı:

"Neden, öyle değil mi zaten?"

Bu yanıt beni yumuşattı ve ona ayrılmamız gerektiğini söylememi engelledi. Bana acil bir karar gibi görünüyordu, sevgi aşk değildi, ben Nino'ya âşıktım, onu sonsuza dek seveceğimi biliyordum. Antonio için sakin bir konuşma hazırlamıştım, şöyle diyecektim: güzel bir dönem oldu, üzgün olduğum bir dönemde bana çok yardımcı oldun ama şimdi okul başlıyor ve bu yıl lise birinci sınıfı okuyacağım; yeni derslerim olacak, zor bir yıl, çok fazla çalışmam gerekecek; üzgünüm ama burada bitirmeliyiz. Bunun gerekli olduğunu hissediyordum, her ikindi vakti gölete konuşmamı hazırlamış olarak gidiyordum. Ama o öylesine sevgi dolu, öyle muhabbetliydi ki, cesaretimi toplayamıyordum ve erteliyordum. Meryem Ana Yortusu'nda. Meryem Ana Yortusu'ndan sonra. Kendi kendime şöyle diyordum: sadece biraz hoşlandığın bir insan öpülmez, dokunulmaz, dokunmasına izin verilmez; Lila Stefano'yu çok seviyor ama ben Antonio'yu öyle sevmiyorum.

Zaman geçti ve ben onunla konuşabileceğim uygun anı yakalayamadım. O da kaygılıydı. Sıcaklarla birlikte Melina genellikle kötüleşirdi ama o yıl ağustosun ikinci yarısında gözle görülür şekilde rahatsızlandı. Aklını gene Donato diye çağırdığı Sarratore'ye takmıştı. Onu gördüğünü, kendisini almaya geldiğini söylüyordu ve çocukları onu nasıl sakinleştireceklerini bilemiyorlardı. Ben de Sarratore'nin gerçekten mahalleye gelmiş ve Melina'yı değil, beni arıyor olabileceği kaygısına kapılmıştım. Geceleri pencereden girmiş ve odamdaymış duygusuna kapılıp sıçrayarak uyanıyordum. Sonra sakinleştim ve şöyle düşündüm: şimdi tatildedir, Barano'da, Maronti'dedir, bu sıcakta, bu sineklerin, tozun arasında ne işi olacak?

Ama bir sabah alışverişe giderken birinin bana seslendiğini işittim. Döndüm ve önce bir an tanıyamadım. Sonra o kara bıyıklar, güneşte yanmış altın rengi hatlar, ince dudaklı ağız dikkatimi çekti. Dümdüz yürüdüm, peşimden geldi. Bu yaz Barano'da, Nella'nın evinde beni bulamayınca çok ıstırap çektiğini söyledi. Benden başka bir şey düşünmediğini, bensiz yaşayamayacağını söyledi. Aşkımıza şekil vermek için pek çok şiir yazdığını ve bunları bana okumak istediğini söyledi. Beni görmek, rahatça konuşmak istediğini söyledi ve onu reddedersem kendini öldüreceğini de ekledi. O zaman durdum ve adeta bir yılan tıslamasıyla ona beni rahat bırakması gerektiğini, nişanlı olduğumu, onu bir daha asla görmek istemediğimi söyledim. Çaresizliğe kapıldı. Beni sonsuza dek bekleyeceğini, her gün öğle saatinde ana yoldaki tünel girişinde olacağını mırıldandı. Başımı hızla salladım: oraya asla gitmeyecektim. Beni öpmek için uzandı, tiksintiyle geriye sıçradım, hayal kırıklığıyla gülümsedi. Şöyle mırıldandı: "Akıllısın, duyarlısın, sana en beğendiğim şiirleri getireceğim." Ve gitti.

Çok korkmuştum, ne yapacağımı bilemiyordum. Antonio'dan yardım istemeye karar verdim. Aynı akşam, gölette ona annesinin haklı olduğunu söyledim. Donato Sarratore mahallede dolaşıyordu. Beni yolda durdurmuştu. Benden, Melina'yı sonsuza dek bekleyeceğini, her gün öğle saatinde tünelin ağzında olacağını aktarmamı istediğini söyledim. Antonio'nun yüzü asıldı, "Ne yapmalıyım?" dedi. Ona bu randevuya kendisiyle geleceğimi ve birlikte Sarratore'yi karşımıza alıp annesinin sağlığı hakkında açıkça konuşmamız gerektiğini söyledim.

Bütün gece endişeden uyuyamadım. Ertesi gün tünele gittik. Antonio suskundu, acele etmeden yürüyordu, üzerinde onu yavaşlatan bir ağırlık olduğunun farkındaydım. Bir yanı öfkeliydi, bir yanı korkuyordu. Öfkeyle düşündüm: kardeşi Ada için, Lila için Solara kardeşlere kafa tutmayı bildi ama şimdi çekiniyor; Donato Sarratore onun gözünde önemli, seçkin biri. Böyle hissedince onu sarsmak, bağırmak istedim: Sen bir kitap yazmadın ama o adamdan bin kat iyisin. Koluna girmekle yetindim.

Sarratore bizi uzaktan görünce tünelin karanlığına sığınıp yok olmaya çalıştı. Ben ona seslendim:

"Bay Sarratore."

İstemeyerek döndü.

Ona, o dönemde bizim ortamımızda rastlanmayan bir ifadeyle, siz diye hitap ederek şöyle dedim:

"Antonio'yu hatırlıyor musunuz bilmem, Bayan Melina'nın büyük oğlu."

Sarratore titrek ve sevgi dolu bir sesle yanıtladı:

"Elbette hatırlıyorum, merhaba Antonio."

"Biz nişanlıyız."

"Ah, iyi."

"Ve biz bazı şeyler konuştuk, şimdi size anlatacak."

Antonio sıranın kendisine geldiğini anladı ve solgun bir yüzle, gergin bir sesle, İtalyanca konuşmakta zorlanarak şöyle dedi:

"Sizi yeniden gördüğüme çok sevindim Bay Sarratore, ben hiçbir şeyi unutmam. Babamın ölümünden sonra yaptıklarınız için size daima minnettar kalacağım. Özellikle de beni Bay Gorresio'nun atölyesine yerleştirdiğiniz için teşekkür ederim, orada bir meslek edindim."

Ben sinirli bir şekilde ona çıkıştım:

"Anneni söyle."

O da buna kızdı ve susmam için işaret etti. Sonra sözlerini sürdürdü.

"Ama siz artık mahallede oturmuyorsunuz ve durum hakkında bilginiz yok. Annem, sizin adınızı duyar duymaz deliriyor. Sizi görürse, sizi tek bir kere bile görürse, akıl hastanesine düşer."

Sarratore zorla yanıtladı onu:

"Antonio, oğlum, benim annene kötülük yapmak gibi bir niyetim hiç yok. Sen haklı olarak size yardım ettiğim dönemi hatırlıyorsun. Ve nitekim ben daima ve sadece ona ve size yardım etmek istedim."

"O halde ona yardım etmeyi sürdürmek istiyorsanız, onu aramayın, kitap yollamayın ve mahallede görünmeyin."

"Sen benden bunu isteyemezsin, çok sevdiğim yerleri görmemi engelleyemezsin," dedi Sarratore sıcak ve yalandan duygulanmış bir sesle.

Bu ses tonu tepemi attırdı. Çok iyi biliyordum, Barano'da, Maronti kumsalında sık sık kullanmıştı. Yumuşak, okşayıcı, kendince *Roma* gazetesine makale yazma kalibresindeki bir erkeğe uygun bir tondu. Tam araya girecektim ki Antonio daha önce davranarak beni şaşırttı. Omuzlarını öne eğdi, başını arasına gömdü, bu arada elini Donato Sarratore'nin göğsüne doğru uzatarak, güçlü parmaklarıyla onu dürttü. Sonra yerel lehçeyle şöyle dedi:

"Ben sizi engellemiyorum. Ama olur da annem o yarım aklını da sizin yüzünüzden kaybederse, o boktan yerleri görme hevesinizi ebediyen kaybedersiniz."

Sarratore'nin beti benzi attı.

"Evet," dedi aceleyle, "anladım, teşekkür ettim."

Topuklarının üzerinde dönmesiyle istasyon yönüne yürümesi bir oldu.

Onun bu çıkışıyla gurur duyarak koluna girdim ama titrediğini fark ettim. Küçük bir çocukken babasının ölümünün, işe girmenin, üzerine kalan sorumluluğun, annesinin çöküşünün ona neye mal olduğunu belki de ilk kez düşündüm. Sevgiyle oradan uzaklaştırdım ve kendime bir başka bitiş tarihi belirledim: onu Lila'nın düğününden sonra bırakacağım, dedim.

51.

Mahalle o düğünü uzun süre unutmadı. Hazırlıkları Cerullo Ayakkabıları'nın yavaş, özenli ve çatışmalı doğuşuyla aynı döneme geldiğinden, bu ikisi şu ya da bu nedenle asla sonlandırılamayacak iki girişim gibi göründüler.

Öte yandan düğünün ayakkabı atölyesine yükü de vardı. Fernando ve Rino şimdilik pek bir getirisi olmayan yeni ayakkabıların yanı sıra, acilen kazanç getirebilecek başka binlerce iş için harıl harıl çalışıyorlardı. Lila'ya biraz çeyiz hazırlayabilmek ve gariban görünmemek için, her ne pahasına olursa olsun, ödemek istedikleri kokteylin masrafını karşılayabilmek için yeterince para toparlayabilmeleri gerekiyordu. Buna bağlı olarak Cerullo evinde aylarca yüksek gerilim yaşandı: Nunzia gece gündüz çarşaf işliyor, Fernando minik atölyesinde dudaklarının arasına aldığı çivilerle mutlu mesut pençe yaptığı, saya yapıştırdığı o mutlu günlere ağıt yakıyordu.

Huzurlu görünen sadece iki kişi vardı, o da nişanlı çiftti. Aralarında sadece iki minik sürtüşme oldu. İlki gelecekte oturacakları evle ilgiliydi. Stefano yeni mahalleden bir apartman dairesi almak istiyordu, Lila ise eski apartmanları yeğliyordu. Tartıştılar. Eski mahalledeki ev daha büyük ama daha karanlıktı ve bütün ötekiler gibi manzarası yoktu. Yeni mahalledeki ev, daha küçüktü ama Palmolive reklamındaki gibi kocaman bir banyosu, bidesi ve Vezüv manzarası vardı. Vezüv Yanardağı'nın uzak ve gökyüzünün bulutları arasında sık sık kaybolup giden bir profil olmasına karşın iki yüz metre ötede demiryolu raylarının net bir şekilde uzandığını söylemek faydasızdı. Yeni olan, yer karoları ışıl ışıl parlayan, duvarları bembeyaz olan Stefano'ya çok cazip geliyordu ve kısa süre içinde Lila pes etti. Her şeyden çok, daha on yedi yaşına gelmeden, kira değil kendine ait olan ve musluklarından sıcak su akan bir evin hanımı olacağına seviniyordu.

İkinci sürtüşme konusu ise balayı seyahati oldu. Stefano Venedik'e gitmeyi önerdi; Lila ise sonradan bütün hayatını belirleyecek olan bir eğilim sonucu Napoli'den çok uzaklaşmama konusunda ayak diredi. Şimdiye dek hiç görmediği Ischia, Capri ya da Amalfi kıyılarında tatil yapmayı önerdi. Müstakbel kocası buna hemen olur dedi.

Bunun dışında yalnızca kendi ailelerinden yansıyan küçük gerilimlerle yüzleştiler. Örneğin Stefano, Cerullo ayakkabıcısına gittikten sonra Lila ile karşılaştığında ağzından Fernando ve Rino hakkında olumsuz sözler kaçırıyordu; Lila üzülüyor ve onları korumak için saldırıya geçiyordu. Stefano pek tatmin olmuyor, başını sallamakla yetiniyordu; ayakkabı işine aşırı yüksek bir yatırım yaptığını fark ediyordu ve yaz sonunda onunla iki Cerullo arasında gerilim yükselince baba, oğul ve çıraklara kesin talimat verdi. Kasım ayında ilk kesin sonuçları görmek istediğini söyledi: Noel olmadan kadın ve erkek için kışlık modeller vitrinde yerini almalıydı. Sonra daha da sinirlenerek Lila'ya, Rino'nun çalışmaktan çok para istemeye daha meyilli olduğunu söyleyiverdi. Kız ağabeyini korudu, o karşılık verdi, kız hiddetlendi, erkek hemen geri adım attı. Gidip, bütün bu projenin doğmuş olduğu ayakkabıları aldı; satın aldığı ve hiç giymediği, özel tarihçelerinin çok değerli bir tanığı olarak sakladığı ayakkabılara dokundu, kokladı; ağabeyinin koca elleriyle birlikte bu çiftte izini bırakmış olan onun küçük ellerini görür, hisseder gibi olduğunu söylerken kendisi de duygulandı. Eski evin, Solara kardeşlere karşı havai fişek attıkları terasındaydılar. Kızın parmaklarını elleri arasına aldı ve tek tek öperken onların artık yıpranmalarına hiç izin vermeyeceğini söyledi.

Lila, bana bu sevgi gösterisini anlatırken pek neşeliydi. Beni yeni evini göstermeye götürdüğünde oldu bu. Ne ihtişamdı: yerdeki seramiklerin desenleri parıldıyordu, köpüklü banyo yapmak için küvet vardı, yemek odasına ve yatak odasına oymalı mobilyalar yerleştirilmişti, buz için soğukluk ve hatta telefon bile vardı. Heyecanla telefon numarasını kaydettim. Biz küçük, bize ait bir odanın, hatta yalnız başımıza ders çalışabileceğimiz bir yerin olmadığı evlerde doğmuş ve büyümüştük. Ben hâlâ böyle yaşıyordum ama o çok kısa süre sonra kurtulacaktı. Demiryoluna ve Vezüv Yanardağı'na bakan balkona çıktık; çekine çekine sordum:

"Sen ve Stefano buraya yalnız başınıza da geliyor musunuz?"

"Bazen evet."

"Ne oluyor o zaman?"

Bana anlamıyormuş gibi baktı.

"Ne anlamda?"

Utandım.

"Öpüşüyor musunuz?"

"Bazen."

"Peki sonra?"

"O kadar, daha evli değiliz."

Kafam karıştı. Mümkün müydü bu? Bu kadar özgürlüğe karşı hiçbir şey olmuyor muydu? Bütün mahalledeki dedikodular, Solara kardeşlerin iftiraları sadece bir-iki öpücük yüzünden miydi?

"İyi ama o senden bunu istemiyor mu?"

"Niye, Antonio istiyor mu senden?"

"Evet."

"Benden istemiyor. Önce evlenmemiz gerektiği konusunda anlaştık."

Ne var ki sorularımın onu çok etkilediğini hissettim; ben de onun yanıtlarından etkilenmiştim. Demek ki o arabayla yalnız gezmeye çıksalar da, evlenmek üzere olsalar da, çoktan döşenmiş, ambalajlı yatağı yerleştirilmiş bir evleri olsa da nişanlısına izin vermiyordu. Oysa elbette evlenmeyecek olan ben çoktan öpüşmenin ötesine gitmiştim. Bana saf bir merakla Antonio'ya istediği şeyleri verip vermediğini sorduğunda gerçeği söylemeye utandım. Ona hayır dedim, o da sevinmiş göründü.

52.

Göletteki buluşmaları azalttım, zaten okulum da açılmak üzereydi. Lila'nın derslerim ve ödevlerim yüzünden beni düğün hazırlıkları dışında tutacağını düşünüyordum, okul yılı süresince ortadan kaybolmama alışmıştı. Ama öyle olmadı. Pinuccia ile yaşadığı gerginlik yaz boyunca iyice artmıştı. Konu artık giysiler, şapkalar, fularlar ya da mücevherler değildi. Pinuccia günün birinde, hem de Lila'nın önünde ve gayet net bir ifadeyle ya nişanlısının gelip şarküteride çalışması, hemen başlamayacaksa bile en azından balayından sonra işbaşı yapması gerektiğini –ilk günden beri bütün aile birlikte çalışıyordu, okulu izin verdiği sürece Alfonso da işbaşı yapıyordu– ya da kendisinin artık çalışmayacağını söyledi. Ve bu sefer annesi de onu ciddi biçimde destekledi.

Lila hiç tereddütsüz hemen ya da ertesi gün çalışmaya başlayabileceğini, Carracci ailesinin uygun gördüğü her işi üstlenebileceğini söyledi. Bu yanıtlar, Lila'nın ezelden beri verdiği bütün yanıtlar gibi bir yandan uzlaştırıcı, bir yandan küçümseyici olup

Pinuccia'yı daha da öfkelendirdi. Kunduracının kızının, onlara patronluk taslamaya gelen bir cadı gibi görüldüğü anlaşıldı; o kazanmak için parmağını kımıldatmadan paraları pencereden atıyordu, evin erkeğini pençeleriyle emrine almıştı, haddini bilmeden ona hiç adil olmayan şeyler yaptırıyordu ve öz kardeşine ve hatta annesine karşı bile kışkırtıyordu.

Stefano her zamanki gibi ilk anda bir yanıt vermedi. Kız kardeşinin içini dökmesine izin verdi, sonra Lila'nın ve onun küçük aile işletmesine dahil olması sorunu yaşanmamış gibi, kardeşi Pinuccia'ya açıkça artık şarküteride çalışmaktansa düğün hazırlıkları için nişanlısına yardım etmesini istediğini söyledi.

Kız bu sefer de hınçla: "Ne yani, artık bana ihtiyaç duymuyor musun?" dedi.

"Hayır! Yarından sonra senin yerine Ada'yı, Melina'nın kızını işe alıyorum."

Kız kardeşi bu sefer Lila'yı göstererek, "Bunu o mu soktu kafana?" diye bağırdı.

"Bunlar seni ilgilendiren konular değil."

"Duydun mu anne? Ne dediğini duydun mu? Burada mutlak patronun kendi olduğunu sanıyor."

Dayanılmaz bir sessizlik anı oldu; sonra Maria kasanın ardındaki yüksek taburesinden kalktı ve oğluna şöyle dedi:

"Benim pozisyonum için de birini bul, çünkü ben de çok yorgunum ve artık çalışmak istemiyorum."

Stefano o noktada bir an sarsıldı. Yavaşça şöyle dedi:

"Sakin olalım lütfen, ben hiçbir şeyin patronu değilim, bu şarküterinin işleri sadece beni değil, hepimizi ilgilendirir. Bir karar almamız gerekir. Pinu, senin çalışmaya ihtiyacın var mı? Hayır. Anne, sizin bütün bir gün kasa başında oturmaya ihtiyacınız var mı? Tezgâhta çalışması için Ada'yı alırım, kasayı da sonra düşünürüm. Yoksa düğün töreniyle kim ilgilenecek?"

Pinuccia ve annesinin şarküterinin idaresinden dışlanmasında, Ada'nın işe alınmasında gerçekten Lila'nın parmağı var mıydı kesin olarak bilmiyorum (Ada'yı elbette o ikna etti, özellikle de Antonio'yu ikna etti ve o da arkadaşımızdan bir iyilik perisi gibi söz etmeye başladı). Görümcesi ve kaynanasının düğün hazırlıklarıyla ilgili çok bol zamanları olması aslında hoşuna gitmedi. İki kadın hayatını iyice zorlaştırdılar, en ufak ayrıntı üzerinde çatışma başladı: davetli listesi, kilisenin süslenmesi, fotoğrafçı, küçük orkestra, davet salonu, mönü, pasta, nikah şekeri, alyanslar, hatta balayı seyahati gündeme geldi; Pinuccia ve Maria Sorrento, Positano, Ischia ve Capri'ye gitmeyi küçümsüyorlardı. Olan oldu ve ben işin içine çekildim; görünürde şu ya da bu konuda Lila'ya akıl vermem istenirken, asıl amaç ona zor bir mücadelede destek olmamdı.

Lise birinci sınıfın başındaydım; yepyeni ve zor konularla karşılaşmıştım. Her zamanki, inatçı çalışkanlığım beni dünyadan koparmıştı; aşırı gayretle derslere gömülmüştüm. Ama bir gün okuldan dönerken arkadaşıma rastladım ve bana ayaküstü şöyle deyiverdi:

"Yalvarırım Lenù, yarın bana bir tavsiye vermeye gelir misin?"

Neden söz ettiğini bile anlamadım. Kimyadan sözlüye kalkmıştım ve kendimi pek gösterememiştim; içim içimi yiyordu bu nedenle.

"Ne tavsiyesi?"

"Gelinliğim konusunda bir tavsiye. Yalvarırım hayır deme bana, çünkü sen gelmezsen ben kaynanamı ve yengemi boğazlayacağım."

Gittim. Son derece rahatsız olarak ona, Pinuccia'ya ve Maria'ya katıldım. Dükkân Rettifilo'daydı; orada ders çalışma olanağı bulurum diye çantama bir-iki kitap tıktığımı da hatırlıyorum. Öğleden sonra saat dörtten akşamın yedisine kadar modellere baktık, kumaşlara dokunduk, Lila dükkândaki mankenlerin üzerinde sergilenen gelinlikleri giydi. Güzelliği giydiği her gelinliğe değer katıyordu, gelinlik onun güzelliğine değer katıyordu. Sert organze, yumuşak saten, bulutsu tül onun üzerinde çok güzel duruyordu. Dantel korse, kolağzı pilisi ona yakışıyordu. Bol etek, dar etek kadar, uzun kuyruk, kısası kadar, dökümlü duvak sert olan kadar, straslı taç incili ya da portakal çiçekli olan kadar yakışıyordu. Üstüne üstlük son derece uysal bir şekilde bütün modelleri inceliyor, mankenlerin üzerinde güzel duran gelinliklerin tümünü deniyordu. Ama kimi zaman müstakbel akrabalarının müşkülpesent davranışlarına dayanamaz olduğunda eski Lila ortaya çıkıyor, gözlerini gözlerimin içine dikiyor ve kaynanasını ve yengesini dehşete düşürerek, alaycı bir sesle şöyle diyordu: "Şöyle yeşil bir saten ya da kırmızı bir organze bulsam, kara ya da daha güzeli sarı bir duvak taksam, ne güzel olurdu!" Gelin hanımın şaka yaptığının anlaşılması için benim kıkırdamamam yeterli oluyordu; sonra yeniden ciddiyetle kumaşlara ve modellere gömülüyorduk. Terzi hanım heyecanla yineleyip duruyordu: "Lütfen, her neyi seçerseniz seçin, düğün fotoğrafınızı getirin ki, vitrinde sergileyebileyim; böylece 'bu kızı ben giydirdim' diyebilirim."

Ama sorun seçmekteydi. Lila'nın beğendiği her model, her kumaş karşısına Pinuccia ve Maria bambaşka bir model, bambaşka bir kumaşla dikiliyorlardı. Ben hep sustum; zaten bütün bu tartışmalar ve yeni kumaş kokusu beni serseme çevirmişti. Sonra Lila kaşlarını çatıp bana sordu:

"Sen ne düşünüyorsun Lenù?"

Ortalık sessizleşti. Belli bir hayretle, iki kadının o anı beklediklerini ve bundan çekindiklerini anladım. Okulda öğrendiğim bir tekniği uygulamaya koydum; bu sistem şöyle işliyordu: ne yanıt vereceğimi bilemediğim bir soruyla karşılaştığımda, nereye varacağını çok iyi bilen birinin kendinden emin sesiyle bir giriş yapıyordum. İtalyanca olarak Pinuccia ve annesinin seçtiği modelleri gerçekten çok beğendiğimi söyledim. Bunların Lila'nın formuna ne kadar uygun olduklarını gösteren övgüler değil kanıtlar sayıp döktüm. Sınıfta öğretmenlere yaptığım üzere, anne ve kızının sempatisini kazandığımı anladığım anda rastlantısal, gerçekten rastlantısal bir seçimle ve Lila'nın seçimlerinden biri olmamasına özen göstererek bir model seçtim ve toplamda hem iki kadının beğendiği çizgileri taşıdığını, hem de arkadaşımın beğendiği özelliklere sahip olduğunu söyledim. Terzi hanım, Pinuccia ve annesi hemen bana katıldılar. Lila sadece gözlerini kısıp bakmakla yetindi. Sonra her zamanki bakışına döndü ve gelinliği beğendiğini söyledi.

Çıkışta hem Pinuccia, hem Maria çok keyifliydiler. Lila'yla neredeyse muhabbetle konuşuyor, alışverişin yorumunu yaparken sürekli "Lenuccia'nın dediği gibi," ya da "Lenuccia haklı olarak dedi ki," cümleleriyle beni övüyorlardı. Lila, Rettifilo'nun akşam kalabalığından yararlanarak geride kalmak için oyalandı. Sonra bana şunu sordu:

"Sen bunu okulda mı öğrendin?"

"Neyi?"

"İnsanları aldatmak için kelimeleri kullanmayı."

Öylesine yaralandığımı hissettim ki, şöyle mırıldandım:

"Seçtiğimiz modeli beğenmedin mi?"

"Çok beğendim."

"Eh, o halde?"

"O halde bana bir iyilik yap ve senden istediğim her sefer bizimle gel."

Buna kızmıştım.

"Onları aldatmak için beni mi kullanacaksın?"

Alındığımı anladı, elimi sıkıca tuttu:

"Sana kötü bir şey söylemek istemedim. Sadece, kendini sevdirmeyi başarıyorsun. Aramızdaki fark hep aynıydı; insanlar benden korkuyor ama senden korkmuyor."

Daha da öfkelenerek, "Çünkü sen kötüsün de ondan," dedim.

"Olabilir," dedi ve şimdi onun beni kırdığı gibi benim de onu kırdığımı fark ettim. Pişman olduğumdan, aramızı düzeltmek için ekledim:

"Antonio senin için canını vermeye hazır: kız kardeşine iş verilmesini sağladığın için sana teşekkür etmemi söyledi."

"Ada'ya iş veren Stefano," dedi. "Ben kötü kalpliyim."

53.

O günden sonra sürekli tartışmalı seçimlere katılmaya davet edildim ve kimi zaman bu davetin Lila'dan değil, Pinuccia ve annesinden geldiğini anlayıp şaşırdım. Nitekim nikâh şekerini ve şekerliğini ben seçtim. Orazio Caddesi'ndeki restoranı ben seçtim. Fotoğrafçıyı ben seçtim, üstelik onları bir de sekiz milimetrelik kısa bir film çekimine ikna ettim. Her durumda şunu fark ettim: her konuya tutkuyla yaklaşıyordum, sanki bu seçimlerin her biri sıra bana geldiğinde yapacağım evliliğim için bir deneme oluşturuyordu, oysa Lila kendi düğünüyle ilgili aşamaları pek önemsemiyordu. Buna çok şaşırdım, ama gerçekten böyleydi. Onu tek ilgilendiren gelecekte ve kendi evinde üstleneceği eş ve anne rolüne, yengesinin ve kaynanasının kesinlikle burnunu sokmamaları gerektiğini anlamalarını sağlamaktı. Ne var ki bu klasik bir gelin, kaynana ve yenge çatışması değildi. Beni kullanışından, Stefano'yu yönlendirişinden, içine kapatılmış olduğu kafeste tamamen kendisi olarak kalmanın yolunu bulabilmek için debelendiği anlaşılıyordu, ama bunun ne olduğunu kendisi de bilmiyordu.

Elbette uzun öğleden sonralarımı onların sorunlarını halletmek için harcadığımdan çok az ders çalışabiliyordum ve hatta iki kez okula bile gidemedim. Sonuç olarak ilk dönem karnem kesinlikle iyi gelmedi. Yeni İtalyanca ve Latince öğretmenim, çok sevdiğim Galiani beni el üstünde tutuyordu ama felsefe, kimya ve matematikten ancak geçer not alabildim. Üstüne üstlük bir sabah başımı tam bir belanın içinde buldum. Din öğretmenim komünistler ve onların ateistliği konusunda sürekli olumsuz yargılarda bulunduğundan buna tepki verme zorunluluğu hissettim; bunu, kendini daima komünist olarak tanıtan Pasquale'ye duyduğum sevgiden mi, yoksa rahibin komünistler için söylediği bütün kötü niteliklerin tanıdığım ilk komünist olan sevgili öğretmenim Galiani'ye hayranlığım yüzünden doğrudan bana atfedildiğini sandığımdan mı yaptım bilmem. İşte, kendimi tutamadım ve bir ilahiyat kursuna yazılıp üstün başarıyla bitirdiğimi söyleyerek söze girdim; insanoğlunun koşullarının kesinlikle körlemesine kaderin elinde olduğunu, insanın kendini bir Tanrıya, İsa'ya Kutsal Ruh'a –hele bu sonuncusu gayet yüzeysel bir varlıktı, sadece bir üçleme oluşturmak için var edilmişti, salt baba-oğul ikilisine nazaran daha seçkin bir teslis oluşturmaya yaramıştı– teslim etmesi, yaşadığı şehir cehennem ateşlerinde yanarken aziz resimleri koleksiyonu yapmak gibi bir şey olduğunu söyledim. Alfonso hemen benim fazla ileri gittiğimi anladı ve ürkekçe önlüğümün eteğini çekiştirdi, ama ben ona kulak asmadım ve bu nihai karşılaştırmanın sonuna kadar gittim. Hayatımda ilk kez sınıftan kovuldum ve sınıf defterine hakkımda olumsuz bir not yazıldı.

Koridora çıkar çıkmaz önce ne yapacağımı bilemedim –ne olmuştu, ben neden böyle düşüncesizce davranmıştım, söylemekte olduğum şeylerin doğru olduğu ve ifade edilmesi gerektiği düşüncesine nereden kapılmıştım?– ama sonra bu konuşmayı bir zamanlar Lila ile yaptığımızı ve başımı derde sokmamın ardındaki nedenin, Lila'yı, bana din öğretmenime kafa tutma gücü verecek kadar otorite olarak görmem olduğunu anladım. Lila artık kitap kapağı açmıyordu, ders çalışmıyordu, bir şarkütericinin karısı olmak üzereydi ve muhtemelen Stefano'nun annesinin yerine kasaya oturacaktı; ya ben? Dini, şehir cehennem ateşlerinde yanarken aziz resimleri koleksiyonu yapmak olarak betimleyen bir imgeye indirgeme enerjisini Lila'dan mı almıştım? Öyleyse, demek ki okul artık onun etkisinden uzaklaşmış olan benim kişisel bir zenginliğim değildi. Sınıf kapısının önünde sessizce gözyaşları döktüm.

Ama durum ansızın değişti. Koridorun sonunda Nino Sarratore belirdi. Babasıyla yeniden karşılaştıktan sonra, o sanki hiç yokmuş gibi davranıyordum ama onu bu kırılgan halimle görmek beni canlandırdı, hemen gözümdeki yaşları kuruladım. O da doğal olarak, bir şeylerin yolunda olmadığını anladı ve bana doğru yürümeye başladı. Daha büyümüştü, âdemelması iyice çıkmıştı, mavimsi sakalın gölgesi hatlarını belirginleştirmişti, daha kararlı bakışlara sahip olmuştu. Ondan kaçmamın olanağı yoktu. Sınıfa giremezdim, banyoya gitmek için uzaklaşamazdım, iki türlü de din öğretmeninin kapıdan başını uzatması halinde zor durumda kalırdım. Öylece durdum, o yanıma gelince de bana neden dışarıda olduğumu, neler yaşandığını sordu ve hepsini anlattım. Göz kırptı ve şöyle dedi: "Hemen geliyorum." Gözden kaybolmasıyla birkaç dakika sonra öğretmen Galiani ile birlikte geri gelmesi bir oldu.

Galiani beni övgülere boğdu. "Ama şimdi," dedi Nino ve bana bir ders verircesine "ana saldırıdan sonra, arabuluculuk zamanı. Sınıfımın kapısına vurdu, içeri girip kapıyı örttü ve beş dakika sonra neşeyle çıktı dışarı. Fazla saldırgan tavrımdan ötürü öğretmenimden özür dilemem koşuluyla içeri girebilirdim. Özür diledim; misilleme olasılığı ile Nino ve Galiani'nin bana verdikleri destekten ötürü gurur duymak arasında kalmıştım.

Anne ve babama olup biteni kesinlikle aktarmadım ama her şeyi Antonio'ya anlattım; o da elbette gururla Pasquale'ye aktardı ve o da bir sabah Lila'ya rastladığında, ona duyduğu aşkın heyecanına yenik düşerek ve ne diyeceğini bilemeyerek cankurtaran misali benim öyküme sarılıp her şeyi ona anlattı. Böylece göz açıp kapayana dek hem eski arkadaşlarımın, hem sayıca az ama yürekli olan ve din öğretmeninin olumsuz vaazlarına karşı mücadele veren öğretmen ve öğrencilerin gözünde bir kahraman olup çıktım. Bu arada rahipten özür dilememin yeterli olmadığını fark ettim, hem onun hem onun gibi düşünen öğretmenlerin gözünde kredi kazanabilmek için bir adım attım. Sözlerimi zorluk çekmeden kendimden ayırdım: bana düşman olan bütün öğretmenlerime karşı son derece saygılı, amade, çalışkan, işbirliğine hazır göründüm ve sonunda hepsi beni tuhaf açıklamaları hoş görülebilir bir insan olarak görmeye başladılar. Böylece ben de Galiani gibi yapmayı bildiğimi keşfettim: kendi görüşlerimi kararlılıkla sergilemek ve bu arada gönül alıcı davranışlarla herkesin güvenini kazanarak arabulucu olmak. Birkaç gün içinde bu yıl lise üçüncü sınıfta okuyan ve o yıl olgunluk sınavına girecek olan Nino ile birlikte köhne okulumuzun en umut vaat eden öğrenci listesinin tepesindeki yerimizi aldık.

O kadarla da kalmadı. Birkaç hafta sonra Nino lafı hiç uzatmadan ve o müphem havasıyla yarım defter sayfasına rahiple aramdaki çatışmayı yazıvermemi istedi.

"Ne yapacaksın?"

Napoli, Yoksulların Oteli adlı küçük bir dergi ile işbirliği yapıyordu. Benim olayı yazıişlerinde anlatmıştı, onlar da zamanında bir yazı hazırlayabilirse gelecek sayıda yer verebileceklerini söylemişlerdi. Bana dergiyi gösterdi. Kirli gri renkte elli sayfalık bir dergiydi. Girişte adı ve soyadı, *Sefaletin Sayıları* adlı yazısıyla yer alıyordu. Aklıma babası, Maronti'deyken *Roma* gazetesinde çıkan makalesini gösterişindeki gururu ve tatmini geldi.

"Şiir de yazıyor musun?" diye sordum.

Öyle içten bir nefretle hayır dedi ki, ona hemen söz verdim: "Tamam, deneyeceğim."

Son derece heyecanlı bir şekilde döndüm eve. Zihnim çoktan yazacağım cümlelerle kaynaşıyordu ve yolda yürürken bunları ayrıntılı bir biçimde Alfonso'ya anlattım. Benim adıma kaygılandı ve hiçbir şey yazmayacağım konusunda yemin ettirdi.

"Senin adınla mı yayınlayacaklar?"

"Evet."

"Lenù, rahip yeniden öfkelenecek ve seni sınıfta bırakacak: kimya ve matematik öğretmenini de kendisinden yana ikna edecek."

Bana endişesini bulaştırdı ve güvenimi yitirdim. Ama ayrıldığımız anda, kısa süre sonra dergiyi, yazımı, basılı adımı Lila'ya, aileme, Oliviero öğretmene, Ferraro öğretmene gösterebileceğim hevesi galebe çaldı. Diğerleriyle aramı sonradan düzeltirdim. Benim gözümde en iyi olan kişilerin (Galiani, Nino) benim gözümde en kötü olanlara (rahip, kimya öğretmeni, matematik öğretmeni) karşı yanımda yer alarak beni ödüllendirmeleri son derece coşku verici oldu; bu arada hasımlarımın sempatisini ve güvenini kaybetmeyecek şekilde davranıyordum. Yazım dergide çıktıktan sonra da aynı şekilde davranmaya devam edecektim.

Öğleden sonramı defalarca yeniden yazarak geçirdim. Kimi çok yapmacık, kimi çok yoğun cümleler buldum. En zor sözcüklere başvurarak konumuma kuramsal bir onur vermeye çalıştım. Şöyle yazdım: "Eğer Tanrı her yerdeyse, kendini Kutsal Ruh aracılığıyla yaymaya neden gerek duyuyor?" Daha giriş sözlerimle bile yarım sayfa doluyordu. Geri kalanı ne olacaktı? Yeniden başlıyordum. İlkokuldan beri defalarca ve inatla yeniden deneme yapmaya alışık olduğumdan sonunda beğenilebilir bir sonuca ulaştım ve ertesi günün derslerini çalışmaya koyuldum.

Ama yarım saat sonra kuşkularım geri geldi, onaya gereksinme duydum. Bir görüş alabilmek için metnimi kime okutabilirdim? Anneme mi? Kardeşlerime mi? Antonio'ya mı? Elbette hiçbiri olmazdı, sadece Lila okuyabilirdi. Ama ona danışmam onun bir yetkili olduğunu kabullenmem anlamına geliyordu; oysa artık ondan daha fazla bilen kişi olarak yetkili olan bendim. Böylece baştan direndim. Benim yarım sayfamı küçümseyici bir espriyle çöp eder diye korkuyordum. Daha çok korktuğum ise o esprinin benim zihnimde işlemeyi sürdüreceği, beni uç düşüncelere sürükleyeceği ve böylece sonunda yarım sayfada dengeyi yitireceğimdi. Gene de sonunda pes ettim ve evde bulma umuduyla ona koştum. Anne ve babasının evindeydi. Ona Nino'nun önerisinden söz ettim ve defteri çıkardım.

Sanki yazım gözlerini yaralıyormuş gibi sayfaya isteksizce baktı. Sonunda Alfonso ile aynı soruyu sordu:

"Adını yazacaklar mı?"

Evet işareti yaptım.

"Elena Greco diye yazacaklar mı yani?"

"Evet."

Bana defteri uzattı:

"İyi ya da kötü olduğunu söyleyemem."

"Yalvarıyorum sana."

"Hayır, bunu beceremem."

Israr etmek zorunda kaldım. Ona, doğru olmadığını bildiğim halde, hoşuna gitmezse, okumayı reddederse yazıyı bastırması için Nino'ya vermeyeceğimi söyledim."

Sonunda okudu. Bana öyle geldi ki sanki bütün içeriği yüklenmişti, sanki ben onun üzerine ağır bir yük bindirmiştim. Ve hissettiğim izlenime göre okuyan, yazan, resim çizen, kolaylıkla tasarılar yapan, içgüdüsel bir tepkinin doğallığını yansıtabilen eski Lila'yı derin dehlizlerden kurtarabilmek için ıstıraplı bir çaba gösteriyordu. Sonunda bunu başardığında her şey çok keyifli bir hafiflik kazandı.

"Silebilir miyim?"

"Evet."

Pek çok kelimeyi ve bütün bir cümleyi sildi.

"Bir şeyin yerini değiştirebilir miyim?"

"Evet."

Bir cümlemi daire içine aldı ve onu dalgalı bir çizgiyle sayfanın başına çekti.

"Hepsini başka bir kâğıda kopya edebilir miyim?"

"Ben yaparım."

"Yok, izin ver ben yapayım."

Yeniden yazmak için uğraştı. Defterimi iade ederken şöyle dedi:

"Son derece başarılısın, sana sürekli on vermeleri boşuna değil."

Bunun alay olmadığını, gerçek bir kompliman olduğunu hissettim. Sonra beklenmedik bir sertlikle ekledi:

"Bundan sonra yazdığın hiçbir şeyi okumak istemiyorum."

"Neden?"

Düşündü.

"Çünkü canımı acıtıyor."

Sonra da parmaklarıyla başının merkezine vurdu ve kahkahalarla güldü.

54.

Eve mutlu döndüm. Ailemi rahatsız etmemek için tuvalete kapandım ve gecenin üçüne kadar ders çalıştım; sonra yatıp uyudum. Saat altı buçukta yazıyı kopya edebilmek için zar zor uyandım. Önce Lila'nın güzel, yuvarlak yazısıyla okudum; elyazısı ilkokuldaki gibi kalmıştı, oysa benimki artık küçülmüş ve sadeleşmişti. Sayfada tam olarak benim yazdığım içerik vardı, ama bu daha duru, daha net olmuştu. Silmeler, yer değiştirmeler, minik eklemeler ve bir şekilde onun elyazısı bana kendimden kaçmış olduğum ve şimdi geride kalan kişinin sahip olduğunu bilmediği bir uyum ve enerjiyle yüz adım ileri koştuğum izlenimini verdi.

Metni Lila'nın yazısıyla bırakmaya karar verdim. Lila'nın sözlerimin içindeki varlığının gözle görünür izlerini koruma adına Nino'ya böyle teslim ettim. Uzun kirpiklerini kırpıştıra kırpıştıra okudu. Sonunda beklenmedik ve ani bir hüzünle şöyle dedi:

"Galiani öğretmen haklı."

"Hangi konuda?"

"Benden daha iyi yazıyorsun."

Her ne kadar utana sıkıla karşı koyduysam da bu cümleyi bir kez daha yineledi ve sonra veda bile etmeden arkasını dönüp gitti. Bana derginin ne zaman çıkacağını, onu nasıl edinebileceğimi söylemedi bile; ben de sormaya cesaret edemedim. Bu davranışı beni rahatsız etti. Öyle ki uzaklaşırken bir an için babasının yürüyüşünü görür gibi oldum.

Bu yeni buluşmamız da bu şekilde sonlandı. Bir kez daha her konuda yanılmıştık. Nino günlerce, ondan daha iyi yazıyor olmak cezalandırılması gereken bir suçmuş gibi davrandı. Çok canım sıkıldı. Sonra bana yeniden beden, can ve var oluş hakkı tanıdığında ve yolu birlikte yürümeyi önerdiğinde soğuk bir ifadeyle meşgul olduğumu, sevgilimin gelip beni alacağını söyledim.

Bir süre sevgilimin Alfonso olduğunu sanmak zorunda kaldı ama bir keresinde kız kardeşi Marisa okul çıkışında –bilmem ne demek için– belirince, bu kuşkusunu da yitirdi. Ischia döneminden beri görüşmemiştik. Koşarak yanıma geldi, beni kutladı ve bu yaz Barano'da olmayışıma ne kadar üzüldüğünü söyledi. Alfonso yanımda olduğundan, onları tanıştırdım. Ağabeyi çoktan çekip gittiğinden birlikte yürümemiz konusunda ısrar etti. Sonra Alfonso ve benim sevgili olmadığımızı anladı, benimle çene çalmaktan vazgeçti ve o yapışkan haliyle onunla konuşmaya başladı. Eve döndüğünde ağabeyine benimle Alfonso arasında hiçbir şey olmadığını anlatmış olmalı, çünkü ertesi gün Nino yeniden çevremde dolaşmaya başladı. Ama onu görmek bile tepemi attırıyordu. Ondan nefret etmesine karşın babası gibi sığdı. Acaba başkaları onu arzulamadan, onu sevmeden yapamaz mı sanıyordu? Kendininkilerin dışındaki başka erdemleri hoş göremeyecek kadar kendisiyle mi doluydu? Antonio'dan okula gelip beni almasını istedim. Şaşkınlık ve minnetle karşıladığı arzumu hemen yerine getirdi. O da çok şaşırmıştı, çünkü kalabalıkta elini tutmuş, parmaklarımı parmaklarına örmüştüm. Hem mahallede hem dışarıda böyle gezmeyi hep reddetmiştim, çünkü küçük bir kızın babasıyla gezmeye gitmesini anımsatıyordu bu bana. Ama o gün yaptım bunu. Nino'nun bizi izlediğini biliyordum ve onun benim kim olduğumu anlamasını istedim. Ondan daha iyi yazıyordum, onun yazılarının yayınlandığı dergide yazım yayınlanacaktı, okulda onun kadar, belki ondan daha fazla başarılıydım ve işte bir de erkeğim vardı: asla sadık bir köpek gibi onun peşinden koşmayacaktım.

55.

Antonio'dan Lila'nın düğününe giderken bana eşlik etmesini, beni hiç yalnız bırakmamasını, benimle konuşmasını ve gerekirse dans etmesini istedim. O günden çok korkuyordum, bunu kesin bir kopuş gibi görüyordum ve bana destek olacak birine gereksinme duyuyordum.

Bu arzum, hayatının son dönemini hayli zorlaştırmış olmalıydı. Lila herkese davetiye göndermişti. Mahallenin bütün evlerinde uzun zamandan beri anneler, anneanneler giysiler dikmekle, şapka ve çanta edinmekle, düğün hediyesi –ne bileyim bardak, çatal, tabak takımı gibi– bulmak için dolaşmakla meşguldüler. Aslında bu çabalar Lila için değildi; hepsi veresiye alışverişlerinin hesabını ay sonunda kapamalarına izin veren çok kibar Stefano içindi. Ama her şeyden önemlisi düğün dediğin, kimsenin çirkin görünmeye hakkı olmadığı bir ortamdı; hele sevgilisi olmayan kızların bu fırsattan yararlanarak bir sevgili bulmaları, nişanlanıp birkaç yıl içinde evlenmeleri de söz konusu olabilirdi.

Ben de özellikle bu son gerekçe yüzünden Antonio'nun bana eşlik etmesini istemiştim. İlişkimizi kesinlikle gizli tutmaya özen gösteriyorduk ve duruma resmiyet kazandırmaya hiç niyetim yoktu ama çekici olma kaygımı kontrol altında tutmak istiyordum. O gün gözlüğüme, annemin diktiği gariban giysime, eski ayakkabılarıma rağmen kendimi şık, sakin hissetmek ve şöyle düşünmek istiyordum: on altı yaşındaki bir kızın sahip olabileceği her şeye sahibim, hiçbir şeye, hiç kimseye ihtiyacım yok.

Ama Antonio olayı böyle almadı. Beni seviyordu, beni hayatında başına gelebilecek en büyük şans olarak görüyordu. Sık sık ve yüksek sesle, komiklik yaparcasına ama kaygılı bir ifadeyle benim gibi bir kızın neden onun gibi aptal ve iki lafı bir araya getiremeyen bir erkeği seçtiğini soruyordu. Bu önerimden sonra benim nihayet ilişkimizi açığa vurmaya karar verdiğimi sanıp terzide bir takım diktirmek için borçlandı; üstelik bu, düğün hediyesinin yanı sıra, Ada ile öteki kardeşlerinin yeni giysileri ve Melina'nın bakımlı bir görünüme sahip olması için harcayacağı paraya ek masraf olacaktı.

Ben hiçbir şeyin farkına varmadım. Okul, Lila, yengesi ve kayınvalidesi arasında işler karışınca acil olarak çağrıldığım danışmanlık, her an yayınlanabilecek olan yazımın tatlı heyecanı arasında yoğundum. Gizliden gizliye, ancak Elena Greco imzasını bir dergide gördüğümde gerçekten var olacağıma inanıyordum; düğünde giyeceği takım elbisesini bir çift Cerullo marka ayakkabıyla tamamlama düşüncesini de kafasına takmış olan Antonio'nun neler yaptığıyla pek ilgilenmiyordum. Arada sırada bana, "Neler yaptıklarını sen biliyor musun?" diye soruyordu. Ben de ona "Rino'ya sor, Lina da bir şey bilmiyor," diyordum.

Öyleydi. Baba ve oğul Cerullo, yeni modelleri hâlâ onlarla yaşayan Lila'ya göstermeden kasım ayında Stefano'yu davet etmişlerdi. Stefano da özellikle nişanlısı ve Pinuccia ile gitmişti; üçü de televizyon ekranından çıkmış gibi görünüyorlardı. Lila bana yıllar önce tasarlamış olduğu ayakkabıların vücuda gelmiş olduğunu görünce çok şiddetli bir heyecan yaşadığını, sanki bir perinin dileğini gerçekleştirdiğini sandığını anlatmıştı. Ayakkabılar bir zamanlar hayalini kurduklarıyla tıpatıp aynıydı. Pinuccia'nın da ağzı bir karış açık kaldı. Hoşuna giden bir modeli denemek istedi ve sağlam hafiflik, uyumlu güzellik sergileyen ayakkabıların gerçek yaratıcısı olarak nitelediği Rino'yu övgülere boğdu. Hoşnutsuzluk gösteren tek kişi Stefano oldu. Lila'nın babasına, ağabeyine ve çıraklara sayıp döktüğü güzel sözleri kesti, ayağındaki ayakkabının ayağını nasıl güzel sardığını göstermek için bileğini kaldırarak Rino'yu kutlayan Pinuccia'nın baygın sesini de susturdu ve tek tek her bir modelin özgün çizimlere uymadığı noktaları bulup söyledi. Özellikle de Rino ve Lila'nın babaları Fernando'dan gizli olarak imal ettikleri erkek ayakkabısıyla aynı ayakkabının baba-oğul tarafından yapılmış modelini karşılaştırıyordu. "Ne bu püskül, ne bu dikişler, ne bu dore toka?" diye sordu öfkeyle. Ve Fernando, sağlam kılmak ya da tasarım kusurunu kamufle etmek gibi, ona bunların gerekçelerini bir bir saysa da Stefano yumuşamıyordu. O sıradan ayakkabılara değil, birebir Lila'nın çizdiği ayakkabılara sahip olabilmek için bu kadar yatırım yaptığını söylüyordu.

Bayağı gerilim yaşandı. Lila hemen babasını savunmaya geçti, nişanlısına boş vermesi için ricada bulundu: bunlar onun çocuksu hayalleriydi ve bazı değişimler şarttı. Ama Rino, Stefano'dan yana oldu ve bu nedenle tartışma çok uzadı. Çoktandır bitkin düşmüş olan Fernando bir köşeye oturup duvardaki çerçevelere bakarak şöyle deyince herkes duruldu:

"Eğer ayakkabıları Noel'de istiyorsan bunlara razı ol. Ama kızımın çizdiklerinin aynını istiyorsan lütfen başkasına yaptır."

Önce Stefano, sonra da Rino pes etti.

Ayakkabılar Noel yortusunda pamukla yapılmış yıldız deseniyle süslenmiş vitrinde ilk kez sergilendiler. Onları görmek için gittim: şık nesnelerdi; özenle biçimlendirilmişlerdi; sadece bakarken bile o yoksul vitrinle, dışarıdaki mahallenin üzüntü veren haliyle, dükkânın içindeki kesik deri ve kösele parçalarıyla, kunduracı bizleriyle, tahta kalıplarla, tavana kadar yığılı ve müşteri bekleyen ayakkabı kutularıyla tam bir uyumsuzluk örneği oluşturuyorlardı. Fernando'nun uyguladığı değişikliklere rağmen tasarım çocukluk rüyalarımızın ayakkabılarıydı ve kesinlikle bu mahallenin gerçeğine göre tasarlanmamışlardı.

Nitekim Noel'de tek bir çift bile satılmadı. Sadece Antonio gitti, bir 44 numara istedi ve denedi. Sonra bana derinin ayağını sarmasındaki zevki, düğünde, üzerinde yeni kostümü, ayağında bu ayakkabılarla benimle olmanın mutluluğunu hayal edişini anlattı. Ama olmayınca olmuyordu işte. Fiyatını sorduğunda Rino'nun verdiği yanıt ağzını bir karış açık bıraktı: "Sen deli misin?" dedi. Rino da ona, "Sana aydan aya taksit yaparım," önerisinde bulununca Antonio onu gülerek yanıtladı: "O zaman gidip kendime bir Lambretta motosiklet satın alırım."

56.

Kendini düğün heyecanına kaptırmış olan Lila, o döneme dek yorgunluktan bitap düşse de neşesinden bir şey kaybetmeyen şakacı ağabeyinin yeniden kasvetli düşüncelere daldığını, uykusunun bozulduğunu, hiç yoktan sinirlendiğini fark etmedi. Pinuccia'nın tanık olduğu bazı öfke patlamalarına mazeret bulmak isteyen Lila, "O çocuk gibidir," dedi, "kaprislerinin hemen yerine getirilmesini ister, beklemeyi bilmez." Lila da babası Fernando gibi, Noel'de hiç ayakkabı satılmamış olmasını fiyasko olarak nitelendirmedi. Zaten ayakkabılar için belli bir plan uygulanmamıştı: Stefano'nun, Lila'nın saf esinlerini somutlaşmış olarak görme arzusundan doğmuş olan modellerin kimi hafif, kimi kapalıydı; her mevsime uygun ayakkabı vardı. Böyle olması bir nimet sayılmalıydı. Cerullo ayakkabıcısının dükkânına yığılmış olan beyaz kutularda geniş bir örnek yelpazesi bulunuyordu. Biraz beklenmeliydi; kışın, ilkbaharda, sonbaharda ayakkabılar satılırdı.

Ama Rino'nun huzursuzluğu arttı. Noel'den sonra kimseye danışmadan, anayolun sonunda yer alan ayakkabıcının tozlu dükkânının sahibini görmeye gitti; onun Solara ailesine gayet bağlı olduğunu bildiği halde bazı Cerullo ayakkabılarını vitrininde sergilemesini, taahhüt istemediğini, sadece satışın nasıl gideceğini anlamak istediğini söyledi. Adam nazik bir şekilde hayır dedi, ürün onun müşteri kitlesine uygun değildi. Ama Rino bunu kabul etmedi ve sonunda haberi bütün mahalleye yayılacak bir kargaşa ve küfürleşme yaşandı. Fernando oğluna kızdı, Rino ona hakaret etti, Lila ağabeyini yeniden bir düzensizlik unsuru, onu korkutmuş olan yıkıcı güçlerin temsilcisi olarak hissetmeye başladı. Dörtlü olarak dışarı çıktıklarında, ağabeyinin, o ve Pinuccia'nın önden yürürken özellikle beş adım geride kaldığını ve Stefano ile tartıştığını fark ediyordu. Şarküterici genellikle onu rahatsızlık belirtisi göstermeden dinliyordu. Sadece tek bir kez Lila onun şöyle dediğini işitti:

"Özür dilerim Rino, ama ben bu kadar yatırımı kaybetmeyi göze alarak, sadece kız kardeşine olan aşkımdan mı yaptım sanıyorsun sen? Ayakkabıları imal ettik, hepsi çok güzel oldu, şimdi onları satmamız gerekiyor. Sorun şu ki onlara uygun piyasayı bulmamız gerekiyor."

Bu, "sadece kız kardeşinin aşkı" ifadesi hoşuna gitmedi. Ama önemsemedi, çünkü bu sözler Rino üzerinde etki yaptı, onu sakinleştirdi ve onun özellikle Pinuccia'ya satış stratejisi konusunda konuşmasına neden oldu. Büyük düşünmek gerektiğini söylüyordu. Bazı iyi yatırımlar neden batmıştı? Gorresio atölyesi neden motosiklet imalatından vazgeçmişti? Tuhafiyecinin butiği neden altı aydan fazla dayanamamıştı? Çünkü bunlar kısa soluklu girişimlerdi. Oysa Cerullo ayakkabıları mahalle pazarının dışına çıkacak ve daha zengin bir müşteri kitlesine yönelecekti.

Bu arada düğün tarihi de yaklaşıyordu. Lila gelinlik provasından, gelecekteki eviyle ilgili son dokunuşlara koşuyor, bunca iş arasında Nunzia'nın müdahalelerine asla katlanamayan Pinuccia ve Maria ile mücadele ediyordu. 12 Mart yaklaştıkça gerilim arttıkça arttı. Ama çatlakların açılmasına neden olan darbe oradan gelmedi. Özellikle birbirini izleyen iki olay Lila'yı derinden yaraladı.

Şubat ayının dondurucu bir ikindisinde Lila ansızın çıkagelip, Oliviero öğretmene giderken ona eşlik eder miyim diye sordu. Şimdiye dek ona karşı ilgi, sevgi, minnet gösterdiği görülmemişti. Oysa şimdi davetiyesini bizzat eliyle götürmek istiyordu. Geçmişte öğretmenin onun hakkında söylediği olumsuz sözleri hiç aktarmamış olduğumdan, şimdi söylemenin de sırası değildi; zaten Oliviero öğretmen son zamanlarda bana daha az saldırgan, daha hüzünlü görünmüştü; belki de onu iyi karşılardı.

Lila giyimine özel bir özen gösterdi. Öğretmenin oturduğu ve kiliseden iki adım ötede olan apartmana yürüyerek gittik. Merdivenleri tırmanırken onun çok endişeli olduğunu hissettim. Ben o yola, o merdivenlere alışıktım ama o değildi ve tek söz etmedi. Zilini çaldım, Oliviero'nun ayaklarını sürüyerek yaklaştığını duydum.

"Kim o?"

"Greco."

Kapıyı açtı. Sırtında mor renkli bir şal vardı ve yüzünün yarısını bir eşarpla örtmüştü. Lila hemen gülümseyerek şöyle dedi:

"Öğretmenim, beni hatırladınız mı?"

Oliviero, Lila'nın okulda yaramazlık yaptığı günlerdeki bakışıyla ona baktı, sonra sanki ağzında bir lokma varmış gibi çok zorlukla konuşarak şöyle dedi:

"Kimsiniz? Sizi tanımıyorum."

Lila şaşırdı ve hemen İtalyanca olarak yanıtladı:

"Ben Cerullo. Size davetiye getirdim, evleniyorum. Düğünüme gelirseniz çok sevinirim."

Öğretmen bana döndü ve şöyle dedi:

"Cerullo'yu tanırım ben, bunun kim olduğunu bilmiyorum."

Ve kapıyı yüzümüze kapadı.

Birkaç saniye öylece kalakaldık, sonra rahatlatmak için eline dokundum. O çekildi, davetiyeyi kapının altından attı, merdivenlere yöneldi. Yol boyunca sürekli belediyedeki ve kilisedeki bürokratik işlemlerin sıkıcılığını ve babamın ne kadar yardımcı olduğunu anlattı.

Öteki ve belki daha derin acısının kaynağı Stefano ve ayakkabı hikâyesiydi. Uzun süredir mendil değişimi diye adlandırılan şahitlik işinin Maria'nın savaştan sonra Floransa'ya göç etmiş bir akrabasına verileceği kararlaştırılmıştı; bu akraba ağırlıklı olarak madeni eşyalardan oluşan ve her türlü kaynaktan elde ettiği eski eşya alıp satıyordu. Maria'nın akrabası, Floransalı bir hanımla evlenmiş, kendi de oranın yerel lehçesini kapmıştı. Bu telaffuzu nedeniyle de ailede seçkin bir yere sahip olmuştu, Stefano'nun vaftiz babası olmasının nedeni de buydu. Ne var ki müstakbel damat son anda fikir değiştirdi.

Lila bana önce bunu son anlara özgü bir sinirlilik belirtisi olarak anlattı. Ona göre şahidin şu ya da bu kişi olmasının hiç önemi yoktu, yeter ki birine karar verilsindi. Ama birkaç gün boyunca Stefano sadece müphem ve karışık yanıtlar verdi, Floransalı çiftin yerine kimi koyacağı bir türlü anlaşılamıyordu. Sonra düğüne tam bir hafta kala gerçek ortaya çıktı. Stefano mazeret belirtmeden, oldubittiye getirerek açıkladı: şahit Marcello'nun babası Silvio Solara olacaktı.

O ana dek Marcello Solara'nın en uzak bir akrabasının bile *onun* düğününde yer alma olasılığını aklına getirmemiş olan Lila, yeniden benim bir zamanlar çok iyi tanıdığım o küçük kız oldu. Stefano'ya ağır hakaretler yağdırdı, onu bir daha asla görmek istemediğini söyledi. Anne babasının evine kapandı, bütün işleri bir kenara bıraktı, gelinliğin son provasına gitmedi, çok yaklaşmış olan düğünle ilgili hiçbir şeyle ilgilenmedi.

Büyüklerin resmi geçidi başladı. Önce annesi Nunzia geldi ve derin bir üzüntüyle ona bir aile kurmanın nimetlerini anlattı. Sonra sert tavrıyla Fernando geldi ve ona çocukluk etmemesini söyledi: mahallede kim iyi bir geleceğe sahip olmak istiyorsa Silvio Solara'yı şahit olarak seçmesi kaçınılmazdı. En sonunda Rino gayet saldırgan ve sadece kâr düşünen bir işadamı havasında işlerin nasıl yürüdüğünü anlattı: Baba Solara banka gibiydi, ayrıca başka ayakkabı mağazalarına Cerullo marka ayakkabıları pazarlayabilecek olan kanal kendisiydi. "Nedir senin istediğin?" diye bağırdı ağlamaktan şişmiş, kan çanağına dönmüş gözleriyle. "Beni, bütün ailemizi mahvetmek, şimdiye dek verdiğimiz bunca emeği ve zahmeti heba etmek mi istiyorsun?" Onun hemen ardından Pinuccia boy gösterdi ve biraz yapmacık bir tonda aslında kendisinin de Floransalı maden tüccarı akrabanın şahit olmasını çok istediğini bildirdi; ama mantıklı düşünmek gerekiyordu, bu kadar önemsiz bir sorun için bir evliliği ve bir aşkı silmeye değmezdi.

Bir gün ve bir gece geçti. Nunzia hiç konuşmadan ve hiç kımıldamadan evin bir köşesine çöktü, uyumaya bile gitmedi. Sonra kızından gizlice evden dışarı süzüldü ve Lila ile konuşmam, onu ikna etmem için beni çağırmaya geldi. Gönlüm okşandı, nasıl bir yol izleyeceğimi uzun uzun düşündüm. Söz konusu olan bir düğündü, bir uygulamaydı, son derece ayrıntılıydı, hem sevgi hem çıkar yüklü bir etkinlikti. Korktum. Din öğretmeninin otoritesine meydan okuyarak açıktan açığa Kutsal Ruh'a kafa tutmayı becermiş olan ben, Lila'nın yerinde olsaydım böyle her şeyi elimin tersiyle itme cesaretini bulamazdım sanırım. Ama o, evet, düğüne şurada kısacık bir süre kalmış olsa da bunu becerirdi. Ne yapmalıydım? Onu o uzun yola kolayca itebileceğimi hissettim, bu amaca hizmet etmiş olmak bana çok büyük haz verecekti. Alttan alta asıl istediğim buydu benim: onu tekrar solgun yüzlü, atkuyruklu, kısık gözlü, yırtıcı bakışlı, üzerinde üç kuruşluk elbisesi olan Lila'ya döndürmek. Mahallenin Jacqueline Kennedy'si gibi hareket etmesini ve bize hava atmasını istemiyordum.

Ama hem onun hem benim talihsizliğim yüzünden bu gözüme acımasız bir eylem olarak göründü. Ona iyilik ettiğimi düşünerek Lila'yı yeniden Cerullo evinin kurşuni havasına döndürmek istemedim ve buradan hareketle zihnimde sadece tek bir düşünce oluştu; nazik bir telkinle ona tekrar tekrar aynı şeyi söylemekten başka çare bulamadım: Silvio Solara, Lila, ne Marcello'dur, ne Michele'dir; onları birbirine karıştırırsan hata yapmış olursun, bunu sen benden daha iyi biliyorsun ve defalarca söylemiştin. Ada'yı arabaya çeken o değil. Yılbaşı gecesi üzerimize ateş eden o değil, zorla senin evine yerleşen o değil, hakkında çirkin sözler eden o değil, Silvio şahitliğini yapacak ve Rino ile Stefano'ya ayakkabı ticareti için el uzatacak, hepsi bu; senin gelecek hayatında başka hiçbir ağırlığı olmayacak. Artık çok iyi tanıdığımız kartları karıştırdım. Eski günlerden ve sonrasından, eski kuşaktan ve bizimkinden, bizim nasıl farklı olduğumuzdan, o ve Stefano'nun herkesten nasıl değişik olduğundan söz ettim. Ve bu son sözlerim onda bir kıvılcımı tutuşturdu, ben de özellikle altını çizmeyi sürdürdüm. Sessizce dinledi beni, belli ki yardıma ve sakinleşmeye gerek duyuyordu ve yavaş yavaş sakinleşti. Gözlerinde, Stefano'nun bu hamlesiyle ona şimdiye dek göstermemiş olduğu ve hâlâ net göremediği bir yanını gösterdiğini ve bunun, tam da bu nedenle onu Rino'nun huysuzluklarından çok daha fazla korkuttuğunu okudum. Bana şöyle dedi:

"Belki de beni sevdiği doğru değildir."

"Nasıl sevmez seni? Her dediğini yapıyor."

Sonra Stefano Carracci için şimdiye dek asla kullanmamış olduğu küçümseyici bir ses tonuyla şöyle dedi:

"Sadece onun gerçek paralarını riske atmadığım zaman."

Her halükarda dünyaya geri döndü. Şarküteriye, yeni eve gitmedi, uzlaşmaya çalışan kendisi olmadı. Stefano'nun ona, "Teşekkür ederim, seni çok seviyorum; bilirsin, insanın zorunlu olduğu bazı şeyler vardır," demesini bekledi. Ancak o zaman ona arkasından sarılmasına ve boynunu öpmesine izin verdi. Ama sonra ansızın arkasını döndü ve doğrudan gözlerinin içine bakarak konuştu:

"Benim düğünüme Marcello Solara kesinlikle adım atmayacak."

"Bunu nasıl sağlarım?"

"Bilmiyorum ama bu konuda bana yemin etmelisin."

Genç adam içini çekti, sonra gülerek: "Peki Lina, sana yemin ediyorum," dedi.

57.

12 Mart geldi, ılık, ilkbahar havasında bir gündü. Lila erkenden eski evine gelmemi, yıkanmasına, taranmasına, giyinmesine yardım etmemi istedi. Annesini yolladı; ikimiz yalnız kaldık. Külotu ve sutyeni ile yatağın kenarına oturdu. Gelinliği yanında duruyordu; ölü bir kadın bedenini andırıyordu; yerde altıgen karoların üstünde kaynar su dolu bakır leğen vardı. Durup dururken soruverdi:

"Sence ben hata mı yapıyorum?"

"Hangi konuda?"

"Evlenme konusunda."

"Hâlâ şu şahit meselesini mi düşünüyorsun?"

"Hayır, öğretmeni düşünüyorum. Beni neden içeri almak istemedi?"

"Çünkü o ihtiyar huysuzun teki."

Leğenin içinde parlayan suya bakarak bir süre sustu, sonra şöyle dedi:

"Her ne olursa olsun, sen okumaya devam et."

"İki senem daha var: sonra diplomamı alacağım ve bitecek."

"Hayır, hayır bitirme: ben sana para veririm, sen sonsuza dek okumalısın."

Sinirli bir kıkırdamadan sonra yanıtladım onu:

"Teşekkür ederim ama okul da bir noktada sona eriyor."

"Senin için değil: sen benim olağanüstü akıllı arkadaşımsın, hepimizden çok daha başarılı olmalısın, bütün kızlardan ve erkeklerden."

Ayağa kalktı, külotunu ve sutyenini çıkardı ve şöyle dedi:

"Haydi, yardım et bana, yoksa geç kalacağız."

Onu hiç çırılçıplak görmemiştim, utandım. Bugün diyebilirim ki, bakışlarımı hazla onun bedeninde dolaştırmak, on altı yaşının güzelliğinin ezeli tanığı olmak ve bunu Stefano'nun ona dokunmasından, içine girmesinden, onu deforme etmesinden ve belki de gebe bırakmasından birkaç saat önce yapmaktan ötürü utanç duymuştum. O anda bu sadece, gerekli uygunsuzluğun yarattığı fırtınalı bir duyguydu; bakışlarımı başka tarafa kaçıramayacağım, kendi sarsıntımı anlamadan elimi çekemeyeceğim, bunu dile getiremeden geri çekilemeyeceğim bir durumdu; seni sarsan kişinin sarsılmaz soğukkanlı masumiyetiyle çelişki yaratmadan, seni sarsan şiddetli duyguyu reddederek bunu ifade etmeden, orada kalmanın zorunluluğunun bilincine vararak bakışlarımı onun oğlan çocuğunu andıran omuzlarında, soğuktan sertleşip büzüşmüş meme uçlarında ve göğüslerinde, dar kalçalarında, gergin poposunda, kapkara cinselliğinde, uzun bacaklarında, yumuşak dizlerinde, kavisli bileklerinde, şık ayaklarında gezdirdim; sanki bir şey yokmuş gibi davrandığım sırada aslında her şey hareket halinde ve oradaydı, bu yoksul ve loş odadaydı; perişan mobilyalar arasında, su sıçramış zeminde kalbim hızla çarpıyordu, damarlarım yanıyordu.

Onu önce leğenin içinde oturduğu halde, sonra ayağa kalkmasını isteyerek, yavaş ve özenli hareketlerle yıkadım; damlayan suyun sesi hâlâ kulaklarımdadır ve içimde kalan izlenime göre leğenin bakırı, Lila'nın düz, diri, sakin etiyle aynı yapıdaydı. Karmakarışık duygular ve düşünceler sarmıştı içimi: ona sarılmak, onunla ağlamak, onu öpmek, onun saçını çekmek, gülmek, cinsellikte uzmanlığımızı yarıştırmak ve onu eğitimli sesimle eğitmek, maksimum yakınlık anında onu kelimelerle uzaklaştırmak istiyordum. Ama en sonunda zihnimde kalan düşmanca bir düşünceye göre ben sabahın erken saatlerinde onu saçlarından ayak tabanlarına kadar temizliyordum ki, Stefano gecenin ilerleyen saatlerinde kirletebilsin. Onun şu andaki gibi çıplak haliyle yeni evinin yatağında kocasına sarıldığını, tren pencerelerinin önünden geçerken mantar tıpanın insan eliyle şarap şişesinin ağzından içeri sokuluşu misali, erkeğin şiddetli etinin tek bir darbeyle onun içine girişini hayal ediyordum. Ve o anda yaşamakta olduğum, yaşayacağım acıya tek çarenin ıssız bir köşede ve aynı saatte Antonio'nun bana aynı şeyi yapması olduğuna karar verdim.

Onun kurulanmasına, giyinmesine –şimdi düşünürken gurur ve ıstırap duyguları birbirine karışıyordu– benim onun için seçtiğim gelinliği giymesine yardım ettim. Kumaş ansızın canlandı, beyazlığı Lila'nın sıcaklığıyla aydınlandı; dudakları kıpkırmızıydı, sert gözleri kapkaraydı. En sonunda kendi tasarladığı ayakkabıları geçirdi ayağına. Bunları giymezse bir tür ihanet duygusu yaşayacağını söyleyen Rino'nun zoruyla alçak topuklu bir model seçmişti; Stefano'dan daha uzun boylu durmak istemiyordu. Eteğini biraz havaya kaldırarak aynada kendine baktı.

"Çirkin bu ayakkabılar," dedi.

"Hiç de değil," dedim.

Sinirli bir tavırla güldü.

"Ama öyle, baksana: hayallerimi ayaklarımın altına aldım."

Ansızın korkmuş gibi bir ifadeyle döndü:

"Bana neler olmak üzere, Lenù?"

58.

Bir süredir hazırlanmış olan Nunzia ve Fernando bizi mutfakta beklemekteydiler. Onları hiç böyle bakımlı ve şık görmemiştim. O dönemde Lila'nın, benim, hepimizin annesi babası bana yaşlı görünürlerdi. Onlarla anneannemler, babaannemler arasında pek fark yok gibi düşünürdüm; benim gözlerimde büyükannelerin ve dedelerin tümü donuk bir hayat yaşıyorlardı; benim, Lila'nın, Stefano'nun, Pasquale'nin varlığıyla onlarınkinin hiç ilgisi yoktu. Duyguların sıcaklığıyla, düşüncelerin coşkusuyla gerçekten kavrulan insanlar bizlerdik. Ancak şimdi, şu satırları yazarken Fernando'nun o dönemde kırk beş yaşından daha büyük olmadığını fark ediyorum, Nunzia ise besbelli daha gençti ve o sabah beyaz gömleği, koyu renk takım elbisesi ve Randolph Scott'u andıran çehresiyle Fernando ile baştan aşağı mavi giyinmiş, mavi şapkası, mavi tülüyle Nunzia yan yana dururlarken gerçekten çok güzel görünüyorlardı. Anne ve babamın tam olarak bildiğim yaşları konusunda da aynı durum geçerliydi: babam otuz dokuz, annem otuz beş yaşındaydı o dönemde. Kilisede onlara uzun uzun baktım. O gün benim eğitim başarılarımın onları bir nebze olsun avutmadığını, üstelik özellikle annemin okulu gereksiz bir zaman yitimi olarak gördüğünü acıyla hissettim. Lila, giysisinin göz kamaştırıcı bulutsu beyazlığıyla, buharımsı duvağıyla, şahane bir görünümle, Sacra Famiglia Kilisesi'nin koridorunda, kunduracının kolunda ilerlerken ve yakışıklı Stefano'nun onu beklediği çiçeklerle dolu sunak masasındaki –neyse ki çiçekçi çiçek konusunda çok cömert davranmıştı– yerini alırken annem, yerinden duramayan, gözü başka tarafa bakıyormuş gibi görünse de bana dört göz oluşumun, bu sahnenin merkezinden çok uzakta bulunuşumun ağırlığını hissettiriyordu, oysa şu kötü yürekli arkadaşım zengin bir koca, ailesine ekonomik refah, tapusu kendilerine ait, küveti, buzluğu, televizyonu ve telefonu olan bir ev kapmıştı bile.

Uzun bir tören oldu, rahip sonsuza dek uzattıkça uzattı. Kiliseye girişte damadın ailesi ve arkadaşları hepsi bir tarafa, gelinin ailesi ve arkadaşları da öteki tarafa toplaşmıştı. Fotoğrafçı sonsuz sayıda –flaşlı, reflektörlü– fotoğraf çekmek için yeterince zaman buldu; genç yardımcısı da önemli anları filme çekti.

Antonio üzerinde terziden aldığı kostümüyle bütün tören boyunca sadık bir şekilde yanımda oturdu; Ada, şarkütericinin çırağı olarak başka bir yerde bulunması gerektiğini düşündüğü için surat asıyordu ama öteki kardeşleriyle birlikte Melina'nın yanına oturmak ve ona göz kulak olmak zorundaydı. Bir ya da iki kere kulağıma bir şey fısıldadı ama ona yanıt vermedim. Dedikoduları önlemek için özel bir yakınlık göstermeksizin yanımda durmakla yetinmeliydi. Bakışlarımı kalabalık kilisede dolaştırdım, insanların canı sıkılmıştı ve hepsi benim gibi sürekli çevrelerine bakınıyorlardı. Ağır bir çiçek ve yeni giysi kokusu vardı. Gigliola çok güzeldi, aynen Carmela Peluso da harikaydı. Genç erkeklerin de onlardan aşağı kalır yanı yoktu. Enzo ve özellikle de Pasquale sanki sunak masasının önünde, Lila'nın yanında dursalar da, oraya Stefano'dan daha çok yakışacaklarını göstermek ister gibiydiler. Duvarcı ve sebzeci gençler kilisenin dibinde, törenin düzeninden sorumlu nöbetçiler gibi dururlarken, gelinin ağabeyi Rino, aile düzenlemesini bozarak gidip damadın akrabalarının sırasında, Pinuccia'nın yanında dikilmişti; o da yeni takım elbisesi içinde, ayağında briyantinli saçları kadar parlayan Cerullo marka ayakkabılarıyla mükemmeldi. Ne şatafattı ama! Belli ki davetiye alanların tümü bu töreni kaçırmak istememiş ve son derece şık bir şekilde katılmıştı; bildiğime göre, herkesin bildiğine göre bunun anlamı –en başta yanımda oturan Antonio olmak üzere– buradakilerin çoğunun bu gösteriş için borç para almış olmasıydı. Bunun üzerine Silvio Solara'ya baktım; şişmandı, koyu renkli giysisiyle damadın yanında duruyordu, bileklerindeki altınlar ışıldıyordu. Abartılı bir şekilde mücevherle donanmış olan karısı pembeler giymişti ve gelinin yanında duruyordu. Gösterişin paraları oradan geliyordu. Don Achille öldükten sonra, bütün mahalleliye para dağıtan bu kırmızı suratlı, mavi gözlü, saçları yandan dökük adam ve onun zayıf, uzun burunlu, ince dudaklı karısıydı – doğrusunu söylemek gerekirse bu etkinliğin pratik kısmını Manuela idare ediyordu: içinde rakamların ve son ödeme tarihlerinin yazdığı kırmızı kaplı defter çok ünlüydü ve korku salıyordu. Lila'nın düğünü sadece çiçekçi, sadece fotoğrafçı için değil, özellikle bu çift için ciddi bir iş manasına gelmişti; bunun yanı sıra pastayı ve nikah şekerlerini de onlar hazırlamışlardı.

Fark ettim ki Lila onlara bir kez bile bakmadı. Hatta Stefano'ya bile dönmedi, gözlerini rahipten ayırmıyordu. Böyle arkadan baktığımda onların birbirlerine yakışan bir çift olmadıklarını düşündüm. Lila daha uzun boyluydu, erkek kısaydı. Lila çevresine kimsenin gözünden kaçmayacak müthiş bir enerji saçıyordu, erkek ise solgun bir adamcık gibi duruyordu. Lila dikkatini son derece yoğunlaştırmıştı ve sanki bu ayinin ne anlama geldiğini en ince ayrıntısına kadar anlamaya çalışır gibiydi; Stefano ise arada sırada annesine bakıyor, Silvio Solara ile gülüşüyor, hafifçe başını kaşıyordu. Bir ara içimi bir sıkıntı sardı. "Ya Stefano göründüğü gibi biri değilse," diye düşündüm. Ama iki nedenden ötürü bu düşüncemin peşine düşmedim. Her şeyden önce her ikisi de genel heyecanın içinde gayet kararlı ve net biçimde evet dediler: birbirlerine yüzük taktılar, öpüştüler ve ben de artık Lila'nın gerçekten evlendiğini kabul etmek zorunda kaldım. Ve sonra bir anda artık gelin ve damada dikkat etmez oldum. Alfonso dışında herkesi görmüştüm; gözlerimle damadın yakınları arasında dolaştım ve sonunda onu kilisenin dibinde, neredeyse bir sütunun arkasına saklanmış olarak buldum. Başımla bir işaret yaptım, bana doğru yöneldi. Arkasında son derece süslü Marisa Sarratore belirdi. Ve hemen ardında son derece zayıf, elleri cebinde, saçı başı dağınık, okulda giydiği buruşuk pantolon ve ceketiyle Nino göründü.

59.

Bundan sonrası kiliseden org nağmeleri ve fotoğrafçının flaşları arasında çıkan gelin ve damat çevresindeki kargaşa oldu. Lila ve Stefano öpücükler, kucaklamalar, otomobil kaosu ve beklemede bırakılan ana-babaların gerginliği arasında kilise avlusunda dururlarken, ötekiler, hatta kanbağı olmayanlar –ama belki de daha önemli, daha çok sevilen, daha gösterişli giyimli, şapkaları daha dikkat çekici olanlar– hemen otomobillerine binmiş ve Orazio restoranına gitmişlerdi bile.

Alfonso ne kadar şık olmuştu. Onu hiç böyle koyu renk takım elbiseyle, beyaz gömlekle, kravatla görmemiştim. Üzerinde yıpranmış okul kılığı, şarküteri önlüğü olmayınca gözüme sadece on altı yaşından büyük değil, aynı zamanda –ansızın öyle düşündüm– ağabeyi Stefano'dan da çok daha farklı göründü. Artık daha uzun boyluydu, daha zayıftı, televizyonda gördüğüm İspanyol dansçıya benziyordu, gözleri iriydi, dudakları kalındı, henüz sakala ait belirti yoktu. Belli ki Marisa ona yapışmıştı, ilişkileri ilerlemişti, benim haberim olmadan da görüşmüş oldukları belliydi. Alfonso bana çok bağlı olmasına karşın Marisa'nın kıvırcık saçlarına ve sonu gelmeyen konuşmalarına yenik düşmüş olmalıydı; Alfonso o çekingenliğiyle onun konuşmasının boşluklarını doldurabiliyor muydu acaba? Acaba çıkıyorlar mıydı? Bundan şüpheliydim, öyle olsa bana söylerdi. Ama belli ki yakınlıkları onu ağabeyinin düğününe davet edecek kadar gelişmişti. Ve o da tabii anne-babasından izin alabilmek için mecburen Nino'yu da peşine takmıştı.

Ve işte kilise avlusunda genç Sarratore, özensiz giyimi, fazla uzun, fazla sıska, saçları fazla uzun ve dağınık, elleri fazlasıyla pantolon ceplerine dalmış, nerede duracağını bilemeyen birinin havasıyla, gözleri bakacak başka yer bulamadığından ilgisizce yeni evli çifte dalmış olarak öylece duruyordu. Bu beklenmedik kişi günümün heyecanlı kargaşasına fazlasıyla katkıda bulundu. Kilisenin içinde selamlaşmış, fısıldayarak birbirimize merhaba demekle yetinmiştik. Nino sonra kız kardeşinin ve Alfonso'nun yanına dikilmişti; bense Antonio'nun koluna sımsıkı yapışmıştım, sonra da Ada, Melina, Pasquale, Carmela, Enzo'nun yanına takılmıştım. Şimdi bu kargaşada, gelinle damat Rimemberanza parkında resim çektirmek için fotoğrafçı ve yardımcısıyla büyük ve beyaz bir otomobile binerlerken, içimi bir sıkıntı bastı ve ya Antonio'nun annesi, Nino'nun çehresinde Donato'ya ait benzerlikler yakalarsa diye endişelenmeye başladım. Ama bu temelsiz bir kaygıydı. Lila'nın annesi Nunzia, aklı bir karış havadaki Melina'yı, Ada ve öteki küçük çocuklarıyla birlikte bir arabaya sürükledi ve alıp gitti.

Aslında hiç kimse, ne Gigliola, ne Carmela ve ne de Enzo Nino'yu tanıdı. Çocukluk yüzüne ilişkin hatları hâlâ taşıyor olsa da Marisa da kimsenin dikkatini çekmedi. İki Sarratore kardeş o gün hiç fark edilmediler. Antonio beni Pasquale'nin eski arabasına doğru iterken, Carmela ve Enzo da arabaya binerlerken şundan başka bir söz edemedim: "Anne ve babam neredeler? Umarım birileri onlarla ilgileniyordur." Enzo onları bir otomobilde gördüğünü söyledi ve yapacak başka bir şey olmadığından biz de hareket ettik; Nino hâlâ şaşkın havasıyla, yanında konuşmakta olan Alfonso ve Marisa ile birlikte kilise avlusunda dikilmekteydi; son bir kez ona baktım ve sonra gözden yitirdim.

Sinirlenmiştim. Ruh halimdeki her türlü değişkenliğe pek duyarlı olan Antonio kulağıma fısıldadı:

"Ne var?"

"Yok bir şey."

"Canın bir şeye mi sıkıldı?"

"Hayır."

Carmela güldü.

"Canı sıkıldı, çünkü Lina evlendi ve o da evlenmek istiyor."

"Neden, sanki sen evlenmek istemiyor musun?" dedi Enzo.

"Ben, bana kalsa yarın evlenirim."

"Kimle peki?"

"Kimle olduğunu ben biliyorum."

"Kes sesini," dedi Pasquale. "Seni kimse almaz."

Marina'ya doğru indik, Pasquale'nin vahşi bir sürücülük tarzı vardı. Antonio arabayı öyle güzel tamir etmişti ki, yarış arabası gibi kullanıyordu. Bozuk yolların sarsıntılarına takmadan çok hızlı ve gürültülü sürüyordu. Altına almak istercesine, önündeki arabalara doğru hızla gidiyor, vurmasına birkaç santim kala direksiyonu sertçe kıvırıyor ve onu geçiyordu. Biz kızlar korku çığlıkları atıyorduk, onları güldüren ve daha kötü davranmaya yol açan kızgın tembihler savuruyorduk. Antonio ve Enzo göz kırpmıyor, en çok yavaş giden otomobiller hakkında ağır yorumlarda bulunuyor, Pasquale onları geçerken pencerelerini açıp onlara hakaretler savuruyordu.

İşte Orazio Caddesi'ne doğru uzanan o yol sürecinde açık bir şekilde kendimi, kendi yabancılaşmam yüzünden mutsuz olmuş bir yabancı gibi hissettim. O çocuklarla birlikte büyümüştüm, onların davranışlarını normal buluyordum, onların şiddet içeren dili benimdi. Ama artık altı yıldan beri günbegün onların tümünün bihaber olduğu bir süreçte ilerliyordum ve bu yolla öylesine parlak bir biçimde yüzleşiyordum ki orada en başarılı ben olmuştum. Her gün öğrendiklerimle ilgili hiçbir şeyi onlarla kullanamazdım, kendime saklamalıydım, bir biçimde kendi düzeyimi düşürmeliydim. Okulda olduğum kişiyi burada parantez içine almalıydım ya da onları ürkütmek için bir ihanet aracı olarak kullanmalıydım. Şimdi benim bu otomobilde ne işim var diye soruyordum kendime. Tamam, arkadaşlarım vardı, sevgilim vardı, Lila'nın düğününe gidiyorduk. Ama işte bu düğün, yolları çatallaşan hayatlarımıza rağmen benim için hâlâ gerekli olduğunu hissettiğim tek kişinin artık bize ait olmadığını kanıtlıyordu ve onsuz da kalınca, ben ile bu gençler, bu yollarda otomobille hızla gitmeler arasındaki ilişki de gereksizleşiyordu. O anda neden eski ve yeni kaçış hayatımı paylaştığım Alfonso ile birlikte değildim? Daha önemlisi, neden Nino'nun yanına gidip, davete de gel, söylesene yazım dergide ne zaman yayınlanacak, hadi sohbet edelim, hadi bizi Pasquale'nin basitliğinden, Carmela ve Enzo'nun şiddet içeren havasından ve hatta –evet, hatta– Antonio'dan uzak tutacak bir yeraltı dehlizi kazıp oraya gizlenelim, demedim?

60.

Davet salonuna ilk giren gençler biz olduk. Ansızın keyfim kaçtı. Silvio ve Manuela Solara, maden tüccarı ve Floransalı hanımı, Stefano'nun annesiyle birlikte bir masaya yerleşmişlerdi. Lila'nın anne ve babası da öteki akrabalarıyla, benim anne ve babamla, Melina ve huysuzluk eden, Antonio'yu öfkeli davranışlarla karşılayan Ada ile uzun bir masada oturuyorlardı. Küçük orkestra yerini alıyor, müzisyenler enstrümanlarını, solist mikrofonu deniyordu. Ne yapacağımızı bilemeden ortalıkta dolaştık. Ne nereye oturacağımızı biliyorduk ne de içimizden biri bunu garsonlara sormaya cesaret ediyordu; Antonio bana sımsıkı yapışmıştı ve beni eğlenmeye zorluyordu.

Annem seslendi, duymazdan geldim. Bir kez daha seslendi, ben gene duymamış gibi yaptım. Bunun üzerine yerinden kalktı, aksak yürüyüşüyle yanıma geldi. Gidip onunla oturmamı istiyordu. Karşı çıktım. Adeta tıslayarak:

"Neden Melina'nın oğlu hep yanında senin?"

"Kimse benim yanımda değil anne."

"Sen beni aptal mı sanıyorsun?"

"Hayır."

"O zaman gel, otur benim yanıma."

"Hayır."

"Sana gel dedim. Biz seni annesi deli olan bir işçi parçası mahvetsin diye okutmuyoruz."

Ona boyun eğdim ama acayip öfkelenmiştim. Sonra hepsi Stefano'nun arkadaşı olan başka gençler gelmeye başladı. Aralarında Gigliola'yı gördüm, bana yanına gitmemi işaret etti. Annem beni tuttu. Pasquale, Carmela, Enzo, Antonio nihayet Gigliola'nın grubuyla birlikte oturdular. Annesinden kurtulmayı ve onu Nunzia'ya emanet etmeyi başaran Ada, yanıma geldi ve kulağıma, "Gel," diye fısıldadı. Kalkmaya niyetlendiysem de annem hiddetle kolumdan tuttu. Ada suratını astı, gidip arada sırada bana bakan ve benim ona gözlerimi tavana kaldırarak, tutsak olduğumu işaret ettiğim ağabeyinin yanına oturdu.

Küçük orkestra çalmaya başladı. Yaşı kırkın üzerinde görünen, kel kafalı, yüz hatları pek yumuşak solist, prova niyetiyle bir şeyler mırıldandı. Davetliler geldi, salon kalabalıklaştı. Kimse açlığını gizlemiyordu ama elbette gelin ve damadı beklemek zorundaydık. Yeniden yerimden kalkmayı denediysem de annem kulağıma fısıldadı:

"Benim yanımda kalmalısın."

Onun yanında. Bunun farkına varmıyordu ama o öfkesiyle, o buyurgan tavrıyla söylediğinin ne kadar çelişkili olduğunu düşündüm. Okumamı istememişti ama okuyordum işte ve benim birlikte büyüdüğüm çocuklardan daha üstün olduğumu düşünüyordu, bunu göz önüne alarak, aslında benim de o ortamda hissettiğim üzere, yerimin onların arası olmadığını düşünüyordu. Şimdi kim bilir hangi fırtınalı denizden, hangi anafordan, hangi uçurumdan, beni o anda Antonio'nun onun gözünde temsil ettiği tehlikeden korumak için yanında kalmamı emrediyordu. Ama onun yanında olmak, tamamen ona benzemek anlamına geliyordu. Peki, ben ona benzersem, bana Antonio'dan başka kim yakışırdı?

Tam o anda gelin ve damat heyecanlı alkışlar içinde salona girdiler. Orkestra hemen düğün marşına başladı. İçimde giderek büyümekte olan yabancılaşmayı, kesinlikle annemle ve onun bedeniyle özdeşleştirmekteydim. İşte mahalle halkının coşkuyla kutladığı Lila mutlu görünüyordu. Kocasıyla el ele tutuşmuş, zarif ve nazik gülümsüyordu. Çok güzeldi. Daha küçücükten annemden kaçmak için ona ve onun tarzına yönelmiştim. Yanılmıştım. Lila oraya, oranın en iyisini elde ettiğini sandığı o dünyaya açıkça zincirlenip kalmıştı. Ve onun için en iyi olan o gençti, o düğündü, o şenlikti, Rino ve babası için ayakkabı oyunuydu. Bunlar benim çalışkan kız öğrenci olarak koyulduğum yolla hiç ilgisi olmayan şeylerdi. Kendimi ansızın yapayalnız hissettim.

İki genç, fotoğrafçının flaş ışıkları arasında dans etmek zorunda kaldılar. Hareketlerinden gayet emin olarak salonda dönüp durdular. Artık bunu göz önüne almalıyım diye düşündüm: Lila bile her şeye karşın annemin dünyasından kaçıp kurtulmayı başaramadı. Oysa ben daha fazlasını başarmalıydım, daha fazla boyun eğmemeliydim. Benim iyiliğim için evimize geldiğinde Oliviero öğretmenin yaptığı üzere annemi silmeliydim. Beni bir kolumdan sımsıkı tutuyordu ama onu yok saymalıydım; İtalyancada, Yunancada, Latincede en iyi olanın ben olduğunu, din öğretmenine kafa tuttuğumu, yakışıklı ve çalışkan bir lise üç öğrencisinin de yazdığı dergide bir yazımın yayınlanacağını aklımdan çıkarmamalıydım.

Tam o anda içeriye Nino Sarratore girdi. Alfonso ve Marisa'dan önce fark ettim onu ve ayağa fırladım. Annem beni elbisemin eteğinden yakalamak istedi, ama ben eteğimi çektim. Beni gözden bir an yitirmeyen Antonio'nun yüzü aydınlandı, davetkâr bir bakış fırlattı. Ama ben, şu anda Solara çiftinin ve Floransalı çiftin bulunduğu masaya doğru yürümekte olan Lila ve Stefano'nun tam tersine bir hareketle doğrudan çıkışa yöneldim; Alfonso, Marisa ve Nino'ya doğru yürüdüm.

61.

Kendimize bir yer bulduk. Alfonso ve Marisa ile havadan sudan konuşurken, Nino'nun bana bir şeyler söyleyeceğini umut ediyordum. Bu arada Antonio arkamda belirdi, eğilip kulağıma fısıldadı:

"Sana yer ayırdım."

Fısıldadım:

"Hemen toz ol, annem her şeyi anladı."

Kararsızlıkla ve son derece ürkekçe çevresine bakındı. Masasına döndü.

Salonda keyifsiz bir uğultu vardı. Kıskanç davetliler yolunda gitmeyen noktaları hemen fark etmeye başlamışlardı. Her masaya aynı kalite şarap ikram edilmiyordu. Bazılarına ordövr tabağı bile gelmemişken, bazıları ana yemeğe geçmişlerdi bile. Damadın ailesi ve akrabalarının oturduğu yerin, gelinin aile ve arkadaşlarının oturduğu yerden çok daha iyi olduğunu yüksek sesle dile getirenler vardı. Bu gerilimden, onun yarattığı tartışmalı ortamdan nefret ettiğimi hissettim. Canlandım ve Nino'yu da sohbete çektim, ona Napoli'nin sefilliği ile ilgili yazısından söz etmesini söyledim ve ardından sözü doğallıkla derginin gelecek sayısına ve benim yarım sayfalık yazıma getirmeyi planladım. O son derece ilginç konulara girdi, şehir hakkında son derece bilgiliydi. Onun kendinden emin tavrı beni vurdu. Ischia'da sıkıntılı bir çocuk hatlarına sahipti, ama şimdi bana epey olgun göründü. On sekiz yaşında bir genç nasıl oluyordu da sefilliği Pasquale'nin acıklı ifadesiyle değil somut olaylarla, kesin verilerle ve kendini ondan ayrı tutarak betimleyebiliyordu?

"Nereden öğrendin bütün bunları?"

"Okumak yetiyor."

"Ne okumak?"

"Gazeteleri, dergileri, bu sorunları ele alan kitapları."

Ben hayatımda bir gazete ya da dergi sayfası çevirmemiştim, sadece roman okuyordum. Lila bile okuduğu dönemlerde halk kütüphanesinin eprimiş kitaplarından başka bir şeye el sürmüş değildi. Her şeyde geri kalmıştım, Nino benim açığımı kapamama yardımcı olabilirdi.

Ona daha fazla soru sordum, o beni yanıtladı. Yanıtlıyordu, evet, ama bana Lila gibi şaşırtıcı, etkileyici yanıtlar vermiyordu; her şeyi baştan çıkartıcı bir havaya bürüme yeteneği yoktu. Konuşmalarını somut örneklerle doldurup bir uzman edasıyla yapıyordu ve her sorum bir toprak kaymasına yol açan itiş gibiydi: o hiç durmadan konuşuyordu, süslemiyor, ironi katmıyordu; sert ve keskindi. Alfonso ve Marisa kısa süre içinde kendilerini yalıtılmış hissettiler. Marisa şöyle dedi: "Tanrım ne sıkıcı şu ağabeyim." Sonra da Alfonso ile çene çalmaya başladı. Nino ve ben de bir kenara çekildik. Çevremizde olup biteni duymaz olduk: tabaklarımıza ne yemek konduğunu, ne yiyip içeceğimizi bilmedik. Ona soracak soru bulmak için kendimi zorluyordum, sonra onun nehir gibi akan yanıtlarını saygıyla dinliyordum. Ne var ki kısa süre içinde konuşma akışını belirleyen sabit düşüncenin her cümlesine damgasını vurduğunu fark ettim: müphem sözlerin reddi, sorunların açık seçik belirlenme gerekliliği, uygulanabilir çözüm varsayımları ve girişimcilik. Ben hep başımla evet işareti yapıyor, her söylediğini onaylıyordum. Sadece edebiyat hakkında kötü konuşunca şaşkın bir havaya büründüm. Kaşlarını çatarak düşmanlarına, yani lafebeliği yapan herkese yönelik olarak "Eğer laf-ebeliği yapmak istiyorlarsa," dedi, "roman yazsınlar, seve seve okurum, ama gerçekten bazı şeylerin değişmesini istiyorlarsa o zaman iş değişir." Aslında –öyle anladım– "edebiyat" sözcüğünü insanların kafasını zorla ve gereksiz çenebazlıklarla dolduran kişilere çatmak için kullanıyordu. Benim ürkek karşı koymama, örneğin, şu yanıtı verdi: "Fazla sayıda şövalye romanı, Lenù, bir Don Kişot yaratabilir ama Don Kişot'a saygım bir yana, bizim burada Napoli'de rüzgâr değirmenleriyle savaşmaya ihtiyacımız yok; bu sadece boşa harcanan bir cesaret olur: bize değirmenlerin nasıl işlediğini bilen ve onları işleten insanlar gerekli."

Çok kısa süre içinde bütün günlerimi bu düzeyde bir gençle sohbet ederek geçirme arzusu duydum: ona karşı ne çok hata yapmıştım; onu istemek, sevmek ama hep görmezden gelmekle ne büyük bir aptallık etmiştim. Hep babası yüzündendi. Ama aynı zamanda benim de kabahatimdi: ben –ben de annemle geçinemiyordum– babasının gölgesini oğlunun üzerinden silememiştim. Pişman oldum, pişmanlığımın, içine gömüldüğüm romanın hazzını hissettim. Arada sırada salonun, müziğin gürültüsünü bastırmak için sesimi yükseltmek zorunda kalıyordum, o da aynını yapıyordu. Arada sırada Lila'nın masasına bakıyordum: gülüyordu, yiyordu, konuşuyordu, benim nerede olduğumun, kiminle konuştuğumun farkında bile değildi. Ender olarak da Antonio'nun masasına bakıyordum ve yanına çağırmasından korkuyordum. Ama gözlerini üzerimden ayırmadığını, sinirli olduğunu, öfkelenmeye başladığını hissediyordum. Sabretmeliyim diye düşündüm, artık kararımı verdim, yarın onu bırakacağım: onunla devam etmem mümkün değil, birbirimizden çok farklıyız. Elbette bana bayılıyordu, kendisini bütünüyle bana adamıştı ama bunu yavru bir köpek gibi yapıyordu. Öte yandan Nino'nun benimle konuşması gözlerimi kamaştırmıştı: kesinlikle kendisini küçümsemiyordu. Bana geleceğini, onun inşa edeceği düşüncelerini sunuyordu. Onu dinlemek, bir zamanlar Lila'nın aydınlattığı gibi aydınlatıyordu zihnimi. Bana kendisini aktarması, beni büyüttü. Evet, o beni annemin elinden kurtarabilirdi, çünkü onun da bütün çabası babasından kurtulmaktı.

Omzuma bir elin değdiğini hissettim, bu yeniden Antonio idi. Asık suratla:

"Dans edelim," dedi.

"Annem istemiyor," dedim alçak sesle.

O ise yüksek sesle ve sinirli bir şekilde:

"Herkes dans ediyor, ne sorun var bunda?" dedi.

Nino'ya şöyle bir gülümsedim, Antonio'nun sevgilim olduğunu biliyordu. Bana ciddiyetle baktı, sonra Alfonso'ya döndü. Gittim.

"Sıkma beni."

"Sıkmıyorum."

Müthiş bir gürültü vardı ve ortalığa neşe egemen olmuştu. Gençler, büyükler, çocuklar dans ediyorlardı. Ama ben bu şenlik havasının arkasında gerçekte ne olduğunu hissediyordum. Gelinin akrabaları dudak büken ifadeleriyle huysuz bir mutsuzluk sergiliyorlardı. Özellikle de kadınlar. Hediye bulmak, üzerlerindeki giysileri alabilmek için canlarını vermişler, borçlanmışlardı, ama şimdi kötü şarapla, geciken servisle dilenci yerine konuyorlardı. Lila neden müdahale etmiyordu, neden Stefano'ya hesap sormuyordu? Onları çok iyi tanıyordum. Lila'nın hatırına öfkelerini bastıracaklardı ama davetin sonunda, gelin üzerini değiştirmeye gittiğinde ve seyahat giysisiyle aralarına döndüğünde, nikâh şekerlerini dağıttığında, sonra bütün şıklığıyla kocasının koluna girip gittiğinde; döneme damgasını vuracak ve aylar, yıllar sürecek nefrete yol açacak bir tartışma koparacaklardı; kocalar, erkek evlatlar annelerine, kız kardeşlerine, ninelerine erkekliklerini kanıtlamak zorunda kalacakları bir hakaretler ve öfke seline karışacaklardı. Bu kadınların, bu erkeklerin hepsini tanıyordum. Erkek çocukların şarkıcıya ve kız arkadaşlarına yan bakan ya da imalı sözler atan çalgıcılara nasıl yırtıcı gözlerle baktıklarını fark ediyordum. Enzo ve Carmela'nın dans ederken nasıl konuştuklarını, Pasquale ve Ada'nın sofrada oturuşlarını da görüyordum: partinin sonunda çıkmaya başlayacakları, sonra nişanlanacakları, büyük olasılıkla bir ya da on yıl içinde evlenecekleri belliydi. Rino ve Pinuccia'yı görüyordum. Onların işi çok daha hızlı yürüyecekti: Cerullo ayakkabıcısı ciddi biçimde yol alırsa, en fazla bir yıl içinde bundan hiç aşağı kalmayan yeni bir düğün olabilirdi. Dans ediyorlar, birbirlerinin gözlerinin içine bakıyorlar, sıkı sıkı sarılıyorlardı. Aşk ve çıkar. Şarküterici artı ayakkabıcı. Eski apartmanlar artı yeni apartmanlar. Ben de onlar gibi miydim? Hâlâ öyle miydim?

Antonio, "Kim o?" diye sordu.

"Kim olacak? Tanımıyor musun?"

"Hayır."

"Nino. Sarratore ailesinin büyük çocuğu. Öteki de Marisa, hatırlıyor musun?"

Marisa umurunda değildi ama Nino öyleydi. Sinirli bir edayla şöyle dedi:

"Sen önce beni alıp Sarratore'yi tehdit etmeye götürüyorsun ve şimdi de onun oğluyla saatlerce sohbet mi ediyorsun? Ben senin düğüne gelirken saçını kestirmeyen, bir kravat bile takmayan bir erkekle nasıl eğlendiğini görmek için mi yeni kostüm diktirdim?"

Beni salonun ortasında öylece bıraktı ve hızlı adımlarla terasa açılan kapıya doğru yürüdü.

Birkaç saniye ne yapacağımı bilemeden durdum. Antonio'nun yanına gitmek. Nino'nun yanına dönmek. Şimdi şaşı gözü başka tarafa baksa da annemin gözü üzerimdeydi. Babamın gözü de üzerimdeydi ve bana çok kötü bakıyordu. Nino'nun yanına dönersem, terasta Antonio'nun yanına gitmezsem, beni bırakan o olur ve bu da benim işime gelir diye düşündüm. Orkestra çalmayı, çiftler dans etmeyi sürdürürken salonu aştım. Gidip yerime oturdum.

Nino olup bitene kesinlikle dikkat etmiş gibi görünmüyordu. Şimdi o seller gibi konuşmasıyla Galiani öğretmenden söz ediyordu. Ondan ne kadar nefret ettiğini bildiği Alfonso'ya karşı öğretmen hanımı savunuyordu. Kendisinin de onunla zaman zaman çatıştığını –çok katı biriydi– ama öğretmen olarak olağanüstü biri olduğunu söylüyordu, onu her zaman yüreklendirmiş, ders çalışma yetisini ona aktarmıştı. Ben de konuşmaya dahil olmak istedim. Nino'nun beni gene avcunun içine almasına acilen ihtiyacım vardı, az önce benimle tartıştığı üzere sınıf arkadaşımla tartışmasını istemiyordum. –Koşup Antonio ile barışmamak, ona gözyaşları içinde evet, haklısın, ne olduğumu, ne istediğini tam olarak bilmiyorum, seni kullanıyorum ve sonra bir kenara atıyorum, ama bu benim suçum değil, kendimi iki arada bir derede hissediyorum, bağışla beni dememek için–, Nino'nun beni bildiği konuların içine, kendi maharetleri içine çekmesini ve bende de bu maharetleri görmesine gerek duyuyordum. Bu nedenle sözü ağzından aldım, o yarıda kalan konuşmasına dönmeye yeltense de yılın başından beri Galiani öğretmenin bana ödünç verdiği kitapları listeledim, bana verdiği öğütleri söyledim. Başıyla evet derken biraz umursamaz gibiydi; öğretmen hanımın o kitaplardan birini ona da ödünç verdiğini anımsamıştı ve bana ondan söz etmeye başladı. Ama benim zihnimi Antonio'dan kopartacak övgüye gereksinmem vardı ve hiç ilgisi olmasa da soruverdim:

"Dergi ne zaman çıkıyor?"

Belli belirsiz bir anlayış, hafif bir kararsızlıkla yüzüme baktı:

"Birkaç hafta önce çıktı."

Yüreğim neşeyle hop etti ve sordum:

"Nerede bulabilirim?"

"Guida kitapçısında satılıyor. Ben sana temin edebilirim."

"Teşekkür ederim."

Bir an tereddüt etti ve sonra şöyle dedi:

"Senin yazını koymamışlar ama, belli ki yer kalmamış."

Alfonso hemen içi rahatlamış bir ifadeyle gülümsedi ve mırıldandı:

"Neyse bari!"

62.

On altı yaşındaydık. Nino Sarratore'nin, Alfonso'nun, Marisa'nın karşısında duruyor ve kendimi gülümsemeye zorlayarak, sahte bir umursamazlıkla şöyle diyordum: "Tamam, başka bir fırsat çıkacaktır." Lila salonun öteki ucundaydı, o gelindi, partinin kraliçesiydi ve Stefano onun kulağına eğilmiş konuşurken gülümsüyordu.

Uzun, yorucu düğün yemeğinin sonuna gelinmişti. Küçük orkestra çalıyor, şarkıcı şarkısını söylüyordu. Antonio arkasını dönmüş, onda yarattığım mutsuzluğu yüreğine bastırmış, denize bakıyordu. Enzo belki de Carmela'ya onu sevdiğini fısıldıyordu. Rino bunu kesinlikle Pinuccia'ya söylemiş olmalıydı; şimdi gözlerinin içine bakarak konuşuyordu onunla. Pasquale büyük olasılıkla çevrede korkuyla dolaşıyordu, ama Ada, düğün bitmeden önce gerekli sözleri ağzından koparmanın yolunu bulmuş olmalıydı. Açık saçık imalarla kaldırılan kadehler birbirini izliyordu; maden tüccarı bu konuda pek parlak çıkmıştı. Zemine bir çocuğun döktüğü domatesli makarnanın sosu, Stefano'nun dedesinin düşürdüğü kadehten şarap yayılmıştı. Gözyaşlarımı sineye çektim. Aklımdan şunlar geçti: belki yazımı bir sonraki sayıda yayınlarlar, belki Nino fazla ısrarcı olmamıştır, belki kendim takip etsem daha iyi olurdu. Ama ağzımdan tek söz çıkmadı, gülümsemeyi sürdürdüm ve hatta şunu söylemeyi bile başardım:

"Zaten rahiple bir kere kavga etmiştim, ikinci kavga gereksiz olacaktı."

"Bence de," dedi Alfonso.

Ama hiçbir şey hayal kırıklığımı dindirmiyordu. Zihnimde oluşan kararmadan, acı verici gerginlikten sıyrılmak istiyor ama başaramıyordum. O birkaç satırlık yayını, matbu imzamı bir kaderin beni beklediğinin işareti olarak yorumladığımı keşfettim; eğitimin zahmeti insanı kesinlikle yükseklere taşıyor, belli bir yere getiriyordu; Oliviero öğretmen Lila'yı bir kenara bırakıp beni öne itmekte haklıydı. "Pleb nedir biliyor musun?" "Evet öğretmenim." Plebin ne olduğunu, Oliviero öğretmenimin bana yıllar önce sorduğu andan çok daha açık ve seçik olarak şu anda anlıyor, biliyordum. Pleb bizlerdik. Pleb yemekle şaraba aynı anda sahip olmak için kavga etmek, kimin yemeği daha önce geliyor, kiminki daha leziz diye tartışma çıkarmaktı; garsonların üzerinde gezinip durdukları o pis zemindi, giderek amiyane bir hal alan kadeh tokuşturmalardı. Pleb annemdi, içki içmiş, şimdi ciddiyetle oturan babama sırtını dönmüş, maden tüccarının açık saçık şakalarına kahkahalar atarak gülüyordu. Herkes gülüyordu, Lila da bir rol sahibi olarak ve bunu sonuna dek üstlenerek gülüyordu.

Olasılıkla oynanan gösteriden tiksinen Nino ayağa kalktı ve gideceğini söyledi. Marisa ile eve dönme konusunda anlaştı, Alfonso ona belli bir saatte ve yere kadar eşlik edeceği konusunda söz verdi. Kız böyle efendi bir kavalyesi olduğu için pek gururlandı. Çekingence Nino'ya sordum:

"Geline veda etmeyecek misin?"

Eliyle belirsiz bir işaret yaptı, kılığı konusunda bir şeyler geveledi, ne elimizi sıktı, ne Alfonso veya bana veda etti, her zamanki sarsak yürüyüşüyle çıkışa yöneldi. Zehirlenmemeyi başararak, mahalleye istediği gibi girmeyi ve çıkmayı biliyordu. Bunu yapabiliyordu, yapmayı beceriyordu, belki yıllar önce, onların hayatına mal olan olaylı taşınma sırasında öğrenmişti bunu.

Ben başarabileceğimden kuşku duydum. Eğitim buna yaramıyordu: ödevlerimden on alabilirdim ama bu okul için geçerliydi; dergide çalışanlar yazımı koklamıştı –benim ve Lila'nın yazısını– ve basmamıştı. Nino, evet her şeyi başarabilirdi: her zaman daha iyisini yapabilecek birinin çehresine, davranışlarına, tarzına sahipti. Gözden kaybolduğunda, şu koca salonda beni sürükleyebilme enerjisine sahip tek kişinin yok olduğunu hissettim.

Sonra restoranın kapısı sanki rüzgâr darbesiyle kapanmış gibi bir izlenime kapıldım. Aslında ne rüzgâr, ne çarpan kepenkler vardı. Sadece olması olası olan şey oldu. Pasta ve şekerleme zamanı gelince iki yakışıklı ve şık giyimli Solara kardeş ortaya çıktılar. Ona buna selam vererek, patron edalarıyla ortaya yürüdüler. Gigliola kolunu Michele'nin omzuna attı ve onu gelip yanına oturmaya davet etti. Lila'nın birdenbire boğazının ve gözlerinin çevresi kıpkırmızı oldu, hızla kocasının kolunu çekiştirdi ve kulağına bir şeyler söyledi. Silvio oğullarına amaçsız bir işaret yaptı, Manuela anne gururuyla onları seyretti. Şarkıcı, hafiften Aurelio Fierro'yu taklit ederek *Lazzarella* şarkısını söylemeye başladı. Rino, dostane bir gülümsemeyle Marcello'yu bir yere oturttu. Marcello oturdu, kravatını gevşetti, bacak bacak üstüne attı.

İşte beklenen olay o anda gerçekleşti. Lila'nın renginin attığını, çocukluğundaki gibi yüzünün solduğunu, gelinliğinden daha beyaz olduğunu ve gözlerinin bir çizgiye dönüşecek kadar kasılıp kısıldığını fark ettim. Önünde bir şişe şarap duruyordu; bakışlarındaki şiddetin şişeyi bin parçaya ayıracağını, şarabın dört bir yana saçılacağını hissettim. Ama o şişeye bakmıyordu. Daha uzağa, Marcello Solara'nın ayakkabılarına bakıyordu.

Bunlar Cerullo marka erkek ayakkabılarıydı ama satışa konan, dore tokalı model değildi. Marcello'nun ayağında, bir süre önce kocası Stefano'dan satın almış olduğu ayakkabı vardı. Bu onun Rino ile birlikte aylar boyunca uğraşarak, defalarca yaparak ve bozarak, ellerini hırpalayarak yarattığı modeldi.